퓨처
워커

2

이영도 판타지 장편소설

퓨처
워커

2

시간 속에 던져진 파멸의 닻

황금가지

차 례

제3장
시간 속에 던져진 파멸의 닻
7

제4장
그림자는 혼자 걷지 않는다
211

제5장
거짓된 사랑의 진실 (상)
419

제3장

시간 속에 던져진 파멸의 닻

1

파하스는 다가오는 발자국 소리에 고개를 휙 쳐들었다.

"가까이 오지 마."

파하스는 매섭게 말했다. 그러나 쳉은 고개를 가로저으며 컵을 들어 보였다.

"수프요. 당신이 정말 유령이라면 먹을 필요가 없겠지만, 내 귀에 들려온 소리는 분명히 꼬르륵거림이었는데."

파하스는 얼굴을 붉히며 손을 올렸다. 쳉은 충분히 느린 동작으로 컵을 내밀고는 조금 떨어진 위치에 앉았다. 그리고 파는 모닥불의 반대편에 앉은 채 역시 컵에 담긴 수프를 조금씩 마시며 그 둘을 바라보고 있었다.

쳉은 자기 컵을 들어올리며 말했다.

"왜 자신을 파하스라고 생각하는 겁니까."

"나는 파하스야……. 젠장, 파하스라고!"

"파하스는 100년 전의 인물입니다."

"그 말을 어떻게 믿어야 되나?"

"예?"

"지금이 드래곤력 몇 년이냐? 응?"

쳉은 한숨을 내쉬었다. 드래곤력이라니. 이건 정말 중증인데.

"그건 잘 모르겠는데. 뭐, 100년 전까지는 드래곤력도 함께 쓰이기는 했다는 거 알아요. 하지만 요즘은 헤게모니아에서도 거의 바이서스력을 씁니다. 어쨌든 지금은 바이서스력 316년이오."

"잠깐……, 바이서스력이라면 루트에리노 대왕이 드래곤 로드를 물리친 해를 기준으로 세는 것 말이냐?"

"예."

파하스는 그만 울고 싶은 기분을 느꼈다. 그와 동시에 검을 뽑아 이 말도 되지 않는 소리를 태평하게 지껄이고 있는 녀석의 목을 겨누고 싶은 기분도 느꼈다. 손에 수프가 담긴 컵이 없었다면 그렇게 했을지도 모른다. 파하스는 목을 떨며 힘겹게 말했다.

"그럼 계산이……, 208년 아니냐?"

쳉은 파하스가 미쳐버릴 정도로 차분한 목소리로 대답했다.

"316년입니다."

기어코 파하스는 컵을 내동댕이치고 말았다. 땡그랑! 파는 펄쩍 뛰듯이 일어났다. "꺄아악!" 수프가 어지럽게 튀어 주위를 지저분하게 만들었고 모닥불에 튀어 들어간 수프 방울들은 피시식 하는 비명을 질렀다. 하지만 쳉은 음울한 표정 그대로 말했다.

"음식을 그렇게 다루는 것은 좋은 예절이 못 됩니……"

쳉은 말을 끝까지 하지 못했다. 달려든 파하스는 그대로 쳉의 먹살을 움켜쥐고는 이글거리는 눈으로 쳉을 올려다보며 외쳤다.

"이 정신 나간 자식아! 똑바로 말해! 지금이 몇 년……, 우큭!"

파하스는 눈앞이 시커멓게 바뀌는 것을 바라보며 허리를 꺾었다. 그의 명치를 호되게 쥐어박은 쳉은 흩어진 머릿결을 가다듬으며 말했다.

"세 번째로 말하지만, 316년입니다. 3은 마법의 숫자라던가요."

파하스는 쳉만큼 침착하지 못했다. 어쨌든 그는 자신의 몸에 손을 댄 자에게 관대해 본 기억이 별로 없었다. 뒤로 튕겨지듯 일어난 파하스는 그대로 그 기나긴 검을 뽑았다. 스르릉! 쳉은 생각했다. 검이 기니까 발검 동작도 화려해지는군.

파하스는 부들부들 떨며 말했다.

"일어나서 검을 뽑아! 맨손의 녀석을 치진 않는다!"

"그래요? 그럼."

쳉은 고개를 돌려 땅바닥에 구르는 파하스의 컵을 줍고 주위를 치웠다. 그리고 자신의 컵을 들어 수프를 홀짝거리기 시작했다. 파는 도대체 무슨 말을 해야 될지 모를 심정으로 눈앞의 광경을 바라보았다. 한쪽에서는 모닥불을 쬐며 수프를 홀짝거리고 있는 사내, 그리고 그 옆에는 긴 검을 든 채 부들부들 떨며 그를 바라보고 있는 사내. 쳉의 경우 저녁 식사중인 방랑자의 모습을 정확하게 표현해 내고 있었지만 파하스의 경우 기가 막혀서 입을 조금 빼끔거리고 있다는 것이 이채로웠다.

"쳉! 위험해!"

파는 결국 그렇게 고함질렀다. 하지만 쳉은 어깨를 으쓱였다.

"검을 안 뽑으면 치지 않는다잖아. 걱정 마."

"이 자식아, 일어나라! 일어나서 검을 뽑으란 말이다! 파하스에게 손을 댄 녀석은 그 손을, 입을 나불거린 녀석은 그 입을 내놓아야 돼! 원래 그렇단 말이다!"

파하스는 거의 투정부리듯이 외쳤다. 검을 보고 발작하지 않는 사내라는 것은 그의 인식 범위에서는 도저히 찾아볼 수 없는 '대사건'이었고, 그래서 파하스는 한 번도 해보지 못한 말을 하느라 매우 힘들어했다. 싸움의 승패야 알 수 없지만, 파하스는 싸움 자체는 언제든지 쉽게 시작할 수 있었다. 눈 한번 흘겨주고 적당히 약올려 주면 언제든지 사내들은 검을 뽑아 마주대어왔다. 하지만 눈앞의 이 녀석은 뭐란 말인가. 파하스는 '제발 일어나서 검 좀 들고 싸워줘.'라고 부탁해야 되지는 않을까 하는 불길한 예감까지 들었다.

"안 뽑겠소."

"이이이런, 제기랄!"

파하스는 고함을 지르다가 문득 고개를 돌려 파를 바라보았다. 파는 섬뜩한 기분을 느꼈고, 그것은 관심 없는 척하며 사실은 파하스의 모든 동작을 세밀하게 관찰하고 있던 쳉 역시 마찬가지였다. 그리고 파하스는 냉혹한 미소를 지었다. 씨이익.

파하스는 갑자기 화려한 동작으로 검을 돌려 파를 겨냥했다. 파는 흠칫하며 뒤로 물러났고 쳉은 컵을 집어던지기 위해 근육을 긴장시켰다. 그리고 파하스는 외쳤다.

"충심으로 저 레이디를 모욕하겠다! 저 레이디 역시 아름다우시지만, 나의 레이디에 비하면 태양 앞의 반딧불임을 선언하겠노라!"

파하스는 득의로운 표정으로 쳉을 돌아보았고 쳉이 앞으로 고꾸라지려는 표정을 짓고 있는 것을 보며 의아해했다. 뒤로 물러나던 파 역시 뒤로 나동그라질 뻔했지만 간신히 나뭇가지를 붙잡고 똑바로 섰다. 쳉은 엄지와 검지로 이마 양쪽을 세게 누르며 힘없이 말했다.

"그래서, 나는 레이디의 명예를 위해 당신과 결투해야 된다?"

"어……, 당연하지! 그게 혈관에 피가 흐르는 사내의 갈 길이지. 레이디를 위해 죽는 것! 자, 무사 쳉이여. 일어나서 검을 들어라!"

쳉은 암담한 기분으로 파를 바라보았다.

"파, 그렇게 할까?"

"미쳤어?"

"응. 나도 할 생각 없었어."

파하스는 전율을 느꼈다. 있을 수 없는 것을 바라보게 된 사람의 목소리로 파하스는 외쳤다.

"이……, 이……, 세상에서 보기 드문 걸작 커플 같으니라고! 이게 도대체 말이나 되는 상황이야앗! 내가 저 레이디를 모독했잖아!"

"뭐, 그런가 보죠."

"이 자식아, 레이디에게 명예는 목숨보다 중요한 거야!"

"그런가 보죠."

"도대체 세상이 어떻게 바뀐 거야앗!"

파하스는 그렇게 외치며 검을 내팽개치고는 털썩 주저앉았다. 쳉은 그가 뭔가 속임수를 쓰는 것이 아니라 말 그대로 완전히 기운을 잃어서 주저앉았다고 판단하고는 주머니를 뒤졌다.

두 손에 얼굴을 파묻고 전율하고 있던 파하스는 익숙한 냄새에 정신을 차렸다. 고개를 돌린 파하스는 쳉의 손에 쥐어진 자그마한 통을 바라보았고, 그 안에서 풍겨나오는 향기에 몸을 부르르 떨 만큼의 반가움을 느꼈다. 쳉은 고개를 끄덕이며 말했다.

"당신에게 필요할 거 같은데."

파하스는 쳉이 건네는 술병을 냉큼 받아들며 그럴 수 없이 부드러운 어투로 말했다.

"레이디를 모욕한 것, 사과하겠네. 자네를 격분시키기 위해서 한 말이지 진심이 아니었어. 사실 내 레이디 같은 것은 있지도 않아. 아름다우신 레이디, 부디 제 가련하고 보잘것없는 허풍을 눈감아 주시길 바랍니다. 파 양께서는, 만일 여기 이 쳉이 없었다면, 제가 당신을 위해 검을 뽑아들 만큼의 미인이시오."

쳉은 너털웃음을 터뜨렸을 뿐 별말은 하지 않았다. 그리고 이 어처구니없는 사태의 귀결을 바라보던 파는 그제서야 간신히 다리를 움직일 정도의 기력을 회복했다. 파는 힘겹게 걸어와 원래의 자리에 앉으며 파하스가 술통을 기울이는 모습을 바라보았다. 쳉은 파하스가 너무 많이 마시지 않기를 바랐지만 파하스는 그 독주를 마치 물이나 되는 것처럼 벌컥벌컥 마시고는 진저리를 쳤다.

"후와! 허, 좋군. 정말 100년 만에 마시는 기분이야."

"당신 이름은 뭡니까."

파하스는 술맛이 확 달아나는 기분을 느꼈지만 쳉은 한가로운 시선으로 파하스의 목 언저리가 시뻘겋게 달아오르는 것을 바라보며 대답을 기다렸다. 파하스는 쳉에게 짓씹을 듯한 시선을 보내며 말했다.

"파! 하! 스! 다! 한번만 더 나를 미치광이 취급하면……"

"여기서 무엇을 하고 있었습니까, 파하스. 여기, 이 시대에서."

"응?"

"당신은 왜 이 숲으로 들어온 것입니까."

파하스는 갑자기 멍한 표정이 되었다. 그는 쳉을 바라보기는 했지만 전혀 인식하지 못한 것처럼 말했다.

"내가, 왜? 아니……, 내가 왜 이 숲에 들어왔지? 나는…… 나는 분명히 사이들랜드의 평원에서……"

파하스의 시선에서 초점이 사라졌다. 그 넋이 나가버린 얼굴을 보던 파는 거의 울 듯한 얼굴로 엉덩이를 비비적거리기 시작했다. 조금이라도 쳉에게 가깝게 앉기 위해서, 그러나 파하스에게 들키지 않기 위해 파는 필사적으로 꿈틀거렸다. 하지만 파하스는 파에게 아무 신경도 쓰고 있지 않았다. 쳉은 파하스의 눈동자가 점점 위쪽으로 말려 올라가는 것을 보며 눈을 찌푸렸다.

파하스는 흐느끼듯이 말을 이어나갔다.

"사이들랜드에서……, 밤……, 별을 보며…… 하프를…… 노래……. 산트렐라의 이름은 추억 속에서……, 눈이 신비를 볼 수 있다면 입으로는 신비를 노래하련다……. 거짓된 귀가 듣고 있는 것은…… 대평원의……, 대평원의 노래……. 나는 죽었어!"

파하스의 눈동자가 갑자기 원래의 위치로 돌아왔다. 하지만 그 눈동자는 보아선 안 될 것을 본 눈동자였다. 파하스는 갑자기 가슴을 움켜쥐며 오랫동안 참았던 것 같은 호흡을 내뿜었다.

"죽었어, 죽었어."

쳉은 그 이름이 맞다고는 생각하지 않았지만 부를 만한 다른 이름이 없었기에 그 이름으로 그를 불렀다.

"파하스?"

"허억……, 컥!"

파하스는 격한 동작으로 가슴을 움켜쥐었다. 옷을 찢어낼 듯한 손놀림. 분노와 경악으로 일그러진 얼굴에선 혈관이 불끈 솟아올랐다. 파하스의 몸이 앞으로 기울어지기 시작했다. 쳉은 재빨리 그 몸을 붙잡았고 파하스의 몸이 무서울 만큼 차가운 데 깜짝 놀랐다.

"이럴 수가, 파하스!"

"커……억! 클, 쿡! 나……, 나는……"

파하스는 부들부들 떨고 있었다. 당황하여 반쯤 일어선 파는 파하스에게 달려들며 외쳤다.

"왜, 왜 그래? 이봐요, 파하스? 파하스!"

"크……가앗! 아아아아악!"

파하스의 몸이 거의 튀어오를 듯한 경련을 일으켰다. 쳉은 하마터면 파하스를 놓칠 뻔했지만 가까스로 그의 어깨를 부여잡아 뒤로 밀어붙이는 데 성공했다. 파하스는 뒤통수를 호되게 부딪히며 땅에 눕게 되었지만 경련을 멈추지는 않았다. 눈을 뒤집은 채 뻣뻣해진 팔다리를 마구 내저으며 파하스는 비명을 질렀다.

"아아아악! 으아아아악!"

쳉은 재빨리 파하스의 몸 위에 걸터앉았다. 파하스의 얼굴을 살피던 쳉은 곧 혀를 찼다.

"파, 가방!"

쳉은 죽을힘을 다해 파하스의 어깨를 찍어누르며 외쳤다. 발을 동동 구르던 파는 쳉의 말을 이해하지 못하고는 얼빠진 표정으로 바라보았다.

"뭐? 가방이라니? 무슨 말이야?"

쳉은 파하스의 주먹에 턱을 한 방 맞으며 다시 외쳤다.

"내 안장의 가죽 가방을 가져와. 이 친구……"

쳉의 동작을 보던 파는 그의 말을 완전히 이해하게 되었다. 쳉은 파하스의 입에 오른 팔뚝을 우겨넣었고 그러자마자 파하스는 끊어버리기라도 할 듯이 그것을 깨물었던 것이다. 튀어 오르는 피를 보며 파는 비명을 질렀다.

"꺄아아악! 쳉!"

그러나 쳉은 파의 비명은 들은 척도 하지 않은 채 지그시 이를 사려물며 말했다.

"빨리 가방을 가져와. 이 친군 놔두면 혀를 깨물어."

파는 정신이 나가버릴 듯한 혼란 속에 간신히 쳉의 안장에 매달려 있던 작은 가죽 가방을 뜯어내다시피 가져올 수 있었다. 파가 그것을 들고 오는 것을 보자 쳉은 침착하게 고개를 끄덕이며 왼손으로 파하스의 턱을 부여잡았다. 쳉은 잇사이로 희미한 소리를 내며 파하스의 턱을 내리누르기 시작했다.

"으으으음!"

쳉이 오른 팔뚝을 끄집어내자마자 파는 그 입에 가죽 가방을 우겨넣듯이 집어넣었다. 파하스는 그것을 깨물었고 그러자 쳉은 한숨 돌릴 틈도 없이 재빨리 파하스의 손목을 움켜쥐었다. 미친듯이 들썩이는 파하스를 마치 야생마를 다루는 바이서스 목동처럼 민첩하고 침착한 동작으로 다루어, 쳉은 파하스의 두 손을 움켜쥐어 머리 위로 밀어붙이는 데 성공했다. 그러나 그 이상의 다른 동작은 불가능했다. 쳉은 파하스를 고정시킨 채 낮고 강하게 외쳤다.

"파하스, 파하스! 정신 차려, 파하스!"

"우큭, 우우우웁!"

파하스는 허리를 뒤틀며 쳉을 떨쳐내려 했고 그 무서운 힘에 쳉은 속으로 혀를 내둘렀다. 어찌할 줄 몰라하던 파가 좋은 생각을 떠올린 것은 그때였다. 파는 다시 쳉의 안장 쪽으로 넘어질 듯 황급하게 달려가서는 밧줄 사리를 들고 왔다. 잠시 후 파는 대시인의 시대에 그를 알았던 모든 여인들이 간절히 원하던 것을 해냈다. 파하스의 팔다리를 꽁꽁 묶어버린 것이었다.

입에는 가방이 물리고 팔다리는 묶였지만 파하스는 잠시도 쉬지 않고 몸을 들썩이고 있었다. 튀어나올 듯이 희번덕거리는 눈은 극도로 충혈된 채 허공을 쏘아보고 있었다. 하지만 당장은 꼼짝도 못하게 되었고 쳉은 그제서야 파하스의 몸 위에서 물러날 수 있었다.

"헉, 헉……"

쳉은 파하스의 옆에 주저앉은 채 숨을 몰아쉬었다. 파는 펑펑 울면서 쳉의 팔을 부여잡았다.

"쳉, 쳉! 팔, 팔!"

쳉은 파에게 붙잡힌 오른팔을 거칠게 빼내었다.

"내 팔을 뽑아놓을 작정이야?"

파의 안색이 새파랗게 변했다. 파는 눈물이 그렁한 눈으로 쳉을 올려다보았지만 쳉은 그녀를 외면한 채 몸을 일으켰다.

"어, 어디 가? 응?"

"붕대 가지러."

"아, 앉아 있어. 앉아 있으라고! 내가 가져올게!"

파는 허겁지겁 일어나서는 쳉의 옆을 빠져나갔다. 쳉은 그 모습을 바라보다가 다시 땅바닥에 주저앉아서는 파하스를 바라보았다.

파가 붕대와 약병을 가지고 오자 쳉은 손을 내밀었다. 파는 거칠게 도리질을 하며 붕대와 약병을 가슴에 파묻었다.

"내가 해줄게. 팔 내밀어, 응? 팔 내밀어 봐아아아!"

물끄러미 파를 바라보던 쳉은 별말 없이 오른팔을 내밀었다. 파는 눈물을 훔치고는 조심스럽게 쳉의 팔뚝에 약을 바르기 시작했다. 파가 쳉의 팔을 치료하는 동안 쳉은 꽁꽁 묶인 짐더미처럼 된 채 들썩거리고 있는 파하스를 쳐다보고 있었다. 파하스는 이제 부들부들 떨고 있었고, 쳉은 혹시 숨이 막혀버린 것은 아닌지 불안한 표정으로 그를 살폈다. 하지만 호흡엔 이상이 없었다. 파하스가 밧줄을 끊어버릴 듯이 난동을 부렸지만 양치기인 파의 매듭은 꼼꼼했다. 쳉은 한숨을 내쉬며 말했다.

"왜 저러는 거지?"

"다시 주, 죽고 있는 거 아닐까."

쳉은 고개를 돌렸지만 팔에 붕대를 감느라 고개를 숙이고 있는 파의 얼굴은 볼 수 없었다. 파는 고개를 숙인 채 잔뜩 코 막힌 목소리로 말했다.

"자기가, 자기가 죽었다는 사실을 받아들인 거 아닐까?"

"파, 진짜 파하스라고 생각하는 거야?"

"아까부터 주욱."

쳉은 뭐라고 말할까 하다가 관두고는 다시 파하스를 살폈다. 파하스의 눈에서는 눈물이 줄줄 흘러내리고 있었지만 경련은 멈추지 않았다. 파하스는 그렇게 울며 몸부림치고 있었다.

"우으읍."

"우으읍."

"우으읍."

파하스는 더 이상 몸부림을 치지도, 눈물을 흘리지도 않았다. 내키지 않았지만 파는 조심스럽게 그의 머리를 가다듬고 얼굴도 닦아주어서 그렇게 흉하게 보이지는 않도록 만들어놓았다. 파하스의 모습은 이제 말쑥하다고 말할 수 있을 정도였다. 하지만 쉬지 않고 저런 말을 지껄이고 있었기 때문에 쳉은 그의 밧줄을 풀어주고 싶은 생각이 없었다. 게다가 그가 뭐라고 말하는지 잘 알고 있었기 때문에 재갈을 풀어줄 필요도 느끼지 못했다.

"좀 그만하십시오."

"우으읍."

"당신을 죽이고 싶은 생각은 없습니다."

"우으읍."

파하스는 이글거리는 눈으로 쳉을 바라보았다. '죽여줘! 나는 죽었어. 죽은 자야! 이렇게 대지 위를 걸어 다니면 안 돼.'

"다른 사람들의 목숨을 뺏어서라도 부활하기를 원하는 사람도 있더군요."

쳉은 퉁명스럽게 대답하다가 턴빌의 신스라이프는 66년 전의 인물이라는 사실을 깨달았다. 100년도 더 전에 죽은 파하스는 그를 알지 못할 것이다. 쳉은 곧 신경을 곤두세우며 파하스의 안색을 살폈다. 만일 신스라이프의 이야기에 대해 아는 척한다면 저건 파하스가 아니다. 그러나 파하스는 무표정하게 말했다.

"우으읍."

쳉은 소리 없이 투덜거리며 고개를 돌렸다. 두 팔로 어깨를 감싼 채 불안한 표정으로 파하스를 바라보고 있던 파는 한숨을 내쉬며 말했다.

"어쩌지, 쳉? 저 사람……을 어떻게 할 거야?"

파하스라고 부르기도 어려웠고 사람이라고 부르기도 어려웠다. 어쨌든 100년도 더 전에 죽었던 사람이다. 하지만 밧줄로 묶을 수 있고 재갈을 채워놓을 수도 있으니 유령 같은 것도 아니다. 파는 도대체 저 남자를 뭐라고 불러야 될지 전혀 감이 오질 않았다. 쳉은 우울한 표정으로 모닥불을 뒤적이다가 대답했다.

"모르겠어. 이건 너무 골치 아픈 문제인데. 죽은 자를 죽이는 것이 살인이야? 아니, 저 친구를 죽일 필요도 없지. 밧줄만 풀어주면 자살해 버릴 태세로군. 그런데 죽은 자가 자신을 죽이는 것이 자살인가?"

"우으읍."

"이상한 말 만들어내려고 하지 마. 음. 나도 모르겠어. 하지만 눈앞에서 누가 자살하는 것은 못 봐주겠는데. 그 사람이 아무리 죽은 자라고 해도……. 아이, 나도 말이 이상해지잖아! 죽은 사람이 자살하다니!"

"우으읍."

"그래. 이건 도대체 내 머리로는 해답이 안 나오는 문제야. 그런데 이럴 때는 감정을 따라가는 편이 나을 거라고 생각되는데. 어쨌든 누군가를 죽이거나, 죽게 내버려두는 것은 찝찝한 일이야. 그렇잖아?"

"우으읍."

"맞네. 그래. 쳉 말이 맞아. 그런 일은 안 되지. 그런 일은 있을 수가 없다고."

"우으읍."

결국 파는 더 못 참게 되어버리고 말았다.

"이거 봐요! 그만해요! 한번만 더 '죽여줘.'라고 말하면 죽어버리겠어욧!"

잠시 후 파는 쳉과 파하스가 똑같은 눈빛으로 자신을 바라보고 있다는 것을 깨달았다. 쳉은 고개를 숙여버렸고 파하스는 눈을 질끈 감았다가 하늘을 올려다봄으로써 파를 외면해 주었다. 발갛게 변한 귓불을 만지작거리던 파는 심통스러운 목소리로 말했다.

"도대체 왜 그러는 거예요? 조금 전에 쳉이 말했던 것처럼 목숨 걸고 부활하려는 사람도 있어요." 파는 알아차리지 못했지만 이 역시 말이 안 되는 말이다. 부활하려면 죽어야 되는데, 죽은 자에겐 목숨이 없으므로 목숨을 걸고 부활할 수는 없다. "아주 이상하고 무시무시한 일이지만, 이렇게 되살아났으면 좋아해야 되는 거 아니에요? 왜 자꾸 죽여달라고 그렇게 중얼거리는 거지요? 이상해요, 아주."

"……우으읍."

"그거 하지 말라고 했잖아요!"

파는 벌떡 일어섰다. 그러나 파는 대시인을 호되게 걷어차 주려는 생각을 버려야 했다. 어쨌든 꽁꽁 묶여서 재갈까지 물린 채 쓰러져 있는 사람을 걷어차거나 할 수는 없었다. 그래서 파는 다른 방법을 강구했고, 쳉은 기겁할 듯이 놀라며 일어서야 했다.

"왜 내 다리를 걷어차는 거야?"

파는 발을 동동 구르고 주먹까지 좀 휘두르며 말했다.

"제발 부탁이니 저거 좀 어떻게 해줘. 재갈까지 물린 채 저렇게 '죽여줘, 죽여줘.' 하고 중얼거리는 거 못 듣고 있겠으니까, 응? 좀 어떻게 해보란 말이야!"

쳉은 한숨을 내쉬고는 몸을 돌려 파하스를 바라보았다. 파하스는 조금 전과 같은 무표정한 얼굴은 아니었다. 그의 눈에는 약간 재미있어 하는 기색이 떠올라 있었다. 쳉은 마지못한 듯 파하스의 곁에 쭈그리고 앉았다.

"들었습니까? 좀 그만해 주었으면 좋겠습니다."

"으이우웁."

"무슨 말인지 모르니 답답하군요. 파하스라면 명예를 알 겁니다. 재갈을 풀어줄 테니 혀를 깨물지는 말아요. 맹세하겠다면 눈을 두 번 깜빡이십시오."

쳉은 거의 기대를 가지고 있지 않았기 때문에 파하스의 눈이 빠르게 두 번 깜빡이자 의심부터 떠올리게 되었다. 의심이 잔뜩 담긴 눈으로 파하스를 보던 쳉은 마침내 손을 뻗어 그의 재갈을 풀었다. 여차하면 그의 양쪽 관자놀이를 쥘 수 있도록 어깨 근육을 팽팽히 긴장시킨 채.

재갈이 풀리자 파하스는 가쁜 숨을 토해 내었다.

"푸후! 후, 하아. 죽여줘."

"……그렇게 걸신들린 듯이 숨을 쉬면서 죽여달라고 말하면 호소력이 없습니다."

파하스는 잠시 입을 쩍 벌린 채 쳉을 바라보았다. 어쨌든 상단의 호위 무사에게서 이런 논리적인 지적을 듣게 된 것은 대시인 파하스에게 있어 충격적이라고 할 만큼 놀라운 경험이었다. 파하스는 쳉의 어깨 너머로 낄낄거리고 있는 파를 바라본 다음 헛기침을 하며 말했다.

"허, 뭐, 이건 당연한 반응이잖아, 인마. 어쩔 도리가 없는 현상을 가지고서 면박주지는 마라. 그리고 부탁인데, 죽여줘."

"왜요? 살고 싶지 않습니까?"

"나는 죽었어."

"그럼 지금의 당신 상태는 뭐라고 부르는 겁니까?"

"뭐야? 자식아. 지금 내 상태란 것이 말이 안 되니까 부탁하는 거 아니냐. 이런 것은 존재할 수 없어. 나는 죽었단 말이다. 그러니까 나를 죽인다고 해도 넌 살인을 하는 것이 아니다. 정상으로 돌려놓는 거지. 알겠어? 알아먹었으면 빨리 나를 죽여줘."

"묘하군요. 단지 이치에 맞지 않다는 이유로 생존 욕구를 부정하는 겁니까? 살고 싶은 생각이 있을 거라고 여겨지는데요. 그런 생각이 전혀 없습니까?"

파하스는 잠시 눈을 찌푸린 채 쳉을 올려다보았다.

"여름의 끝과 가을의 시작은 어떻게 다른 것이냐."

"예? 그건 같은 것이지 않습니까. 뭐, 기분에 따라 여름이 끝났다고 말할 수도 있고 가을이 시작되었다고도 말할 수 있는 것이죠."

"나는 죽은 채 살고 있는 거냐, 아니면 살아 있지만 죽은 거냐."

"당신의 기분에 맞는 방식으로 부르십시오. 내 생각엔 양쪽이 똑같다고 느껴집니다만."

"도대체 너는 바보처럼 보이는 바보냐, 바보라서 바보처럼 보이는 거냐!"

파하스의 몸이 요동쳤다. 파는 깜짝 놀라며 뒤로 물러났지만 쳉은 팔짱을 끼고 쭈그려 앉은 자세가 세상에서 가장 좋은 자세라고 주장하는 듯한 얼굴로 파하스를 내려다보고만 있었다.

"몸부림치지 마십시오. 밧줄 때문에 아플 겁니다."

"이 자식아, 날 죽이란 말이다! 나는 이 세상에 빚진 것이 없었어! 얻을 만큼 얻었지만 뺏긴 것도 많았다. 그러나 그걸 비교해서 결산을 맞추고 싶은 생각은 하나도 없었어! 죽고 나서야 비로소 빚을 지게 되는 것은 원하지 않아. 이 세상에겐 나를 되살릴 권한이 없다고!"

쳉은 잠시 생각한 다음, 생각이라는 행위 자체를 포기했다. 이해할 도리가 없는 말이었다. 그래서 쳉은 다른 말을 꺼냈다.

"……우리는 턴빌로 갑니다."

"뭐? 턴빌이라니?"

"고풍스러운 드래곤식 이름으로는 아이야 이켈리나라고 부르지요. 지금은 다들 턴빌이라고 부릅니다."

파하스의 얼굴에 지금까지와는 다른 표정이 빠르게 스쳐지나갔다. 쳉은 그 표정을 새겨두며 계속해서 말했다.

"그곳은 당신 고향이지요?"

고향이라는 말이 나왔을 때 파하스의 얼굴엔 다시 조금 전과 같은 표정이 지나쳤고 쳉은 속으로만 빙긋 웃었다. 상단의 호위무사이자 방랑자인 쳉은 방랑자를 자극하는 방법에 대해서는 잘 알고 있었다. 그 역시 방랑자이긴 했지만 그에겐 고향이나 부모가 없었고, 그래서 쳉은 거리감을 가진 채 고향이나 부모가 있는 방랑자를 관찰할 수 있었다.

파하스는 낮은 울림이 있는 목소리로 말했다.

"그래."

"고향이 있다는 것은 좋은 일이라고 알고 있습니다. 난 고향이 없거든요. 그러니 거기까지 가서 당신을 놔주겠습니다. 자살하든 말든 맘대로 하시죠. 난 당신을 이 황야에 내버려둔 채 떠나고 싶지는 않습니다."

"……정말이냐? 아이야 이켈리나에 간다는 것이?"

"예. 이렇게 부활했는데 고향 한번 보지 않고 다시 죽는 것도 좀 아쉽지 않겠습니까." 쳉은 이 말이 좀 이상하다고 생각했지만 말을 멈추지는 않았다. "내가 알기로 당신은 평생토록 타향을 전전하다 죽었다고 들었는데."

파하스는 대답하지 않았지만 그 눈은 모든 것을 말하고 있었다. 쳉은 부드럽게 말했다.

"맹세하십시오. 밧줄을 풀어줄 테니 턴빌, 음, 아이야 이켈리나에 도착할 때까지는 아무런 짓도 하지 않고 동료로 있겠다고 맹세하십시오. 그곳에 도착한 다음에 당신의 거취를 자유롭게 하시지요."

지금은 노랫말에나 남아 있는 지명을 거론하면서 쳉은 조금 유쾌한 기분 같은 것을 느꼈다. 파하스는 쳉을 뚫어져라 올려다보다가 고개를 끄덕였다.

"좋아. 맹세한다."

쳉은 파하스의 맹세에 아무런 이의나 질문을 제기하지 않고 곧장 밧줄을 풀었다. 파는 근심스러운 모습으로 그 광경을 바라보았지만 파하스는 아무 짓도 하지 않았다. 밧줄에 묶였던 팔다리를 주무르던 파하스는 파의 시선을 느끼고는 그 손을 슬그머니 치워버리는 모습까지도 보여주었다. '당신이 날 묶었다는 사실에 대해 유감으로 생각하진 않아요. 그러니 안심하시오, 착한 레이디.' 마치 그렇게 말하는 듯한 동작이었기에 파는 머쓱한 기분을 느꼈다.

쳉은 불침번을 서겠다고 말했고 파하스는 별말 없이 그대로 드러누웠다. 하프와 그 기다란 검을 망토로 세심하게 감싼 파하스는 그 짐을 머리맡에 치워두곤 배낭을 베고 누웠다. 아무도 입을 열지 않아 상당히 어색한 분위기였지만 잠시 후 파하스는 가벼운 숨소리를 내며 잠들었다. 파는 그때까지도 쳉의 곁에 앉아서 쳉과 파하스를 번갈아 쳐다보고 있었다.

별빛이 짙어지는 시간, 파하스가 완전히 잠들었다고 판단한 파는 쳉에게로 상체를 기울였다. 파는 쳉의 귓가에 입을 대고서 말했다.

"이게 어떻게 된 일일까."

쳉은 자신의 생각에 푹 빠져 있었기 때문에 파가 원하지 않는 대답을 했다.

"모르겠어. 그가 죽고 싶어 하는 이유를 짐작하는 것은……"

"아, 아니. 그것도 이상하긴 한데, 내 말은 파하스가 어떻게 되살아났느냐는 거야."

"응? 아아. 그렇군. 음. 그가 언데드나 유령처럼 보여?"

"아니, 전혀. 말도 제대로 하고 묶을 수도 있는 유령이라니, 이상하잖아."

"그래. 내 생각으로도 저건 완전히 되살아난 파하스이거나 완전히 미쳐버린 정신병자이거나 둘 중 하나야. 그런데 전자라면, 어떻게 파하스가 되살아났지? 재미있는데. 그에게 물어본 다음 나도 써먹어 볼까. 아주 유용한 기술인 것 같아."

"농담처럼 말하려는 거야, 농담을 말하려는 거야?"

"마치 파하스처럼 말하는군. 몰라. 미에게 물어보겠어."

"응? 뭐?"

"미에게 물어보겠다고."

"……그래서 턴빌로 가자고 한 거야?"

"응. 저 친구는 과거의 사람이야. 그렇다면 결국 이 문제는 시간에 대한 이야기니까, 아무래도 미에게 물어보는 편이 가장 좋을 것 같은데. 잠깐. 미가 말한 미래에 대한 이야기가 바로 이 이야기인가?"

'항상 미에 대한 생각만 하고 있는 거야?'라는 파의 질문은 그녀의 귀에도 들리지 않았다. 입 밖으로 내지 않은 질문이었으니까. 파는 무릎을 모아 그 위에 턱을 얹으며 다른 말을 꺼냈다.

"그렇겠네. 언니는 미래에 뭔가 안 좋은 일이 있다고 말했지. 아빠도 죽게 내버려둔 언니니까." 쳉은 파의 목소리에 결기가 어린 것을 느끼고는 눈 주위를 조금 꿈틀거렸다. "그 안 좋은 일이라는 것은 슬픈 일이라는 말은 아닐 거야. 그렇다면 일어나선 안 될 일이 일어난다는 의미일까."

"흐음. 죽은 자가 다시 일어나는 것은 확실히 일어나면 안 되는 일이긴 하지."

"그럼……."

파는 뭔가를 말하려다가 고개를 가로젓고는 그대로 조심스럽게 쳉의 어깨에 머리를 얹었다. 쳉은 동작을 구속당하는 것을 퍽 싫어했지만 파가 하는 대로 내버려둔 채 가만히 앉아 있었다.

"그럼 안 되는 거야?"

"응?"

"죽은 자가 다시 일어나면 안 되는 거냐고. 으응, 그러니까 유령 같은 거라면 모르겠는데, 저 파하스를 봐. 아무렇지도 않잖아. 으스스한 것도 아니고, 끔찍한 냄새를 풍기는 시체도 아니야. 저런 거라면 상관없지 않을까?"

쳉은 파의 얼굴을 바라보고 싶었지만 지금의 자세에서는 무리였다. 그래서 쳉은 모닥불을 바라보며 말했다.

"파하스가 계속해서 말한 것이 뭐지?"

파는 대답하지 않았다.

"죽여달라고 했잖아. 그 자신도 느끼고 있어, 자신은 죽어 있어야 된다는 것을."

"그건 엉터리야. 배짱을 부려보는 거라고. 사람은 누구나 살고 싶어 하는 거잖아."

"배짱이라니?"

"씨……, 몰라! 그거, 왜 있잖아. 남자들이 하는 거. 곧 죽어도 큰소리치고, 아무 때나 낭만 부리려고 드는 거 말이야. 파하스도 마찬가지야. 똑같은 남자라고. 남자들은 다 똑같잖아."

"호기 말이구나. 호기 부리는 거. 하지만 죽으려고 드는 것이 어떻게 호기 부리는 것이 되지?"

"칼 빼어들고 적진을 향해 홀로 달려가는 장군은 그럼 뭔데?"

"그건 다르지. 그 경우에는 남자들이 소중하다고 생각하는 이유가 있으니까. 부하들에게 용기를 불어넣겠다거나, 혹은 이왕 죽게 될 거 명예롭게 죽겠다는 등의 이유 말이야. 그리고 그런 이유가 있기 때문에 호기를 부릴 수 있는 거야. 물론 남자인 내가 보기에도 좀 어이없는 것, 그러니까 술을 많이 마실 수 있다는 식의 호기나 음식을 많이 먹을 수 있다는 등의 미련스럽기 짝이 없는 호기도 있기는 있지. 우리 보스 같은 경우에는 주로 도박판에서 말도 되지 않는 패를 들고서는 호기를 부리는 편이야. 그게 사내다운 일이라고 생각하는 거야, 남자란."

파는 쿡쿡거리며 웃었다. 쳉은 파에게 방해가 되지 않을 정도로 고개를 돌려 파하스를 바라보며 말했다.

"하지만 저 친구가 죽으려고 드는 것은 호기와는 상관없는 거야. 그는 이성적으로 자신이 죽은 인물이라는 것을 깨달았고, 그래서 죽으려고 들고 있어. 이해는 잘 안 되지만, 어쨌든 여기엔 호기는 전혀 없어."

"하지만 내가 보기엔 그렇게 보이는걸. 뭐, 세상에 빚을 지고 싶지는 않다고? 웃겨. 도대체 왜 죽으려고 드는 거야. 누구나 살고 싶잖아."

"그런가."

당연히 그렇다는 대답이 나올 줄 알았기에 파는 한참 후에야 쳉이 다른 말을 했다는 것을 알아차렸다. 파는 머리를 들어 쳉의 얼굴을 바라보았다.

"응? '그런가.'라니?"

"그렇지 않은 사람도 있긴 해."

"어떤 사람?"

"자기가 언제 죽을지 아는 사람. 미 말이야."

파는 황급히 고개를 돌렸다. 하얗게 변한 얼굴을 보여주고 싶지는 않았던 것이다. 그래서 파는 캄캄한 숲속을 향해 소리 없이 외쳤다. 영원히 미 생각만 하고 있을 거야, 이 멍청아! 바보야!

네리아는 갑자기 일어났다.

야박한 인정을 무서워하며 창고나 헛간에 숨어 들어가 잠들었던 어린 소녀였고, 시간의 조화로 몸이 영글어가면서 스스로를 지켜야 했던 처녀였고, 타인의 소지품을 허가 없이 선사받으며 경비 대원들의 발자국 소리를 피해야 했던 나이트호크였기에 네리아는 무서울 정도로 날카로운 감각을 가지고 있었다. 그녀는 거의 순식간에 정신을 차린 다음 베개 밑에 넣어두었던 대거를 잡아당기며 자신을 깨어나게 만든 것이 무엇인지를 찾아보았다.

"낑……, 끄으응."

이건 뭐야. 아달탄이 끙끙거리고 있는 소리였다. 저 개가 왜 저러지? 네리아는 고개를 갸웃하다가, 아달탄의 끙끙거림 사이로 들려오는 희미한 소리를 들었다.

흐느낌?

네리아는 대거를 조금 느슨하게 바꿔 쥐며 고개를 갸웃했다. 다시 한번 어둠 속에서 흐느낌이 들려왔다. 소리를 내지 않기 위해 안간힘을 쓰고 있지만 분명한 울음소리였다.

"미?"

네리아는 침대에서 빠져나오며 미의 침대가 있는 곳으로 걸어갔다. 어둠에 눈이 익숙해지자 파르스름한 달빛을 받아 누워 있는 미의 윤곽이 드러났다. 머리끝까지 시트를 덮어쓴 채였다. 그리고 그 침대 옆에서는 아달탄이 웅크린 채 끙끙거리고 있었다. 그러나 네리아가 미에게 다가서자 아달탄은 곧장 몸을 튕겨 일어섰다. 네리아는 잠시 주춤했지만 미의 흐느낌이 다시 들려오자 결심을 굳혔다.

"이봐, 아달탄. 너 말 알아듣는다며? 네 주인이 이상한 것 같아서 그래. 말 좀 믿어봐."

아달탄은 꼼짝도 하지 않았다. 네리아는 겁먹은 표정으로 아달탄을 바라보다가 다시 마음을 다잡았다. 네리아는 되도록 위협적으로 보이지 않도록 천천히 몸을 움직여갔고 아달탄은 아무런 움직임 없이 그런 네리아를 관찰하고 있었다.

네리아는 미의 머리 쪽으로 귀를 가져갔다. 그리고 잠시 후, 네리아는 당황하며 미의 시트를 걷어내렸다.

"이런, 미! 어떻게 된 거야?"

미의 거친 숨소리에 당황한 네리아는 미의 이마를 짚어보고는 더욱 놀랐다. 싸늘한 밤공기 속에서 미의 이마는 불덩어리 같았다. 네리아는 한 손으로 테이블 위의 등잔을 끌어당기며 다른 손에 쥐고 있던 나이프를 거꾸로 쥐고는 재빨리 손가락을 놀렸다. 나이프의 손잡이에서 불꽃이 몇 번 튀자 아달탄은 깜짝 놀라며 물러났으나 네리아는 그에 괘념치 않고 등잔에 불을 붙였다.

방 안에 조명이 비치자 네리아는 미의 얼굴이 새하얗고 땀에 흠뻑 젖어 있다는 것을 알게 되었다. 그리고 전신을 계속 떨고 있다는 것도. 컹컹컹! 옆에서 불안스럽게 오가고 있던 아달탄이 벌컥 고함을 질렀다. 네리아는 기겁하며 미의 볼을 쓰다듬었다.

"미, 미? 정신 차려. 도대체 왜 이래? 안 되겠어. 잠깐만."

네리아는 곧장 방을 뛰쳐나갔다. 조금 후 네리아에 의해 깨워진 운차이와 홀에서 불침번을 서고 있던 그란은 침대 머리맡에 선 채 어두운 표정으로 미를 내려다보고 있었다. 그리고 아달탄은 신경질적으로 계속 왔다 갔다 하다가 멈춰 서서 짖기를 반복했다. 아달탄의 고함 소리 때문에 여관 곳곳에서 욕지거리가 들려왔지만 아달탄은 아무런 신경을 쓰지 않았고 미의 머리맡에 서 있던 사람들 역시 미의 상태를 보느라 그런 것에 관심 둘 여유는 없었다.

그란은 미의 이마를 짚어보고는 차가움과 뜨거움을 동시에 느꼈다. 옆에 서 있던 운차이는 팔짱을 끼며 말했다.

"뭐야, 몸살인가? 하지만 아까 저녁까지도 그런 기색이 없었는데."

"이런, 이게 어디 몸살이야? 이렇게 아파하고 있잖아. 이것 보라고! 의사를 불러야 되는 거 아닐까? 응?"

네리아는 안절부절 못하며 말했다. 컹! 아달탄은 다시 쥐어짜듯 짖었고 네리아와 아달탄 때문에 정신이 하나도 없었던 운차이는 이 사태를 종식시키기로 결심했다.

"가서 물이라도 한 대야 떠와 봐. 일단 열은 식혀야 되잖아."

네리아가 부리나케 달려가고 나서야 약간의 고요를 얻게 된 운차이는, 다시 눈살을 험하게 찌푸리며 미의 얼굴을 내려다보았다. 하얀 얼굴은 종잇장 같았고 땀 때문에 머리카락이 심하게 헝클어져 있었다. 부들부들 떨고 있는 모습은 마치 말라리아 환자처럼 보였지만 운차이는 이 북부의 땅에서 누군가가 말라리아에 걸릴 수 있을 거라고는 생각할 수 없었다. 그란은 걱정스러운 표정으로 내려다보다가 말했다.

"네리아의 말이 맞아. 의사를 부르자. 심상찮아."

"내가 갔다 오지."

운차이는 그대로 방을 나갔다. 홀로 남겨진 그란은 걱정스러운 얼굴로 미를 내려다보았지만 할 수 있는 행동이 없었다. 그때 부들부들 떨리던 미의 입술이 조금 열렸다.

"……"

누군가를 부르고 있는 것인가? 그란은 눈을 꿈틀하다가 미의 침대 옆에 한쪽 무릎을 꿇고 앉았다. 아달탄은 그런 그란의 모습을 의심스럽다는 듯이 바라보았지만 그란은 신경 쓰지 않고 거칠게 떨리고 있는 미의 손을 쥐었다. 미는 손을 잡히자 곧 손에 힘을 주어 마주 잡아오며 말했다.

"……쳉, 쳉……"

쳉이라고? 사람 이름인가? 미의 가족이나 연인일까? 그란은 아무 말 없이 미의 손을 꼭 쥐어주었다. 미는 가쁜 숨을 몰아쉬며 고열에 들뜬 목소리로 말했다.

"안 보……, 윽, 흐으윽. 안 보여……"

그란은 섬뜩한 느낌을 받았다. 안 보인다고? 등잔을 이렇게 켜두었는데 보이지 않다니. 시력 상실은 보통 굉장히 위급한 상태에서나 나타나는 것이다. 그란은 손을 뻗어 미의 눈꺼풀을 뒤집으려 했다. 하지만 미는 그란의 손이 빠져나가도록 내버려두지 않았다. 갑자기 미의 손에 힘이 들어가며 미는 크게 흐느꼈다.

"……놓지 마, 부탁이야……. 흐윽, 놓지 마……!"

그란은 고개를 떨구며 미의 손을 감싸쥐었다. 미의 격한 호흡이 조금 잦아들었다. 아달탄은 이제 두 발을 앞으로 모은 채 그 위에 머리를 떨구고는 구슬픈 표정으로 그란과 미를 올려다보았다. 그란은 완전히 기운이 빠져버린 키타나 하운드가 어떤 모습이 되는지 잘 알 수 있었다.

네리아는 물 한 대야를 떠오기에 앞서 먼저 여관 전체를 물청소하다시피 해놓았다. 물 대야를 든 채 달렸기 때문에 사방팔방에 물이 튄 데다가 스스로 그 물구덩이를 밟고 미끄러져버렸던 것이다. 여관 주인은 넌더리를 내며 직접 깨끗한 수건과 물동이, 주전자, 대야 등을 들고 왔다. 그리고 그때쯤 입에 게거품을 문 의사도 나타났다. 그란은 어이없는 표정으로 운차이를 바라보다가 의사에게 질문했다.

"왜 그런 표정을?"

"당신도 한밤중에 누군가가 문을 일검에 반으로 잘라놓고 들어서서는, 턱이 쪼개질 것인지 10셀 받고 특별 왕진을 할 것인지를 놓고 3초 안에 결정하라고 말한다면 나 같은 표정이 될 거요!"

그러나 주블킨이라는 이름의 그 늙은 의사는, 살벌한 외모로 무장한 두 사나이와 그 두 사나이보다 더 살벌한 키타나 하운드가 노려보고 있는 가운데 의술은 인술임을 주장하는 표정으로 얼굴을 고칠 수밖에 없었다. 의사는 더 이상 불평을 늘어놓지 않고 빠르게 미를 살폈다. 미의 눈꺼풀을 뒤집어 보던 의사는 눈살을 찌푸리고는 대야에 손을 씻으며 말했다.

"이봐요, 아가씨. 저 아가씨의 상의를 벗겨요."

운차이와 그란은 네리아가 미의 셔츠를 벗기기 시작하자 뒤로 조금 물러났다. 그런데 미의 옷을 벗기던 네리아는 갑자기 손길을 멈추었다. 그리고 그 옆에 있던 의사는 어이없는 목소리로 말했다.

"이게 뭐야? 무녀잖소?"

운차이는 하늘과 땅이 뒤집히는 한이 있어도 보지 않겠다는 표정으로 단호하게 천장을 쏘아보고 있었지만 그란은 의사가 바라보는 것을 흘긋 보았다. 하얗게 드러난 미의 오른쪽 어깨에는 복잡한 문신이 새겨져 있었다. 쇄골 부분에서부터 시작해서 오른팔 상완의 절반까지 뒤덮고 있는 커다란 문신이었다. 그란은 오랫동안 바라보기 계면쩍어서 더 이상 자세히 보지 못했지만, 네리아는 그 문신을 똑똑히 보았다. 그러나 똑똑히 보았으면서도 네리아는 그것이 무엇인지 알 수가 없었다. 도대체 무엇을 그린 것인지 짐작하기도 어려울 만큼 복잡한 선과

도형들의 모습이었다.

의사는 손을 씻던 동작을 멈추고는 험악한 표정으로 운차이를 보며 말했다.

"이봐! 장난치는 거요? 나더러 신열을 고치라는 것은 아니겠지?"

그란은 신열이 뭔지 궁금했지만 운차이는 별로 궁금하지 않았던 모양이다.

"신열이 아니오. 저 여자는 강신 같은 것은 하지 않았으니까."

의사는 의심스러운 표정으로 말했다.

"신열이 아니라고? 이상하군. ……아, 퓨처 워커요?"

"퓨처 워커……, 그렇소. 미래를 보더군."

"그럼 미래를 걷다가 뭐 실수한 거 아니오?"

운차이는 오늘 저녁에 그녀는 미래를 걷지 않았다고 말하려 했다. 하지만 네리아는 저녁에 보았던 모습을 떠올리고는 의사에게 말했다.

"아, 예. 아까 저녁에 혼자서 물그릇을 보더라고요. 그렇지만 아무렇지도 않았는데요? 엊그제도 그랬고 그 전날에도, 어쨌든 미는 자주 물그릇을 들여다보았지만 아무렇지도 않았어요. 갑자기 이럴 리가 없는……"

네리아는 말을 맺지 못했다. 여관 주인과 의사가 어이없는 표정으로 그녀를 쳐다보고 있었던 것이다.

"잠깐, 다시 말해 봐요. 엊그제도……, 뭐야? 매일 퓨처 워킹을 했다고?"

"예."

"농담하는 거 아니죠?"

"그런데요? 왜요?"

의사는 이제 혼수상태에 빠진 미를 바라보며 혼잣말처럼 말했다.

"무녀 아가씨, 죽으려고 작정했나?"

그란과 네리아는 충격을 받았다. 운차이가 빠르게 질문했다.

"그거 매일 하면 안 되는 거요? 우리는 뜨내기이고 이 아가씨와는 동료가 된 지 얼마 안 되어서 잘 모르는데."

의사는 불편한 표정으로 말했다.

"매일 하면 안 될 것은 없소. 한 달도 못 가서 죽어버려도 상관없다면 말이야. 당신네들 정말 무심한 동료였군."

네리아는 입을 쩍 벌린 채 미를 내려다보았다. 그리고 말 못하는 아달탄은 여전히 구슬픈 표정으로 사람들을 올려다보며 앉아 있었다.

의사는 별다른 처방을 하지 않았다. 퓨처 워커의 일은 스스로가 알아서 할 일이지 의사가 해결해 줄 것은 아무것도 없다고 말하며, 앞으로 미래를 걷겠다면 무조건 말리는 것이 좋을 거라는 처방만 남겨두고 떠나버렸다. 그래서 긴 밤 동안 운차이와 그란, 네리아는 어쩔 줄 모른 채 그저 미를 바라보고 있기만 했다. 물수건으로 땀을 닦아내거나 머리에 올려놓아 열을 식혀주는 일 외엔 할 수 있는 것이 아무것도 없었다.

그리고 다음날 정오 무렵, 미의 침대 옆에 앉아 있던 네리아는 반쯤 졸고 있다가 그녀를 부르는 미의 목소리를 듣게 되었다.

"네리아."

네리아는 화들짝 정신을 차리고 미를 바라보았다. 초췌해진 모습이었지만 미는 평온한 표정으로 네리아를 올려다보고 있었다. 네리아는 힘들게 미소를 지어 보이며 말했다.

"잠꾸러기. 이제 일어났어?"

미는 희미하게 웃으며 말했다.

"응."

"좀 어때? 왜 사람을 갑자기 놀라게 만드는 거야. 어젯밤엔 너무 놀라서 심장에 금 갔을 거야. 뿌지직뿌지직."

미는 별 표정 없는 얼굴로 말했다.

"미는 기억해. 의사가 왔지?"

"응."

"한 달도 못 가서 죽을 거라는 식의 말을 했을 거 같은데, 맞아?"

네리아는 두 번쯤 말을 꺼내려다가 실패한 다음 세 번째 간신히 말했다.

"맞아. 그거 정말이야?"

"그럴지도 몰라."

"바보 같으니, 왜 그런 거야! 우리는 까맣게 모르고 있었잖아. 너무한 거 아냐?"

미는 거의 호흡을 하지 않는 사람처럼 보였다. 아래에 살아 있는 몸이 있다고는 믿어지지 않는 시트를 보며 네리아는 서늘한 기분을 느꼈다. 미는 천장을 올려다보며 속삭이듯이 말했다.

"아달탄은 어디 있어? 다른 사람들은?"

"아달탄? 밤새도록 끙끙거리다가 조금 전에 잠들었어. 운차이랑 그란은 우리 일 때문에 나갔고. 그러니까, 후작의 자취를 찾아보러."

미는 알았다는 듯이 눈을 감았다. 하지만 네리아는 그냥 그렇게 그만둘 수 없었다.

"뭐 먹고 싶지 않아? 목마르지는 않고?"

"괜찮아."

"말 좀 해봐. 도대체 어떻게 된 거야? 왜 그렇게 죽을지도 모르는 일을 한 건데?"

미는 눈을 감은 채 고개를 돌려 네리아를 외면했다. 네리아는 그녀를 왈칵 잡아당길까 하다가 다시 숨을 고르며 말했다.

"듣고 싶어, 미. 말을 하라고."

미는 아무 말도 하지 않았다. 봄의 햇살 이외엔 아무런 조명도 없는 여관의 방은 회색의 일렁거림으로 네리아와 미를 감싸고 있었다. 창문으로부터 떨어져내린 햇살은 미가 덮고 있는 시트 위에 사각의 빛으로 반짝이고 있었지만 미의 얕은 호흡은 그 사각형을 전혀 일그러뜨리지 않았다. 정지되고 고요한 오후.

"미가 지금부터 말하는 것을 듣고 아무 질문도 하지 말아줘. 그냥 듣기만 해줘. 말을 하고 싶어."

미는 갑작스럽게 말했다. 네리아는 당황해서 뭐라고 말하려 했지만 미는 계속해서 말을 이어나갔다.

"미의 미래는 단순해. 미는 스물다섯 살에 쳉과 결혼해. 그러니까 바로 올해지. 쳉은 미가 12년 동안 사귀었던 남자 친구고 미는 쳉을 말 못할 정도로 사랑해. 저 아달탄은 쳉이 소개해 줬지. 어쨌든 미는 쳉과 결혼한 다음 4년 동안 행복하게 살아. 그리고 스물아홉 살이 되었을 때, 미는 남편인 쳉을 따라 여행을 떠나. 그 여행에서 쳉은 죽게 돼."

네리아는 신음 소리를 낼 뻔했다. 도대체 제대로 된 감정을 불러일으킬 수가 없이 극히 혼란스러운 기분을 느끼며, 네리아는 자신의 인생을 마치 남의 인생인 것처럼 평온하게 말하고 있는 미의 모습을 바라보았다.

"쳉이 죽게 되는 곳은 디도스야. 아무도 알아차리지 못하지만, 그때쯤 디도스에서는 페스트가 발생하거든. 그리고 페스트는 10년가량 헤게모니아를 점령할 거야. 그리고 쳉은 바로 그 병에 걸려서 죽게 돼. 미는 죽지 않아. 그리고 쳉의 죽음에 대해 슬퍼하지도 않아. 왜 그런 줄 알아? 쳉이 죽을 것을 알고 있었기 때문이야. 사람들은 미를 이상하게 바라보지. 어쨌든 미는 혼자서 고향으로 돌아와. 그리고 몇 개월 후, 미는 쳉의 아기를 낳다가 죽게 돼. 임신한 몸으로 혼자서 페스트가 횡행하는 땅을 가로질러 돌아오느라 너무 힘들었기 때문이야. 상당히 지저분한 모습으로 죽게 될 거야. 그 모습을 봤지. 몸에 기름기가 다 빠져버려 가죽을 대충 뼈에 붙여둔 듯한 모습으로 아래로 피를 질질 흘리며 죽게 돼. 무지 빨리 썩더라. 다행인지 불행인지, 아기는 살아날 거야."

네리아는 손바닥으로 입을 틀어막았다. 미의 얼굴은, 미의 목소리는 도대체 아무 변화가 없었다. 하지만 그것은 무표정이 아니었다. 뜨겁게 타오르는 슬픔을 억누른 그 비인간적인 평온함은 바라보기 끔찍스러울 정도였다. 네리아는 눈앞이 부옇게 변해 오는 것을 느꼈다.

"쳉과 미의 아기는 미의 여동생인 파의 손에 키워져. 그 아기의 이름은 아달탄이야. 사실 미는 미래의 미의 아기의 이름을 따서 저 개의 이름을 지은 거지. 미는 불러보지 못할 이름이라서, 아쉬워서. 하지만 미가 그런 짓을 한 바람에 파는 개의 이름을 따서 조카의 이름을 짓게 되는 거지. 우습잖아. 사실은 거꾸로인데. 무녀에게는 이런 이상한 일이 일어나기도 하는 거야."

미의 목소리에 조금씩 물기가 젖어들기 시작했다. 하지만 미는 어조의 높낮이를 그대로 한 채 계속해서 말했다.

"어쨌든 아달탄은 페스트가 횡행하는 헤게모니아에서 모진 고통을 겪으며 살다가 열 살도 되지 못해서 죽게 돼. 그다지 행복한 죽음이라고는 하기 어려운 모습이야. 그렇게 될 수가 없지. 그리고 파 역시 페스트에 걸리지만, 그 애는 그것 때문에 죽지는 않아. 미의 여동생, 착한 아이, 파는…… 파는 자살하게 돼. 여린 아이라서 주변 사람들에게 일어나는 계속된 슬픔을 감당할 수가 없거든. 이게 미와, 그리고 미와 관련된 사람들의 미래야. 그리고……, 무녀인 미 V. 그라시엘이 지켜야 될 미래고."

네리아는 무릎을 꿇고 말았다.

털썩. 떨리는 어깨를 부서져라 움켜쥐며 네리아는 입술을 깨물었다. 이게, 이게 미래를 본다는 것인가? 사람들이라면 누구나 자신은 시간에 의해 사형을 언도받은 사형수임을 알고 있다. 하지만 누구도 그것을 계속 되뇌며 살지는 않는다. 네리아는 팔이 떨어져나갈까 봐 두려워하는 사람처럼 양 어깨를 끌어안았다. 도대체 무슨 말을 할 수 있을까. 그러나 미는 계속 말했다.

"미는 그 모든 모습을 10년도 전에 알았어. 철이 들자마자 미의 죽음, 그리고 미의 가족과 아들의 죽음을 모조리 봤지."

"미……, 미……"

숨이 막히는 기분 속에서 네리아는 미의 이름만을 되풀이 되풀이 불렀다. 그러나 미는 그 소리를 듣지 못한 것처럼 계속해서 공허한 목소리로 말했다.

"행복할 수 있을까?"

봄의 따스한 공기 속에 희미한 먼지 입자가 반짝거렸다. 어디서 흘러들어 오는지 알 수 없는 꽃향기는 퀴퀴한 여관의 공기와 뒤섞여 정체를 알 수 없는 냄새가 되어 주위를 맴돌았다. 미는 시야를 떠다니는 금빛 먼지를 바라보며 노곤하게 말했다.

"미는 조금 전에 행복하다고 말했지. 쳉과 결혼해서, 4년 동안 행복하게 살 거라고. 그게 말이 돼? 하지만 미는 그렇게 살게 돼. 남편의 죽음이 기다리고 있는 여행을 함께 떠나고, 비참하게 죽어갈 아기를 낳을 거야. 자살해 버릴 여동생에게 아기를 부탁한다고 말하며, 그렇게 죽을 거야. 그리고 미는 사라져. 마치 있지도 않았던 사람처럼. 미의 추억, 미가 걸었고, 미가 웃었던 나날들은 과거에 덮이지. 아무도 모르게 되지."

미의 눈이 한없이 투명해지는 순간, 투명한 구슬이 그녀의 뺨을 타고 흘러내렸다. 그러나 미의 목소리는 그저 궁금하다는 투였다.

"행복할 수 있을까?"

네리아는 기어코 울음을 터뜨리고 말았다.

2

 오후 늦은 시각. 하루 종일 후작의 자취를 찾아보았지만 아무런 소득도 없었기에, 그란과 운차이는 조금 짜증스러운 기분으로 돌아왔다. 그리고 홀로 들어선 두 남자는 폭음이라고 부르기에도 좀 모자란 듯한 모습으로 술을 마시고 있는 네리아의 모습에 아연하고 말았다. 네리아는 홀 구석의 벤치에 몸을 기댄 채 오로지 술을 마시기 위해서 아직 쓰러지지 않은 듯한 모습으로 그란과 운차이를 맞이했다.
 "야아! 어서 와, 휘꾹!"
 오후 느지막하게 목이나 좀 축이러 찾아든 시민들은 그런 네리아의 모습을 보며 혀를 찼다. 그란은 어이가 없어서 아무 말도 못했지만 운차이는 사나운 표정으로 네리아를 쏘아보며 으르렁거렸다.
 "네가 제정신이 있는 거냐. 환자를 내버려두고 술을 퍼마셔?"
 네리아는 머리를 휘젓다가 그대로 옆으로 쓰러져버렸다. 그란은 눈을 질끈 감았고 운차이는 반대로 눈을 치켜떴다. 그러나 네리아는 힘겹게 일어나며 말했다.

"환자? 헤엥! 환자는 무슨. 안 죽어, 안 죽어. 휘꾹! 미는 저어어얼대로 안 죽어."

운차이는 욱하며 네리아를 향해 걸어갔다. 그러나 그때 그란의 손이 운차이의 팔을 잡아당겼다. 운차이는 잇소리를 내며 팔을 뿌리치려고 했지만 그때 들려온 네리아의 목소리에 멈춰 서고 말았다.

"미이이이는, 안 죽어. 앞으로 4년 뒤까지는 말이야. 깔깔깔! 죽어버릴 남편과 결혼하고, 죽어버릴 아기를 낳기 전까지는, 그 기분 찢어지게 좋을 그날까지는 미는 불사신이라고. 으킬킬킬킬! 휘꾹!"

"……그게 무슨 말이야?"

"제기랄, 안 죽는다고! 미는 안 죽는단 말이야! 사람 말이, 휘꾹! 말 같지 않아? 엉? 너 말야, 너! 운차이. 너 정말 나 너무 무시해. 인간적으로, 휘꾹! 너무 무시한단 말이야. 그으러지 마! 그럼 안 되는 거야, 너……, 음냐, 휘꾹!"

운차이는 고개를 가로젓고는 곧장 네리아에게 다가서서는 그 손에 들린 술병을 뺏어들었다.

"어? 어? 이게 뭐야, 내놔!"

네리아는 힘없이 손을 휘저었지만 운차이는 그 항변을 무시하고 곧장 네리아를 안아올렸다. 버둥거리는 네리아를 안아든 채, 운차이는 그란을 돌아보며 낮게 말했다.

"이 집 주인장에게 내가 하고 싶은 말이 있다. 난 올라가야겠으니

네가 대신 좀 해주겠어?"

"그러지. 사과하라는 말이지?"

"아니. 여자가 이렇게 취하도록 내버려두면서까지 돈을 벌려고 들면 조만간 조상을 만나게 될 거라고 전해 줘."

"넌 양식이 없는 놈이야. 어서 데리고 올라가."

그란은 운차이를 밀어붙이며 벌써부터 머리가 아파오는 것을 느꼈다. 모자란 자신의 헤게모니아 어 실력으로 도대체 어떻게 하면 원활하게 사과의 말을 할 수 있을까.

운차이는 발버둥을 치는 네리아를 데리고 간신히 2층으로 올라갔다. 그러나 이 상태에 빠져 있는 네리아를 환자 옆으로 데리고 갈 수는 없었다. 그래서 운차이는 그란과 자신이 쓰고 있는 방으로 들어선 다음 네리아를 침대 위에 던졌다. 네리아는 팔다리를 마구 휘저으며 침대 위에 나동그라졌다.

"아악! 야, 인마! 헥, 휘꾹! 내가 짐 보따리야?"

"짐 보따리는 주정은 안 부리지."

운차이는 그렇게 말한 다음 왼손으로 일어나려는 네리아의 팔을 걸어 다시 넘어뜨리는 동작과 오른손으로 파이프를 꺼내어 입에 무는 동작을 동시에 취했다. 몇 번 더 일어나려다가 운차이의 방해에 의해 계속 침대에 쓰러지게 된 네리아는 마침내 포기하고서는 두 팔을 펼치고 천장을 바라보며 거친 숨소리를 내기 시작했다.

"후……, 후……"

운차이는 파이프에 불을 붙이고 네리아의 옆에 앉아 우울한 표정으로 그녀를 내려다보았다.

창문을 통해 미끄러져내린 오후의 햇살은 침대 위의 네리아를 붉게 물들였다. 시트 위로 흐트러진 네리아의 붉은 머리카락 속으로 발갛게 상기된 네리아의 얼굴이 떠오르고 있었다. 그런대로 여자가 누워 있는 것 같은 모습이 만들어지는 것은 오로지 저 햇빛 때문이야. 운차이는 그렇게 되뇌며 어둑어둑한 방 안으로 흰 담배 연기를 흩날렸다.

네리아는 갑자기 몸을 옆으로 돌렸다. 운차이에게 등을 보인 자세로 돌아누운 네리아는 그대로 훌쩍거리기 시작했다. 운차이는 그녀의 등을 내려다보며 씁쓸한 목소리로 말했다.

"안 취했지?"

네리아는 여전히 어깨를 들썩이며 울 뿐 대답하지 않았다. 운차이는 고개를 돌려 서쪽 창문을 통해 기울어가는 태양을 곁눈질했다. 운차이는 실눈을 뜬 채 해를 보며 말했다.

"네가 술이 얼마나 센지는 잘 알아. 그란은 안 올라올 테니 말해 봐. 아까 그게 무슨 말이지?"

"말 그대로야."

"……미가 그랬나? 4년 뒤에 그녀의 남편이 죽고, 그리고 그녀 자신도 죽을 거라고?"

네리아는 갑자기 벌떡 일어섰다. 운차이의 시야를 붉은 파도로 가득 채우며 그녀는 그대로 운차이의 목을 휘감았다. 운차이는 조금 당황하다가 곧 파이프를 테이블에 내려놓고는 네리아의 어깨를 천천히 감싸 안았다. 운차이는 네리아의 붉은 머릿결 속에 얼굴을 파묻으며 작게 속삭였다.

"그런 건가?"

네리아는 흐느끼며 말했다.

"그래. 윽, 으윽……. 그리고, 남편도 죽고 미도 죽고 나서, 10년 뒤에는 미의 아들도 죽고, 그 여동생은 자살할 거야. 그렇게 될 거래. 나, 난 너무 무서웠고, 너무 슬펐어. 미는 아무렇지도 않게 그런 이야기를 했어. 그, 흐윽! 그건 사실이야. 도저히, 도저히 믿지 않을 수가 없었어. 너도, 너도 그 얼굴을 봤어야 해. 그래. 운차이, 나, 난 너무 슬퍼. 무서워! 으흐흑!"

운차이는 아무 말 없이 네리아의 어깨를 쓸어내렸고 네리아는 그의 가슴에 얼굴을 파묻고는 숨이 막히도록 흐느꼈다. 하지만 그녀의 공포는 아직 다 표현된 것이 아니었다.

"그런데, 어흑! 그런데 미는 그것을 원해."

"무슨 말이지?"

"미는 미래를 볼 수 없게 되었대. 그래, 더 이상 미래가 안 보인대. 으, 흐윽! 그 물그릇, 그 물그릇 속에서 더 이상 미래의 모습이 보이지 않게 되었대. 그날, 그날 기억나? 우리가 처음 만났을 때. 미는 아무 모습도 보여주지 않다가, 그러다가 그란의 모습을 보여줬어. 기억나지? 그건 말이야, 그건 과거라고. 미래가 아냐!"

네리아의 머릿결 속에서 운차이의 눈이 무섭게 번득였다. 그날의 기억을 재빨리 떠올리는 것은 간단했다. 계속 그 상황에 대해 생각하고 있었으니까.

미는 원하는 시간을 볼 수 있다고 했다. 그러나 미가 보여준 것은 과거의 모습뿐이었다. 미래의 모습은 다른 사람의 눈에는 보이지 않는다는 식으로 말한 적이 없다. 그런데 왜 미는 과거의 모습만을 보여주었을까. 네리아는 요란하게 딸꾹질을 하고서는 울부짖었다.

"그래, 미가 왜 여행을 나왔는지 알아? 응? 미는 말이야, 미는 미래가 보이지 않게 되고 있다고 했어. 그래서, 그래서 그것을 바로잡으려고 여행 나온 거야. 알아? 내 말 무슨 말인지 알겠어? 미래가 안 보이게 되어서, 그래서 원래대로 돌려놓으려는 거야. 큭, 그, 그런데 그 원래가 뭐야? 응? 운차이! 말해 봐. 그 원래라는 것이 도대체 뭐야?"

맙소사……. 네리아의 등을 어루만지던 운차이의 손이 갑자기 멈췄지만 두 사람 모두 그것을 알아차리지 못했다. 운차이는 까마득한 기분을 느끼며 눈을 질끈 감았다.

운차이가 홀로 내려왔을 때 그란은 네리아가 차지하고 있던 자리를 차지하고서는 팔짱을 낀 채 술잔을 노려보고 있었다. 홀 안의 손님들이 호기심 어린 표정으로 운차이를 바라보았지만 운차이는 아무 말 없이 그란에게 다가가 앉았다. 그란은 고개를 들지 않은 채 말했다.

"네리아는?"
"잠들었어."
"수고했어. 들려줄 건가."
"그래야 되겠어."

운차이는 쓸쓸하게 웃었다. 그와 네리아에게 시간을 주기 위해 여기

시간 속에 던져진 파멸의 닻 51

서 앉아 기다리고 있던 그란에게, 운차이는 미의 이야기를 들려주었다. 차분한 표정으로 듣기 시작하던 그란은 이야기의 마지막 부분에서 창백한 얼굴로 운차이를 마주보고 있게 되었다. 그의 감정은 도저히 헤게모니아 어로는 표현할 수가 없었다. 하지만 바이서스 어로 나온 그란의 말도 그의 감정을 표현하기에는 많이 부족한 것이었다.

"세상에……"

운차이는 고개를 끄덕였다.

"미래를 안다는 것은 끔찍하더군."

"그래. 나 같으면 자살해 버리겠어. 아냐, 잠깐. 자살할 수 없는 건가? 그럼 미래가 변화되는 거야? 이런, 제길! 도대체 뭐가 뭔지 알 수가 없군. 그럼 뭐야, 무슨 일이 일어날지 다 알고, 무슨 말을 해야 할지 다 아는 상태에서 그대로 따라하는……"

"연극이다."

"응?"

"연극이야. 대본을 외워 그대로 말하고 그대로 행동하는 것 말이다. 미는 그렇게 산다는 말이지."

"그래, 그렇군. 하지만 사람이 어떻게 그렇게 살 수 있단 말이지?"

운차이는 손을 들어올려 눈가를 문지르며 피곤한 음성으로 말했다.

"말이 안 되는 것 같기는 하지만, 불가능할 것은 없지."

"뭐?"

"불안하지는 않잖아? 좋은 점도 있지."

그란은 고개를 짧고 강하게 흔들었다.

"그건 살아도 사는 것이 아니다. 네가 그런 입장이라고 생각해 봐. 아니, 그런 입장이 된다는 것은 말이 안 되겠군."

"될 수 없을까."

"다른 사람의 입장이 되어본다는 것이 가능하기나 한 말이냐?"

운차이는 윗주머니를 뒤져 파이프를 꺼내며 말했다.

"우리 속담에, 낙타의 눈꺼풀로 덮을 수 있는 것은 모래쥐의 눈꺼풀로도 덮을 수 있다고 하지."

그란은 잠시 입을 다문 채 술병을 기울였다. 따르르르. 청동 술잔에 술이 떨어지며 맑은 소리를 내던 것도 잠시, 곧 술은 술잔만 한 크기의 동심원 가운데를 꿰뚫는 화살처럼 고정되었다. 그란은 술병을 내려놓으며 말했다.

"바라보는 세상은 하나라는 의미인가?"

"대충."

"하지만 미가 보는 세상은 우리와 완전히 달라."

"그렇긴 하지."

"그녀의 입장이 된다는 것은 불가능해."

"그럴 거야."

"하고 싶은 말이 뭐지?"

운차이는 파이프를 입에서 떼었다. 그의 입술 사이로 진하고 흰 연기가 피어올라 남부 전사의 얼굴을 잠시 가렸다. 홀의 불그스름한 공기 속으로 흩어져가는 그 흰 안개를 향해 운차이는 말했다.

"우리가 그녀의 입장이 될 수 없다면, 그녀 역시 우리의 입장이 될 수 없겠지. 내일이 어떻게 될지 모르는 우리 같은 사람의 입장 말이야. 나는 이에 대해서 수만 명의 장님들 틈에 홀로 섞인 정상인의 예를 들어보고 싶은데."

"그래……?"

"그런 정상인은 어떤 기분일까."

"뭐?"

"그런 정상인은 우선은 장님들에 대해 동정심을 느끼겠지. 하지만 그 많은 장님들을 모조리 돕는 것은 현실적으로 불가능해. 결국 어떻게 될까. 그 정상인은 장님에 대한 모든 동정심을 포기해 버리겠지. 구렁텅이에 발을 들이밀든, 절벽이나 불구덩이로 걸어가든, 신경 쓰지 않게 되겠지."

그란은 눈살을 찌푸렸다. 속눈썹에 어리는 촛불 빛을 보며 그란은 음울하게 말했다.

"그래서?"

"오산이었나 보다."

"무슨 말이지?"

운차이는 다시 파이프를 물었다.

"고스빌을 떠나올 때, 솔직하게 말해서 나는 미를 위해서 그녀를 데리고 온 것은 아니야. 그것보다는 그녀가 미래를 볼 수 있다는 점에 끌렸지. 그녀가 우리와 동행이 된다면 행동 계획을 세우는 데 있어 보다 유리하지 않을까 하는 계산적인 생각. 알겠나."

그란은 고개를 끄덕였다.

"그래. 무슨 말인지 알겠군. 나 역시 그런 생각을 안 해 본 것은 아니니까."

"동료라면……, 그래. 미래를 본다면, 예를 들어 그 다음날 앰뷸런트 제일이 구덩이에 발이 빠져 발목을 부러뜨리는 일이라도 발생할 것 같다면 미는 미리 알려줄 수 있지 않을까 생각했지. 동료의 이름으로 그런 희망쯤 가져볼 수 있지 않을까 한 거지. 그리고……, 그보다 더한 것도."

"후작?"

"그래."

"그런데?"

"잘못 생각한 것 같아. 그녀는 우리에 대한 동정심이 없을 거야. 아니, 동정심은 있을지 몰라도 말해 주지는 않겠지. 어쨌든 자기 아버지를 죽게 내버려둔 여자였으니까. 그녀가 비정하다고는 말하지 않겠어. 나로선 상상도 되지 않는 슬픔을 가지고 있겠지. 하지만, 내가 그녀의 도움을 받을 수 없다는 점은 확실해졌다는 말이다. 그녀는 말해 주지 않을 거야. 어쨌든 이젠 말해 줄 수도 없게 되었지. 미래를 볼 수 없게 되었다니까."

"으음."

그란은 운차이의 말에 고개를 끄덕였다. 어쨌든 운차이는 그란의 목이 굳어버리는 일은 확실히 방지해 주고 있는 셈이다. 그란은 자신의 생각에 피식 미소를 지으며 말했다.

"그런데 네가 말한 그 장님 속의 정상인 말이다."

운차이는 파이프를 문 채로 눈만 추켜올려 그란을 바라보았다. 그란은 까슬까슬한 턱수염을 긁으며 말했다.

"원래 장님인 사람은 사물을 못 봐도 그렇게 고통스럽지 않겠지. 하지만 정상인이 어느 날 장님이 되었다면 기분이 어떨까."

운차이는 부지불식간에 파이프를 입에서 떼고는 자세를 똑바로 했다. 하지만 이것이 상대에 대한 존경의 의미로 자세를 바로잡는 자이펀 검사의 예법이라는 것을 알지 못하는 그란은 무덤덤하게 바라보고 있었다.

운차이는 깊은 한숨을 내쉬며 말했다.

"그렇겠군. 원래 미래를 모르는 우리와는 다르군. 갑자기 미래를 못 보게 되었다면, 우리가 미래에 대해 느끼는 불안감보다 훨씬 더 큰 불안감을 느끼겠군."

"그렇게 생각되는데."

"그란 자네는 확실히 인정머리라는 면에서는 나보다 낫군. 검술도 그 정도 되면 좋으련만."

"······꼭 독기 묻은 말 한 마디씩 달지 않으면 말을 못하는 거냐?"

운차이는 대답하지 않았다. 파이프를 다시 물며 의자에 몸을 파묻는 운차이를 바라보며 그란은 희미한 미소를 지었다. 하지만 운차이는 전혀 미소 지을 수 없었다. 두 가지 의문은 도저히 풀 수 없었던 것이다. 한 가지는 원론적인 문제였고, 한 가지는 실질적인 문제였다.

왜 미는 미래를 볼 수 없게 되었을까?

후작은 도대체 어디 있을까?

주블킨 일레드마. 턴빌에 딱 두 명 있는 의사 중 선배에 해당하며, 자신의 학식은 높다고 믿으며 자신의 치료비는 낮다고 믿는 공정 무쌍한 사내는 황당했다. 어젯밤 운차이인지 우마차인지 하는 미친 녀석이 문을 잘라놓고 들어섰을 때 주블킨은 그것이 다시는 겪기 어려운 진귀한 경험이 될 거라고 믿었다. 하지만 오늘 밤, 간신히 떨어져나가지 않도록 기대어놓은 문이 다시 쪼개지고 말았을 때, 주블킨은 의사의 집 문을 부수고 들어서는 것이 새로운 유행이 되고 있는 게 아닌가 의심했다.

"이 무슨 정신 나간……"

주블킨은 거기까지만 말했다.

들어선 사내는 인사를 하거나 말을 꺼내거나 숨을 돌이키기 위한 단 한 순간의 정지도 없이 그대로 걸어와 주블킨의 멱살을 움켜쥐었다. 그러고도 사내의 발걸음은 멈추지 않았다. 쾅, 쾅, 콰쾅! 테이블이 나동그라지고 약무더기가 휘날리고 진료 기록들이 춤을 추고 발길에 걷어채인 의자가 요란스럽게 굴러갈 때도 사내는 걸음을 멈추지 않았다. 그래서 주블킨은 발버둥조차 칠 수 없이 황급하게 뒷걸음질 쳐야 했다. 위아래로 마구 흔들리던 주블킨은 사내의 얼굴을 거의 보지 못했다. 그가 본 것은 드문드문 새치가 섞인 밤빛 머리카락뿐이었다.

쿠쾅! 사내는 주블킨의 뒤통수가 벽을 들이받으며 장엄한 충격음을 울려퍼지게 만들었을 때 겨우 멈춰 섰다. 그러고는 주블킨이 눈앞을 맴도는 아름다운 별들과 이름 모를 새들의 날갯짓을 멍하게 바라볼 틈도 주지 않고 곧장 그를 밀어올렸다. 놀랍게도 주블킨은 두 발이 허공에 뜬 채 사내의 오른손과 벽 사이에 끼어버리고 말았다. 사내는 그제서야 입을 열었다.

"누가 아파."

"내가 아픈데."

사내는 씨익 웃으며 주블킨의 멱살을 놔주었다. 아니, 놔줄 듯이 손을 꿈틀거렸다. 주블킨이 몸을 앞으로 기울이려는 순간 밤빛 머리의 사내는 다시 밀어붙였다. 쿠쾅! 주블킨은 허파가 터지는 듯한 충격 속에서 거의 숨도 제대로 쉬지 못했다. 그러나 사내는 음정의 변화가 거의 없이 낮고 쉰 목소리로 말했다.

"누가 아파."

"여자, 검은 머리 무녀."

주블킨은 허덕거리며 간신히 대답했다. 사고를 뛰어넘어 단숨에 내뱉은 말이었지만 그것이 정답이었던 모양이다. 사내는 씁쓸한 목소리로 이렇게 말했던 것이다.

"하필 그 무녀란 말이지."

그제서야 주블킨은 간신히 안도의 한숨을 내쉴 정도의 여유를 되찾았다. 두 번이나 짓찧어진 뒤통수는 틀림없이 살갗이 벗겨져 있으리라. 두 눈 가득히 눈물이 그렁했던 주블킨은 사내의 얼굴을 똑바로 바라보기 위해 눈을 깜빡여서 눈물을 짜내었다. 쿠쾅!

"내가 영감 마누라야. 왜 눈짓을 하고 지랄이야. 얼마나 아파. 약을 가져다줘야 하나."

사내는 의문문을 마치 평서문처럼 발음했지만 주블킨은 그런 것 따위에 신경 쓸 겨를이 없었다. 불가사의할 정도의 힘으로 잡아 끌어올려진 옷깃은 마치 교수대 밧줄처럼 주블킨의 목을 졸라왔다. 주블킨의 볼은 시뻘겋게 부풀어 올랐고 그의 입은 한 모금의 공기를 찾아 거칠게 헐떡거리고 있었다. 뒤통수에서 피가 흘러 목을 적셔오는 가운데 주블킨은 거의 혼수상태에 빠져서 대답했다.

"아, 아니……. 약은 안 써."

"왜지."

"놔두면 나을 테니까."

"약을 가져다줘. 빨리 나을 수 있는 처방이 생각났다고 말해."

"무, 무슨 약을?"

"먹으면 사나흘 동안 혼수상태에 빠질 수 있는 약 있나."

네가 찾아가서 지금 내게 하고 있는 짓을 해줘라, 사흘이 아니라 3년은 혼수상태에 빠져 있게 될 거다. 주블킨은 속으로 그런 악담을 퍼부어대었고, 그것은 그에게 있어 퍽 유감스러운 결과를 불러왔다. 쿠쾅!

"아직 생각이 안 떠오르나."

"이, 있어. 있다고!"

"좋아. 당장 가져다줘."

"다, 당장?"

"그래."

"아, 알았어."

당장 좋아하시네. 여기서 나가기만 하면 당장 경비 대원들을 불러올 테다. 그러나 주블킨은 이어진 사내의 행동을 보며 자신의 계획을 전면 재검토해야 되었다. 사내는 여전히 오른손으로 주블킨을 붙잡아 올린 채 왼손을 품속으로 가져갔다. 다시 끄집어내어진 손에는 얼핏 보아도 열 개는 넘을 듯한 금화가 쥐어져 있었다. 사내는 그 금화를 바닥에 떨어뜨렸고 금화들은 요란한 소리를 내며 사방으로 굴러갔다. 댕그랑, 데구르르. 사내는 금화는 바라보지도 않은 채 주블킨을 올려다보며 말했다.

"시키는 대로 하면 전부 네 것이다."

주블킨은 심한 갈등을 느껴야 했다. 그러자 사내는 주블킨의 고민을 상당 부분 덜어주는 친절함을 보여주었다. 사내는 정확한 발음과 적당한 높이의 음성으로 다음과 같이 말했다.

"시키는 대로 하지 않으면 너, 너의 아내, 너의 자식, 너의 손자까지 모조리 죽이겠다. 약속할 테니 믿어도 좋아. 나는 약속을 잘 지키는 편이라는 평판을 받고 있지."

주블킨은 상대가 아주 모범적으로 미친 녀석이라고 판단했다. 그리고 주블킨은 미친 녀석이 어떤 짓을 할 수 있는지에 대해 잘 알고 있는 의사였다. 그래서 주블킨은 사내의 이글거리는 눈빛을 받으며 자기 자신에 대한 치료도 미뤄놓은 채 정성스럽게 약을 조제할 수밖에 없었다.

덜덜 떨리는 손으로 약을 조제하면서 주블킨은 사내를 흘끔흘끔 보았다. 그러다가 사내의 손을 보게 된 주블킨은 조금 의아함을 느꼈다. 사내는 조금 독특하게 생긴 장갑을 끼고 있었다. 검은 가죽으로 만들어져 있었고 손등 윗부분은 쇠고리로 촘촘하게 뒤덮여 있었다. 그런데 주블킨은 그 장갑을 다른 곳에서도 본 것 같은 기분이 들었다.

'어디서 봤더라.'

주블킨은 고민해 보려 했지만 사내의 눈빛이 순간 번득였기에 더 이상 그 문제에 대해 고민하지는 못했다. 사내는 벽에 비스듬히 기대선 채 조제 과정을 매섭게 바라보고 있기는 했지만, 그렇다고 해서 약학에 대해 뭔가를 알고 있는 것 같지는 않았다. 사내의 기색을 살피던 주블킨은 결심했다.

사내는 주블킨 일레드마에 대해 잘 모르고 있었다.

주블킨은 동정심이나 정의감보다는 오로지 자신의 구겨진 자존심을 위해서, 그저 신경을 안정시켜 졸음이 오게 만들 정도의 약을 만들었다. 망할 녀석. 이건 네 녀석이 원하는 대로의 약효를 낼지도 모르지만, 아닐 수도 있어. 그 무녀의 정신이 어느 정도로 민감하고 세심할지에 따라 전혀 엉뚱한 효과를 내게 될지도 모르지. 사내는 알지 못했지만 주블킨에게는 아내도 자식도 없다. 나를 죽이겠다고? 좋을 대로 해봐. 이 나이에 이런 수모를 당하고 더 오래 살고 싶은 생각도 없어. 그러나 내가 너에게 한방 먹였다는 사실은 변함없을걸?

주블킨은 냉혹한 미소를 짓지 않으려 노력하면서 약의 조제를 마쳤다.

"내가 가져다줘야 되나?"

"당연하잖아, 이 미련한 늙은이야."

"좋아. 가져다주겠어. 그럼 이제 저 돈은 내 거지?"

말을 꺼내던 주블킨은 아차 하는 심정으로 입을 다물었다. 사내는 아무 대답 없이 주블킨을 뚫어지게 노려보고 있었다. 마치 주블킨의 모습이 이상스레 침착하다고 느끼는 것처럼. 주블킨은 사내의 눈치를 살피고 싶었지만 애써 시선을 돌리며 불안하게 말했다.

"이 약을 가져다주고 난 다음에?"

사내는 여전히 대답하지 않았다. 주블킨은 그만 무릎을 꿇어버리고 싶어졌다. 젠장, 알아차렸어! 일부러 약학에 대해서 잘 모르는 척하며 나를 시험한 거였어. 저 완전히 미친 녀석은 이제…….

"이만 가보겠다. 그러나 그 무녀가 혼절하지 않으면 다시 찾아오지."

사내는 대답도 기다리지 않고 그대로 벽에서 몸을 뗐다. 그리고 들어왔을 때처럼 앞의 장애물 등에 아무 신경도 쓰지 않는 단호하고 멈춤 없는 걸음걸이로 문을 나가버렸다.

남겨진 주블킨은 문을 멍하니 바라보았다.

사내는 마치 찾아오지 않았던 것처럼 사라졌다. 조금 전에 일어난 모든 일들이 마치 못된 페어리의 장난으로 꾸게 된 악몽처럼 느껴질 정도였다. 하지만 방 안을 어지럽게 굴러다니는 금화와 작업대 위에 놓인 약은 사내의 방문을 확실하게 증거하고 있었다.

주블킨은 갑자기 자신이 퍽 늙었다는 생각을 떠올렸다.

턴빌의 여관가. 시원하게 뚫린 대로.

오가는 사람들이 떠드는 말이 무엇이든 그것은 삶의 애증으로 아름다울 것이다. "이 벼락 맞을 양반아, 다 늙어빠져서 오입질이냐!" "더러운 입 다물지 못해, 이 주책바가지 여편네야!" 언제든 잃지 않는 한 조각의 희망이 있기에 사람들의 발걸음은 오늘도 이어지고 "얼씨구, 연놈 잘 붙어다닌다. 에라이, 자식아. 뼈 삭겠다." 정겨운 집으로 돌아갈 수 있는 시간이 돌아올 그때까지 사람들은 힘써 일할 것이다. "으아악! 소매치기야! 저놈 잡아라!"

어쨌든 턴빌이 지상 낙원은 아니다.

지상 낙원이 아닌 도시의 공중누각이 아닌 여관의 2층 창문에서 성인(聖人)이 아닌 자가 대로를 내려다보고 있었다.

드문드문 섞여 있는 새치를 제외하면 사내의 머리카락은 결이 고른 밤빛이다. 주블킨 일레드마의 악몽이며 운차이 발탄의 짜증거리, 그리고 그란 하슬러의 원수라는 다양한 인간관계를 자랑하는 사내는 건너편의 펍을 매섭게 바라보고 있었다.

할슈타일 후작. 한때 바이서스에서 파티나 무도회를 여는 귀족들은 초대객 명단의 상위 3위 안에 반드시 이 이름을 기재했다. 바이서스 300년의 역사에서 그런 일이 중단되었던 때는 한 번도 없었다. 하지만 그 명문가의 마지막 후예는 사라져가는 권력과 소멸되어 가는 권리를 되찾기 위해 불장난을 저질렀고, 지금 반역자의 입장으로 머나먼 헤게모니아의 지저분한 마을에 몸을 숨기고 있었다. 그리고 그를 뒤쫓는 것은 전향 간첩과 전직 반역자와 나이트호크.

운차이의 예상은 틀렸다. 후작은 그들의 코앞에 숨어 있었다. 오늘 하루 동안 운차이와 그란이 미를 네리아에게 맡겨두고 턴빌 시내를 그토록 돌아다녔지만 후작의 자취를 발견할 수 없었던 이유가 바로 이것이다.

물론 이것은 후작이 남달리 대담하기 때문은 아니다. 후작은 그들이 고스빌에서 이렇게 빨리 추적해 올 줄은 몰랐다. 살인 사건에 휘말려서 장기간 고스빌에 발이 묶이게 될 줄 알았던 그 일행이 바로 건너편의 펍에 와 있다는 것을 알았을 땐 후작은 가슴이 서늘할 지경이었다.

그래서 생동감에 넘치는 턴빌의 대로를 사이에 두고 도망자가 추적자를 감시하는 이상한 광경이 펼쳐지게 된 것이다.

할슈타일 후작은 물끄러미 시야에 들어온 모든 정물과 동물을 차별 없이 바라보고 있었다. 그의 등 뒤에 있던 사내는 그런 후작을 바라보다가 아쉬운 듯한 어투로 말했다.

"무녀가 아니라 다른 녀석이 병에 걸렸다면 좋았을 텐데. 아쉽군요, 후작님."

후작은 잠시 대답할 마음이 없는 것처럼 입을 다물고 있었다. 뒤의 사내가 뭔가 다른 말을 떠올렸을 때 후작은 갑작스럽게 말했다.

"왜 그렇지. 궤헤른."

"그 자이펀 녀석이나 핫소드가 병에 걸렸으면 훨씬 좋았을 겁니다. 그럼 녀석들을 처리해 버리기 쉽지 않겠습니까."

"녀석들을. 천만에."

"예?"

후작은 몸을 돌려 궤헤른을 바라보았다. 궤헤른은 그가 웃고 있다는 것을 알아차렸다.

"나는 녀석들이 좋아."

"무슨 말씀이십니까?"

"녀석들이 좋다고. 보수도 없고 보람도 없는 일에 미친 듯이 달려들고 있는 점이 마음에 들어. 바보는 항상 나를 즐겁게 만들거든. 그란인가 하는 그 녀석은 디트리히의 아버지이지. 좋아, 녀석은 보람이 있다고 치지. 하지만 자이편 녀석은 왜 그러는 거지."

"길시언…… 왕자의 복수를 원하는 것 같습니다만."

"그래. 멍청이지. 그럼 그 붉은 머리는?"

"그 암고양이는 여행을 즐기고 있는 것 같습니다. 가장 목적이 희미합니다."

"전부 낭만주의자들이야. 난 그런 녀석들이 정말 좋아. 하하하!"

후작은 말을 마치며 환하게 웃었고 그 웃음을 바라보며 궤헤른은 으스스한 기분을 느꼈다. 후작은 얼굴의 웃음을 지우지도 않은 채 말했다.

"녀석들은 내 거야."

"예?"

"궤헤른, 말을 실수한 걸세. 저렇게 높은 원동력을 내가 왜 쉽게 포기해야 되지. 자네는 차넬이 말한 상황과 행동의 관계도 듣지 못했나."

"들어봤습니다."

후작은 궤헤른의 대답을 무시하며 말했다.

"궤헤른 자네는 나에게 있어 양성 원동력일세. 내 일을 돕고 있으니. 그리고 저기 저 펍에 웅크리고 있는 녀석들은 음성 원동력이야. 내 일을 훼방 놓고 있어. 하지만 훼방은 적극적인 힘의 활용이야. 분명히 발휘되고 있는 힘이고, 그런 것은 얼마든지 이용할 수 있어. 멍청한 녀석들이나 훼방꾼을 싫어하지 현명한 자는 누구나 훼방꾼을 환영해. 그건 활활 타오르고 있는 힘이거든. 내게 있어 가장 쓸모없는 녀석들은 아무런 일도 하지 않고 저렇게 게걸스럽게 살아가고 있는 버러지들이야!"

후작은 다시 몸을 돌려 대로를 가리키며 낮게 으르렁거렸다.

"저런 녀석들이라면 나는 수백, 수천 명이라도 죽이겠어. 있어도 그만이고 없어도 그만인 채로 살아가는 녀석들이라면."

궤헤른은 대답하지 않았다. 뭔가 많은 말을 할 수도 있을 것 같지만, 사실 아무 말도 할 수 없는 상황이기도 했다. 그래서 궤헤른은 거북한 기분을 느끼며 후작의 등을 바라보고 있었다.

갑자기 후작은 미소를 지었다.

"좋아, 저걸 봐."

궤헤른은 조심스러운 동작으로 후작의 옆으로 다가서서 아래쪽 대로를 바라보았다. 황혼으로 붉게 물드는 대로 저편에서 머리에 붕대를 두른 늙은 사내가 손에 뭔가 꾸러미 같은 것을 든 채 걸어오고 있었다. 사내의 걸음걸이는 매우 이상했고 궤헤른이 보기 시작한 후의 짧은 시간 동안에도 두 번이나 다른 사람과 부딪혔다. 세상의 근심 걱정은 혼자 다 짊어진 듯한 표정에 많은 사람들이 그에게 말을 걸었을 지경이었다.

"저게……, 누굽니까?"

궤헤른의 질문은 후작을 기분 좋게 한 모양이다. 후작은 싸늘한 미소로 남자를 바라보며 말했다.

"또 하나의 양성 원동력이지. 원래는 버러지였지만, 나에 의해 의미를 가지게 된 녀석이지. 녀석은 자칭 의사야. 다리 부러진 말을 가진 농부에게 엉터리 약을 만병통치약인 것처럼 속여 팔아먹고, 집안일이 하기 싫어서 병이 나버린 아낙네의 손목을 쥐며 은근한 즐거움을 맛보던 녀석이었겠지. 쓰잘 데 없는 버러지 녀석. 하지만 나는 녀석에게 힘을 주었고, 그래서 녀석은 지금 저렇게 비틀거리며 걸어오고 있지."

궤헤른은 잠자코 기다렸다. 후작은 즐거운 목소리로 말했다.

"녀석은 그 검은 머리 무녀에게 약을 가져다줄 거야. 무녀는 그것을 먹고 사흘 정도는 곯아떨어져 버릴 테고."

"예? 아니, 왜……"

"내겐 그 무녀가 필요해."

"왜 필요하십니까?"

할슈타일 후작은 궤헤른의 질문에 대해 대답하기에 앞서 보다 잘 보기 위해 창틀에 손을 짚고 앞으로 몸을 기울였다. 궤헤른은 그를 말리고 싶었지만 포기하고 말았다. 후작은 길 저편에서 걸어오는 의사 주블킨의 모습을 바라보며 싱긋 웃으며 말했다.

"문제. 과거로 향하는 흐름이 뭐지."

궤헤른은 당황했다. 후작은 갑자기 신스라이프의 문제를 말하고 있었던 것이다. 그리고 그 문제에 대해서라면, 궤헤른 역시 그 문제를 알게 되었을 때부터 지금까지 편두통이 일어날 정도로 많은 고민을 했지만 아직도 해답은 떠올리지 못한 터였다. 궤헤른은 힘없이 말했다.

"모르겠습니다. 미래로 흐르는 것이라면 많습니다만 과거로 향하는 흐름이 뭐지요? 아무리 생각해 봐도 추억이나 회상, 기억, 역사. 뭐 이런 것밖에 떠오르지 않습니다."

"고정이지."

"예?"

"문제. 미래로 향하는 흐름은 뭐지."

궤헤른은 후작이 말한 '고정'이라는 단어에 대해 생각하고 있었기 때문에 후작의 두 번째 질문에 대해서는 대답할 시간이 없었다.

"아, 저……"

"변화지."

궤헤른은 후작의 말을 말장난으로 생각할 것인지, 아니면 중요한 의미가 담긴 말로 생각해야 될 것인지를 놓고 고민했다. 하지만 궤헤른이 아는 후작은 말장난을 즐기는 성격은 아니었다. 그래서 궤헤른은 다시 고민해 보아야 했다.

"예. 과거는 변화할 수 없는 고정된 것이 되고……, 미래는 변화할 수 있는, 아직 아무것도 결정되지 않은 시간의 들판이겠지요."

후작은 여전히 궤헤른의 대답에는 별로 신경 쓰지 않은 채 질문했다.

"마지막 문제. 시간은 어디서부터 어디로 흐르지."

"예? 저, 시간은 미래로 흐르는 것 아닙니까?"

"자넨 인간들이 보편적으로 가지고 있는 시간 개념에서 벗어나지 못하고 있군."

후작이 움켜쥐고 있던 창틀은 이제 불길한 소리를 내기 시작했다. 끄구구구긋. 궤헤른은 불안한 표정으로 후작의 손을 내려다보았다. 후작의 손은 이제 창틀의 나무속으로 파고들 지경이었다. 하지만 후작은 알아차리지 못한 듯이 대로를, 정확하게는 그 건너편의 펍을 바라보며 나지막하게 말했다.

"시간은 미래로부터 와서 과거로 가는 것이네. 알겠나."

"예?"

"미래는 우리에게 계속 다가오고 있네. 과거는 우리에게서 계속 멀어지고 있고. 자네는 그 간단한 사실도 모르나. 시간과 사람을 혼동해선 곤란해. 그래, 사람은 늙어가지. 자기중심주의에 입각해 시간은 미래로 간다고 헷갈려버리기 좋은 대목이야. 모든 것이 미래로 가니까 시간도 그럴 거라고 아무 생각 없이 믿고 있는 거지. 하지만 잠시 머리를 식히고 생각해 봐."

후작은 갑자기 고개를 들어 하늘을 바라보았다. 마치 하늘 어딘가에서 시간의 흐름을 포착하려는 듯이.

"모든 것이 미래로 간다는 것은 뭘 의미하지."

"그것은……"

"시간이 과거로 가고 있다는 뜻이지. 미래로부터 흘러온 시간은 현재를 지나치는 순간 과거에 가서 고정되는 거지."

"그렇게 생각할 수도 있겠습니다만……, 어째 논리의 유희처럼 느껴집니다."

"닥치고 들어."

궤헤른은 흠칫하며 뒤로 조금 물러났지만 후작은 여전히 창틀을 짚은 채 하늘을 쏘아보고 있었다.

"이 정도로 설명해 줬으면 알아야 되지 않나. 과거로 향하는 흐름이라는 것은 시간이다. 이제 미래로 향하는 흐름이 뭔지에 대해 생각해 봐."

불안감 때문이었을까. 궤헤른은 약간 도전적인 태도로 말했다.

"말씀하셨잖습니까. 모든 것은 미래로 흐른다고. 시간이 과거로 흐른다면, 예, 모든 것은 미래로 흐르겠지요."

"그 모든 것이 뭐지."

궤헤른은 대답하지 않았다. 후작의 말투에 섞여 있는 미미한 짜증을 느꼈기 때문이다. 과연 후작은 궤헤른의 대답을 기다리지 않은 채 말했다.

"현재야. 모든 것이 존재하는 곳은 바로 현재야. 자넨 과거의 책상다리에 걸려 넘어지거나 미래의 사과를 먹을 수는 없어. 이 정도면 모든 설명이 되지 않았나."

콰지지직! 기어코 후작은 창틀의 나무를 한 움큼 뜯어내었다. 목소리는 전혀 높이지 않은 채, 후작은 찬란해 보일 정도의 미소를 띠며 말했다.

"과거로 향하는 흐름과 미래로 향하는 흐름, 그 흐름의 교차점이라고 했지. 과거를 향해 흘러오고 있는 미래의 시간과, 현재에 살며 미래를 향해 흘러가고 있는 우리를 연결시켜 주는 것. 바로 그거야. 현재와 미래를 이어주는 것. 그것은 바로 퓨처 워커야!"

3

주블킨 일레드마는 이 상황이 싫었다. 그는 아무도 자신에게 말을 걸지 않고 아무도 자신을 바라보지 않기를 바랐으며, 물론 아무도 그가 가짜 약을 가지고서 환자를 찾아가고 있다는 것을 알아차리지 못하기를 원했다. 마지막 것에 대해서라면, 아직 그런 일은 일어나지 않았다. 하지만 앞의 두 가지의 경우 그의 소망은 전혀 충족되지 못했다. 붕대를 둘둘 감은 이마 아래 이를 악문 표정으로 절뚝거리며 걸어가는 주블킨의 모습은 너무 많다 싶을 정도의 시선과 동정을 받고 있었다. 턴빌이 지상 낙원인 것은 아니지만, 그렇다고 해서 지옥인 것도 아니다.

몰려드는 수많은 사람(기껏해야 서너 명이긴 했지만)들에게 일일이 기둥에 머리를 부딪혀서 생긴 상처라는 변명을 늘어놓으며 주블킨은 힘겹게 후라마의 펍으로 전진해 갔다. 절뚝거리는 탓도 있었지만, 가슴

속에 숨긴 근심의 무게와 동정의 말을 건네는 사람들의 시선이 주블킨으로 하여금 그 거리를 매우 먼 것처럼 느끼게 만들었다. 그래서 주블킨은 후라마의 펍 바로 앞까지 오게 되었을 때 이마에 돋아난 진땀을 닦기 위해 잠시 멈춰 서야 했다. 그때였다.

"실례하겠습니다."

또냐! 주블킨은 왈칵 화를 내며 고개를 돌렸다. 하지만 주블킨의 눈에 들어온 것은 거대한 말의 가슴과 목 언저리였다. 말을 걸어오는 상대가 말에 타고 있을 줄은 예상하지 못했던 주블킨은 당황해서 고개를 들었고, 침착한 얼굴로 그를 내려다보고 있는 청년을 보게 되었다.

"무슨 일이오?"

"저, 그 치료를 받으신 곳이 어딥니까? 우리는 의사를 만나봐야 되거든요."

병자에게 의사의 위치를 묻는 것은 매우 실제적인 면이 있었다. 주블킨은 청년이 보여주는 그 실제성에 잠시 탄복하다가 얼굴을 굳히며 말했다.

"나 스스로 치료했소. 내가 의사거든."

그런데 '우리'라고? 주블킨은 시선을 조금 돌렸고 그의 등 뒤에 또 다른 남자 한 명이 타고 있는 것을 알아차렸다. 그리고 그 뒤로는 다른 말과 마지막 기수가 보였는데, 주블킨은 그 기수가 새카만 머리를 찰랑거리는 처녀라는 것을 알고는 조금 놀랐다. 이 작자들, 모험가인가? 청년의 등 뒤에 타고 있는 체구가 작은 사내의 허리에 매달린 기다란 검을 보고서 주블킨은 그 생각을 굳히게 되었다. 그 작은 사내는 주위를 둘러보느라 정신이 없는 모습이 아무래도 이 도시에 초행길인 모양이었다.

주블킨에게 말을 건넨 청년은 반가운 표정으로 말했다.

"아, 의사십니까. 저는 쳉이라고 합니다. 그런데 지금 바쁘십니까?"

"그렇소. 왕진을 가는 참이거든."

주블킨은 왕진이라는 말을 하며 조금 켕기는 기분을 느껴야 했다. 쳉은 잠시 고민하다가 말했다.

"오래 걸리겠습니까? 여기 이 상처 때문에 그러거든요."

쳉은 소매를 걷어보였고 주블킨은 그 소매 아래에서 솜씨 좋게 묶인 붕대가 나타나는 것을 보게 되었다. 쳉의 등 뒤에 타고 있던 작은 사내는 갑자기 하늘을 쏘아보기 시작했고 주블킨은 그 붕대를 보다가 고개를 끄덕이며 말했다.

"흐음. 왕진이라지만 약만 전해 주고 오면 되오. 바로 이 펍 안이거든. 잠시만 기다리시면 되겠는데. 약을 전해 주고 나서 나와 함께 의원으로 가도록 하는 것은 어떻겠소."

"아, 그러십니까? 그럼 저희들도 이 펍에 들어가서 기다리도록 하겠습니다. 괜찮을까요?"

"그러시구려."

쳉은 곧장 말에서 내렸고 그 뒤에 앉아 있던 작은 사내는 그때까지도 사방을 둘러보다가 쳉이 채근하고서야 내려왔다. 작은 사내는 말에서 내려서면서도 계속해서 주위를 살피다가 한숨을 내쉬며 말했다.

"길 모양은 대충 기억나는데……, 건물 같은 것은 도통 모르겠는데."

쳉은 주블킨으로서는 이해할 수 없는 대답을 했다.

"너무 많은 시간이 흘렀으니까요."

주블킨은 의아했다. 오가는 대화를 듣자면 저 작은 사내는 이 도시 출신인가 보았다. 하지만 턴빌 토박이인 주블킨에게 작은 사내의 얼굴은 낯설었다. 저게 누구지? 그러나 주블킨은 자신이 감행해야 할 위험한 일을 떠올렸고 그 즉시 작은 사내에 대한 생각을 잊어버렸다. 가서 약을 전해야 한다.

주블킨이 먼저 펍으로 들어가고 나서, 쳉은 말고삐를 손에 쥔 채 파하스가 턴빌에 대한 확인 작업을 마치고 술 한 잔 생각을 떠올리게 되기를 기다렸다. 파하스는 의기소침한 표정으로 이곳저곳을 둘러보다가 짜증스러운 어투로 말했다.

"쳇. 정말 100년이 지났나 보군. 전혀 모르겠는데. 하지만 100년이 지나도 지저분한 도시라는 점은 여전하군 그래."

쳉은 별 대답을 하지 않고는 고개를 돌려 파를 바라보았다. 이 도시를 둘러보느라 정신이 없다는 점에서 파는 파하스와 유사했다. 오가는 사람들의 숫자는 파로 하여금 현기증을 느끼게 만들 정도였고, 건물들의 크기와 숫자는 사이들랜드 대평원의 양치기 처녀를 주눅 들게 했다. 그래서 파는 파하스의 말에 크게 놀랐다.

"예? 지저분하다고요? 세상에, 이렇게 멋진 도시가……"

파하스는 거의 반사적으로 허리를 조금 펴며 미소를 지었다. 바라보고 있던 쳉으로서는 부지불식간에 미소를 지을 만큼 가소로운 광경이었지만.

"아아, 파 양. 파 양은 아름다운 가풍 속에서 고이 자라온 처녀이시리라 믿겠습니다. 보시기에 이 도시가 크고 아름다워 보일 수도 있겠지요. 하지만 디도스나 토린 같은 도시에 비한다면 이 도시는 성채 앞의 어린애 오두막에 불과하답니다."

"와! 도대체 상상할 수가 없어요. 그런 도시는. 음, 쳉. 쳉은 그런 도시에도 가봤지?"

"응."

"사람들이 그렇게 많이 살면 도대체 걸어 다닐 수는 있어? 서로 막 부딪히거나 하지는 않아?"

"잘 걸어 다녀."

쳉은 그렇게 무뚝뚝하게 대답했고 파는 실망스러운 표정으로 화이트풋에서 내렸다. 곧 달려온 말구종에게 캐시헌터와 화이트풋의 고삐를 건네고 나서 세 사람은 후라마의 펍으로 들어섰다. 물론 파하스는 친절하게 파의 안장을 들었고 쳉은 다시 미소를 지었다.

하루의 끝을 알리는 석양의 붉은색은 펍의 시간으로는 시작을 알리는 색깔이다. 후라마의 펍의 그다지 넓지 않은 홀 구석에 앉아 있던 운차이는 창문으로 비껴든 석양의 햇살에 눈을 찌푸리며 주위를 둘러보았다. 하나둘씩 하루의 일을 마치고 한잔하러 찾아드는 사람들의 숫자가 늘어나며 펍은 바야흐로 밤의 활동을 준비하고 있었다.

조금 전 느닷없이 다시 찾아온 의사는 환자에게 좋은 약을 가져왔다고 말했다. 그러나 여자 혼자 누워 있는 방에 들어가고 싶은 생각이 없었던 운차이는 그란에게 안내를 떠넘겼다. 그란은 의사를 데리고 2층으로 올라갔고 대화 상대가 잠시 사라지자 운차이는 약간 느긋한 자세를 취한 채 주위를 구경했다. 문이 열리며 다시 손님들이 들어왔을 때 운차이는 담배 연기 사이로 문을 응시했다.

삐이걱.

들어선 것은 크고 작은 두 명의 남자와 한 명의 여자였다. 작은 쪽 남자가 차고 있는 기다란 검이 잠시 운차이의 눈을 사로잡았다. 저런 긴 검을 쓰다니, 멋으로 차고 다니는 건가. 운차이의 날카로운 눈은 곧 작은 사내의 등에 매달려 있는 것이 하프라는 것까지도 파악했다. 좀 우습다 싶을 정도로 기다란 검과 하프, 그리고 작은 체격을 연결 지어 본 운차이는 속으로 비웃었다. 멋 부리는 것이었군.

그러나 큰 남자 쪽을 바라본 운차이는 조금 이채로운 기분을 느꼈다. 큰 남자는 그의 고향 자이펀의 명가에서도 보기 드물 만큼 잘 정리된 기를 가지고 있었다. 운차이는 파이프는 그대로 입에 문 채 잠시 담배 피우는 것을 중단하며 기감을 확장시켜 보았다.

주위를 둘러보던 쳉은 곧 적당한 자리 하나를 발견했다. 구석진 곳, 날카로운 표정의 사나이 혼자 앉아 있는 테이블 바로 옆의 테이블이었다. 쳉은 파하스와 파에게 말했다.

"여기 앉도록 하지."

쳉은 옆자리의 남자를 방해하지 않기 위해 안장을 조심스럽게 내려 놓고는 의자에 앉았다. 쳉의 그런 행동은 날카로운 눈빛의 남자를 방해하지는 않았지만 동행인 파하스의 심사는 몹시 긁어놓았던 모양이다. 쳉의 행동을 보며 고개를 가로젓던 파하스는 안장을 내려놓고는 곧장 파에게 다가섰다. 쳉은 갑자기 불안한 예감을 느꼈고, 파하스가 한껏 멋 부린 동작으로 파의 의자를 잡아주는 것을 보고는 눈을 질끈 감고 말았다.

"앉으십시오, 파 양."

홀 안의 사내들 전부가 고개를 돌려 바라보고 있는 가운데, 파는 쳉처럼 눈을 감을 수는 없었다. 어쨌든 의자에는 앉아야 되니까. 그래서 파는 벌겋게 변한 얼굴로 파하스가 붙잡아 주는 의자에 앉아서는 모기 소리처럼 "어, 저, 고마워요."라고 말해야 되었다. 파하스는 만족스러운 표정으로 의자에 앉아서는 쳉을 바라보았다. '이게 레이디를 대하는 사내의 자세라네.'라고 말하는 듯한 표정이었다.

하지만 쳉은 파하스의 표정 따위에 신경 쓸 여유가 없었다. 시비는 갑자기 날아왔다.

"뭐야, 저건? 귀족 찌꺼기라도 되나."

조금 떨어진 곳에서 사내의 굵은 목소리가 들려왔다. 쳉은 우울한 표정으로, 파하스는 험악한 표정으로, 파는 신경질적인 표정으로, 그리고 그들 세 사람은 알지 못했지만 옆 테이블에 앉아 있던 운차이는 무표정한 얼굴로 목소리가 들려온 쪽을 돌아보았다.

네 명의 남자들이 술을 마시고 있었다. 그중 시비조의 말을 던져온 사내는 괜찮은 어깨에 주먹 한 가락 할 것 같은 팔뚝을 가지고 있었다. 주점의 역사가 키워온 매우 전통적인 두 종류의 사내 중 타인에게 폭력을 가하는 타입에 해당하는 사내인 듯했다. (나머지 하나는 자신에게 폭음이라는 폭력을 가하는 타입, 즉 주정꾼이다. 이 두 종류는 서로 간의 호환이 매우 쉽기 때문에 그 양자의 특성을 아울러 가지는 사내들도 많다.) 어쨌든 싸움꾼의 모습을 보던 쳉은 씁쓸함을 느꼈다. 젠장. 파하스가 알아서 하겠지. 하지만 이왕이면 나가서 해결해 주면 좋겠는데.

그러나 파하스는 보다 생생한 반응을 보였다.

"왜 그렇게 걷어차이기 좋은 투로 말하는 거지?"

"뭐라고?"

파하스는 싸늘한 표정으로 사내를 쏘아보며 말했다.

"사람에게 짖어댈 정도로 심심하다면 차라리 그 시간에 푸줏간에 달려가서 꼬리나 흔들어봐라. 푸줏간 주인이 뼈다귀라도 던져줄지 모르지."

와라락! 사내는 곧장 일어섰고 그와 함께 앉아 있던 다른 세 명의 사내들도 천천히 일어났다. 겉으로 보기에 무장은 갖추지 않고 있지만 쳉은 이런 패거리들이 속옷을 안 입고 다닐지언정 나이프 한두 자루 정도는 절대로 빼놓고 다니지 않는다는 것을 잘 알고 있었다. 그러나 파하스는 빙글거릴 뿐이었다.

"오호라, 숨쉬기가 귀찮다는 말이지?"

쳉은 그때쯤해서 말릴까 하는 고민을 해보았다. 하지만 다른 사람들끼리 주고받는 감정을 포착하는 것은 쳉에게는 항상 힘든 무엇이었다. 그것이 사랑이든, 아니면 지금처럼 적의든 간에. 그래서 쳉이 잠시 우물쭈물하는 사이에 사태는 파하스가 검을 풀어 테이블 위에 올려놓는 데까지 발전했다.

파하스는 빙긋빙긋 웃더니 쳉을 바라보며 낮게 말했다.

"여기가 정말 아이야 이켈리나인지 확인해 보지. 주먹으로 맞아보지 않고서는 나는 이곳을 내 고향이라고 인정하기 어려울 것 같아."

쳉이 뭐라고 말하려는 것을 무시하며 파하스는 그대로 두 팔을 벌려 보이며 사내 쪽을 향해 말했다.

"자, 너희 무례한 들개들이 인간들 틈에서 살아가기 편하도록 내가 교육을 좀 시켜주지. 차례로 덤비든지, 패거리로 덤비든지 마음대로 해라."

이 호기 어린 말에 대한 가장 적절한 반응은 다름 아닌 운차이에게서 나왔다. 운차이는 그만 웃어버리고 말았던 것이다. 물론 아무런 소리도 내지 않고 입으로만 웃는 웃음이었지만, 운차이는 이 싸움의 결과를 너무도 쉽게 예측할 수 있었다. 가장 객관적인 입장이기도 했거니와 기감에 익숙한 운차이는 작은 사내의 살기를 거의 읽어낼 수 없었다. 따라서 사태는 작은 사내가 완전히 박살나는 결과로 진행될 것이라는 것이 운차이의 결론이었다.

네 명의 사내 쪽은 성을 내었다. 어쨌든 그게 당연하니까. 먼저 말을 꺼낸 사내는 욕설을 퍼부으며 그대로 앞으로 달려 나왔다. 주위의 사람들이 놀라서 비명을 지르는 사이 사내는 그대로 돌진해서 파하스의 얼굴을 향해 주먹을 날렸다.

그러나 사태는 누구도 예상치 못했던 방향으로 진행되었다.

파하스는 허리를 조금 트는 것만으로 상대의 주먹을 가볍게 피했다.

그것만 해도 다분히 놀라운 일이었지만, 이 광경을 바라보고 있던 사람들 중 테이블에 앉아 있던 파가 손목을 뒤틀어 파하스의 검을 낚아채든 다음 그대로 위로 풀스윙해 버릴 거라고 예상한 사람은 아무도 없었다. 땅! 뼈와 검집이 맞부딪히며 형언키 어렵도록 맑은 소리가 울려퍼졌다. 파하스의 궤적을 놓친 데다가 전혀 예상치 못한 곳에서 다가온 공격을 맞은 사내는 뒤로 나가떨어졌다. 쿠당탕! 그래서 허리를 튼 다음 여유 있는 자세로 주먹을 내뻗은 파하스는 허공을 치고 말았다.

"어라아?"

휘청. 파하스는 중심을 잡기 위해 몇 발을 더 내디뎌야 했다. 믿을 수 없는 시선으로 고개를 돌린 파하스는 파가 위로 쭉 뻗어올린 두 손에 자신의 검을 쥐고 있는 것을 보게 되었다. 마치 만세라도 외치고 있는 듯한 모습을 보며 파하스는 기가 막힐 때 사용하는 여러 가지 어휘 중 하나를 말해 보고자 했다. 하지만 파는 그대로 검집을 파하스에게 던지며 벌떡 일어났다. 거의 놓칠 뻔했지만 파하스는 간신히 받아내었다.

"파 양?"

파는 자리에서 일어나자마자 사내들을 쏘아보기 시작했다. 만일 파가 아닌 쳉이었다면 사내들은 주저 없이 덤벼들었을 것이다. 하지만 사내들은 도리암직한 몸매의 흑발 처녀가 자신들을 이렇게 쏘아보고 있다는 상황을 쉽게 받아들일 수가 없었다(그녀가 보여주었던 행동은 더욱 수용하기 어려웠다). 그래서 달려들던 사내들은 발걸음을 멈춘 채 이 사태에 대해 머리 아파하기 시작했다. 파는 사내들의 그런 멍한 얼굴을 향해 낮게 말했다.

"다른 사람이 의자를 잡아주든 밧줄에 목을 매든 신경 쓰지 마세요. 그 자리에서 얌전히 술이나 마시다가 나가는 것이 어때요."

그때 턱을 부여잡고 일어나던 사내가 외쳤다.

"저거, 저거 붙잡아! 저 살쾡이 같은 계집애!"

"이게!"

세 명의 사내들도 그제서야 분노를 느끼며 앞으로 성큼 한 발을 내디뎠다. 그러나 사내들의 발걸음은 다시 멈출 수밖에 없었는데, 사태는 다시 한번 예상치 못했던 방향으로 전개되었기 때문이다.

드르륵. 의자를 밀어붙이는 소리가 동시에 울리며 쳉과 운차이가 일어났다. 사내들은 쳉이 일어서는 것에는 놀라지 않았지만 운차이가 일어나는 것에는 당황하고 말았다. 쳉은 고개를 갸웃하며 운차이를 바라보았다.

"왜 일어서십니까?"

"구경하려고 일어난 것은 아니오."

"아, 술맛이 떨어져서 나가려는 겁니까?"

"……숫자를 맞추기 위해서요."

쳉은 그제서야 사람들의 숫자가 4대 4가 되었다는 사실을 깨달았다. 쳉은 미소 지으며 말했다.

"위험한 일에 나설 필요는 없습니다. 저 남자들은 제가 잘 처리하겠습니다."

숫자가 비슷해졌다는 이유 때문에 함부로 덤벼들지 못하고 있던 사내들은 쳉의 말에 다시 발작을 일으키고 말았다. 하지만 쳉이 품안으로 손을 집어넣자 사내들은 재빨리 뒤로 물러나 허리를 낮추었다. 쳉은 느물스럽게 웃으며 돈주머니를 꺼내었다.

쳉은 이리저리 둘러보다가 구석에서 파랗게 질린 얼굴을 하고 있던 점원을 발견하고는 그쪽으로 동전 하나를 던져주었다. 익숙한 솜씨로 동전을 받아낸 점원은 쳉에게 묻는 듯한 눈빛을 보내었지만 쳉은 사내들을 향해 말했다.

"사과하지요. 이분은 입이 좀 거친 편이고, 이 아가씨는 보셨다시피 손이 좀 거칠지요. 그렇다고 해도 싸움을 벌이면 피차 상하기만 하는 거 아니겠습니까. 내가 사는 술 한 잔 받고 잊어주셨으면 좋겠습니다."

사내들은 재빨리 서로를 바라보았다. 하지만 점원은 그 사이에 눈치 빠르게도 재빨리 술병을 하나 들고 왔고 사내들은 이미 받게 된 선물에 대해 뭐라고 말하기가 어려워졌다. 결국 사내들은 쓰러진 사내를 일으키며 몇 마디 경고의 말을 보내는 것으로 사태를 종식시키기로 결심했다.

"젊은 친구가 예의를 아는군. 그 옆의 조그만 녀석보다는 훨씬 나은데. 앞으로 조심들 하오."

"고맙습니다."

말한 것은 물론 쳉이었다. 파하스는 욱하며 그 경고의 말에 대해 수십 배로 표독한 말들을 날려 보내려 들었지만 파는 그가 그러도록 내버려두지 않았다. 파는 파하스의 소매를 확 잡아당기며 그로서는 도저히 거부할 수 없는 어조로 명령했다.

"앉아요!"

파하스는 힘없이 의자에 주저앉으며 중얼거렸다.

"도대체 세상이 어떻게 바뀐 거야……"

쳉은 그 말에 대해 미소를 지었다. 입장이 퍽 우습게 되어버린 운차이는, 그러나 아무렇지도 않은 표정으로 다시 자신의 의자에 털썩 앉았다. 쳉은 그를 향해 고개를 조금 숙였다.

"감사합니다."

"됐소."

운차이는 더 이상 아무 말도 하지 않겠다는 듯이 파이프를 입에 물었다. 쳉은 운차이의 파이프를 보며 잠시 감탄했다. 호위 무사이긴 하지만 어쨌든 상단의 밥을 먹고 있는 사람으로서 쳉은 그것이 굉장한 명품임을 알아볼 수 있었다. 경력 있는 모험가라도 되나? 아니면 부자 상인? 여러 가지로 고민해 보면서 쳉은 다시 앉았다. 한편 파하스의 경우에는 다른 문제로 고민하고 있었다.

"말해 봐라, 쳉. 이거, 도대체 세상이 그 동안 어떻게 바뀐 거냐? 어제의 너도 그렇고, 조금 전의 저 녀석들도 그렇더라. 왜 모욕을 받았는데 분노하지 않는 거지? 아! 그래도 저 녀석들은 좀 제대로 된 반응을 보여줘서 기뻤단 말이다! 이런 일에 대해서 기뻐해야 되는 것이 되살아난 것에 대한 보답이라니. 그런데 겨우 그까짓 푼돈에 그냥 물러나다니, 이게 말이나 되는 일이야?"

"못 싸우게 되어서 섭섭한 모양이군요."

"인마, 못 싸우게 되어 섭섭한 것이 아니다. 세상이 내가 알고 있던 그대로인지 확인하고 싶었던 거란 말이다. 도대체 뭐가 뭔지 모르게 상당히 바뀌어버렸군. 이거, 헤게모니아가 아니라 마치 바이서스에 온 것 같은 기분인걸."

"바이서스? 아……, 하긴 그렇겠군요. 그러고 보니 차넬은 점잖은 헤게모니안 족이라고 불렸지요. 점잖고, 명예를 아는 사람들이 사는 나라. 하지만 그건 100년 전에도 이미 희미해져 가고 있던 경향 아닙니까? 지금의 우리가 평가하기로, 정열에 살고 명예를 지키고 사랑에 죽은 헤게모니안은 당신이 마지막이었습니다."

"말세다, 이게 바로 말세다!"

파하스가 장탄식을 내뱉었을 때 쳉은 2층으로 통하는 계단에서 주블킨이 내려오는 것을 보았다.

주블킨은 건장한 남자 한 명과 동행하고 있었다. 쳉은 별 생각 없이 바라보다가 남자의 손에 끼여 있는 장갑을 보고는 조금 놀랐다. 마나를 쓰지 않는 마법사로서 쳉은 그것이 매우 희귀한 아티팩트임에 분명하다는 결론을 내릴 수 있었던 것이다. 남자는 별다른 말을 하지 않은 채 주블킨의 이야기만을 들으며 고개를 끄덕이다가 곧장 쳉을 향해 걸어왔다. 쳉은 당황했지만 그 사내는 그의 옆자리, 눈빛이 날카로운 남자가 앉아 있는 테이블에 멈춰 섰다.

"귀환을 결심하셨다."

운차이는 신음을 조금 내뱉은 다음 자리에서 일어서 주블킨에게 인사를 보내었다.

"이렇게 찾아와 주셔서 고맙소."

"천만에. 의사로서 할 일을 했을 뿐이오. 그럼 이만 가보겠소."

"예? 약값은 받지 않으신다는 말이오?"

주블킨은 눈에 띄게 당황하며 말했다.

"어, 됐으니 놔두시오. 어제 왕진료만 받았지 실제로 해준 것은 없잖소. 그러니 그걸로 계산을 끝내도록 합시다."

"고맙군요."

운차이와 그란과 인사를 마치고 나서 주블킨은 그 바로 옆에 앉아 있던 쳉 일행을 바라보았다. 쳉은 주블킨과 운차이, 그란을 한 번씩 바라본 후 다시 주블킨을 바라보며 말했다.

"일은 끝나셨습니까?"

"그렇소, 자, 갑시다."

"예? 아, 우리는 목도 축이지 않았는데……. 괜찮다면 선생님께서도 한잔 하시고 가시죠."

쳉은 그렇게 말했으나 주블킨은 잠시라도 후라마의 펍에서 지체하고 싶지 않았다. 그의 평생 동안 조제한 약이 복용 후 엉터리 약으로 판명된 경우는 많았어도 엉터리인 줄 알면서 조제해 본 경험은, 게다가 그것을 들고서 환자에게 찾아오기까지 한 것은 처음이었던 것이다. 그래서 주블킨은 황급하게 말했다.

"환자가 술이라니, 별로 좋지 못하오. 가서 치료를 받는 일이나 서두릅시다."

"예? 어……, 그러시다면 일어나지요. 의원이 여기서 멉니까?"

"아니, 그렇게 멀진 않아요."

"음. 알겠습니다. 그럼, 나 혼자 다녀올게. 여기서 쉬고들 있어요."

쳉은 그렇게 말하며 몸을 일으켰지만 파 역시 뒤따라 일어섰다. 그녀는 조금 떨어진 곳에 앉아 있던 네 명의 사내 때문에 신경이 거슬리고 있던 참이었기에 이곳에 남아 있고 싶은 생각이 별로 없었다.

"같이 가. 치료받는 것 좀 보지, 뭐."

"아니. 여긴 여관도 하는 것 같군. 방을 잡아놓고 기다리고 있도록 해. 짐을 가지고 왔다 갔다 할 필요는 없잖아."

파는 못마땅한 표정으로 네 명의 사내들을 바라보았지만 쳉의 말이 옳았으므로 그냥 자리에 앉았다. 쳉과 주블킨이 밖으로 나가자 레이디와 단둘이 동석하게 되었다는 현실을 알아차린 파하스는 갑자기 근엄한 표정이 되어 자세를 꼿꼿이 했고, 그래서 두 사람의 테이블은 끔찍한 정적에 빠져들었다. 파는 그 정적을 깨고 싶은 생각이 별로 없었기에 점원에게 맥주를 가져오게 한 다음 완전히 입을 다물었다.

파하스의 경우, 이 정적은 몹시 정신을 혼란스럽게 만드는 것이었다. 젊은 여자들은 항상(그래 봐야 100년 전의 항상이지만) 자진해서 그에게 접근해 왔고 그래서 파하스는 정적을 깨기 위한 목적만으로 얘깃거리를 찾아내 보려 애쓴 적이 거의 없었다. 물론 노래를 부르거나 감미로운 말들을 찾아내는 데 있어서는 가공할 재능을 가지고 있었지만 말하고 싶은 생각이 별로 없다는 표정을 하고 있는 처녀와 동석해 본 경험이 없었던 것이다. 그래서 파하스는 욕구 불만을 느끼며 물끄러미 테이블을 바라보았다. 파하스가 참으로 그럴 듯한 말거리를 찾아낸 것은 점원이 맥주를 가져다놓고 물러난 다음이었다. 기회다!

"드시지요, 파."

"예."

파는 더 이상의 대화 가능성을 완전히 소멸시키는 어투로 대답해 버렸고 천재일우의 기회를 포착했다고 생각하던 파하스는 암담한 기분 속으로 가라앉았다. 으윽. 젠장. 맥주잔을 들어 입가로 가져가면서 파하스는 속으로 안절부절못하고 있었다. 이런 경우의 대부분의 남성과 마찬가지로, 파하스는 그녀를 심심하게 하고 있다는 죄의식을 느끼고 있었던 것이다.

물론 이런 경우의 대부분의 여자와 마찬가지로 파는 전혀 심심함을 느끼고 있지 않았기 때문에 파하스의 죄의식은 참으로 엉뚱한 것이었다. 파는 자신의 생각에 골몰히 빠져 있었다.

'턴빌로 왔어. 쳉이 치료를 끝내면, 언니를 찾아보자고 하겠지. 어디로 가게 될까. 음. 파하스를 먼저 어떻게 해야 되지 않느냐고 말한다면 쳉은 뭐라고 할까. 여기 도착하면 파하스를 놔주겠다고 했는데, 놔주면 자살할 거라고 말해 볼까.'

그때 갑자기 목소리가 들려왔다.

"미는 좀 어때."

파는 정신적으로는 테이블 다리를 걷어찰 뻔했지만 육체적으로 완전히 굳어버렸기 때문에, 파하스는 파가 경악에 빠졌다는 것을 알아차리지 못했다. 그리고 파하스는 파를 재미있게 할 만한 이야깃거리를 생각해 내느라 정신이 없었기 때문에 파의 모습을 제대로 관찰하고 있지는 못했다. 그래서 파는 자신의 경악을 아무에게도 들키지 않은 채 말소리가 들려온 곳을 찾아볼 수 있었다.

미의 이름을 거론한 것은 바로 옆자리에 앉아 있던, 그 눈빛이 날카로운 남자였다. 파는 이 불가사의한 상황에 거의 공포를 느꼈지만 여전히 얼굴색 하나도 바꾸지 않은 채 대답을 기다렸다. 잠시 후 주블킨과 함께 내려왔던 그 남자가 대답했다.

"수면은 미가 복용한 약에 기인한다."

파는 이 대답에 거의 입술을 깨물 뻔했다. 그것은 날카로운 눈의 남자, 즉 운차이 역시 마찬가지였기 때문에 운차이는 고개를 내두르며 바이서스 어로 바꿔 말했다.

"무슨 말이야? 미는 약을 복용하고…… 잠들었다는 말인가?"

"응. 그래."

"좀 어때? 호흡이나 얼굴색 같은 것."

"그건 그대로던데. 약을 먹을 때는 그런대로 괜찮더군. 아, 내 눈보다는 차라리 아달탄의 눈이 정확하지 않을까 생각하는데, 아달탄은 완전히 다 죽어가는 꼴을 하고서 침대 옆에 주저앉아 있더군."

"그런가."

"그런데 신열이라는 것이 뭐냐? 어제 그 의사가 말하던 거."

운차이는 신열이 무엇인지에 대해 한두 마디로만 설명해 주었고 그것으로 충분하다고 느꼈다. 하지만 그란은 좀 불충분하다고 여겼으며 파의 경우에는 조금도 충분하지 않았다. 파는 바이서스 어를 알지 못하기 때문이다. 숨을 죽인 채 그란과 운차이의 말에 정신을 집중했지만 파가 알아들을 수 있는 단어는 '아달탄'이라는 단어뿐이었다. 그러나 그 단어는 이들이 말하는 미가 바로 그녀의 언니라는 것을 똑똑히 알려주기에 충분했다.

그녀는 미와 같은 지붕 아래에 있었던 것이다. 어쩌면 머리 바로 위쪽에 미가 있을지도 모른다.

'외국인? 언니와 함께 다니던 사람들이 외국인인가? 그래, 그 들판에서, 바이서스 동전. 그랬지. 음. 그렇다면 언니는 2층에 있는 것일까. 그런데 약을 먹었다고? 의사가 다녀갔다면……, 언니는 아픈 걸까? 하지만 두 남자의 얼굴은 걱정이 그다지 많지 않은 얼굴. 그냥 여행 때문에 피로가 쌓인 것일까. 쳉이 말하던 그 무시무시한 남자는 저 둘 중 누구일까. 그리고…….'

"무슨 생각을 그리 골몰히 하는 겁니까?"

파하스는 그럴 수 없이 부드러운 목소리로 말했지만 파에게는 쇠종을 두드리는 소리나 다름없었다. 깊은 생각에 잠겨 있던 파는 화들짝 놀라며 파하스를 바라보았다. '꺄악! 내 생각을 읽었어요?' 물론 그럴 리가 없는 파하스는 온화한 표정을 지으며 파를 마주보았다. 파는 갑자기 격심한 짜증을 느꼈다.

"며칠 남았는지 계산하고 있었어요."

"며칠이라니요?"

"여자들이 하는 거."

쳉이 이 자리에 있었다면 '역시 자매는 자매다.' 등의 진부한 감동을 느꼈겠지만 파하스가 느낀 것은 오로지 무지막지한 당혹감뿐이었다. 대시인 파하스의 당혹감이란 100년에 한번 느낄까 말까한 종류의 것이었다(사실 진짜로 100년 만에 느끼는 당혹감이긴 하다.). 파하스는 거의 말도 제대로 못할 정도의 충격을 받은 채 파를 바라보다가, 갑자기 얼굴을 확 붉히고는 자신의 롱부츠가 세상에서 가장 중요한 관찰 대상이라고 주장하는 듯한 얼굴로 고개를 꺾었다.

그렇게 파하스의 입을 완전히 틀어막아 놓은 파는 다시 옆자리의 대화에 귀를 기울였다. 하지만 옆자리의 두 남자는 얼굴에 '몹시 과묵함. 위험, 접근 금지!'라고 써 붙여 놓은 듯한 겉모습에 한 치 어긋남 없이 아무런 말없이 술잔만 비우고 있었다. 어쩌다가 주고받는 한두 마디 말들은 모두 바이서스 어인지라 파는 엄청난 스트레스를 받았다.

"운차이, 내일은 어디를 찾아볼까."

"자네라면 어디에 숨겠나."

"모르겠어. 이런 지인도 없는 외딴 곳이면 선택 폭이 상당히 좁아지지."

"그 문제."

"응?"

"그 신스라이프의 문제인가 하는 것. 그걸 풀겠다고 했는데, 그렇다면 우리도 거기에 참가해 보는 것이 어떨까."

"네리아가 좋아하겠군."

"……네리아 좋으라고 참가하는 것이 아니라……"

"알았어. 음, 그런데 그 정보가 정말일까."

"반반."

"좋아. 내일은 시청에 들러서 그 문제에 대해 알아보지."

"응."

파는 자신의 현재 상태를 '대동맥이 꼬이는 기분'이라고 정의했다. 답답해지는 가슴을 좀 두드리고 싶었지만 다른 사람들의 눈이 있는지라 그러지는 못한 채 파는 열심히 생각했다. 쳉이 돌아오면, 내가 들은 것을 말해 주면, 쳉이 드디어 언니를 찾게 되었다는 것을 알게 되면, 그래서 2층으로 올라가면, 언니와 쳉은……

"다른 곳으로 가요."

파는 갑자기 파하스를 바라보며 말했다. 파하스는 영문을 몰라 눈을 깜빡거렸고 그러자 파는 어깨 너머로 조금 전 싸웠던 네 명의 사내를 곁눈질해 보였다.

"여기는 좀……, 다른 곳으로 가봐요, 예?"

파하스는 알아차렸다. 아니, 어쨌든 알아차렸다고 생각했다. 파하스는 미소를 지었다.

"그러지요. 쳉이 돌아오면……"

"아니, 나가서 기다려요. 음. 여기 앉아 있고 싶지 않아요. 예? 나가서 기다리도록 해요."

파하스는 고개를 끄덕였다.

"뭐, 그럴까요."

파하스가 테이블 옆에 놓아두었던 화이트풋의 안장을 주워드는 동안 파는 재빨리 테이블 위에 술값을 올려놓고는 뒤도 돌아보지 않고 밖으로 나가버렸다. 파하스는 머쓱한 기분을 느끼며 왼쪽 어깨에 안장을 멘 다음 캐시헌터의 안장은 오른손에 들고서 터덜터덜 밖으로 나왔다.

파는 보이지 않았다. 파하스는 어리둥절해서 주위를 둘러보았지만 파의 모습은 없었다. 어떻게 된 거지? 그런데 잠시 후, 여관 옆에서 손수 캐시헌터와 화이트풋의 고삐를 쥐고 걸어오는 파의 모습이 보였다. 파하스는 왜 말구종에게 부탁하지 않았느냐는 내용의 질문을 하려고 했지만 파는 그런 질문을 허락하지 않았다. 파는 파하스의 어깨에서 화이트풋의 안장을 집어든 다음 놀란 파하스가 뭔가를 도와주려고 손을 내미는 동안에 벌써 안장을 다 묶어버렸다.

"캐시헌터의 안장을 올리세요. 우리, 그 의원을 찾아가 보도록 하는 것이 어떨까요. 멍청하게 서 있을 필요는 없겠지요? 나, 이 도시를 좀 구경하고 싶어요. 와, 건물들이 정말 대단해요. 당신 고향이니까 이야깃거리들도 있겠죠? 당신은 캐시헌터에 타면 되겠군요. 어서 가요."

파는 거의 숨도 쉬지 않은 채 말들을 쏟아내었다. 그래서 파하스는 어느 말에 대답해야 될지 몰라 가련한 표정으로 파를 바라보게 되었다.

4

　이시도 사이록은 졸고 있었다.

　일등 항해사는 고급 선원의 장이며 배에서 선장 다음가는 발언권자이다. 선장이 병마에 시달린다거나 술에 취해서 인사불성이라거나 사이렌의 노랫소리에 홀려 투신을 감행한다거나, 어쨌든 자신의 임무를 수행할 수 없는 상황에 처했을 때 일등 항해사는 그의 임무를 대신하게 되며, 따라서 배의 업무에 대해서라면 선장만큼이나 잘 알고 있어야 한다.

　하지만 그것은 배가 항해중일 때의 일이다. 배가 당장의 항해 계획이 없는 상황에서 일등 항해사는 일반 선원과 다를 바가 전혀 없다.

　다음 항해 계획 같은 것은 선장과 선주의 몫이지 선원의 몫이 아니다. 적어도 자이편에서는 그렇다.

　그래서 이시도는 홀가분한 마음으로 주점들을 돌아다니며 소란을 부릴 수도 있었다. 오랫동안 만나지 못했던 친구들을 만날 수도 있었다. 그렇지 않다면 지난 10년간 계속 품어온 소망에 따라 전설의 검법 '사이록의 수평선'을 완성시킨다는 명목 하에 사막으로 떠나버릴 수도 있을 것이다(그 소망이 이루어질 날이 올지는 상당히 의문이지만).

그러나 이시도는 항구에, 정확하게 말해서 레드 서펀트 호의 갑판 위 포마스트에 기대앉아서 날카로운 눈으로 사방을 응시하기로 결심했다. 왜냐하면 그의 선장이 레드 서펀트 호의 선장실에 틀어박혀 있기로 결심했기 때문이다. 선장의 호흡을 훔치기 위해 찾아드는 암살자들을 단신으로 물리치고 있는 자신의 모습을 그려보며 이시도는 결심을 단단히 했다.

하지만 이시도의 훌륭한 결심이 지켜지기엔 봄날 오후의 햇살이 너무 감미롭다. 짭짤한 바닷바람은 여인의 너울처럼 부드럽게 흩날리고 있었고 뱃전에 걸터앉은 갈매기들마저 꾸벅꾸벅 졸고 있었다.

삐이걱.

가볍게 불어온 미풍에 포마스트의 야드가 가느다란 불평 소리를 내었다. 그 소리에 눈을 뜬 이시도는 발치를 뒹굴고 있는 자신의 목검을 내려다보다가 다시 게으르게 몸을 뒤집었다.

햇볕은 뜨거웠고 갑판 위는 아무리 잘 봐줘도 깃털 침대라고는 할 수 없다. 부두 쪽에서 들려오는 소음은 방향 없이 흩어지며 이시도의 귀를 귀찮게 하고 있었다. 하지만 어젯밤 잠 한숨 자지 않고 주위를 경계했기에 이시도는 쏟아지는 수마에 저항하지 못하고 자신을 내맡겼다.

"이시도 씨, 내려가서 자도록 해요. 그렇게 누워 자다간 화상 입겠습니다."

이시도는 눈을 가늘게 뜨고 위를 올려다보았다. 정신을 몽롱하게 만드는 햇살 속에서 늙은 선원의 얼굴이 검게 떠올랐다.

"아아, 괜찮아. 자는 거 아니야."

"침이나 닦고 그렇게 말해요."

이시도는 귀찮다는 듯이 팔을 들어올려 입가를 대충 닦았다. 결과적으로 더욱 볼썽사납게 되어버린 이시도의 얼굴을 내려다보며 늙은 선원은 빙긋 웃었다. 늙은 선원은 들고 있던 통을 내려놓고는 그 위에 주저앉았고 이시도는 눈을 감은 채 느릿하게 말했다.

"그 각도 좋은데……. 그림자가 생기는군."

"도대체 뭘 기다리고 있는 건지 말해 보십시오."

"뭘……? 글쎄. 내가 뭘 기다리고 있지."

늙은 선원은 다시 피식 웃었다.

"누가 복수하러 올 거라고 생각하는 겁니까."

이시도는 아주 살짝 고개를 끄덕였다. 늙은 선원은 멀리 부두 쪽을 바라보다가 다시 이시도를 내려다보며 말했다.

"누가 결투의 복수를 하러 온다고 이시도 씨가 어떻게 하겠습니까. 선장님에게 복수하겠다는데 말릴 수는 없잖아요."

"기습할 수도 있잖아……. 복수보다 더 간편한 방법을 원하는 친구도 있을걸……"

"암살이라면 밤에 올 겁니다. 낮에 부두 관리들의 눈을 피해서 중무장을 들고 올 수는 없을 걸요."

"놈들은 명가의 패거리들이라고……, 음."

"이시도 씨. 명가인 만큼, 만일 습격할 거라면 반드시 밤에 올 겁니다."

"알아, 알아……. 밤에 오겠지, 뭐."

이시도는 귀찮다는 듯이 그렇게 말하며 다시 몸을 뒤집었다. 늙은 선원은 고개를 가로저으며 일어섰다. 깔고 앉았던 통을 다시 어깨 위로 들어올리던 늙은 선원은, 멀리 부두 쪽을 바라보며 눈살을 찌푸렸다.

"으음?"

이시도는 한쪽 눈만 가늘게 떠서 늙은 선원의 턱을 올려다보았다. 늙은 선원은 부두 쪽에서 출발하는 보트를 노려보며 말했다.

"이시도 씨. 내 말을 취소해야 될지도 모르겠는데요."

"무슨 말이야?"

"지금 우리 배를 향해 오고 있는 보트가 보입니다. 그런데 파도를 가르는 것은 노일 테지만 햇빛을 반사시키고 있는 것은 뭘까요."

이시도는 벌떡 일어섰.

목검을 주워들고 곧장 뱃전으로 달려간 이시도는 뱃전 위로 길게 몸을 내민 채 부두 쪽을 응시했다. 과연 잔잔한 수면을 가로지르며 레드 서펀트 호를 향해 곧장 노 저어 오는 보트가 보였다. 노를 젓고 있는 것은 보통의 선원으로 보였지만 그 위에 꼿꼿하게 앉아 있는 네 명의 사내들은 일반적인 선원의 모습이 아니었다. 비록 보통 뱃사람들처럼 머릿수건을 질끈 묶고 가벼운 셔츠 차림을 하고 있다지만 그 앉아 있는 자세는 아무리 봐도 선원의 자세가 아니었다. 지나치게 딱딱하고 절도 있는 모습. 게다가 모두들 등에 걸머메고 있는 것은 분명히 롱 소드였다. 반사광이 눈을 어지럽히긴 했지만 이시도는 거의 확신할 수 있었다.

"군인인가?"

이시도는 미심쩍은 기분으로 말했다. 군인이 선원들처럼 저렇게 머릿수건을 묶고 있을 리가 없기 때문이다. 항해중인 배는 아니라지만, 그래도 선박을 찾아온다면 반드시 정복을 하고 있어야 되는데. 그때 그의 곁으로 다가선 늙은 선원이 고개를 끄덕이며 말했다.

"아, 예. 육전대군요."

"육전대?"

"예. 그런 것 같습니다."

"육전대라니, 그 녀석들이 우리 배에 뭐하러?"

이시도는 다시 고개를 갸웃하고는 주위를 재빨리 둘러보았다. 하지만 저 보트가 다른 배를 찾아가고 있다는 생각은 할 수 없었다. 이시도는 찜찜한 기분으로 팔짱을 낀 채 늙은 선원에게 말했다.

"선장님께 보고해. 내가 상대하고 있을 테니."

늙은 선원은 대답도 없이 곧장 주승강구 쪽을 향해 걸어갔다. 팔짱을 단단히 낀 이시도는 되도록 상대가 위압감을 느끼길 바라며 턱을 불쑥 내민 다음 멀리 수평선 위를 떠가는 구름을 향해 시선을 던지기 시작했다. 보트가 뱃전 바로 아래에 이르도록 그쪽으로는 시선도 보내지 않았다.

이윽고 보트는 뱃전 앞에서 멈춰 섰다. 노를 젓고 있던 선원 중 하나가 일어서며 두 손을 입 앞으로 모아 외쳤다.

"실례하겠소! 레드 서펀트 호에 승선을 요청합니다!"

이시도는 마치 그제서야 깨달았다는 듯이 아래를 흘긋 내려다보고는 퉁명스럽게 말했다.

"신분을 밝히시오."

"아, 나는 졸란 항구의 세관원 치터리 무스요. 그리고 이 사람들은 모두 내 부하들이고."

이시도는 기분이 더욱 지저분해졌다. 부하 좋아하시네. 육전대원들이 비밀리에 찾아오는 이유가 도대체 뭘까. 가까운 곳에서 보게 되자 이시도는 늙은 선원의 판단이 정확했음을 깨달을 수 있었다. 육전 대원이 아니라면 도대체 어떤 녀석들이 이런 화창한 봄날에 저런 표정들을 하고 있을까.

"나는 레드 서펀트의 일등 항해사 이시도 사이록이오. 그런데 용건은?"

세관원 치터리 씨는 상냥하게 말했다.

"별거 아니오. 입항 허가서에 문제가 좀 있어서 말이오."

"뭐요? 그렇다면 내가 세관에 출두하지. 입항 허가서에 무슨 문제가 있다는 거요?"

"아아, 그렇게까지 번거롭게 하고 싶지는 않소. 몇 가지만 물어보면 되거든."

이시도는 여기서 더 압력을 넣을 것인가, 그렇잖으면 일단 압력을 줄이고 상황을 두고 볼 것인가를 놓고 잠시 고민했다. 하지만 그의 입은 그의 고민에 별로 구애되지 않았다.

"아아, 그럼 번거롭게 올라올 필요도 없겠군. 거기서 물어보시오."

치터리 씨의 얼굴이 굳었다. 하지만 이시도는 세관원 치터리보다는 그 뒤에 앉아 있는 네 명의 육전 대원에 신경을 집중했다. 이시도로서는 실망스럽게도, 육전 대원들은 아무런 표정의 변화 없이 그저 묵묵히 앉아 있었다.

"미안하지만 그렇게는 안 되겠는데……"

치터리의 목소리에서 상냥함이 상당 부분 사라졌다. 그리고 원래부터 상냥함과는 거리가 먼 어투를 구사하던 이시도는 더욱 으스스한 목소리로 말했다.

"그럼 돌아가시오. 이 배는 화물선이나 여객선이 아니오. 어선이나 밀수선 따위는 당연히 아니며, 게다가 '군함'도 아니오." 이시도는 군함이라는 말에 강세를 두고 싶은 유혹을 참을 수 없었다. "이 배는 자유 무역선이오. 아무나 도시락 싸들고 오르락내리락할 수 있는 그런 배가 아니라는 말씀이지."

치터리는 울컥하는 표정으로 이시도를 쏘아보았지만 특별히 반박할 말이 없었기에 고함을 지르지는 않았다. 대신 고요하게 말했다.

"무슨 말씀인지 알겠지만, 자유 무역선이든 뭐든 세관원에겐 다 똑같은 배일 뿐이오. 그리고 내가 말하고자 하는 용건은 크게 고함지를 용건은 아니오. 내가 노예들의 수화를 배우지 않은 바에야, 이 아래에서 어떻게 내 용건을 조용히 말할 수 있겠소? 부탁이니 승선을 허가해 주시구려."

이 친절하고 공정한 태도는 이시도에게 꽤 감명을 주었다. 그래서 더욱 기분이 나빴다. 이시도는 지금껏 친절하고 공정한 세관원이라는 것을 꿈에도 생각해 본 적이 없었기 때문이다. '세관원이라는 것은 거짓말이군.' 졸란의 항구에서 '감히' 세관원을 사칭할 수 있는 사람이라면 도대체 누구일까. 게다가 네 명의 육전 대원들과 동행하고 있고. 이시도는 잠시 고민하다가 뒤를 살짝 돌아보았다. 하필이면 갑판 위에는 선원들이 하나도 보이지 않았다. 모두들 부두로 나가버렸을 것이다. 게다가 날씨가 너무 더운지라 노예들에 의한 하역 작업도 밤에 이루어진다.

이시도는 결심했다.

"물론 당신 혼자서 올라오라고 하면 그건 어렵다고 하겠지요?"

치터리의 눈이 번득였다. 그는 상당히 의미 있어 뵈는 미소를 지으며 말했다.

"나와 여기 네 명만 올라갈 거요."

"좋소. 잠시 기다리시오. 사다리를 내려드리지."

이시도는 손수 밧줄 사다리를 들고 와서 뱃전으로 내려주었다. 도와줄 생각은 없었기에 이시도는 조금 물러나서 목검을 어깨에 얹고는 기다렸다.

자칭 세관원이라는 치터리 이외에 네 명의 육전 대원들은 익숙한 솜씨로 사다리를 타고 올라왔다. 네 명의 육전 대원들이 갑판에 올라 일렬로 늘어서자 이시도는 위축되는 느낌을 받지 않을 수 없었다. 하지만 치터리는 여전히 미소를 지으며 이시도에게 다가왔다.

"귀함에 대한 승선 허가에 감사합니다."

"체류하시는 동안 모쪼록 유익하고 유쾌하시길."

이시도는 대충 예법에 맞게 대답한 다음 과장되게 주위를 둘러보는 시늉을 했다. 그러고는 충분히 주의 깊게 말했다.

"육전대에서 우리에게 무슨 볼일이 있는지 궁금한데."

치터리는 별로 당황하지 않았다.

"정확하게는 신차이 발탄 선장님께 볼일이 있소."

"흠. 치터리는 당신 본명이오?"

"그렇소. 하지만 육전 대원은 아니오. 당신은 들어본 적도 없는 곳에서 하탄에 봉사하고 있소."

"그래요……"

상상 속의 암살자를 물리치기 위해 갑판에서 불침번 노릇을 자원하고 있을 만큼 나름대로 풍부한 상상력을 가지고 있는 이시도이긴 하지만, 그래도 선장의 결투 때문에 육전대가 움직인다는 식의 상상의 비약을 감행할 수는 없었다. 그렇다면 우리 배가 뭔가 군부의 청탁이라도 받게 되는 걸까? 이시도는 자기도 모르는 사이에 밤안개를 가르며 바이서스의 항구로 야간 침입을 감행하고 있는 레드 서펀트 호의 모습을 그려보고 있었다(바이서스에는 항구라 불릴 만한 것이 없다는 사실을 무시한 채.).

그래서 치터리는 조금 불편한 헛기침 소리를 낼 수밖에 없었다. 상념에서 깨어난 이시도는 당황스러운 표정으로 치터리에게 사과했다. 그때 주승강계단 쪽에서 늙은 선원이 올라왔다. 늙은 선원은 배에 찾아든 손님들을 향해서는 일별도 보내지 않고서 곧장 이시도를 향해 걸어왔다.

"모셔오랍니다."

이시도는 레드 서펀트 호를 자랑스럽게 여겨왔다. 그 선장에 대한 존경심보다는 좀 덜할지 몰라도 이시도는 언제 어느 때라도 이 배의 명예를 위해 기꺼이 결투할 용의가 있었다. 하지만 선장실로 네 명의 육전 대원과 한 명의 가짜 세관원을 안내하면서, 이시도는 이 배가 강인하고 무시무시하고 집념 있는 선원들에 의해 움직이는 바다의 성곽처럼 보일 수만 있다면 어떤 짓이라도 할 수 있다는 심정이 되었다. 그 심정 때문에 이시도는 햇살을 피해 중갑판에 내려와서 늘어져 자고 있는 노예나 선원들의 모습이 눈에 들어올 때마다 이를 갈아대었다. 어쨌든 너무도 방만한 자세로 늘어져 있었던 것이다. 이시도는 캡스턴에 기대어 졸고 있던 선원 한 명을, 옆에서 보고 있는 치터리 씨가 동정을 느낄 만큼 끔찍스러운 욕설로서 꾸짖어준 다음 선장실로 걸어갔다.

"선장님, 손님들을 모시고 왔습니다만."

"들어오게, 이시도 군."

신차이 선장은 선장실 가운데 선 채, 문이 열리며 먼저 이시도가 들어서고 그 다음 작은 몸집의 사내와 네 명의 육전 대원이 들어서는 것을 묵묵히 바라보고 있었다. 몸집 작은 사내가 먼저 앞으로 다가서더니 꽤 화려한 동작으로 두 팔을 내밀며 말했다.

"스스로의 의지로 선택하는 단 하나의 쇠사슬."

신차이의 눈썹이 조금 꿈틀거렸다. 하지만 입을 쩍 벌린 이시도와는 달리 신차이는 별다른 내색 없이 내밀어진 사내의 두 팔을 마주 쥐어 가볍게 포옹하며 말했다.

"나를 묶어 모든 이 앞에서 당당하게 한다. 어서 오십시오. 신차이 발탄입니다."

"치터리 무스입니다."

신차이는 선장실 바닥의 쿠션을 가리켰다. 네 명의 육전 대원들은 태곳적부터 그렇게 앉아야 된다고 믿어왔다는 것처럼 벽 가까이에 앉아서 스스로를 대화에서 격리시켰다. 이시도 역시 지금껏 신경 써왔던 육전 대원이 머릿속에서 완전히 사라지는 것을 느끼고, 대신 경이에 찬 표정으로 치터리를 바라보게 되었다.

저 인사말은 치터리 무스가 닐림의 프리스트인 것을 나타낸다. 해풍이 어루만지고 그림 오세니아가 단련시킨 이시도의 발랄한 정신 속에서도 닐림의 프리스트라는 것은 어둡고 무시무시한, 한없이 강력한 공포로 각인되어 있었다. 그래서 이시도의 뇌리에는 벽 쪽으로 물러나 앉은 육전 대원이 들어올 틈이 없었다.

그 상황은 신차이 역시 마찬가지였지만 그 과정은 조금 달랐다. 신차이는 치터리가 육전 대원들을 소개하지 않는 것을 알고 나서부터 네 명의 육전 대원을 마음속에서 완전히 지워버렸다. 저들은 타오르는 횃불일 뿐이다. 그리고 홰를 쥔 자는 닐림의 프리스트 치터리 무스일 것이다.

사람들이 모두 자리를 잡고 앉자 선장실의 문이 열리며 어린 노예가 들어섰다. 노예가 정교한 손놀림으로 모든 이 앞에 다과와 음료를 내놓고 사라지자 신차이는 입을 열었다.

"드시지요. 그런데 이 회동은 닐림의 인도입니까?"

"아니오, 선장님. 저는 그저 인솔자일 뿐입니다."

"자유는 나의 인솔자이기도 합니다."

신차이의 말을 가벼운 맞장구로 여기고 지나칠 뻔했던 치터리는 퍼뜩 정신을 차렸다. 겉으로 보기에 신차이의 말은 자유 무역선의 선장이 쇠사슬과 자유의 닐림의 프리스트에게 하는 말처럼 보일 수도 있다. 하지만 치터리는 말 뒤의 의미에 곧장 도달했다. '나는 자유로운 뱃사람이며, 따라서 종교계나 군부의 일에는 별로 관심이 없소.' 치터리는 마음을 가다듬기 위해 앞에 놓인 잔을 살짝 들어올렸다. 입을 조금 적시는 사이에 치터리는 적당한 말을 생각해 낼 수 있었다.

"자유는 만인의 인솔자니까요, 선장님."

"용건을 듣고 싶습니다."

신차이의 단도직입적인 태도에 당황한 치터리는, 또다시 잔을 드는 대신 이시도를 흘긋 바라보았다. 곧이어 들려온 신차이의 말은 이시도를 매우 행복하게 만들었다.

"저 친구는 이 배의 일등 항해사이며, 나는 그에게 격에 맞는 대우를 해주고 싶습니다."

"무슨 말씀인지 알겠습니다만 용건이 워낙 그런지라……"

신차이는 팔짱을 꼈을 뿐 아무 말도 하지 않았다. 이시도는 아쉬운 마음을 가다듬으며 자리에서 일어났다.

"선장님, 제가 나가겠습니다. 밖에 일도 좀 있고요."

"아니. 거기 앉게."

신차이의 말은 치터리와 이시도를 동시에 놀라게 만들었다. 신차이는 이시도를 돌아보지도 않은 채 계속해서 치터리를 바라보며 말을 이었다.

"자네에게 다시 말을 전해 주는 것은 귀찮아. 그러니 그냥 여기서 듣고 가는 것이 좋겠군."

이시도는 난감한 표정으로 선장과 치터리를 번갈아 보았지만 속으로는 쾌재를 올리고 있었다. 반면 치터리는 머쓱한 미소를 지었지만 속으로는 이를 갈기 시작했다. 성깔 있는 친구로군, 머맨의 핏줄이라더니. 치터리는 미소를 잃지 않기 위해 애쓰며 말했다.

"부하 선원에 대한 신뢰감이 몹시 보기 좋군요. 잠시나마 의심을 품었던 점 사과드립니다. 이제 저는 선장님께서 이시도 씨를 신뢰하시는 것만큼이나 그를 신뢰하게 되었습니다."

"고마운 일이군요."

"그럼 용건을 말씀드리기에 앞서 질문 하나 하겠습니다. 레드 서펀트 호의 다음 출항 일정은 정해졌습니까?"

"아니오."

"잘됐군요. 혹시 요 근래 대륙 동북 항로에서 일어나곤 하는 괴변에 대해서 들어보신 적이 있습니까?"

"입항한 지 얼마 되지 않았고, 또 여러 가지로 바쁜 일이 있어 그 소식은 접하지 못했군요."

신차이는 그렇게 대답했지만 이시도는 치터리가 하는 말을 당장 알아들을 수 있었다. 결투를 벌일 때가 아니면 거의 배에서 죽치고 살다시피 한 선장과는 달리 이시도는 입항하자마자 뱃사람들이 들르는 주점에 여러 번 찾아갔고, 그래서 뱃사람들로부터 그 소문을 들을 수 있었던 것이다.

"아, 선장님. 요 몇 주 전부터 헤게모니아 쪽을 향하는 동북 항로 상선들이 실종되곤 한답니다."

신차이는 처음으로 이시도를 돌아보며 말했다.

"실종이라니. 그냥 사라졌단 말인가?"

"예. 아무 흔적도 없이 그냥 사라졌습니다. 위치가 위치다보니 바이서스의 소행이 아닌가 하는 말도 있습니다만 바이서스에는 자이펀의 상선을 공격할 만한 해군력이 없지 않습니까."

"일스는?"

이번에는 치터리가 신차이의 질문에 대답했다.

"일스가요? 설마요. 일스 대공이 무슨 이유로 자이펀의 상선을 공격한다는 말입니까. 그에겐 그럴 이유가 없습니다. 저스티스 기사단이 바다 위를 달릴 수 있는 것은 아니지요."

신차이 역시 별 의미 없이 한 질문인지라 고개를 끄덕이는 것으로 대답을 대신하고는 치터리를 똑바로 바라보았다.

"어떤 추측도 없나 보군요."

"예. 그래서 저희들은 레드 서펀트 호가 이 사건에 대해 조사해 주기를 바라고 있습니다."

이시도가 당황해서 뭐라고 하려 했다. 하지만 신차이는 손을 조금 들어올려 이시도를 제지하고는 그때까지도 아무 말 없이 벽 쪽에 앉아 있던 육전 대원들을 흘긋 바라보았다.

"저희라는 것은 누구를 말하는 것인지. 닐림의 종단입니까?"

"아니오."

"그럼, 해군입니까?"

"그렇지 않습니다."

"그럼 어디란 말입니까."

치터리는 잠시 의미를 알 수 없는 미소로서 신차이를 바라보다가 짐짓 대수롭잖다는 투로 말했다.

"닐림의 날개입니다."

다음 순간, 육전 대원들은 위협에 대한 반사 작용으로 자리에서 일어날 뻔했다. 치터리의 말이 끝나자마자 갑자기 선장실을 가득 메워버린 신차이 선장의 살기는 육전 대원들을 극도의 긴장으로 몰아갔던 것이다. 프리스트인지라 기감은 대수롭지 않은 치터리조차도 신차이 선장의 기세에는 움찔하고 말았다.

"다시 말해 보오."

높낮이는 전혀 변하지 않았다. 하지만 신차이 선장의 눈빛은 그대로 두 개의 대거가 되어 치터리를 향해 날아오고 있는 듯했다. 치터리는 절대로 그러고 싶지 않았지만, 어쩔 수 없이 침을 삼킨 다음 말했다.

"닐림의 날개의 이름으로 레드 서펀트 호에 의뢰하는 겁니다."

"레드 서펀트 호에 의뢰한다고?"

"예?"

"글쎄. 나는 당신들이 레드 서펀트 호보다는 '나'를 겨냥해서 이런 부탁을 하고 있다고 추측하는데."

"음……, 그렇다고 말할 수 있습니다."

"설명하시오."

치터리는 자신이 하탄의 궁전에 와 있는 것이 아닌가 하는 착각을 느꼈다. 신차이 선장의 말투는 완벽한 명령이었다. 불편한 심정으로, 치터리는 준비해 두었던 말을 시작했다.

"먼저, 레드 서펀트 호는 자이펀의 선단에서 가장 유명한 배라는 점을 지적하고 싶습니다……"

"주로 그 선장의 추문으로 유명하지요. 머맨의 자식이 이끄는 배라고. 배가 가라앉아도 그 선장은 살아날 거라는 이야기는 매우 유명하더군요."

치터리가 다시 말을 이어나가는 데는 조금 시간이 걸렸다.

"아니, 그렇지 않습니다. 레드 서펀트 호는 가장 유명한 자유무역선이며, 그 선원들의 용맹함과 믿을 수 없을 정도의 모험들은 모든 뱃사람들에게 잘 알려져 있습니다. 2년 전 적도 항해에서 가져오신 그 놀라운……"

"당신은 닐림의 프리스트 맞습니까?"

"예?"

"쇠사슬 이외에 다른 무엇이 당신을 묶고 있는 것처럼 보이는군요. 칭찬을 하고 겸양을 표시했다 치고, 본론을 말씀해 주시면 감사하겠습니다."

멍한 표정으로 신차이 선장을 바라보고 있는 치터리의 귀로 이시도의 아주 불쾌한 킬킬거림이 들려왔다. 그 선장에 그 항해사로군. 어련히 비슷한 작자들끼리 모였을까. 신차이 선장은 한결같이 딱딱한 표정으로 말했다.

"닐림의 날개가 왜 나를 원합니까."

치터리는 준비해 두었던 말 중 먼저 꺼내기로 계획했던 말들을 모두 건너뛴 다음 되도록이면 거론하지 않기로 결심했던 말을 꺼내었다.

"당신이 앞으로 명가의 무덤을 얼마나 만들지 짐작조차 할 수 없기 때문입니다."

"추방이오? 사지(死地)로의?"

"그런 의미가 있다는 점은 부인하지 않겠습니다."

신차이 선장은 빙긋 웃었다.

운차이 발탄이 독자였는데도 닐림의 날개, 그 죽음의 부대로 끌려갈 수 있었던 것은 신차이 발탄이라는 이름의 사나이가 있었기 때문이다. 발탄의 가문에 속하지 않으면서도 어쩔 수 없이 발탄이라는 성을 사용하게 된 남자가. 그렇다면, 거꾸로 말해서 운차이가 떠난 지금 신차이 선장은 발탄의 독자인 셈이다. 가문을 끝장내는 것을 살인과 마찬가지로 여기는 자이펀 사회에서 신차이 선장의 처리가 골치 아파지는 것은 당연한 귀결이다.

닐림의 날개에 대한 입대 요건을 만족시키는, 그렇지만 운차이를 희생물 삼아 입대하지 않은 자손들이 있는 명가들에 대해 무차별적인 테러를 감행하고 있음에도 신차이가 지금껏 안전할 수 있는 것은, 그것이 공식적인 결투였다는 점보다는 신차이가 독자라는 점이 더 큰 원인으로 작용한다. 그것이 자이펀 식의 사고방식이며 그 사고방식 안에서 신차이는 자신의 분노를 한 점 에누리 없이 드러낼 수 있었다.

'너희들이 발탄 가문을 끝장냈다면, 나 역시 너희 명가들을 끝장내주겠다.'

그러나 그런 결투의 끝이 결국은 이런 형태로 다가오게 될 것은 신차이 역시 잘 짐작하고 있었다. 물론 거기에 순순히 따를 생각은 없었다. 신차이는 어두운 미소로 치터리를 바라보며 말했다.

"그런 의미 외에, 다른 의미는 무엇이오?"

대답하기에 앞서 치터리는 경외스러운 시선을 보내왔다. 신차이는 그것이 꾸밈없는 경외감이라는 것을 깨닫고 의아함을 느꼈다. 치터리는 순수한 찬탄으로 말했다.

"당신은 이제리스 해협의 군주를 파멸시켰고, 그의 이빨로 배의 의장을 삼은 사람입니다. 그런 사람은 자이펀에 바다의 역사가 길었다 하더라도 오직 당신뿐입니다."

이시도는 다시 엄청나게 행복해졌다. 그가 따르는 선장에 대한 이 경탄은 그에게 한없는 자부심을 선사했기 때문이다. 하지만 신차이는 별로 행복해 보이지는 않는 얼굴로 말했다.

"그것은 만용과 혈기의 산물이었고, 내게 끔찍한 추억으로 남은 것이오. 나는 목검으로 놈을 찌른 그 짧은 시간 동안 수십 수백 번에 걸쳐 죽음을 보았소. 결코 자랑스럽지는 않소."

"자랑스러워하셔도 좋습니다. 죽음의 공포를 알면서 발휘하는 용기가 진짜 용기겠지요. 자신이 죽는다는 것조차도 망각한 채 설치는 것은 만용이나 자포자기라고 부르는 것입니다."

신차이는 잠시 무슨 말로 대답을 삼을까 고민하면서 치터리를 바라보았다. 그러나 그의 입에서 나온 말은 그 자신도 예상치 못했던 말이었다.

"동북 항로에 서펀트라도 출몰한다고 생각하시는 거요?"

"아니오. 그렇지는 않습니다. 이미 말씀드렸듯이 추측의 근거가 될 수 있는 것이 아무것도 없습니다. 하지만 당신은 가장 유명한 배를 지휘하며, 자이펀의 선단에서 가장 유명한 전설을 가진 선장입니다. 이 정도면 닐림의 날개에서 당신에게 의뢰하기로 결정한 요건으로 충분하지 않습니까?"

신차이는 다시 고민했다. 사실, 충분하지 않소. 프리스트 치터리. 그런 정도의 생각으로 닐림의 날개가 레드 서펀트를, 신차이를 지적할 까닭은 없다. 분명히 다른 무엇이 있을 것이다. 그렇지만 그것을 지금 당장 실토하게끔 압력을 가할 것인가, 아니면 시간을 두고 관찰할 것인가. 신차이는 눈을 조금 돌려 육전 대원을 바라보았다.

육전 대원……, 암살일까. 아니면 호위일까. 저 말없는 이들의 존재가 신차이를 불편하게 만들었다. 무엇 때문에 육전 대원이 움직인다는 것일까. 닐림의 날개와 육전대는 편성 체계상 서로 아무런 관련이 없는 독립된 부대들이잖은가. 그때 신차이보다 더 육전 대원에게 신경을 쓰고 있던 이시도가 질문을 하고 말았다.

"궁금한데요. 닐림의 날개의 의뢰라면, 저분들은 이 일에 동참하지 않는 것입니까?"

신차이는 속으로 미소를 지었다. 일등 항해사를 잘 골랐다고 생각될 때 모든 선장이 느끼는 기쁨과 유사한 것이었다. 치터리는 그 질문이 나오기를 기다렸다는 듯이 대답했다.

"아니오. 저분들은 저와 함께 갈 것입니다."

"당신과……?"

"예. 닐림의 날개에서는 저희 종단과 육전대에 부탁한 것입니다. 제 경우에는 레드 서펀트 호에 승선하여 신차이 선장님의 탐색에 조언을 하고 관찰하는 임무입니다. 그리고 여기 육전대의 경우에는 군부의 대표 자격으로 승선할 것이며, 주된 임무는 탐색 과정에서 발생할지도 모르는 위험에서 레드 서펀트 호와 그 승무원들을 보호하는 것이 될 것입니다."

"겨우 네 명으로? 물론 육전 대원들의 용맹함이야 잘 알고 있소만 차라리 군함이라도 몇 척 파견해 주면 훨씬 더 좋겠다고 생각되는군요."

이시도는 불평스럽게 그렇게 말했으나 돌아온 것은 치터리와 신차이 선장의 미소뿐이었다. 신차이는 차분하게 설명해 주었다.

"이시도 군. 동북 항로에 군함을 파견하는 것은 일스와 헤게모니아를 자극할 것 같은데."

'아, 이런! 생각이 짧았군요. 실언이었습니다.'에 해당하는 말을 빠르게 말할 수 있을 만큼의 정치적 감각이 이시도에게는 없었다. 그래서 이시도는 우물거리며 뒤통수를 긁었다.

"어…… 뭐, 그렇군요. 그럼 이분들은 군함을 이용할 수 없으니 우리 배를…… 이용하시는 것이군요."

"그렇겠지."

그리고 나를 자이펀에서 쫓아내겠다는 거지. 신차이는 잠시 찻잔을 내려다보며 생각에 잠겼다. 이건 여러 가지 원인이 복잡하게 작용한 결과로군. 하지만 그렇게도 많은 원인이 있는데도 설명되지 않는 것들이 너무 많군.

첫째, 동북 항로의 문제에 닐림의 날개가 나서는 까닭은 무엇인가. 해군이나, 아니면 선주 연합에서 관심을 가져야 할 문제이다. 어쨌든 일개 특수 부대에 불과한(?) 닐림의 날개에서 이 문제에 관심을 가지는 것은 경계를 넘어서는 일이 될 것이다.

둘째, 그렇다면 닐림의 날개가 직접 나서는 대신 닐림의 프리스트와 육전 대원을 파견한 까닭은 무엇인가. 같은 이름을 사용하기 때문에 좀 혼란스러울 수도 있지만, 닐림의 날개와 닐림의 종단 자체는 원칙상 아무런 관련이 없다. 전자는 자이펀 군의 한 특수 부대의 이름일 뿐이며, 후자는 닐림을 섬기는 종교 집단이다. 물론 하탄을 중심으로 생각해 보자면 닐림의 날개는 하탄 직속의 특수 부대이며 닐림은 하탄을 수호하는 신이다. 하지만 그것은 형이상학적인 관련성일 뿐이다.

셋째, 왜 나인가. 신차이는 일단 이 점에 대해서는 치터리의 설명을 받아들이기로 했다. 껄끄러우니까 먼 바다로 쫓아내는 것은 충분히 말이 된다. 그리고 국제 문제 때문에 군함을 파견하기 힘든 곳이라서 레드 서펀트 호를 선택했다는 것도 납득할 수 있는 말이다. 레드 서펀트는 자유 무역선이며 치터리의 말대로 가장 유명한 자유 무역선 중 하나이다.

그렇다면 나는 어떻게 행동할 것인가.

"거절하겠소."

치터리는 눈에 띄게 당황했다. 그는 뭐라고 반박의 말을 하려 했지만 신차이의 말은 끝나지 않았다.

"이 배는 내 배가 아니오. 선주님께 허락을 받아야 하오."

치터리의 표정이 다시 밝아졌다.

"아아, 그런 것이라면, 예. 당연히 그렇지요. 물론 선주님께는 허락을 받을 것입니다. 하지만 선장님께서 허락하신다면 선주님께서도 당연히 허락하실 겁니다. 어쨌든 이 배는 화물선이나 여객선이 아니지요. 어선이나 밀수선 따위는 당연히 아니며, 게다가 '군함'도 아니잖습니까. 이 배는 자유 무역선이지요."

신차이는 치터리의 화법을 이해할 수 없었지만 이시도는 당연히 잘 이해했다. 신차이는 콧방귀를 뀌는 이시도를 흘긋 바라보다가 다시 치터리에게 말했다.

"물론 이 배가 자유 무역선인 것은 맞는 말씀이오. 그래서 나는 다른 배의 선장들보다는 보다 많은 자유와 권리를 보장받는 것도 맞는 말이고. 하지만 그렇다고 해서 원칙을 무시할 수 있는 것은 아니오. 선주님께서 허락하지 않으시면 나는 이 배를 어디로도 끌고 갈 수 없소."

"걱정 마십시오. 그 허락은 제가 선주님께 부탁드리도록 하겠습니다. 선장님의 의향만 말씀해 주시면 됩니다."

신차이의 대답은 그 대답에 앞서 그가 거쳤던 방대한 사고와 추리에 비한다면 너무하다 싶을 정도로 간단했다.

"좋소."

5

 여행 준비는 신기할 정도로 빨랐다. 이시도는 입을 다물지 못했고 신차이는 프리스트 치터리에 대해 점점 의심하기 시작했다. 닐림의 프리스트 치터리가 돌아간 바로 다음날 아침, 레드 서펀트 호의 선장과 일등 항해사는 레드 서펀트의 선주인 비겐트 가문의 친필 동의서를 번갈아 읽으며 서로를 향해 떨떠름한 시선을 보내야 했던 것이다. 게다가 그 친필 동의서를 들고 온 것은 상상도 하지 못한 인물이었다.
 레드 서펀트의 선주이자 그 배의 제2대 선장인 이골 비겐트는 손수 작성해서 들고 온 동의서를 그대로 선장실 바닥에 내팽개치고는 거기에 대해서는 일별도 보내지 않았다. 대신 그는 한쪽 다리를 세우고 다른 다리를 쭉 뻗은 방만한 자세로 쿠션에 기대앉아서 추억 어린 표정으로 선장실을 둘러보고 있었다.
 이것을 전대 선장이 옛 추억이 서린 배를 방문한 것으로 볼 수도 있다. 하지만 자이펀의 선원 사회에서 선주는 되도록이면 배를 방문하지 않는 것이 예의이다. 명령 계통상 선장의 위에 위치하는 입장이기에 선주가 배를 방문하는 것은 배의 최고 우두머리인 선장을 불편하게 만들 수 있기 때문이다. 그리고 신차이가 알기로 이골 비겐트는 그런 예법을 무시하는 무뢰배는 아니었다.

잠시 후 이골은 레드 서펀트의 제3대 선장과 그의 일등 항해사가 동의서를 다 읽은 것을 발견하고는 쓴 미소를 지으며 말했다.

"좀 빠르지?"

"심할 정도군요. 어떤 깃발이 나부낀 겁니까."

"국립 박물학회야."

자유 무역선은 무역선이자 동시에 탐험선이며 경우에 따라 별 저항감 없이 해적선이 되기도 한다. 그래서 레드 서펀트는 자이펀 국립 박물학회에서 상당한 보조금을 지급받는 대신 항해 중 발견한 모든 정보들을 박물학회에 제공하는 계약을 맺고 있다. 신차이 선장은 눈살을 찌푸렸다.

"내면적으로는?"

"닐림의 날개지. 빌어먹을 군인 녀석들. 박물학회의 친구가 암시를 주더군."

"닐림의 날개가 어떻게……? 박물학회는 군대와는 아무 상관이 없지 않습니까."

이골은 심통을 부리며 말했다.

"정신 차리게, 신차이 선장! 닐림의 날개 부대원들은 모두 명가들의 자제야. 닐림의 날개 대장은 원한다면 어떤 명가의 수장에게도 '그들이 생각하기에 훌륭한' 예법을 가르칠 수 있네. 그리고 그 명가들의 수장 중에는 자이펀 국립 박물학회의 스폰서들도 상당수 포함되어 있고. 이해가 안 되나?"

신차이는 무겁게 고개를 끄덕였다.

"알겠습니다. 하지만 이 동의서는 너무하군요."

흥분한 상태였지만 하늘 같은 선주님의 면전인지라 말을 꺼내지 못하고 있던 이시도는 신차이의 말에 힘입어 조심스럽게 자신의 생각을 말했다.

"선장님의 말씀이 맞습니다, 선주님. 이런 동의서를 어떻게 감당할 수 있다는 말입니까? 이것은 이 배를 거의 군함으로 취급하겠다는 말 아닙니까."

이골은 뜨악한 시선으로 이시도를 바라보다가 냉랭하게 말했다.

"내가 쓴 것에 대해 가르쳐줄 필요는 없네, 이시도 군."

가까스로 발휘되었던 용기는 흔적도 없이 사라져버렸고, 이시도는 선장의 배려에 의해 '감히' 선장과 선주의 회담에 참석할 수 있었던 일등 항해사의 자세로 돌아갔다. 즉 입이 없는 사람 흉내를 내기 시작했다는 말이다. 신차이는 차분한 표정으로 동의서를 바라보며 말했다.

"프리스트 치터리 무스의 신실되고 유익한 의견과 제안을 진지한 호의와 높은 관심으로서 받아들이며……, 원한다면 그 치터리라는 친구가 선장 노릇을 할 수도 있다는 말이군요. 그리고 이건 뭡니까. 항해 상에서 발생할 수 있는 다양한 상황과 재난 등에 효율적으로 대처할 수 있도록 그 수행원들과 모든 면에서 긴밀한 관계를 유지한다……. 코를 풀거나 기침을 할 때도 그 육전 대원 녀석들에게 정중히 허락을 요청하라는 말입니까?"

"그렇게 썼네."

신차이는 차분한 표정 그대로 조용히 말했다.

"차라리 제 목을 베어 메인마스트에 매다십시오. 그렇게는 못합니다."

이골은 한숨을 내쉬었다. 어차피 그는 선주로서 명령하러 온 것이 아니라 친구로서 부탁하러 온 것이다. 그렇기에 무례함을 무릅쓰고 이 배까지 직접 찾아온 것이기도 하고. 이골은 다리를 끌어당겨서는 곧은 자세를 취하며 진지하게 말했다.

"이해해 주게. 이제리스 해협에서 그랬던 것처럼, 한 번만 더 이 배를 살려주게."

신차이의 턱수염이 조금 경련했다. 신차이는 음울한 눈으로 이골을 바라보았다.

"무슨 말씀입니까."

"그들은 친절하게도 제안을 거절할 경우에 어떤 일이 생기는지에 대해서도 암시해 줬네. 레드 서펀트는 군함으로 징발될 걸세."

이시도는 도저히 참을 수 없었다.

"말도 안 됩니다!" 그리고 이번에는 이골도 그를 나무라지 않았다. 이시도는 격분하여 말했다. "레드 서펀트를 군함으로 징발하다니, 그것은 자유 무역선 전체에 대한 도발 아닙니까? 아니, 이것은 선주 연합에 대한 도전입니다. 해군이 감히 그런 일을 할 수는 없습니다!"

"이시도 군, 무슨 말인지 잘 아네. 하지만 전쟁이 너무 길었어."

이시도는 어처구니없는 표정이 되었다. 이런 대답은 상상도 못했기 때문이다.

"아니, 전쟁이 무슨 상관입니까? 해군이 이 전쟁에서 무슨 일을 하기라도 했다는 말입니까? 바이서스에 자유 무역선까지 징발해서 격퇴해야 할 해군이라도 있습니까?"

신차이 역시 눈을 부릅떴다. 하지만 그의 경악은 이시도의 경악과는 조금 달랐다. 그는 그의 선대 선장이자 선주의 얼굴을 똑바로 바라보며 말했다.

"설마……?"

이골은 이를 갈면서 말해다.

"싸움에서 이길 수 있는 제일 쉬운 방법은 뭐겠는가?"

"반칙이죠."

"그래. 국방 대신 함은 온후한 표정 속에 야수의 본성을 감춘 작자야. 놀라운 일이지만, 그게 뭐 말이 안 될 것은 없잖은가."

"그가 자이펀 해군의 오랜 고민거리를 해결한다는 겁니까?"

"재미있는 생각이지 않은가? 모든 사람들이 그렇게 생각해 왔지만, 과연 자이펀 육전대가 장미의 기사들을 절대로 당해 낼 수 없다는 믿음의 근거는 뭐란 말인가."

이시도는 숨 가쁘게 진행되는 대화에 넋이 나가버렸다. 그가 그 대화를 못 알아들은 것은 아니다. 하지만 그 대화가 의미하는 바는 이시도로서는 받아들이기가 너무 어려웠던 것이다.

일스 공국. 일스 대공에 의해 다스려지는 이 작은 공국은 공국이 가질 수 있는 독특한 성격에 의해서 자이펀·바이서스 전쟁에서 방관자의 역할을 취하고 있다. 하지만 이 공국이 있었기에 바이서스는 바다로부터의 침공에 대해 걱정하지 않아도 되었다. 자이펀에 아무리 막강한 해군력이 있다 한들 있지도 않은 바이서스의 함대를 격침시킬 수야 없는 노릇이다. 그리고 자이펀에서 해로를 통해 바이서스로 접근할 수 있는 곳은 일스가 막고 있다.

싸움에서 이길 수 있는 제일 쉬운 방법은 반칙이다. 자이펀·바이서스 전쟁과 상관없는 일스를 침략함으로써 바이서스 우회침입의 교두보로 삼는 것은 당연히 고려해 볼 수 있는 상황이다. 자이펀의 전략가들이 멍청이는 아닌 것이다. 하지만 여기에는 몇 가지 문제가 있다.

첫째, 이미 밝혀졌듯이 전쟁의 제3자인 일스를 침략하는 것은 도의적인 문제가 있다. 하지만 반칙을 저지르기로 결심했다면 이 점은 그렇게 큰 문제가 되지 않는다.

둘째, 그러나 일스가 만만한 상대는 아니다. 확실히 일스는 작은 공국이며 그 해군력에 있어 자이펀의 상대가 되지는 못한다. 하지만 이 경우 헤게모니아에서 결코 자이펀을 응원하기 위한 목적은 아닌 함대가 출동할 것은 명약관화한 일이다. 일스와 헤게모니아의 유대 관계는 적어도 해군에 있어서는 각별한 것이다. 이것은 일스가 오랜 세월에 걸쳐 대륙 동쪽 해안의 패권을 자이펀에게 양보하고 싶지는 않은 헤게모니아의 심중을 자극해 온 결과이다. 따라서 일스 침공은 자이펀에게 바이서스, 일스, 헤게모니아의 3국과 동시에 싸워야 되는, 결코 쾌적하지는 않은 결과를 선물할 것이다.

셋째, 백보 양보해서 고기동 전술로 일스의 항구를 장악할 수 있다 하더라도 일스의 땅을 허락 없이 밟은 자와는 이기기 위해 싸우는 것이 아니라 죽이기 위해 싸운다는 일스 기사단의 위명이 앞을 가로막는다. 자이펀·일스 간의 항로는 기나길며 일스로 침입한 자이펀 군은 그 기나긴 보급선을 헤게모니아 함대로부터 방어하며 동시에 장미의 기사, 저스티스 기사단이라 불리는 일스 기사단과 맞붙어 싸워야 되는 것이다. 물론 지금이 천공의 3기사의 시대는 아니다. 하지만 일스 국경 안의 전투에서는 한 번도 진 적이 없다는 저스티스 기사단의 전설은 아직 깨지지 않고 있다. (원래는 무적의 기사단이라는 전설이 있었다. 그러나 300년 전 첫 번째 국외 원정인 데스나이트들과의 전투에서 일스 기사단은 하마터면 전멸당할 뻔했고 그 이후로는 '자국내 무적'이라는, 격조가 꽤나 떨어지는 전설이 뒤를 잇게 된 것이다.)

첫 번째 문제를 거뜬히(?) 극복한 자이펀의 전략가라 하더라도 두 번째와 세 번째 문제를 해결할 수는 없었다. 그런데 이골은 국방 대신 함이 굉장히 조악하고 거친 방법으로 그 두 번째 문제를 해결해 버리기로 결심했다고 믿는 것이다. 이시도는 크게 흥분하여 말했다.

"어쩌면, 예! 선주 연합의 함선을 모두 자이펀 해군에 복속시킨다면 헤게모니아·일스 연합 해군과도 싸워볼 수 있을지 모르지요. 그렇지만 저는 육전대가 일스 기사단을 상대할 수 있을 거라고는 생각되지 않습니다!"

이골은 고개를 가로저었다.

"아닐세, 이시도 군. 자네는 오랜 세월에 걸쳐 굳어져온 생각을 말하고 있군. 일스까지 말과 중무장을 배에 싣고 갈 수 없는 바에야 자이펀 군이 장미의 기사들과 싸울 수는 없다는 말을 하려는 것이겠지. 하지만 말일세, 자이펀 군은 바이서스와 싸우면서 대기병 전술을 많이 연마할 수 있었을 거야. 뭐, 아무려면 일스 기사단만큼이야 하겠는가마는 그래도 바이서스 군 역시 기사도의 나라이지 않은가."

"그런가요?"

이시도의 눈이 동그래졌다. 그럼 오세니아의 아들이긴 하지만 이시도 역시 자이펀 인으로서 자이펀이 전쟁에 이길지도 모른다는 이야기가 반갑지 않을 수는 없다. 그렇지만 신차이는 눈을 더욱 가늘게 뜨며 말했다.

"전쟁의 부등호는 여인의 마음보다도 믿을 수 없다던가요."

"맞아. 이건 탁상공론으로 끝날 수도 있는 문제지. 어쨌든 말일세, 군부가 움직이는 까닭은 이거야. 정말 자이펀 함대가 동북 항로를 통해 헤게모니아와 일스의 함대와 싸울 생각이라면, 동북 항로에서 발생하는 괴사건에 신경을 쓰지 않을 수는 없다, 이 말이지."

신차이는 고개를 끄덕였다. 이로써 육전 대원이 참가하는 이유는 밝혀졌군.

"그리고, 선주 연합 역시 이 문제에 대해 신경 쓰고 있었네. 그렇잖아도 조만간 이 문제에 대해 조사해 볼 생각이었지. 그러니 이 조사는 우리들의 요구와도 부합되네. 그렇지만……"

이골은 낮은 목소리로 말했다.

"잘 듣고 명심하게. 나는 선주 연합의 회원으로서 말하겠네. 만일 그것이 승리를 보장한다면, 자이펀 함대에 소속되는 것을 피할 수는 없어. 하지만 그것이 전후까지 고정된 상황으로 굳어지는 것은 바라지 않네. 전쟁이 끝나고도 선주 연합이 자이펀 해군의 명령을 따르게 되는 불쾌한 상황은 싫단 말이야. 알겠는가?"

"잘 알겠습니다."

"그러니까……, 일단 이 동의서는 받아들이게. 웃으면서 그들을 승선시키게. 그러나 칼자루는 절대로 내주면 안 돼. 이해하겠어?"

신차이는 다시 방대한 사고와 추리를 거친 다음, 간략하게 대답했다.

"예."

기사도와 모험심의 나라 바이서스.

바이서스의 모든 체제를 존재하게끔 하는 힘인 기사도를 하나의 형태, 장소로 표현한다면 그것은 궁성 임펠리아일 것이다. 저 자이펀의 하탄의 궁전이 집이 아닌 것처럼 바이서스의 국왕의 궁성 역시 집이 아니다. 그것은 국왕의 전투 요새이며 기사도의 성지이다.

그러나 지금 임펠리아의 후원에 있는 세 사람은 기사도와는 아무 관련이 없었기에 기사도의 성지 임펠리아의 장엄한 모습이 꽤나 퇴색해 보였다.

먼저 데밀레노스 바이서스. 애칭은 데미. 현재 미혼인 닐시언 국왕의 여동생이며, 따라서 궁성 임펠리아의 호스티스에 해당하지만, 그녀 자신뿐만 아니라 다른 사람들도 그렇게 생각하기 힘들어하는 공주님. 구부정한 자세로 땅을 바라보고 있던 데미 공주는 머리에 쓰고 있던 밀짚모자를 잠시 벗고는 땀에 젖은 머리카락을 뒤로 쓸어 넘겼다. 손에 땀이 가득 묻어나자 데미 공주는 잠시 손바닥을 내려보다가 작업복 바지에 쓱 문질러 닦았다.

"아, 이런. 조금만 기다리시지."

데미 공주는 고개를 돌렸다. 조금 떨어진 퍼걸러 안쪽으로 한손에 손수건을 든 채 엉거주춤한 자세로 서 있는 남자가 보였다. 그리고 그 옆으로는 전나무처럼 커다란 사내가 역시 당황스러운 표정을 한 채 뭔가를 후다닥 품속으로 집어넣고 있었다. 손수건을 들고 있던 칼 헬턴트는 머쓱한 표정으로 늦었지만 그래도 손수건을 건넬 것인가, 아니면 그냥 도로 집어넣을 것인가를 고민하고 있었다. 하지만 데미 공주는 그가 고민하도록 내버려두지 않았다.

"내가 이겼다고 해두죠."

"예?"

"백기는 집어넣어요. 그런데 우리가 뭣 때문에 싸운 거죠?"

칼은 너털웃음을 터뜨리고는 손수건을 주머니에 우겨넣고 다시 벤치에 주저앉았다. 그리고 칼 곁에 앉아 있던 샌슨은 조금 후에야 간신히 미소를 지었다. 데미 공주는 옆에 놓아둔 양동이에 가위와 손삽 등을 던져 넣고는 두 사람이 앉아 있던 퍼걸러로 어슬렁어슬렁 걸어왔다.

데미 공주는 퍼걸러의 벤치에 주저앉으며 곧장 질문을 던졌다.

"퍽 덥네요. 그런데 언제부터 구경하고 있었지요?"

"조금 전입니다. 사실 아무도 없는 줄 알고 여기 앉아 있었는데 부스럭거리는 소리가 들려서 우리가 더 놀랐습니다. 전혀 인기척을 안 내시더군요."

"아아. 집중하고 있었지요. 저 팬지가 말썽을 부려서요. 그냥 뽑아서 삶아먹을까 봐요."

샌슨의 눈이 동그랗게 변했다.

"팬지도 삶아먹습니까? 풀과 꽃을 좋아하시는 공주님께서는 염소와 마찬가지라서 날것으로 드셔도……, 으아아!"

샌슨은 발작적으로 검집을 움켜쥐며 비명을 질렀다. 그러나 다시 고개를 든 샌슨은 데미 공주의 눈에서 아련한 그리움과 슬픔의 흔적을 보고 당황했다.

"조금 슬프네요."

데미 공주의 말은 그녀의 감정에 비해 보면 지나치게 부드러운 것이었다. 샌슨이 허둥지둥 위로의 말을 떠올리려고 애쓸 때 데미 공주는 불쑥 손을 내밀었다.

"좀 줘봐요."

샌슨은 어리둥절한 표정으로 데미 공주의 손을 내려다보다가 머리를 탁 치며 검집을 풀었다. 그리고 테이블 위로 상당히 아름다운 롱소드를 올려놓았다. 데미 공주는 눈을 내리감으며 그 손잡이 위에 손을 얹었다. 그녀는 곧 혼잣말처럼 중얼거리기 시작했다.

"너와 난 같은 처지구나……, 같은 사람을 그리워하지……. 그래도 년 나보단 나아. 난 오빠의 마지막 모습을 보지도 못했어. 그래……, 미안. 슬프겠지. 내 생각만 했네."

칼은 숙연한 표정으로 검과 데미 공주의 대화를 바라보았다.

테이블 위에 올려진 샌슨의 검은 원래는 드래곤 슬레이어 길시언 바이서스의 검이었던 프림 블레이드다. 스스로의 의지와 감정을 가지며 소유주와 대화할 수 있는 희대의 명검이지만, 그 감정 때문에 다른 검이라면 가질 수 없는 아픔에 괴로워해야 되는 불행한 검이기도 하다. 비록 끝없는 농담과 꺾이지 않는 예지로써 자신의 슬픔을 감추고 있지만, 지금 길시언 바이서스의 여동생의 손에 쥐어진 프림 블레이드는…….

"응? 나는 모르는데. 방앗간 집 따님이라고 했니? 물레방앗간? 그 아가씨 이름이 어떻게 되는데……"

"이잇, 배애신자!"

박력 넘치는 일갈. 샌슨은 프림 블레이드를 확 낚아챘다. 의욕이 너무 충만했을까. 샌슨은 손에 검집을 든 채 멍한 얼굴로 아직도 데미 공주의 손에 쥐어져 있는 프림 블레이드를 바라보았다. 데미 공주는 입술을 조금 벌린 채 경악으로 굳은 얼굴로 샌슨을 바라보고 있었고 그 표정은 칼의 얼굴에서도 찾아볼 수 있었다. 그러나 그 급박한 순간, 샌슨은 드래곤 슬레이어의 친구라는 명성에 어울리는 민첩함을 발휘했다.

샌슨은 손을 들어 데미 공주의 머리를 가리키며 숨 막히는 목소리로 외쳤다.

"공주님 머리 위에!"

당황한 데미 공주는 머리 위로 손을 들어올렸고 그 동작을 기다리던 샌슨은 아무 문제없이 프림 블레이드를 회수할 수 있었다. 희희낙락하며 프림 블레이드를 다시 검집에 꽂아 넣던 샌슨은 칼과 데미 공주가 형언키 어려운 시선으로 자신을 바라보고 있음을 깨달았다. 샌슨은 당당하게 말을 맺었다.

"밀짚모자가 있군요."

"놀라우세요, 퍼시발 공."

데미 공주는 한숨을 폭 내쉬었다. 공주의 머리 위로 벌이나 기타 등등의 위험한 곤충이 있지 않나 바라보던 칼은 그제서야 미소를 되찾을 수 있었다. 밀짚모자라고? 칼은 이마를 쓸어 올리며 데미 공주에게 질문했다.

"그런데 팬지꽃에 무슨 문제가 있습니까?"

"예? 아, 덥다고 조금 전에 말했어요. 팬지는 원래 내한성이 강해서 추위에는 잘 버텨요. 그럼 더위에 약할 거라는 것은 짐작하실 수 있겠지요. 그런데 저는 짐작이 안 돼요. 두 분은 여기까지 무슨 고민하러 오셨는지?"

칼은 잠시 혼란스러워하다가 간신히 데미 공주의 화법을 따라잡았다. 뭐라고 대답할까 고민하던 칼은 퍼뜩 정신을 차리고는 품속을 뒤지기 시작했다. 잠시 후 칼은 주머니 하나를 테이블 위에 올려놓았고 데미 공주는 물끄러미 그 주머니를 바라보았다.

"씨앗입니다."

데미 공주는 환한 표정이 되어 주머니를 풀었다. 주머니 안에서 제법 큰 씨앗 하나를 주워 올린 데미 공주는 방긋 웃으며 말했다.

"오렌지로군요! 어떻게 구하셨어요?"

칼은 턱으로 샌슨을 가리키며 말했다.

"아, 예. 퍼시발 공의 단골 과일 가게에 오렌지가 있었습니다."

"그렇군요. 여기까지 무슨 고민하러 오셨는지?"

"뭐, 별다른 고민이 있는 것은 아닙니다."

"그렇군요. 여기까지 무슨 고민하러 오셨는지?"

"하하. 개인적인 일입니다."

"그렇군요. 여기까지 무슨 고민하러 오셨는지?"

칼은 두 손 들었다는 표정을 짓더니 말했다.

"공주 전하께서 집요한 성격이라고는 생각해 본 적이 없는데요. 그러니까 말입니다……"

"쉬다 가세요."

데미 공주는 벤치에서 일어났다. 칼과 샌슨은 몹시 가련한 표정과 당황스러운 표정을 적절히 혼합하여 데미 공주를 올려다보았지만 데미 공주는 옆에 내려둔 양동이를 들어올리며 말했다.

"거짓말 하실 거잖아요. 거짓말인 것 잘 알면서 듣는 척하는 건 재미없어요."

데미 공주는 그대로 궁성 쪽을 향해 휘적휘적 걸어가 버렸다. 칼은 웃어버릴 것인가 아니면 그냥 무표정하게 있을까 고민하다가 왜 데미 공주만 만나면 이렇게도 고민할 일이 많은지에 대한 고민에 빠져버렸다. 그러나 샌슨은 한숨을 내쉬며 불평스럽게 말했다.

"후원이라면 주위가 탁 트여 있어서 안전할 거라고 말하셨잖습니까."

고민에 빠져 있던 칼은 샌슨을 바라보며 빙긋 웃었다.

"예외는 있는 법이잖나, 퍼시발 군. 그리고 다음부터는 그렇게 서류를 다급하게 우겨넣지는 말게나. 중요한 비밀 서류라고 광고하는 꼴 아닌가."

"예? 아아, 너무 놀라서 그랬습니다. 아직도 심장이 쿵쿵거리는 걸요. 저 아무래도 데미 공주님을 사랑하나 봅니다……, 관둬, 관둬!"

샌슨은 프림 블레이드를 향해 호통을 친 다음 품속에서 구겨진 서류를 꺼내어 테이블에 올려놓았다. 칼은 서류를 주워 주름을 편 다음 그것을 내려다보기 시작했다. 샌슨은 우쭐한 목소리로 말했다.

"녀석들. 바구니 속에 숨겨둔 줄은 몰랐을 겁니다. 인간 이하의 지능에서나 나올 만한 재치……, 방심하면 안 돼! 침착하자, 침착하자. 그런데 그건 어디서 온 겁니까?"

"응? 아아. 자이펀의 졸란에서 온 것일세."

"졸란이오? 우와! 자크 녀석 대단하군요. 거기까지 손을 뻗쳐둔 겁니까?"

샌슨의 감탄하는 모습은 퍽 기괴하게 보였다. 미간을 찌푸리고 이를 악문 채 프림 블레이드의 농담에 휘말리지 않기 위해 정신을 집중하면서 감탄했기 때문이다. 그러나 서류를 바라보느라 바빴던 칼은 고개만 대충 끄덕였다.

"그 친구야 원래 바이서스 임펠의 밤의 왕자……, 자크 3대의 마지막 자크잖나. 게다가 대미궁에서 긁어나온 돈도 충분하고……, 어쨌든 그 친구 덕을 톡톡히 보는군. 역시 사람은 친구를…… 잘 사귀어야 되는 거야."

칼은 건성으로 대답하며 서류를 훑어보았다. 칼이 대화 상대가 되지 못할 지경이라는 것을 깨달은 샌슨은 무료한 표정으로 후원 주위를 둘러보았다. 물론 그 광경이 전사의 휴식이라는 제목이 붙을 만한 광경은 아니었다. 프림 블레이드의 무차별적인 수다를 일일이 무시하느라 관자놀이에 핏대가 선 얼굴로 후원을 노려보고 있었으니까. 한참 후 칼이 서류의 마지막 페이지까지 다 읽고 나자 샌슨은 질문했다.

"뭡니까? 자크의 정보원이 마스터가 아니라 칼에게 곧장 보낸 걸 보니 그 길드도 곧 풍비박산……, 수련이 부족해. 으흠! 상당한 내용일 것 같은데요."

칼은 팔짱을 낀 채 잠시 생각에 잠겼다. 내용을 소화하고 샌슨에게 들려주기 위해 정리하느라 조금의 시간이 필요했다. 잠시 후 칼은 고개를 끄덕이며 말했다.

"자네 닐림의 날개라고 들어봤나?"

샌슨은 눈을 동그랗게 떴다.

"닐림이라는 새도 있습니까? 아……, 예. 쇠사슬과 자유의 닐림이라고요? 음. 그런 신도 있었……. 예, 그렇군요. 이제 알았습니다."

칼은 조금 당황한 얼굴로 샌슨을 바라보다가 곧 프림 블레이드가 모든 것을 설명해 주었음을 깨달았다. 칼은 피식 웃고 나서 말했다.

"자넨 앞으로 모르는 것이 있으면 좀 천천히 대답하는 것이 좋겠군. 그녀가 설명해 줄 테니. 어쨌든 닐림의 날개는 그 닐림의 종단과는 관련이 없지. 자이펀의 특수 부대일세."

"특수 부대요?"

"뭐, 좀 화려한 부대일세. 닐림은 하탄, 그러니까 자이펀의 지배자를 수호하는 신의 이름일세. 바이서스의 왕가를 보살피는 아샤스와 비슷하다 하겠지. 이 닐림의 이름을 붙인 것만 보아도 얼마나 대단한 집단일지는 미루어 짐작할 수 있겠지? 그러니까 이 닐림의 날개는 명가, 그러니까 우리 식으로 말해서 귀족의 자제들로만 구성되는 부대일세."

샌슨은 고개를 갸웃하며 말했다.

"시시하겠군요? 겉이 번드르르하다고 싸움 잘하는 것은 아니잖습니까. 게다가 귀족 부대라면, 그거 아무래도 대국민 전시용인 것 같은데요."

"맞아요, 프림 양."

"제가 한 말입니다!"

"응? 아아, 그래. 날카로운 지적일세, 퍼시발 군. 더 정확하게 말하자면 볼모라고 해야겠지. 명가들의 자손을 하탄 휘하의 직속 부대에 둠으로써 하탄은 명가를 견제할 수 있는 것이지."

샌슨은 가볍게 고개를 끄덕였다. 칼은 턱을 만지작거리며 말했다.

"하지만 시시하지는 않아. 오히려 가장 위험한 임무만 맡는 부대인 모양이야. 하탄 직속의 부대, 명가들의 자손만으로 이루어진 부대. 그런 쟁쟁한 위명이 있으니 발도 못 빼는 거지. 우리나라에 파견되는 간첩들 중 거의 대부분은 이 부대 소속인 모양인데. 이 부대의 최근 동향 중 유명한 것은 자네와 나도 잘 알고 있는 것일세."

"뭔데요?"

"디바인 웨펀."

샌슨의 눈에서 불꽃이 튀었다. 그는 말없이 이를 갈기 시작했고 칼 역시 불편한 표정이 되었다. 잠시 후에야 샌슨은 나직한 목소리로 웅얼거렸다.

"잘됐군요. 그동안 누구를 욕해야 되는지도 몰랐는데. 이제부턴 닐림의 날개라는 그 녀석들을 저주하면 되겠군요."

"저주는 심사만 어지럽힐 뿐이야. 관두게."

"영문도 모르고 죽어간 사람들은 어쩌란 말입니까!"

"자네가 저주한다고 그들이 살아나느냐는 원론적인 질문을 꼭 해야 되나?"

샌슨은 고개를 가로저었다. 칼은 그렇게 말할 수도 있다. 하지만 샌슨은 로넨 휴리첼과 함께 프리스트들과 병사들을 긁어모아 디바인 웨펀의 집중적인 공격을 받고 있던 사우스그레이드를 일주했다. 그 악몽 같던 3주 동안, 샌슨이 본 것은 지옥이었다. 샌슨은 깊은 한숨을 내쉬었다.

"그들은 제 가슴속에 살아 있습니다."

칼은 우울한 표정으로 샌슨을 바라보았다. 천천히 올라온 칼의 손이 샌슨의 어깨를 두드리자 샌슨은 빙긋 웃었다.

"괜찮습니다. 그런데 닐림의 날개가 왜 거론되는 겁니까?"

칼은 샌슨을 바라보다가 고개를 숙였다. 그러고는 더 이상 샌슨에 대해 걱정하지 않았다.

"음. 이자들이 이상한 움직임을 보이고 있다는군."

"이상한 움직임? 그러니까 물구나무를 서서 코로 맥주를 마시는……, 정신 집중!"

샌슨은 눈을 질끈 감으며 외쳤다. 칼은 피식피식 웃으며 말했다.

"그것도 꽤나 이상한 움직임이로군. 어쨌든 이자들의 동향을 계속 예의 주시할 것인가를 물어오고 있네. 자네는 조만간 자크의 가게에 가서 계속 진행하라는 말을 전하도록 하게……. 듣고 있나?"

계속해서 "정신 집중, 정신 집중."이라고 웅얼거리고 있던 샌슨을 위해, 칼은 조금 전에 했던 말을 반복해야 했다. 샌슨은 간신히 고개를 끄덕인 다음 말했다.

"그런데 그 이상한 움직임이라는 것은 뭡니까?"

"음. 자유 무역선 한 척을 동북 항로로 파견할 계획인가 본데."

"동북 항로라면……, 아! 지고……, 그분 말씀이군요."

지골레이드의 이름을 거론할 뻔했지만 샌슨은 가까스로 자제할 수 있었다. 물론 그 자신의 노력은 아니다. 프림 블레이드가 그의 머릿속으로만 들리는 엄청나게 큰 소리로 '말하면 안 돼!'라고 고함질렀기 때문이다. 칼은 재미있다는 듯이 미소 지으며 말했다.

"그래. 지골레이드께서 하고 있는 일을 조사할 모양이야."

샌슨은 너무나 가련한 표정으로 칼을 멀거니 바라보았고 프림 블레이드는 얼굴이 없다는 이유로 무표정하게, 하지만 정신적으로는 그 주인과 마찬가지의 표정을 지은 채 칼을 바라보았다. 칼은 그 둘을 향해 푸짐한 미소를 보내며 말했다.

"알려져도 상관없어. 사실은 알릴 생각이네."

"예? 아니……, 바이서스가 지골레이드로 하여금 자이펀의 민간 함선을 공격하도록 사주했다는 사실을 알리신다고요?"

"그래요, 프림 양."

"……예. 이번엔 그녀의 말 맞습니다."

"하하, 그래. 어쨌든 알릴 거야. 물론 공식적으로는 아니지. 프림 양의 말대로 우리가 민간 함선을 공격한다는 것을 어떻게 공표하겠는가. 하지만 비공식적인 채널을 통해 알려줄 생각이네. 어차피 이것은 협박이었지. 내가 자이펀의 민간 함선을 침몰시키면서 쾌감을 느꼈다고는 생각하지 말아주게나. 지골레이드께서도 협박이 될 수 있을 정도의 격침에만 찬성하신 것이라네."

"음, 그렇군요."

"그러니, 이제 자이펀에서 무슨 일이 일어나고 있는 건지 궁금하게 여기게 되었다는 것은 사태가 잘 풀려가고 있다는 의미야. 이번에 오는 친구들에게는 전갈을 남겨야겠군. 지골레이드와의 연결선을 움직여 보게나, 퍼시발 군."

"지골레이드에게 어떻게 전할까요?"

"아, 이번에 조사차 오는 친구들이 있다고만 말씀드리면 되네. 지골레이드께서는 현명한 드래곤일세. 일일이 지시하지 않아도 알아서 잘

하실 거야. 자크의 가게에서 뭔가 정보가 더 들어오면 그대로 지골레이드께 전하도록 하게. 최소한 그분께서 상대해야 될 배가 어떤 배인지는 파악하실 수 있어야 되니까."

"알겠습니다. 칼, 사랑해요……"

따스한 봄의 햇살 아래였건만 잠시 동안 임펠리아의 후원에는 데미 공주님의 아름다운 꽃들이 모조리 얼어죽을 정도의 냉기류가 흘렀다. 간신히 심장 마비를 일으키지 않은 칼은 샌슨의 허옇게 질린 얼굴을 향해 힘겹게 말했다.

"고맙습니다, 프림 양."

6

 "제레인트, 제발 일어나요! 당신이 말해야 될 것 같습니다. 예?"
 아프나이델은 후치의 안장 위에서 꾸벅꾸벅 졸고 있던 제레인트를 흔들었다. 제레인트는 간신히 고개를 들어올리더니 주위를 둘러보고는 어리둥절한 표정을 지었다. 밤인지라 주위는 어두운 가운데 몇 개의 횃불이 일렁거리고 있었다. 도대체 이곳이 어딘지 짐작할 만한 단서를 전혀 발견하지 못한 제레인트는 동료의 협조를 구하기로 했다.
 "음냐, 여기가 어디죠?"
 "켄턴입니다. 당신이 잠든 사이에 도착했습니다."
 "켄턴에도 침대는…… 있겠죠? 음냐. 그럼 좋은 밤 되세요……"
 "제레인트, 제발! 사람들에게 알려야 된단 말입니다!"
 아프나이델은 고함을 지르며 제레인트의 몸을 힘껏 흔들었다. 그러자 제레인트는 힘없이 말 아래로 곤두박질치고 말았다. 꽈당! 아프나이델은 당황하며 제레인트를 부축했다.

"아, 이런. 미안합니다. 제레인트. 몹시 피곤할 거라는 것을 깜빡 잊었습니다."

제레인트는 혼란스러운 표정으로 아프나이델의 사과를 받고는 머리를 가로저으며 다시 주위를 둘러보았다.

이번엔 보다 많은 것이 그의 눈에 들어왔다. 걱정스러운 표정과 재미있어하는 표정을 뒤섞은 채 제레인트를 바라보고 있는 사내들은 가벼운 무장을 하고 있는 것으로 보아 경비 대원인 듯했다. 제레인트는 눈앞에 보이는 건물이 아마도 켄턴의 시청일 것이라고 판단했다. 밤이 얼마나 깊은 것인지 시청의 불은 죄다 꺼져 있었고 경비 대원들이 들고 있는 횃불을 제외한 다른 불빛은 전혀 보이지 않았다.

"으하암. 깊은 밤인가 보군요. 하지만 당분간은 당신들은 달콤한 꿈을 꾸긴 글렀습니다."

제레인트는 기지개를 켜며 말했다. 그러나 말에서 나동그라졌다가 일어선 프리스트의 경고는 경비 대원들로 하여금 미소를 짓게 만들었다. 그들 중 한 명이 앞으로 나서며 말했다.

"당신 프리스트요?"

"테페리의 지팡이인 제레인트 침버입니다."

"그래요? 흐음. 먼저 경고해 두겠는데, 요즘 사우스그레이드에서 프리스트들은 경계 대상이올시다. 몸수색을 좀 해야겠으니 협조해 주시지요."

사우스그레이드를 돌면서 이미 여러 번 겪은 일인지라 제레인트는 고개를 끄덕였다.

"여기도 이 지경이군. 좋아요. 이게 내 디바인 마크요."

제레인트는 품속을 뒤져 디바인 마크를 꺼냈다. 경비 대원들은 흠칫하며 뒤로 물러났지만 제레인트는 아랑곳하지 않고 디바인 마크를 앞으로 내밀었다.

"여기서는 어떤 방법으로 테스트합니까?"

경비 대원들 틈에서 한 남자가 걸어나왔다. 건장한 체구에 굵은 팔뚝을 지니고 있는 중년 남자로서, 역시 무장을 갖추고 있었지만 포차드를 들고 있는 다른 경비 대원들과는 달리 롱 소드를 차고 있어서 경비대의 우두머리인가 싶었다. 남자는 제레인트의 디바인 마크를 받아들더니 유심히 살피기 시작했다. 잠시 후 남자의 얼굴에서 놀란 기색이 떠올랐다.

"혹시 하이 프리스트이십니까?"

"아니오. 그것은 저희 원장님께서 선물하신 것입니다."

"아아, 그렇습니까. 칼날 위에 실을 수 있는 가장 거대한 이름의 영광에 의지하여."

제레인트는 눈을 조금 크게 뜨며 말했다.

"마음 가는 길은 죽 곧은 길. 레티의 프리스트십니까?"

"그렇습니다. 이 도시에는 레티의 수도원이 있지요."

레티의 프리스트는 경비 대원들을 돌아보며 말했다.

"이분은 테페리의 프리스트가 확실하오. 그것도 꽤 고위 프리스트이신 듯하군요."

제레인트는 당황하며 고개를 가로저었지만 그가 뭐라고 말할 틈은 없었다. 레티의 프리스트는 곧장 고개를 돌려 제레인트를 바라보며 다급하게 말했다.

"그럼 저 마법사분의 말이 진실입니까?"

"예? 죄송합니다만 저는 조금 전까지 졸고 있느라……"

"콜로넬 계곡의 데스나이트들이 부활했다는 것이 사실입니까?"

레티의 프리스트는 거의 고함지르듯이 말했다. 그러나 제레인트는 태평스럽게 고개를 끄덕였다.

"예. 사실입니다."

경비 대원들의 틈에서 곧장 숨죽인 비명소리들이 터져나왔다. "맙소사, 유피넬이여!" "300년 전에 모두 죽었잖아! 응? 솔로처가 그랬잖아! 그런데 어떻게?" 경비 대원들의 불안을 담아 횃불이 마구 흔들렸다.

일행들의 조금 뒤에서 센추리온의 고삐를 쥔 채 사태를 바라보고 있던 아일페사스는 고개를 갸웃했다. 그녀는 고개를 돌려 엑셀헨드를 바라보았다.

"엑스 오빠."

"왜?"

"저 사람들, 나이드의 말에는 콧방귀를 뀌었잖아요. 그런데 제리의 말은 단번에 믿는 거야?"

"프리스트니까."

"그게 왜?"

엑셀헨드는 허리에 걸린 배틀 액스를 톡톡 건드리며 말했다.

"흐음. 내가 본 바로는, 인간에게는 각자에게 요구되는 행동특성이 있는 것 같다. 어떤 직업을 가진 자는 당연히 이러이러해야 된다는 거 말이야. 전사는 용감해야 되고, 장사꾼은 약삭빨라야 하고, 마법사는 현명해야 한다는 식으로. 그거야 당연한 말이기는 하지만, 대개의 인간들은 평판이라든가 인망보다는 그 행동 특성을 더 신뢰하는 것 같아. 권위라고 하지. 어쨌든 제레인트는 프리스트니까 당연히 거짓말을 하지 않으리라고 믿는 거지."

아일페사스는 미간을 한껏 찌푸린 채 엑셀핸드의 말을 듣다가, 그냥 포기해 버렸다.

"어려워요."

"나도 짐작일 뿐이야. 어쨌든 저러고 있도록 놔둘 수는 없군. 나도 저 친구들의 행동 특성을 자극해 볼까."

"응?"

아일페사스의 반문을 무시하며 엑셀핸드는 앞으로 나섰다. 당황하고 있던 경비 대원들도 아프나이델과 제레인트를 옆으로 밀어내며 횃불 빛 속으로 등장하는 드워프의 당당한 모습에 시선을 집중했다. 엑셀핸드는 침착하고 단호한 태도로 말했다.

"나는 엑셀핸드다. 이 친구들과 동행이지. 자네들이 정말 경비 대원이라면 즉시 시장을 두드려 깨우고 대원들을 소집하는 것이 어떨까?"

"아, 그래. 레일! 가서 대장을 깨워. 데른과 달은 시장님 댁으로 가!"

경비 대원들은 엑셀핸드의 의도대로 허둥지둥 여기저기로 달려갔다. 레티의 프리스트는 제레인트에게 말했다.

"여러분들은 일단 안으로 드십시오. 자세한 이야기를 듣고 싶습니다. 곧 시장님과 경비 대장님도 모셔오도록 하겠습니다. 아, 콜로넬 계곡에서 이곳까지 곧장 달려오신 겁니까? 저, 음. 픽 피로하시겠지만, 괜찮다면 ……."

"사태가 사태니까요. 괜찮습니다."

레티의 프리스트와 경비 대원의 안내를 받아 일행은 시청의 회의실로 들어서게 되었다. 심야의 시청 안은 어두웠고 음산한 기분마저 들었지만 아무도 그런 것을 느낄 새는 없었다. 경비 대원들이 촛불을 켜자 일행은 모두 소파에 앉았다. 피로한 나머지 졸도할 것 같은 얼굴을 하고 있는 제레인트나 아프나이델과는 달리, 엑셀핸드와 아일페사스는 소파에 몸을 푹 파묻고 앉아 별로 졸리지 않은 표정으로 주위를 둘러보았다. 드워프와 드래곤이기도 했지만, 뒤쫓아오는 데스나이트들을 지연시키기 위해 계속해서 마나를 뒤흔들고 디바인 파워를 소모한 아프나이델이나 제레인트와는 달리 둘은 별다른 일을 하지 않았기 때문에 별 피곤함을 느끼지 않았다. 그러나 제레인트는 곧장 옆으로 쓰러지며 말했다.

"아프나이델, 시장님이 오면…… 깨워요. 난 너무 피곤……합니다."

아프나이델은 제레인트를 이해할 수 없었다. 제레인트는 이 위급한 상황이 아무렇지도 않은 일인 것처럼 태평하게 잠든 것이다. 그래서 아프나이델은 제레인트 대신 사과했다.

"미안합니다. 이 프리스트께서는 그들에게서 도주하느라 너무 많은 일을 하셔야 했습니다."

"이해합니다."

레티의 프리스트는 전혀 이해하지 못하겠다는 표정으로 그렇게 말하더니 헛기침을 몇 번 하고서는 자신을 소개했다.

"정식으로 소개하겠습니다. 저는 켄턴 수도원에서 이 시청으로 파견 나온 사람입니다. 소개할 이름이 없습니다만 불편하시다면 적당한 이름으로 불러주셔도 좋습니다."

아프나이델은 고개를 끄덕였다. 검과 파괴의 레티의 프리스트들에게는 이름이 없다. 이름은 자아의 확인이자 완성이기에 파괴 신을 섬기는 프리스트가 이름을 가질 수는 없다는 형이상학적인 이유 때문이다. 그러나 아일페사스는 이해 못하겠다는 표정으로 프리스트를 바라보더니 이렇게 말했다.

"이름이 없니? 제가 이쁜 이름으로 하나 지어줄까?"

레티의 프리스트는 입을 쩍 벌렸다.

"아, 죄송합니다. 이 소녀는 말이 좀 서투릅니다."

아프나이델은 황급하게 사과하며 동시에 한쪽 눈을 찡긋했다. 피곤했기 때문에 복잡한 설명을 해주고 싶은 생각이 없는 아프나이델의 재치였고, 레티의 프리스트는 아프나이델의 의도대로 그 눈짓을 해석한 모양이다. 그는 알았다는 듯한 표정으로 고개를 끄덕였다.

"예……, 그렇습니까. 하하. 레이디께서는 어떤 이름을 주시겠습니까?"

"레티의 프리스트라고 했죠? 레틴드롤스라고 부를래."

엑셀핸드와 아프나이델의 눈이 조금 꿈틀거렸다. 하지만 드래곤의 언어를 모르는 레티의 프리스트에게는 저 이름이 아무 의미없는 잡음에 지나지 않았기 때문에, 그는 자신이 '레티의 개구쟁이'라고 불리고 있다는 것도 모른 채 미소 지었다.

"괜찮군요. 그럼 그렇게 부르십시오."

"저는 아프나이델입니다. 여기 이분은 드워프들의 노커이신 엑셀핸드 아인델프십니다. 그리고 소녀는 아일페사스라고 합니다만 펫시라고 불리는 것을 더 좋아합니다."

아일페사스는 만족한 표정을 지었지만 레티의 프리스트는 아일페사스의 이름에는 관심이 없었다. 그는 엑셀핸드를 바라보며 외쳤다.

"노커시라고요!"

엑셀핸드는 무뚝뚝하게 고개만 끄덕였다. 이제 레티의 프리스트께서는 일행들과 한 자리에 앉아 있다는 것마저도 부담스럽게 느껴버린 것이 틀림없다. 레티의 프리스트는 뭐라고 한참 동안 횡설수설하다가 "시장님이 왜 이렇게 늦는 건지." 어쩌고 하고는 문 밖으로 나가버렸다.

아프나이델도 그 상황이 싫지는 않았다. 방 안에 일행만이 남겨지게 되자 아프나이델은 두 다리를 주욱 펴고는 소파에 머리를 기댄 채 죽은 시늉을 하기 시작했다.

"하아아……, 간신히 여기까지 왔군. 못 오는 줄 알았습니다."

엑셀핸드 역시 고개를 무겁게 끄덕였다.

"오늘 새벽엔 정말 아슬아슬했지."

아프나이델은 온 얼굴로 불쾌감을 표시하며 고개를 끄덕였다. 어제 오전 콜로넬 계곡에서 데스나이트들을 만난 이후로 일행은 하룻밤과

이틀 낮에 걸쳐 죽을힘을 다해 달려야 했다. 낮에는 바람을 휘몰아치게 만들어 데스나이트들의 접근을 막을 수 있었지만 모든 것이 암흑으로 접어드는 밤에는 그저 줄기차게 달리는 도리밖에 없었다. 하지만 공포, 절망, 어둠의 데스나이트들의 속도는 상상을 초월할 정도였고, 새벽에 이르렀을 때 그들은 등 뒤로 데스나이트들의 고함 소리를 들으며 싸우다 죽을 것인지 도망치다 죽을 것인지를 놓고 고민하는 지경에 빠져버렸다.

"싸우자! 내 인생의 마침표는 카리스 누멘이 정하실 테니 나완 상관없어! 내 길은 내가 정한다!" "그래! 네가 싸워요! 그 동안 저는 도망칠 테니까!" "몹시 고민스럽습니다. 어떻게 하는 것이 최선의 방책이겠습니까, 제레인트?" "튀어요!"

떠오르는 태양의 도움이 없었다면 그들은 데스나이트들과 상당히 불편한 회동을 가지게 될 뻔했다. 제레인트의 선택은 다시 한번 일행을 구원했고 데스나이트들은 태양과 일행들 양자를 동시에 저주하며 포효했지만 다급하게 검은 안개를 불러들였다. 아프나이델은 거의 제정신이 아닌 상황에서 간신히 다섯 번째인가 여섯 번째의 윈드 월을 성공시켰고 일행은 그대로 켄턴까지 줄달음질쳐 왔다.

아일페사스는 풀죽은 목소리로 말했다.

"그 시컴댕이들, 왜 우리를 쫓아오는 거야?"

아일페사스의 질문에 대답한 것은 그녀의 일행이 아니었다.

"당신들을 쫓아온 것은 아닐 겁니다. 만일 그렇다면 화를 내야겠지만."

아일페사스와 엑셀핸드는 고개를 돌렸고 아프나이델은 황급히 몸가짐을 바로 했다. 아일페사스의 말에 대답한 중년 남자는 문가에 선 채 피로한 눈으로 그들을 바라보고 있었다. 그리고 그 뒤로는 몇 명의 사내들이 방금 침대에서 기어 나왔다는 것을 증명하는 얼굴로, 즉 말라붙은 침으로 입가를 장식하고 눈곱으로는 눈가를 치장한 채 서 있었다. 약간 뒤쪽으로는 레틴드롤스 씨의 모습도 다시 보였다.

남자는 곧장 소파 쪽으로 걸어와서는 먼저 엑셀핸드에게 허리를 굽혀 보였다. 아마도 그가 드워프의 노커라고 미리 언질을 받았던 모양이다.

"켄턴의 시장 주리오 추발렉입니다."

"엑셀핸드 아인델프일세."

"반갑습니다. 이 도시에 고귀한 분이 찾아주신 지도 퍽 오래되었습니다. 하지만 이런 끔찍한 소식이 찾아든 것도 역시 퍽 오래되었군요."

엑셀핸드는 어깨를 으쓱인 다음 나머지 일행들을 소개했다. 그제서야 일어난 제레인트는 몇 번이나 휘청거리면서 간신히 주리오 시장과 인사를 나눴다. 주리오 시장은 아일페사스의 화법에 감명을 받았지만 시급한 문제가 있었기에 정신이 좀 이상한 계집애(나무랄 수 없는 판단이었다.)에겐 관심을 두지 않았다.

아프나이델은 힘든 표정으로 말했다.

"그런데 저희들을 쫓아온 것이 아니라는 말은 무슨 뜻입니까, 시장님?"

"그 대답은 여기 히든보리 압실링거 사집관이 해줄 겁니다. 사집관?

설명해 드리게."

히든보리 사집관은 꼬장꼬장하게 생긴 사내였다. 그는 별다른 인사 말도 없이 곧장 본론을 이야기했다.

"이 도시는 콜로넬 계곡에서 가장 가까운 도시들 중 하나입니다. 남으로 이파실, 그리고 북으로 이 켄턴은 콜로넬 계곡을 위아래로 포위하는 형국입니다. 그래서 데스나이트들의 공격을 가장 가혹하게 받아야 했던 도시이기도 합니다. 300년 전의 이야기이긴 합니다만."

주리오 시장이 히든보리 사집관의 말을 받았다.

"예. 따라서 그들이 부활했다면 어차피 이파실이나 켄턴 양쪽 중 하나를 먼저 공격했을 겁니다. 지금 저는 저희 도시가 먼저 공격 대상이 되었다는 데 대해 기뻐해야 될지 슬퍼해야 될지도 모르겠습니다. 어쨌든 앉아서 당할 수는 없으니 대비가 필요하겠습니다. 본 것을 말씀해 주시겠습니까."

엑셀핸드는 턱수염을 만지작거리다가 무거운 음색으로 말했다.

"우리와 그들이 조우한 것은 어제 오전이었네. 그 이후로 계속 우리 뒤꽁무니에 붙은 모습으로 쫓아왔으니 아마 지금은 꽤 가까운 거리에 있을걸세. 여기 이 아프나이델과 제레인트가 재주를 부려 진격 속도를 상당히 늦춰놓기는 했지만, 오늘밤의 이 암흑은 그들에게 있어 상당히 좋은 조건이겠지. 나는 그들이 최소한 내일 정오까지는 도착할 수 있을 거라고 보네."

주리오 시장과 그 측근들의 얼굴이 파랗게 변했지만 엑셀핸드는 그에 괘념치 않고 계속 이야기했다.

"수효는 전설이 이야기하던 것에서 그다지 빠지지 않을 것 같군. 100명 정도. 기세가 얼마나 흉흉한지를 묻겠다면, 모두들 상대를 못 찌르면 자기 가슴이라도 찔러버리고 말 정도라고 말해 주겠어. 자네들의 예를 들기는 좀 어려울 테니 내게 익숙한 예를 들겠네. 나라면 최소한 500개의 드워프제 도끼가 옆에 있지 않고서는 그런 녀석들을 상대할 생각은 하기 어려울 걸세."

이것은 드워프 식의 꺾이기 싫어하는 배짱일 뿐이다. 실제로 500명의 드워프가 모였다 하더라도 100명의 데스나이트를 상대한다는 것은 어불 성설이다. 방 안에서 미약하게 타오르고 있는 촛불 빛은 밤의 냉기를 몰아내기에 부족했을 뿐만 아니라 사람들의 면면에서 피어오르는 공포심을 몰아내기에는 더욱이나 터무니없이 부족했다. 주리오 시장은 절망적인 얼굴을 두 손에 묻고는 몸을 숙였다.

"오, 레티여……. 당신의 파괴가 이 도시를 겨냥했음입니까."

"천만에요. 레티의 파괴는 저들 데스나이트들을 겨냥할 것입니다. 레티께서 이 도시를 보호하실 겁니다!"

레티의 프리스트가 다부지게 외쳤다. 그는 검을 단단히 쥐면서 계속 외쳤다.

"저는 수도원에 돌아가서 원장님께 이 소식을 전하고 형제들을 준비시키겠습니다. 100명의 데스나이트라 해도 레티의 검을 가볍게 여겼다가는 그들의 파멸을 앞당기게 될 것입니다!"

레티의 프리스트는 대답을 기다리지도 않은 채 곧장 방문 밖으로 달려 나갔다. 주리오 시장은 음울한 표정으로 그 뒷모습을 바라보다가 다시 고개를 돌려 엑셀핸드에게 말했다.

"그런데, 여기 마법사님과 프리스트께서 그들의 진격을 저지했다고 하셨습니까?"

"그렇네."

주리오 시장은 반가운 표정으로 말했다.

"헬카네스께서는 열쇠를 문제 옆에 숨기시지요. 저는 자꾸만 여러분들이 데스나이트의 반대쪽에 걸린 추일지도 모르겠다는 생각이 듭니다. 우리들을 도와주시겠습니까?"

"안 되겠습니다."

대답을 한 것은 엑셀핸드가 아니었다. 아프나이델과 아일페사스는 고개를 돌려 제레인트를 바라보았다. 제레인트는 피로한 동작으로 머리카락을 쓸어 넘기며 말했다.

"저희들은 이곳에서 하룻밤을 보낼 시간도 없습니다. 곧 떠날 생각입니다."

주리오 시장의 얼굴이 다시 일렁이는 촛불의 붉은빛 아래에서도 확연히 알아볼 수 있을 만큼 파랗게 바뀌었다.

"아니……, 바로 떠나신다고요?"

제레인트는 고개를 끄덕이며 몸을 일으켰다.

"예. 저희들의 용무가 급합니다."

아프나이델과 엑셀핸드는 당황했다. 환한 표정으로 박수를 치려고 드는 아일페사스를 말리며 아프나이델은 제레인트에게 말했다.

"제레인트? 무슨 말입니까. 이 도시의 위험을 못 본 척하실 겁니까?"

"예."

뻔뻔하다면 뻔뻔한 제레인트의 대답이었지만, 아프나이델은 곧장 고함을 지르지는 않았다. 그는 날카로운 눈으로 제레인트를 바라보다가 낮은 목소리로 물었다.

"그분의 뜻입니까?"

제레인트는 고개를 끄덕였다. 그리고 아프나이델은 더 이상 말해 봐야 아무 소용이 없으리라는 것을 깨달을 수 있었다. 역시 성직자와는 토론을 할 수가 없어. 테페리의 뜻이라고 말하는 마당에야 무슨 논리로 상대할 수 있단 말인가. 아프나이델은 힘없이 고개를 끄덕였다. 그러자 주리오 시장은 이제 간절한 표정으로 말했다.

"물론, 여러분들께는 이미 많은 은혜를 받았습니다. 목숨을 걸고 달려오셔서 이 도시의 위험을 알려주신 그 은혜를 모른 척해서야 말이 안 되겠지요. 게다가 저분의 말씀대로 급한 사정이 있으신 데도 이렇게 멈춰 서서 저희들을 경계하게 해주셨으니. 하지만 저희들을 좀더 도와주시면 안 되겠습니까?"

제레인트는 말없이 고개를 가로저었다. 그러자 시장의 곁에 있던 히든보리 사집관이 분노한 음성으로 말했다.

"여러분들에게는 능력이 있소! 우리를 도와주기에 충분한 능력이 있단 말이오! 100명의 데스나이트들로부터 당신네들 자신을 보호할 수 있는 것만 보아도 충분히 알 수 있는 일이오. 그런데 할 수 있는데도 하지 않겠다는 것입니까? 도대체 얼마나 중요한 사정이 있는지는 모르지만, 아무리 그것이 중요하다고 해도 이 도시의 시민들의 목숨보다도 중요하다는 말입니까!"

"죄송합니다만 어쩔 도리가……"

"그렇다면 당신들이 데스나이트와 뭐가 다르단 말이오!"

히든보리의 고함 소리에 아프나이델은 큰 충격을 받았다. 히든보리는 벌떡 일어서서 그들 일행을 손가락질하며 외쳤다.

"우리를 도울 수 없다면 모르겠지만, 도울 수 있는 충분한 능력이 있으면서 돕지 않겠다면 우리를 죽이겠다는 것과 무엇이 다르다는 말이오! 세상에 이런 법은……"

"그만하게, 히든보리."

주리오 시장이 힘겹게 손을 들어올렸다. 그렇잖아도 부족한 수면 때문에 피로해 보이는 얼굴이 제레인트의 거부를 듣고 나자 삽시간에 30년은 늙어 보일 지경이었다. 히든보리는 증오로 눈을 불태우며 일행을 바라보다가 방을 나가버렸다.

주리오 시장은 다시 한번 고뇌에 찬 표정으로 제레인트를 바라보았다. 제레인트는 그 눈길을 회피하지 않고 부드럽게 받아내며 말했다.

"시장님, 어떤 말씀을 하실지 알아요. 하지만 제 결심은 바뀌지 않습니다."

"……잘 알겠습니다. 다시 한번 감사드립니다. 필요한 것이 있으면 뭐든 부탁하십시오."

주리오 시장은 몸을 일으켰고 제레인트 역시 일어났다. 주리오는 잠시 제레인트를 바라보다가 손을 내밀었다. 제레인트는 그 손을 마주 쥐어 두 번 흔들었다. 주리오는 뭔가 말을 할 듯하다가 그대로 걸어나갔다. 다른 사람들도 모두 물러난 후에도 제레인트는 방문을 바라본 채 서 있었다.

아프나이델은 그의 등을 향해 조용히 입을 열었다.

"제레인트. 당신의 선택은 인간의 모자란 사고 과정 같은 것을 단숨에 뛰어넘어 도달한 결론이라는 것을 저는 잘 알고 있습니다. 하지만 저는 이해할 수 없습니다. 이 도시가 100명의 데스나이트들의 공격을 막아낼 거라고는 생각되지 않습니다. 어제는 부활한 직후라서 전혀 마법을 사용하지 않았지만, 고전이 전하는 데스나이트의 모습은 강력한 전사이자 무자비한 마법사입니다. 그들은 신을 도망치게 만든 자들입니다. 헬카네스께서 그들의 추인 솔로처를 준비하시기 전에는 하늘을 나는 것이든 땅을 걷는 것이든 그들에게 도전하지 못했습니다."

제레인트는 대답했다.

"본질을 봅시다, 아프나이델."

"예?"

제레인트는 몸을 돌려 아프나이델을 바라보았다. 그래서 아프나이델은 그의 얼굴에 어린 극심한 갈등과 고통을 볼 수 있었다. 아프나이델은 숨을 들이켰다.

"그들이 얼마나 무서운가, 얼마나 강대한가, 얼마나 흉포한가! 그건 나도 알아요. 어제 아침 그들을 마주보았을 때, 나 역시 죽고 싶도록 무서웠단 말입니다. 그래요. 그들은 끔찍하고 무서워요. 하지만 본질을 봅시다. 본질, 그들이 부활했다는 것. 그게 가능한 것입니까? 그들이 시간의 계곡을 단숨에 뛰어넘어 현재를 과거와 이어버렸다는 이 사건 자체를 보자는 말입니다."

"예……. 이해하기 어려운 일입니다. 하지만 300년 전의 그들의 도래 역시 설명할 수 없었지요. 그러니 다시 그들이 도래한 까닭은……"

"좋아요. 헬카네스는 문제 옆에 열쇠를 숨깁니다."

"예?"

제레인트는 갑자기 걸어가기 시작했다. 그는 아일페사스를 지나쳐 창문을 향해 걸어가서는 창턱을 움켜쥐며 거칠게 말했다.

"제길! 나는 데스나이트들을 걱정하지 않아요!"

"예? 그게 무슨 말입니까?"

"헬카네스는 문제 옆에 열쇠를 숨긴단 말입니다. 300년 전에도 그러했으니 지금도 그렇겠지요. 데스나이트들이 부활한다면 그들을 다시 잠재울 사나이도 돌아오겠죠, 뭐."

"예?"

"그런데 나는 그렇게 될까 봐 무섭단 말입니다. 바로 그런 걱정이……"

아프나이델은 멍하니 선 채 제레인트의 등을 바라보았다. 각성은 느닷없이 찾아들었고 아프나이델은 굳어버렸다. 아프나이델은 떨리는 얼굴을 돌려 엑셀핸드를 바라보았고 엑셀핸드 역시 경악에 찬 눈으로 아프나이델을 마주보았다. 두 사람은 서로에게 소리 없이 같은 질문을 던지기 시작했다. 그때였다.

"걱정이 사실로 드러나는 것은 유쾌한 경험은 못 돼."

창문을 바라보던 제레인트가 침중한 목소리로 말했다. 그러나 그 목소리와는 달리 몸을 휙 돌려 창문 옆으로 붙어서는 제레인트의 동작은 아주 날렵했다. 의아해진 아프나이델이 뭐라고 질문하기도 전에 폭음이 퀜턴을 급습했다.

콰광, 쾅쾅쾅! 우르르릉!

건물이 통째로 흔들리는 지독한 충격파였다. 지붕 위의 널들이 아래로 떨어지며 천장에서는 흙먼지가 쏟아져내렸다. 쨍그랑, 쨍쨍! 창문이 깨지며 유리 조각이 날았지만 미리 옆으로 비켜선 제레인트는 다치지 않았다. 하지만 드워프의 청각을 가지고 있는 엑셀핸드는 두 손으로 귀를 막으며 비명을 질렀다. 몸이 가벼운 아일페사스는 소파 위로 나뒹굴고 말았고 아프나이델은 바닥에 주저앉았다. 간신히 정신을 차린 아프나이델은 옆으로 나동그라진 아일페사스를 안아 올렸지만 그의 눈은 제레인트를, 아니, 그의 옆 깨진 창문 너머로 저 먼 밤하늘을 붉게 물들이고 있는 지평선의 화광을 똑바로 쏘아보고 있었다.

아일페사스를 끌어안은 채, 아프나이델은 신음을 흘렸다.

지평선은 용암처럼 끓어오르고 있었다. 그 어떤 산불이 피어올라도 밤하늘이 저렇게 불타오를지 의문스럽다. 피어오르는 붉은 기운이 밤하늘을 시뻘겋게 물들이는 가운데 바람결을 타고 아비규환의 소음이 흘러들었다. 퀜턴 시 곳곳에서 비명과 고함 소리가 울려퍼졌고 어지러운 발소리와 함께 횃불들이 뛰어다니기 시작했다. 소음과 진동음 때문에 아프나이델은 발악하듯 고함질렀다.

"제, 제레인트! 그도, 그도 돌아온다는 말입니까! 그렇습니까?"

제레인트의 얼굴은 짙은 공포로 시커멓게 타들어가고 있었다. 아프나이델은 그런 그의 얼굴을 처음 보았다.

"제기랄, 그래요! 과거가 다 현재로 회귀하는군요. 나는 이제 과거라는 것이 뭔지도 모르게 되었습니다! 하하, 그래도 공평하긴 하군요. 데스나이트들의 귀환은, 솔로처도 귀환한다는 뜻이겠지요. 아주 공평합니다, 그래!"

"나이드! 나이드! 이게 뭐예요, 도대체 뭐가 어떻게 된 거야!"

아일페사스는 아프나이델의 품에 안긴 채 비명을 질렀지만 아프나이델은 대답할 정신이 거의 없었다. 그는 활활 타오르는 제레인트의 눈을 홀린 듯이 바라보았다. 공포 때문에 광기를 부리는 것일까? 제레인트는 이글거리는 눈으로 미소 지었고 그 미소에 아프나이델은 섬뜩해졌다.

"다음은 뭘까요? 우리는 어쩌면 수도에서 루트에리노 대왕에게 환영받을지도 모르겠습니다!"

훗날 아프나이델은 그날 밤의 제레인트의 상황에 대해 수십 번도 넘게 생각해 보았다. 신이라는 흔들리지 않는 진리를 섬기는 프리스트, 게다가 하플링과 갈림길의 신 테페리를 따르는 프리스트답게 제레인트는 그 어떤 때에도 절망하거나 좌절하지 않았다. 항상 쾌활하고, 항상 행복했다. 그런 비인간적일 정도의 불굴성과 평온함에 때론 낯선 기분마저 느끼면서도 아프나이델은 솔직히 그 점을 부러워했다. 마법이라는 믿기 어렵고 무시무시한 힘과 매번 싸워야 되는 마법사가 프리스트에게 당연히 가질 감정에 더하여, 아프나이델은 인간적으로 제레인트의 그런 모습을 존경하고 사랑하고 있었다.

결국 결론은 간단했다. 진리 그 자체에 안주하고 있었기 때문에 제레인트의 경악과 좌절은 더욱 컸던 것이다. 절대적인 개념인 시간이 무너지는 상황에서, 마법사인 아프나이델은 오히려 그 상황을 유연하게 받아들일 수 있었다. 불가사의한 마법을 구사하는 자였기에 불가사의한 상황도 쉽게 받아들일 수 있었던 것이다. 하지만 프리스트인 제레인트는 그렇지 못했다.

"여덟 별이 다시 일어나! 그덴 산의 거인을 사냥할 겁니다! 록크로스 해변에서는! 전설의 오크들이 달릴 것이고! 가이너 카쉬냅은 다시 한번! 루스 휴레인 전투에서의 그 놀라운 솜씨를 보여주겠지요! 멋지지 않습니까, 아프나이델? 예? 멋지지 않냐고요?"

아프나이델은 광기에 찬 외침을 내뱉고 있는 제레인트를 멍한 표정으로 바라볼 뿐이었다. 그러나 그들에게는 또 다른 불굴성을 가진 동료가 있었다.

퍽. 소리는 짧고 잔인했다. 엑셀핸드는 앞으로 기울어지는 제레인트를 어깨에 떠메려는 시도는 하지 않았다. 메어봐야 다리가 질질 끌릴 테니까. 대신 엑셀핸드는 아프나이델의 품에 안겨 있던 아일페사스를 잡아당기며 아프나이델에게 외쳤다.

"들쳐 업어!"

아프나이델은 후다닥 제레인트를 들어올렸다. 엑셀핸드는 한 손에 아일페사스의 손목을 쥔 채 곧장 문을 박차고 달려 나갔다. 문 밖은 여전히 캄캄한 시청 건물이었지만, 캄캄한 지하 공간을 제집처럼 드나

드는 엑셀핸드는 거침없이 정문을 향해 달려갔다. 그리고 어둠 속을 꿰뚫는 엑셀핸드의 눈에서는 시퍼런 불꽃이 타오르고 있었다.

"매장하겠다고? 취이익!"

새벽녘의 하늘을 멍한 표정으로 바라보고 있던 레이저는 루손에게로 고개를 돌렸다. 그리고 그의 얼굴을 똑바로 바라보며 말했다.

"그래. 매장하겠다. 그렇게 하고 싶어."

오크의 경우, 이렇게 진지하게 똑바로 쳐다보는 행동이 사람에게서 야기하는 것과 똑같은 반응을 보여주지는 않는다. 오크는 상대가 자신보다 약하다고 생각되거나 붙어볼 만하다고 생각될 경우, 자신의 눈을 똑바로 바라보는 상대에게 가혹한 공격을 선사한다. 하지만 루손은 곧장 글레이브를 휘두르는 대신 불평스러운 표정으로 말했다.

"취이익! 늙은 오크들이, 안 좋아할 텐데. 나크둠은, 취이익! 위대한 전사였다. 취칙! 모두들 그의 고기를, 취, 먹고 싶어 할 거야."

레이저는 투철한 계몽 의식 같은 것을 가지고 있지는 않았다. 그래서 그는 오크들에게 위대한 전사의 고기를 먹는다고 해서 그의 용기와 힘이 그대로 전달되는 것은 아니라는 사실을 설명하고 싶은 생각은 없었다. 말해 봐야 납득시키기 어려울 것을 잘 알고 있기도 했지만. 그래서 레이저는 피로한 음색으로 이렇게 말했다.

"내가 그의 고기 전부를 사지. 원로들에게 값을 결정하라고 해."

"취칙. 원로?"

"늙은 오크들 말이야."

"취이익. 알았다. 그대로 말하겠다. 취, 취이익."

루손은 몸을 돌려 동굴 안으로 들어갔다. 홀로 동굴 밖에 남겨진 레이저는 다시 멍한 얼굴이 되어 동굴 아래의 숲을 바라보았다.

'왜 그렇게 말했지?'

레이저는 스스로에게 반문해 보았다. 오크들이 항상 죽은 오크를 먹는 것은 아니다. 그들은 가장 존경하는 오크들에게만 이런 성대한 장례식(?)을 베풀어준다. 레이저가 아는 바대로라면 이런 굉장한 대접을 받은 오크는 가까운 50년 내에는 한 명도 없었다. 그들은 그만큼 나크둠을 사랑하는 것이고, 레이저 역시 그것을 잘 이해하고 있다. 그리고 레이저는 감상주의자는 아니었다. 나크둠 자신이라 하더라도 그의 시신을 제공할 수 있다면 오히려 기뻐했을 것임도 잘 짐작한다.

그런데 왜 이런 감상주의자 같은 말을 하고 만 것일까.

레이저는 고개를 가로저었다. 슬픔 때문이겠지. 하지만 지금 레이저는 눈물도 나오지 않았다. 슬픔보다는 오히려 어처구니가 없다는 쪽에 가깝다. 나크둠이 이런 식으로 죽을 것이라고는 꿈에도 생각하지 못했다.

레이저와 오크들의 교류가 가능했던 것은 그의 유별난 성격에도 기인하지만, 그것보다는 나크둠의 지혜로움 덕분이었다고 해야 정확하다. 나크둠은 통찰력을 발휘하여 올로레인 학파의 가르침을 신봉하는 젊은 마법사, 아니 어린 수련생이었던 레이저를 정확하게 꿰뚫어보았고 그의 의식에 간교함이 없다고 판단되자 거침없이 그를 인간처럼 생긴 오크로 취급했다. 그것은 정녕 오크에게서는 찾아보기 힘든 포용력이었지만 그 어떤 오크도 나크둠의 판단에 도전하지는 않았다. 그것은 오크들이 나크둠의 지혜를 믿었다기보다는 나크둠의 손도끼를 무서워한 결과겠지만, 어쨌든 오크들은 한 번 결정된 것에 대해 회의에 잠기거나 다른 방식으로 접근해 보는 고차원적인 사고방식을 갖는 것이 불가능했고, 때문에 주저 없이 레이저를 받아들였다. 그것은 양자 모두에게 좋은 결정이었다.

그런 오크였던 나크둠이 죽었다. 레이저가 자신과 오크들을 잇고 있던 거대한 연결점을 상실한 것에 대해 고통스러운 감정을 느낄 수 없었던 까닭은 그 죽음의 이유 때문이다. 그댄 산의 거인이라고? 너무 기가 막히고 허탈해서 레이저는 웃음이 나올 지경이었다. 이건 하늘에서 떨어진 카리스 누멘의 쇠모루에 맞아 죽는다는 것보다 더 말도 안 되는 상황이잖아.

꽈아앙!

상상력은 마법사에게 있어 열심히 단련되어야 되는 능력이다. 그래서 시의 적절하게 울려퍼진 그 굉음은 레이저의 풍부한 상상력을 고무시켰다. 레이저는 하늘을 올려다보며 독백했다. '카리스 누멘이여, 모루를 흘리셨습니까?'

"취아칵! 레이저!"

등 뒤에서 루손의 고함 소리가 들려왔을 때 레이저는 솟구치듯 일어났다. 꽝, 꽝, 꽝! 밤의 산속을 울려퍼지는 무시무시한 메아리 때문에 소리의 진원지는 찾을 수 없었다. 레이저는 뒤로 물러나다가 달려오는 루손과 부딪혔다. 루손은 레이저의 다리를 잡아당기며 외쳤다.

"취, 취이잇! 그놈이다! 거인이다!"

"뭐라고……?"

루손으로서는 속 터질 만큼 느슨한 대답이었다. 레이저는 고개를 갸웃하며 루손을 내려다보다가 다시 앞쪽 산봉우리들을 바라보았다.

"어디서 바위 하나가 구른 거 아냐?"

"취켁! 이 멍청이! 취익취익! 거인이 바위를 던진 것이다!"

그때였다. 레이저는 밤하늘에서 심상치 않은 광경을 보게 되었다.

셀레나의 아랫부분이 성큼 베어져나가듯 어두워졌다. 마치 뭔가가 셀레나를 가려버린 것처럼. 레이저는 멍한 얼굴로 그 광경을 바라보며, 거의 한가롭다고 생각될 정도로 태평스러운 생각을 했다. 월식인가? 하지만 그것은 월식이라기에는 너무 급박한 움직임이었다. 잠시 후 셀레나는 다시 원래의 모습을 회복했다. 그리고 그때쯤 해서 바람을 가르는 날카로운 파열음이 들려왔다.

쫘아아앙!

이번에는 퍽 가까운 곳이었다. 레이저는 소리가 울려퍼진 것이 앞쪽으로 대략 100큐빗쯤 되는 곳이라는 것도 짐작할 수 있었다. 땅이 울리는 진동 때문에 휘청거리지 않았다면 방향도 제법 정확하게 추측할 수 있었을지도 모른다. 레이저는 휘청거리다가 루손의 억센 어깨를 붙잡으며 간신히 몸을 가누었다. 그는 얼빠진 얼굴로 루손을 바라보며 말했다.

"바위……가 날아오는 거야?"

"츄아, 취! 그렇다!"

그리고 세 번째로 공기 가르는 소리가 들려왔을 때에는 레이저도 더 이상 의심할 수 없게 되었다. 세 번째로 날아든 바위는 레이저와 루손의 머리 위를 지나 동굴 위 절벽을 가격했던 것이다.

콰과과광!

앞서 들렸던 두 번의 충격음을 무색하게 만드는 엄청난 충격음은 고막을 찢어버릴 지경이었다. 레이저와 루손은 모두 귀를 틀어막으며 무릎을 꿇었다. 절벽을 가격한 바윗덩이는 그대로 튕겨나왔고, 시야를 가득 메우며 떨어지는 바윗덩이를 보며 레이저는 기가 막힌 심정이 되었다.

레이저와 루손의 앞쪽으로 떨어진 바위는 그대로 숲을 뭉개며 굴러가서는 서너 개의 나무를 꺾어놓고서야 멈추었다. 그리고 머리 위쪽에서는 절벽에서 튀어나온 파편들이 비처럼 쏟아져내렸다. 레이저는 두 팔을 들어 머리를 감쌌다. 바위의 파편과 흙먼지의 소나기에 집중 폭격을 당하면서도, 레이저는 빠르게 머리를 회전시켰다. 점점 가까워지고 있어. 세 번째는 조금 지나치긴 했지만, 이 동굴을 겨냥하는 것이닷!

"루소온! 루손!"

옆을 돌아본 레이저는 두 팔로 머리를 감싸고 바닥에 엎어져 있는 루손을 보게 되었다. 레이저는 두말없이 루손을 걷어찼다.

"취킥! 이놈이!"

루손은 이를 드러내며 으르렁거렸지만 다음 순간 들려온 레이저의 외침에 멈칫하고 말았다.

"멍청아! 모두 동굴 밖으로 나오라고 전해! 생매장되겠다. 어서!"

"취이익! 아, 안 돼!"

루손은 몸을 벌떡 일으켰다. 하지만 그는 달려가려다가 그대로 멈추며 우물쭈물하기 시작했다.

"취착! 저 안에 들어갔다가, 췻, 취이잇! 나오기 전에 무너지면!"

"이 겁쟁이 같으니! 들어가기 싫으면 안에다 대고 고함이라도 질러! 많이는 못 막는다. 그러니 어서 가!"

"마, 취, 막겠다고?"

루손은 어이없다는 표정으로 레이저를 바라보았다. 하지만 이미 레이저는 밤하늘을 올려다보고 있었다. 숨 돌릴 틈도 없이 다시 밤하늘로 바위가 떠올랐다. 레이저는 눈을 감았고 그의 팔은 반사적으로 급격하게 움직이기 시작했다. 갑자기 레이저는 허리를 숙였고, 복잡한 움직임을 보이던 팔은 그대로 땅을 스쳤다. 다음 순간 레이저는 눈을 홉뜨고 허공을 향해 흙먼지를 뿌리며 부르짖었다.

"디스인티그레이트!"

펑! 코르크 마개를 잡아 뽑을 때 나는 소리를 수천 배로 증폭시킨 것 같은 소리가 밤하늘에 울려퍼졌다. 존재하던 물질이 느닷없이 사라지며 생긴 진공 속으로 거칠게 공기가 밀려들며 나는 소리라는 것을 잘 알고 있는 레이저는 아무 반응이 없었지만 루손은 주저앉고 말았다.

레이저가 외치고, 엄청나게 큰 소리가 나고, 날아오던 바위가 사라졌다. 넋이 나가버릴 듯한 충격 속에서 루손이 파악한 상황은 대충 이 정도였고, 그 상황에 대해 만족할 만한 설명을 이끌어내는 것은 루손에게는 퍽이나 벅찬 일일 것이다.

"이 빌어먹을 오크야! 당장 일어나 달려가지 않으면 목을 뽑아놓겠어!"

레이저의 표독스러운 외침에 루손은 벌떡 일어나서 달려갔다. 달려가면서도 루손은 바위를 집어던지는 거인이 무서운 건지 그 바위를 소멸시켜 버리는 레이저가 더 무서운지 갈피를 잡을 수가 없었다. 그러나 루손에게는 앉아서 고민하기보다는 현실적으로 더 다급한 일이 있었다.

"취이이이익! 모두들 나와아앗! 동굴이 무너진다. 취이이악!"

루손은 동굴로 뛰어들며 외쳤다. 레이저는 그제서야 흥분을 가라앉히고는 온몸의 신경을 팽팽하게 긴장시켰다. 모조리 막아낼 수는 없어. 가장 위험한 것만 막는다. 그런데…….

'그런데 정말 거인이잖아?'

레이저는 어깨가 아파오는 것을 느꼈다. 지나치게 긴장된 근육들이 아우성을 지르고 있는 것이다. 하지만 레이저는 긴장을 늦추지 않은 채 하늘을 감시하면서도 숨 가쁘게 생각했다. 그리고 계속해서 스스로의 생각을 부정했다. 그럴 리가 없어!

레이저가 납득할 수 있는 가장 공정한 결론은 그덴 산의 거인이 아닌 다른 어떤 거인이(어디서 갑자기 거인이 나타났는지에 대해서는 고민하지 않기로 하고) 밤 산책을 나섰다가(거인에게 밤 산책 따위의 품위 있는 취미가 있는지에 대해서도 고민하지 않기로 하고) 돌팔매에 대한 평소의 애호를 드러내고 있다는 것이었다. 레이저는 숨을 몰아쉬며 자신의 결론에 동의했다. 날아오는 바위도 마치 그의 의견에 동의하듯 완만한 하강 곡선을 그리고 있다는 것을 깨달은 것은 조금 후였다. 레이저가 빼먹지 않고 매일 기주(記呪)를 한 것은 그 마법들을 사용하기 위해서라기보다는 마법을 사용하는 기술을 잊지 않기 위해서였다. 레이저는 아무 스펠이나 닥치는 대로 외우고 있었고 그래서 그는 날아오는 바위를 발견한 순간 퍽 이상한 주문을 캐스트할 수밖에 없었다.

"이런, 젠장! 스톤 투 플래시!"

바위보다는 고깃덩어리가 낫겠지. 공중에서 갑자기 고깃덩어리로 바뀐 바위는 운동 에너지는 그대로 간직한 채, 그러나 보다 높은 탄력성으로 절벽에 부딪쳤다. 터덩! 상당히 경쾌한 충격음을 내며 고깃덩어리는 저 멀리 튕겨나갔다. 숲 위로 떨어지는 거대한 고깃덩이를 보며 레이저는 씁쓸하게 생각했다. 오크들이 저걸 보면 환장하겠군. 그런데 다음번에는 어떻게 막는다? 레이저는 자신이 기주하고 있는 마법들을 돌이켜보며 날아오는 바위를 막는 데 쓸 수 있는 것이 있는지 고민해 보았지만 마땅한 것이 없었다. 레이저는 절망적으로 소망했다.

'제발 저 녀석 주위에 바위가 더 없기를!'

그러나 야속하게도 바위는 거침없이 날아들었다. 레이저가 보기엔 지금까지 날아왔던 것 중에서 가장 커 보이는 바위였다. 그리고 가장 정확하게 날아오고 있기도 했다. 결국 레이저는 모진 결심을 해야 했다. 그는 매일 절대 빼먹지 않고 기주했던 스펠을 캐스트했다.

"플라이!"

갬블러의 생활은 위험하고, 도망칠 수 있는 스펠은 소중한 것이다.

레이저의 외침소리가 맑은 산 속의 공기를 꿰뚫는 순간 그의 몸이 허공으로 솟구쳤다. 주위의 산봉우리들이 아래로 쑤욱 내려가며, 레이저는 그대로 날아오는 바위를 향해 비행했다.

"이건 선량한 도박사에게는 너무 거창한 결심이야! 씨팔, 하드 베팅은 초보들이나 하는 거라고!"

그가 쏟아내고 있는 욕지거리들은 귓가를 스치는 바람의 포효 때문에 그 자신의 귀에도 제대로 들리지 않았다. 바위의 속도와 그 자신의 속도가 더해져 바위는 재미있을 정도로 빠르게 다가왔다. 마지막의 마지막 순간, 레이저는 몸을 뒤틀며 외쳤다.

"파이어볼!"

화르르르! 피를 짜내는 심정으로 뿜어낸 불덩어리는 밤하늘을 붉은 광선으로 가로질렀다. 레이저의 자존심은 크게 고무되었을 것이다. 가공할 정확성으로 조준된 파이어볼은 정확하게 바위의 측면을 강타했다. 바위는 격한 스핀을 일으키며 그 운동 궤적을 뒤틀었고 잠시 후 동굴에서 조금 떨어진 절벽에 명중했다. 쾅쾅쾅!

레이저는 그 거창한 위업의 현장을 떠나야 된다는 것이 아쉬웠다. 하지만 주저하지는 않았다. 레이저는 그대로 숲의 머리를 스치며 밤하늘을 가로질러 바위가 날아오던 방향으로 날아갔다. 오래간만에 사용하는 강력한 스펠들 때문에 머리가 띵해질 지경이었지만, 그러나 레이저는 목표하고 있던 것을 놓치지는 않았다.

사실 놓치기도 어려운 것이었다.

왼쪽 발로 산등성이를 딛고 오른쪽 발로는 산봉우리를 밟은 채 달빛을 받아 번뜩이는 상체를 드러낸 100큐빗 크기의 거인은 무심하게 지나치기에는 너무 인상적이었다. 그 어깨로 밤하늘을 상당 부분 가리고 그 이마 위로 구름이 흩어지고 있다면 더욱더. 레이저는 숨을 들이켰다.

"맙소사, 헬카네스여……"

거친 산바람에 온 몸 가득 돋아 있는 털을 휘날리며 거인은 당당하게 서 있었다. 장엄한 산봉우리가 그 발 아래 얕은 모래성으로 보일 지경이었다. 산 위로 솟아난 또 하나의 산을 바라보며 레이저는 탄식했다. 신궁 우타크와 양치기 차넬은 미친 녀석들임에 틀림없어. 저런 것을 속여 넘길 생각을 했단 말인가? 레이저는 어느새 눈앞에 보이는 거인을 그덴 산의 거인으로 단정 짓고 있었다. 그 외에 다른 방향으로는 전혀 생각할 수가 없었다.

거인은 눈이 좋던가? 그러나 레이저는 거인이 자신을 응시하고 있다는 느낌을 버리기 어려웠다. 이글거리는 왼쪽 눈은 확실히 그를 바라보고 있었다. 그리고 암흑을 바라보고 있는 오른쪽 눈은 검게 타오르고 있었다.

거인은 갑자기 손을 들었다. 차라리 암소가 춤을 춘다면 훨씬 더 안정감 있게 보일 것이다. 전나무만큼이나 굵고 긴 팔이 양쪽으로 들어올려지며, 거인은 외쳤다.

"아…… 아…… 아아아!"

레이저는 곤두박질치기 시작했다. 정신이 흐트러지며 플라이 스펠이 깨질 뻔했지만, 추락하기 직전 레이저는 간신히 정신을 가다듬었고 나무에 꿰인 꼬치 신세가 되는 것을 면했다. 거인은 고함을 지르더니 그대로 산봉우리 위로 훌쩍 뛰어올랐다. 위로 솟아오르던 레이저는 느닷없이 일어난 회오리에 휘말려들어 다시 비명을 질러대야 했다.

쿠구궁!

밟고 있던 산봉우리를 가볍게 뛰어넘은 거인은 온 산을 울리며 착지했다. 맹세해도 좋아. 그덴 산은 조금 전의 충격 때문에 몇 큐빗은 더 높아졌을 거야. 공중에서 바람을 이기려 애쓰며 레이저는 그덴 산의 정확한 높이가 얼마인가 생각해 보았다. 하지만 망상에 빠져 있는 레이저와는 달리 거인은 보다 실용적인 행동을 선택했다. 땅에 내려서자마자 팔을 뻗어 거목을 부여잡은 거인은 허리를 주욱 폈다. 우지지지직. 꽈광! 30큐빗은 수월찮게 넘을 거목이 뿌리째 뽑혀 거인의 양손에 쥐어졌다.

거인은 한 손으로 그 거목을 쥐고선 다른 손으로 대충 가지를 '털어내었다'. 거인의 동작은 그렇게밖에 말할 수 없는 대수롭잖은 것이었지만 그 손이 스치자 팔뚝만한 가지들이 무참하게 떨어져나갔다. 급조한 메이스(?)를 한 손으로 쳐들며 거인은 다른 손을 들어 레이저를 향해 뻗었다. 다른 사람 못잖게 손가락질을 당해 온 레이저였지만, 자신의 몸통만 한 손가락으로 손가락질당하는 것은 난생 처음이었다.

그리고 천둥이 울렸다. 아니, 거인이 입을 열었다.

"루트에리노는 어디 있는가!"

레이저는 도망치고 싶었다. 오크들에게 시간을 벌어주기 위해 거인의 시야 전면으로 날아오기는 했지만 이럴 줄은 몰랐다. 도를 넘어선 공포 때문에 레이저는 거인의 말을 거의 이해하지 못했다. 그러나 거인은 레이저가 감히 대답을 하지 않았으리라는 생각은 못했다.

"들리지 않으니 더 크게 말하라! 너희 인간 놈들의 목소리는 내게 너무 작다!"

레이저는 가쁜 숨을 몰아쉬며 거인과의 거리를 충분히 유지한 채 거인을 관찰했다. 오른쪽 눈이 있어야 할 자리에는 확실히 검은 구멍밖에 없었다. 오른쪽 다리를 저는지는 아직 모르겠다. 그러다가 레이저는 자신이 조금 전에 가장 확실한 증거를 얻었음을 깨달았다.

루트에리노가 어디 있냐고?

레이저는 밤중에 산봉우리를 뛰어넘어 30큐빗짜리 소나무를 뽑아든 채 루트에리노 대왕을 찾는 거인이 누군지 짐작하지 못할 만큼 세상 물정에 어두운 사람은 아니었다. 하지만 동시에, 지금 이 시대에 그덴 산의 거인이 그런 짓을 하고 있다는 것을 순순히 믿을 만큼 어수룩한 사람도 아니었다. 결국 레이저는 외치고 말았다.

"여기엔 없다……, 없습니다!"

일단은 살고 봐야 되니까. 고민은 천천히 해도 돼. 레이저는 스스로의 결정을 기특하게 여기며 거인의 반응을 기다렸다. 여기, 즉 네 녀석이 발 디디고 있는 이 현재에는 루트에리노 대왕이 없단 말이야. 어쩔 거야?

"거짓말하지 마!"

이런, 썩을! 레이저는 황급히 위로 날아올랐고 휘둘러진 소나무가 숲을 뭉개버리는 모습을 기막힌 심정으로 내려다보았다. 거인은 그대로 몸을 솟구쳐 올렸다. 인간이 파리를 잡기 위해 취하곤 하는 동작을 수백 배로 부풀려놓은 동작을 취하며 거인은 소나무를 휘둘렀다.

바우우우웅!

날아오르던 레이저는 발 밑에서 일어난 바람에 비틀거렸다. 질끈 감은 눈꺼풀 안쪽으로 무수한 색깔이 반짝거린다. 레이저는 이를 사리물었다.

"으으으읍!"

레이저는 허공에서 몸을 뒤집으며 거인의 정수리를 내려다보았다. 좋아, 지금이다. 급속한 운동 때문에 몸의 혈액이 한쪽으로 휩쓸리며 정신을 잃을 지경이었지만, 레이저는 그대로 거인의 정수리를 날아 넘어 그 뒤통수를 바라보는 위치에 서는 데 성공했다. 거인의 머리 뒤 허공에 거꾸로 선 채, 레이저는 발악하듯 캐스트했다. 그의 손이 눈부시게 휘둘러졌다. 어떻게 공격할 것인가? 물론 불을 날리거나 벼락을 퍼부을 수도 있지만, 저런 엄청난 거인에게 불을 날리거나 벼락을 쏘아내 봤자 약올리는 짓도 되지 못할 것이다. 그리고 올로레인 학파의 마지막 전승자의 이름을 걸고 레이저는 그런 풋내기 짓을 할 수는 없었다. 과연 그가 선택한 스펠은 불이나 벼락과는 별 상관이 없는 것이었다.

그래서 그덴 산의 거인은 생전 처음 당해 보는 끔찍스러운 공격에 노출되고 말았다.

"서몬 스워어어엄!"

"찍, 찌지직!"

볼품없이 떨어지면서도 레이저는 거인의 목덜미에 30여 마리의 쥐를 불러내는 데 성공했다. 거인은 펄쩍 뛰어올랐다.

"으아아아! 이런, 고약한, 우킬킬! 으, 우아! 크핫하하!"

거인은 펄쩍펄쩍 뛰기 시작했지만 이미 쥐들은 목덜미를 타고 거인의 등으로 기어내려 갔다. 쥐의 이빨에 어떻게 될 피부는 아니다. 하지만 셔츠 속을 기어다니는 30여 마리의 쥐는 거인의 눈에 불꽃이 튈 정도로 그를 간질였다. 꽝, 꽝, 꽝! 거인이 발을 구르자 그댄 산이 무너질 정도의 충격이 일어났다.

레이저는 냉혹한 미소를 지으며 착지했다. 어깨부터 땅에 부딪히며 형편없이 나동그라진 것도 착지한 것이라고 할 수 있다면. 그러나 아픔을 추스를 시간도 없이 레이저는 필사적으로 굴러 일어났다. 격렬한 춤이라도 추고 있는 듯한 거인의 발뒤꿈치가 언제 그를 짓밟아놓을지 몰랐던 것이다. 꽝, 꽝, 꽝! 레이저는 후다닥 일어나서 거인의 발 주위에서 벗어났다.

"망할 자식아, 왜 사람 말을 안 믿어? 덩치 크면 다야?"

죽을힘을 다해 달려야 했지만, 레이저는 이 말 한 마디를 던져주지 않고서는 도망칠 수가 없었다. 그러나 거인은 쇠망치 같은 주먹을 휘둘러 자신의 등을 꽝꽝 두드려대고 있느라 레이저의 목소리를 듣지 못했다. 레이저는 포기하고서 몸을 돌렸다.

절뚝거리며 숲을 향해 달려가며 레이저는 생각했다. 행복한 밤이란 말이야. 이 밤이 현재의 밤인지 300년 전의 밤인지 구별할 수 없다는 점만 제외하면. 우라질!

눈앞을 막아선 거대한 나무를 피해 옆으로 돌아드는 순간, 정신없이 달리던 레이저는 하마터면 역시 정신없이 달려오고 있던 루손의 글레이브에 몸을 던질 뻔했다. 나무 뒤에서 느닷없이 나타난 글레이브를 아슬아슬하게 피한 레이저는 그와 오크 간의 교우 관계가 왜 이리 넘치는 위기감으로 가득 차 있는지에 대해 심도 있는 고찰이 필요하다고 생각하며 외쳤다.

"뭐야!"

거의 레이저만큼이나 제정신이 아니었던 루손 역시 대뜸 맞고함을 질러왔다.

"취이이악!"

훤칠한 마법사와 딴딴한 오크는 각자의 외침의 여운 속에서 잠시 멀거니 서로를 바라보았다. 그러나 등 뒤에서 들려오는 거인의 미칠 듯한 웃음소리는 "우켈켈켈!" 둘을 순식간에 현실로 끌어내렸다. 레이저와 루손은 누가 먼저랄 것도 없이 재빨리 달리기 시작했다. "우와아아!" 레이저가 루손보다는 훨씬 긴 다리를 가지고 있었지만 절뚝거리느라 둘의 속도는 비슷했다. 함께 숲을 가로질러 달려가며 레이저는 외쳤다.

"멍청한 놈! 네가 온다고 해서 나를 도와줄 수 있었을 거 같아?"

"취, 취칵! 젠장. 네놈 시체는 먹어줄 수 있었다, 왜!"

이 감동적인 우정에 레이저는 눈물이 핑 돌 뻔했다.

"다, 다른 오크들은 어떻게 되었냐?"

"다들 달아났어!, 취칙! 노빌 쪽 능선을 타고, 취이이익! 지바스 혼 아래에서 만나기로 했다!"

"그래. 어? 자, 잠깐. 나크둠은?"

"취이킥! 시체를 챙겨 달아나란 말이냐?"

"이런! 나크둠! 아, 안 돼. 그를 내버려두고……"

그때였다. 레이저와 루손의 등 뒤에서 드래곤이 날개 치는 듯한 펄럭거림이 들려왔다. 둘은 뒤를 돌아보았고, 나무들 사이로 그덴 산의 거인의 모습을 보게 되었다. 거인은 손에 셔츠를 들고 허공을 향해 털고 있었다. 퍼어어얼럭! 퍼어어얼럭! 너무나 무섭다는 점에서 오크와 인간이 같은 반응을 보이지는 않는다. 그래서 레이저는 미칠 듯이 웃었고 루손은 목이 터져라 고함을 질렀다.

미친 듯이 웃는 마법사와 하늘이 찢어져라 비명을 질러대는 오크는 그렇게 붉은 산맥을 가로질러 지바스 혼을 향해 질주해 갔다.

7

데미 공주는 당혹한 표정으로 팬지꽃을 내려다보았다. 사실 도무지 알 수가 없었다.

조금 덥다 싶은 날씨 때문에 팬지꽃들은 시들어가고 있었다. 벌써 며칠 째인지 모르겠다. 하지만 노련한 정원사의 입장에서 볼 때 데미 공주는 이 꽃들이 죽을 거라고는 생각하기 어려웠다. 그렇다고 다시 싱싱해질 것인가? 데미 공주는 확신을 가질 수가 없었다. 결국 데미 공주는 소극적인 자세를 떠올리게 되었다.

'그냥 놔둬 볼까.'

데미 공주는 우울한 표정으로 고개를 돌렸다. 팬지꽃을 심어둔 곳의 오른쪽으로 우거진 관목에 눈길이 닿는 순간 데미 공주는 다시 한숨을 내쉬었다. 소담스럽게 어우러져 있는 관목은 장미나무다. 데미 공주는 손가락 끝에 전정가위를 끼워 빙글빙글 돌리면서 장미나무를 향해 걸어갔다. 장미나무의 군락 앞에 선 데미 공주는 흐드러진 녹색 가지들을 비난하는 눈길로 바라보기 시작했다.

'너희들, 정말 이렇게 나 속상하게 할 거야?'

데미 공주의 취미가 가장 완성된 형태로 나타난 화훼 중에서도 눈앞의 장미는 독특한 것이었다. 무수한 실험과 잡종 교배, 그리고 접붙이기를 통해 완성시킨 이 장미는 얼핏 보기에 하이브리드 티의 한 아종처럼 보인다. 하지만 풍성하고 화려한 모습을 가졌으면서도 이 장미는 플로리번다 계열처럼 세 송이의 장미가 어울려 피어난다. 그 찬란한 붉은색을 본 데미 공주는 별 생각 없이 데미스 선셋이라는 일견 무성의하게까지 보이는 이름을 붙였지만, 이 데미스 선셋의 재배 비법을 알기 위해 무수한 화훼상과 화훼 재배 농가가 쏟아부은 정열은 말도 못할 지경이다. 그러나 데미 공주는 어깨를 으쓱했을 뿐 그 재배 비법에 대해서는 말하지 않았고 뿐만 아니라 화훼상에 팔지도 않았다. 다만 매년 봄이 찾아오면 데미 공주는 데미스 선셋을 가득 재배해서는 일스로 보내는 것을 유일한 효용으로 삼았다. 간략한 쪽지 하나를 동봉해서.

'바이서스의 데미가 일스의 저스티스 기사단에 우정으로 보내드립니다.'

국가 간에 오가는 공식 문서라고는 죽었다 깨어나도 주장하기 어려운 것이지만 저스티스 기사단은 이것을 사실 그대로의 현상으로, 즉 이웃 나라의 공주님께서 용맹한 기사단에 보낸 장미로 받아들였고 자랑스럽게 그것을 셔츠나 의전용 갑옷에 부착했다. 저스티스 기사단은 장미와 정의의 오렘을 따르는 일종의 신성 기사라고 할 수 있기 때문에 이것은 매우 어울리는 행위이며 국가 간의 외교로는 퍽이나 아름다운 축에 속하겠다 하겠다. 그리고 저스티스 기사단의 기사들 상당수가 얼굴도 모르는 이웃나라의 공주인 데밀레노스 공주를 기꺼이 자신의 레이디로 여기고 있다는 점은 그 기사단의 재미있는 전통이기도 하다.

그런데 그 데미스 선셋이 피어나질 않는 것이다. 팬지가 시들 정도로 강렬한 봄 햇살이 있으니 일조량이 부족한 것은 아니다. 데미 공주는 자신의 자존심을 걸고 토질에 대한 시비나 접목 기술에 대한 비판을 받아들이지 않을 것이다. 질병이나 해충의 영향은 전무했다. 한 마디로 아무 이유가 없다고 할 수 있으며 그래서 데미 공주는 속이 상했다.

'왜 안 피어나는 거니, 응?'

데미 공주는 마치 위협하듯이 전정가위를 들이대었지만, 그렇다고 해서 꽃들이 '으악, 잘못했어요!'하며 피어날 리는 없다. 그녀는 스스로의 행동을 재미있어하며 고개를 돌렸다.

멀리 담쟁이덩굴이 가득 매달린 퍼걸러가 눈에 들어왔다. 그리고 그 아래에서는 칼과 샌슨이 열심히 이야기를 나누고 있었다. 데미 공주는 이번엔 그쪽을 향해 잔잔한 눈길을 보내었지만 두 사람은 데미 공주의 눈길을 알아차리지 못했다. 그들은 모든 종류의 훔쳐보는 시선에 대해 극도의 주의를 기울였지만 데미 공주의 시선에는 이제 신경을 쓰지 않게 된 것이다. 그래서 데미 공주는 약간 공허한 미소를 띤 채 그들의 격론을 바라볼 수 있었다.

귀족들을 밟아 뭉개서 시민들에게 자유를 줄 건가요? 지골레이드를 움직여서 전쟁을 끝장내고 만민에게 평화를 주실 거예요? 우리 사는 세상의 모습을 뜯어고치고 다른 시각으로 세상을 보는 법을 개척하실 건가요? 우주를 움직이는 원리를 찾아낼 건가요?

이 장미나 좀 피어나게 해주세요. 신경질 나요.

데미 공주는 이제 자신의 생각에 재미있어하며 다시 고개를 돌렸다. 가서 전설을 만들어요. 일출의 수평선에서 일몰의 지평선까지 모든 사람들이 경탄하며 이야기할 전설을. 그들이 기꺼이 그들의 손자에게 들려주고, 그 손자들이 다시 그들의 손자에게 들려주어 영원히 노래될 전설을.

하지만 난 장미나 볼래요.

속상해! 좀 피어나란 말이야!

"데미 공주님이 저기 있었군."

칼은 잠시 피로한 눈을 비비며 고개를 돌리다가 데미 공주의 모습을 발견했다. 칼의 목소리에는 아무런 경악도 없었고 그 소식을 전해 들은 샌슨 역시 별다른 놀람 없이 고개를 돌렸다. 어쨌든 '꽃과 나무에 대한 것 이외에는 아무것도 모르는 순진한 공주님'에 대해 의심하지 않는 데 있어서 두 사람은 임펠리아의 다른 모든 사람들과 마찬가지였다.

"음. 신경을 많이 쓰시나 보군요. 팬지가 안 좋다고 말씀하신 것 같은데. 궁내 부원들의 손을 좀 빌리면 좋으실 텐데 왜 저렇게 혼자서 아름다운 프림 블레이드를 찬양……, 하아아압! 정신 집중! 혼자서 저렇게 고생하시는 건지 모르겠습니다."

"저건 공주님의 취미잖은가. 일이 아니라고."

"하긴 그렇군요."

"그래. 서커스 쪽의 움직임은 어떤가?"

"음. 그게 좀 그렇습니다. 대개들 무반응이었고 몇몇 서커스단은 스스로 민영화에 대한 찬반 투표를 가졌답니다. 하지만 찬성이 나온 곳은 한 군데도 없군요. 투표를 가졌던 곳들도 모두들 저는 오거라는 결론을……, 으아아! 귀족 아래 남아 있기로 결정했답니다!"

칼은 실망하지 않았다. 어쨌든 체제의 변화는 사람들을 불안하게 만드는 것이다. 광대들이라고 해도 그건 마찬가지이며, 귀족의 휘하에 있는 것이 훨씬 안전하다는 결론을 내리게 된 것은 당연하다.

"좋아. 몇몇이라도 투표를 해봤다는 것이 중요해. 난 당대에 모든 것을 얻기를 원하지는 않네. 내가 만들고 싶은 것은 경향성일 뿐이고, 그 경향성만 구축된다면 우리들의 사후에라도 우리들의 목적은 달성되겠지."

"어깨가 좀 움츠러드는 기분입니다. 사후니 뭐니 하시니까."

"하하, 그런가."

칼은 말을 마치며 일어서려는 자세를 취했다. 그래서 샌슨은 그때까지 꺼내야 할 것인지 말아야 할 것인지 고민하던 말을 꺼냈다.

"저, 칼."

"응?"

"어, 저. 오늘 오전에 자크의 가게에 들렀습니다. 지골레이드에 대한 전갈을 보내려고요. 그런데 거기서 이상한 소문을 하나 듣게 되었습니다."

"이상한 소문이라니, 무슨 말인가?"

"그러니까……, 헛, 참. 이걸 믿어야 될지. 저기 남쪽에서 올라온 소식인데요. 그러니까 사우스그레이드 말입니다."

"왜, 데스나이트들이라도 부활했다던가?"

샌슨은 겁에 질린 얼굴이 되었다. 그는 숨 막히는 표정으로 칼을 바라보며 말했다.

"어, 어, 어떻게 아셨습니까?"

이번엔 칼이 숨막혀해야 할 차례였다. 칼은 휘둥그레진 눈으로 샌슨을 보며 말했다.

"아니, 무슨 말인가. 정말 그런 소문이 있다고?"

"윽. 예……. 그렇습니다. 남쪽에서 그런 소문들이 올라오고 있답니다. 콜로넬 수원에서 데스나이트들이 다시 일어나서 켄턴을 급습했다고……"

"이봐, 퍼시발 군. 그런 우스꽝스러운 소문을 믿을 수도 없거니와, 정말 그렇다면 그건 당연히 내 귀에도 들어오게 되어 있네. 켄턴의 시장이 국왕 전하께 그 사실을 보고할 거 아닌가. 그런 급박한 소식이라면 분명히 전령이 달려와서는……"

"급보요!"

'라고 외치겠지.' 칼은 어안이 벙벙한 표정이 되어 뒷말을 삼켰다. 샌슨은 그와 거의 일치하는 표정을 지은 채 몸을 일으켰다. 두 사람은 곧 아무런 말 없이 궁성의 정문을 향해 달려가기 시작했다.

두 사람이 도착했을 때 이미 전령은 말에서 뛰어내려 부복하고 있었다. 칼은 전령의 모습을 보며 눈살을 찌푸렸다. 먼지는 전령의 상체를 가득 뒤덮어 옷 색깔을 회색으로 바꿔놓았고, 전령이 타고 온 것으로 짐작되는 말은 탈진 직전의 모습으로 궁성 경비 대원들에게 이끌려 가고 있었다. 칼과 샌슨은 조금 떨어진 위치에서 기다렸다. 잠시 후 정문으로 궁성 경비대장 조나단 아프나이델이 황급히 달려 나왔다. 조나단은 전령의 모습을 보더니 곧장 본론으로 들어갔다.

"말하라."

전령은 숨을 몰아쉬며 쥐어짜내는 목소리로 말했다.

"퀜턴 시장 주리오 추발렉이 헌신과 충성으로 바이서스의 국왕 닐시언 전하께. 콜로넬 계곡의 데스나이트가 부활했습니다!"

"뭐라고?"

주위에 서 있던 경비 대원들과 조나단, 칼, 샌슨은 모두 감당할 수 없는 경악에 입을 다물고 말았다. 가장 먼저 경악에서 깨어난 칼은 갑자기 앞으로 나섰다. 그는 조나단을 흘긋 보았지만 곧장 전령에게 질문했다.

"잠깐, 그렇다면 퀜턴은, 퀜턴은 어떻게 되었소?"

조나단은 칼의 무례함을 꾸짖을 생각도 하지 못한 채 전령의 대답을 기다렸다. 전령은 어깨로 숨을 쉬며 잠시 이상스럽다는 듯이 칼을 바라보다가 대답했다.

"퀜턴은 무사합니다."

"그럼, 그럼 이파실이 공격당했소?"

"아니오. 데스나이트들은 켄턴을 공격했습니다. 그러나 켄턴은 아직까지는 무사합니다. 적어도 제가 출발할 때인 엊그제 새벽녘까지는."

칼은 완전히 혼란에 빠져버렸다. 그래서 칼은 그 스스로도 믿을 수 없는 일에 대한 대답을 전령에게 요구했다.

"어떻게…… 켄턴이 데스나이트의 공격을 막아내고 있단 말입니까?"

"아니오. 데스나이트의 부활과 동시에 한 마법사가 나타나 그들을 저지하고 있습니다."

"마법사?"

전령은 갑자기 두 손으로 땅바닥을 짚었다. 그는 그렇게 땅을 바라보며 외쳤다.

"저는 미치지도 않았고 허튼소리를 하는 것도 아닙니다! 주리오 추발렉 시장님의 말을 그대로 전하는 것입니다. 단신으로 100명의 데스나이트들로부터 켄턴을 지키고 있는 그 마법사는…… 무지개의 솔로처로 짐작됩니다!"

켄턴으로부터 아무도, 심지어 그 스스로도 믿을 수 없는 전갈을 가지고 달려온 전령이 궁성 임펠리아에 뛰어든 그 시각, 조금 떨어진 곳에 있던 대폭풍의 신전 그랜드스톰에서도 매우 기묘한 손님들을 맞이하고 있었다.

선두에는 꿋꿋한 모습으로 일행을 이끌고 있는 드워프들의 노커가 서 있었다. 수련사들의 많은 수가 위대한 드워프들의 노커 엑셀핸드 아인델프의 얼굴을 알고 있었지만, 그중 누구도 엑셀핸드의 이런 모습은 본 적이 없었다. 그 화려한 턱수염이 먼지와 땀에 범벅이 되어 밧줄처럼 엉켜 있는 데다가 지쳐 쓰러질 듯한 발걸음으로 그랜드스톰의 입구에 나타난 엑셀핸드의 모습을 본 순간, 수련사들은 드워프들의 사회에서 반역이 일어난 것은 아닐까 하는 우습지도 않은 생각을 떠올렸다. 게다가 엑셀핸드가 꺼낸 말은 수련사들을 더욱 당황하게 만들었다.
 "너희들, 침대 밑에 숨겨둔 술병 빨리 꺼내와. 수련사들이니까 당연히 그런 게 있겠지? 내가 책임지고 하이 프리스트께 말할 테니까……"
 그리고 그 뒤로는 격심한 피로로 손끝을 계속해서 떨고 있는 창백한 마법사가 서 있었다. 마법사의 몰골 역시 드워프의 몰골과 그다지 다를 바 없었다. 만일 쓰러지기라도 한다면 자기 힘으로는 절대로 못 일어날 것 같은 모습의 그 마법사는 한 블론드 소녀의 부축을 받아 간신히 쓰러지지 않고 있었다. 아프나이델과 아일페사스였다.
 아일페사스는 멍한 얼굴을 하고 있는 수련사들을 쏘아보다가 날카롭게 말했다.
 "구경하느라 바빠요?"
 "예에……?"
 "안 바쁘시면 저 좀 도와줘. 그렇게 인정머리들이 없니?"
 수련사들은 당황하며 달려와서는 사양하는 아프나이델을 부축했다. 비록 입으로는 사양하고 있어도 아프나이델은 다른 사람의 도움

없이는 한 발자국도 움직일 수 없을 지경이었다. 아프나이델을 수련사들의 손에 넘긴 아일페사스는 고개를 돌려 일행의 맨 뒤에 서 있는 제레인트를 바라보았다.

제레인트는 후치와 센추리온, 그리고 세레니얼의 고삐를 거머쥔 채 거기 있었다. 가혹한 질주 끝에 녹초가 되어버린 말들을 위해 일행은 말에서 내려 걸어왔고 제레인트가 그 말들을 끌고 왔다. 겉으로 보기에 제레인트는 일행 중 가장 말짱한 모습인데다가 자세도 곧았다. 하지만 아일페사스는 겁먹은 표정으로 제레인트를 향해 걸어갔다.

"제리? 괜찮아요?"

제레인트는 곧게 선 자세와 엄숙한 얼굴 그대로 아일페사스를 바라보며 비명을 질렀다.

"아아아주 안 괜찮아! 크핫하하!"

"제리, 제리. 정신 차려. 그랜드스톰이에요. 다 왔다고."

"그래애애앤드스토오옴?"

"예. 그래요. 제리. 그러니까 정신 좀 차리라고!"

아일페사스는 이 가련한 생물의 정신 구조에 혐오감을 느꼈다. 이렇게 연약하고 가늘단 말인가. 하지만 동시에 인간 속에서 자란 아일페사스는 울음을 터뜨리고 싶어졌다. 이들 일행이 켄턴으로부터 이곳까지의 말도 되지 않는 여정을 마칠 수 있었던 것은 오로지 엑셀핸드와 아일페사스의 굴하지 않는 성격 덕택이지 절대로 제레인트와 아프나이델의 디바인 파워나 마법의 영향이 아닐 것이다. 아일페사스는 다시 한번 제레인트를 위해 자신의 참을성을 나눠주기로 결심했다.

"제리? 제리. 괜찮아요. 이제 그랜드스톰이잖니. 그러니까……"

"이루릴!"

제레인트는 갑자기 고함을 질렀다. 깜짝 놀란 아일페사스는 말을 잊은 채 제레인트를 바라보았지만 제레인트는 아일페사스가 눈에 안 들어온다는 듯이 그녀를 밀어붙였다. 아일페사스가 주춤거리는 사이에 제레인트는 이미 수련사들도 밀어붙이며 쓰러질 듯한 걸음으로 그랜드스톰으로 뛰어들었다.

아일페사스는 배신감 비슷한 감정을 느끼며 그 뒷모습을 바라보다가 힘없이 말들의 고삐를 주워모았다. 잠시 말들의 모습을 바라보던 그녀는 나직하게 말했다.

"바보 같은 동물들아. 수고했어요."

그랜드스톰으로 뛰어든 제레인트는 멱살을 잡을 수 있는 첫 번째 사람의 멱살을 주저없이 붙잡았다. 기막힌 표정으로 자신을 바라보는 상대를 힘 있게 끌어당기며 제레인트는 데스나이트와 비슷한 표정으로 외쳤다.

"이루릴은 어디 있어! 빨리 말해!"

"어, 당신 누구요? 혹시 이 옷은, 당신 제레인트 침버입니까?"

"나는 제레인트 침버고 제레인트 침버는 지금 당장 이루릴을 만나길 원해. 이루릴 어디 있어!"

그제서야 수련사들과 프리스트들은 제레인트를 뜯어내기 시작했다. 그러나 한 사람에게 동시에 손을 뻗을 수 있는 사람의 숫자는 제한되어 있으며 제레인트는 그 제한적 숫자로 감당할 수 있는 것보다 훨씬 더 심하게 발악하며 고함을 질러대었다. 제레인트의 이런 광란스러운 행동의 제물인 프리스트는 멱살이 붙잡힌 채로도 어떻게든 '대화'라는 것을 시도해 보고자 했다.

"난 도스펠이라고 하오. 그러니까……"

이 인내심 깊은 인사말은 완벽한 무시를 당했다.

"이이익! 도스펠이 이루릴의 가명이 아니라면 당신에게는 볼일 없어! 이루릴을 내놓으란 말이다!"

수련사들과 프리스트들은 제레인트를 제자리에 서 있도록 만드는 데만도 죽을힘을 다해야 했다. 미쳐 날뛰던 제레인트가 잠잠해진 것은 도스펠의 등 뒤에서 거대한 체구의 프리스티스가 나타났을 때였다. 도스펠을 쥐고 흔들던 제레인트는 갑자기 손놀림을 멈추고는 넋 나간 얼굴로 그 프리스티스를 바라보다가 말했다.

"에델린!"

에델린은 뭐라고 말하려다가 그대로 제레인트에게 다가섰다. 그러자 제레인트는 도스펠의 멱살을 놓아주고는 에델린의 얼굴을 올려다보았다. 그의 눈에 담긴 억울함, 슬픔, 공포를 바라보던 에델린은 천천히 두 팔을 펼쳐 제레인트를 포옹했고 그러자 제레인트의 헐떡거림은 잦아들기 시작했다. 제레인트는 그렇게 작은 편은 아니었지만 에델린의 품에 안겨 있는 그의 모습은 어머니의 품에 안긴 아들의 모습과 비슷했다. 그리고 그의 정신 상태 역시 모자상을 연출하는 데 있어 모자람이 없었다. 에델린은 속삭이듯이 말했다.

"제레인트, 진정하세요. 괜찮을 겁니다. 진정하십시오."

"에, 에델린……. 에델린."

제레인트는 말하려다가 더 이상 그럴 필요가 없다는 것을 느꼈다. 그래서 제레인트는 에델린에게 안긴 채 오래 전에 잊었던 안락함과 행복을 되새기며 가만히 눈물을 흘렸다.

감화력을 사용하여 제레인트를 진정시킨 에델린은 그의 등 뒤로 걸어오던 아프나이델과 엑셀핸드, 그리고 아일페사스를 바라보며 슬픈 표정을 지었다. 에델린은 고개만 끄덕여 일행에게 인사를 보낸 다음 다시 제레인트를 꼬옥 껴안았다.

잠시 후 제레인트는 한숨을 쉬며 에델린을 부드럽게 밀어내었다.

"이제 괜찮습니다. 감사합니다."

"다행입니다."

제레인트는 씁쓸하게 웃었다.

"다행이라고요? 당분간은 그 말을 아껴두셔야겠습니다. 나는 진심으로 다행이라고 말할 수 있을 때가 찾아오기를 애타게 바라고 있습니다만 지금은 전혀 그런 말을 쓸 상황이 아니군요."

에델린은 놀란 표정으로 제레인트를 바라보았지만 제레인트는 더 이상 설명하지 않았다. 옆에서 그 광경을 바라보던 도스펠은 그제서야 제레인트와 인간적인 대화가 가능하겠다고 판단하고는 다시 인사를 건네었다.

"바람 속에 흩날리는 코스모스를. 반갑습니다, 테페리의 지팡이여."

"마음 가는 길은 죽 곧은 길. 조금 전엔 실례했습니다. 용서해 주십시오."

도스펠은 괜찮다는 듯이 고개를 끄덕이고는 다시 엑셀핸드와 아프나이델, 아일페사스와 인사를 나누었다. 엑셀핸드는 그랜드스톰의 하이 프리스트의 안부에 대해 품위 있게 질문했다.

"다락귀신 녀석은 어디 있어? 얼굴도 안 비치는군."

"하이 프리스트께서는 지금 몹시 중요한 종단의 일을 수행하고 계시느라 엑셀핸드님을 뵙지 못하는군요. 제가 여러분들을 성심 성의껏 모실 겁니다."

도스펠은 빙긋 웃으며 대답하다가 아프나이델의 모습을 보고서는 안쓰러운 표정을 지었다.

"원로에 수고가 얼마나 많으셨는지 모르겠습니다. 들어가셔서 일단 여독을 푸시고……"

"아니, 먼저 이루릴 양을 만나고 싶습니다."

후들거리는 다리를 흰 시트 위에 던지고 더도 말고 세 시간만 잠들 수 있다면 그가 가진 모든 것을 다 내주어도 아쉽지 않을 거라고 생각하고 있었기에, 아프나이델은 조금 절망적인 표정을 지었다. 하지만 제레인트의 태도는 단호했다. 도스펠이 조금 곤란스럽게 일행을 둘러보자 아일페사스가 그를 거들듯이 말했다.

"제리, 저 무지무지하게 졸리고 피곤하고 아프고 짜증난단 말이야. 침대로 가게 해줘. 그렇잖으면 브레스를 확 뿜어버릴 거예요!"

"웃기지 마라. 네가 무슨 브레스를."

말한 것은 엑셀핸드였다. 아일페사스가 속여넘기기에는 일행의 지식 수준이 퍽이나 높았지만 아일페사스는 왜 이들이 속지 않는가에 대해 놀라버렸다. 도스펠은 잠시 흥미로운 표정으로 아일페사스를 바라보았지만 에델린이 그의 귓가에 대고 귓속말을 하자("드래곤 로드의 자녀되십니다.") 두 눈을 홉뜬 채 아일페사스를 노려보는 매우 실례되는 행동을 저지르고 말았다.

그러나 제레인트는 도스펠만을 똑바로 바라보며 말했다.

"그랜드스톰이 이루릴 양을 감금하고 있다는 소식을 들었을 때 나는 경악했습니다. 하지만 지난 닷새를 보내고 난 지금의 나는 세상의 그 누구보다도 먼저 이루릴 양을 붙잡고 물어보고 싶습니다. 그렇지 않으면 절대로 휴식을 취할 수 없을 것 같아요. 안내해 주십시오."

"……알겠습니다."

고공을 휘몰아치는 바람은 구름을 길게 찢어내었다. 그래서 푸른 하늘을 배경으로 기다란 흰 리본 같은 구름이 생겨났다.

그랜드스톰의 창문을 통해 이루릴은 구름을 바라보았다.

'구름의 결을 살핀다.' 엘프들의 말에는 인간의 말로 번역할 때 대충 이렇게 번역되는 말이 있다. 이루릴은 구름의 결을 바라보며 상공을 휘젓고 다니는 실프들의 질주를 가늠할 수 있었다. 내일 오후쯤 비가 올 것 같아.

"내 말을 듣고 있는 겁니까."

이루릴은 고개를 돌려 다시 방 안을 바라보았다. 의자에 푹 빠져버린 듯한 자세의 제레인트가 잔뜩 쉰 목소리로 말했다.

"이루릴. 제가 거론한 이름을 이해하신 겁니까."

"네."

이루릴은 그렇게 대답했지만 사실 그녀는 제레인트보다는 도스펠과 에델린의 얼굴을 바라보느라 더 바빴다. 제레인트가 들려준 일행의 모험은 도스펠과 에델린으로 하여금 호흡을 거의 잊게 만들었다. 도스펠은 결국 더 참지 못하고 외치고 말았다.

"데스나이트라고 하셨습니까!"

제레인트는 피로한 눈을 돌려 도스펠을 바라보며 말했다.

"예. 데스나이트입니다. 좀 억지를 부린다면 저와 제 동료 세 분이 모두 미쳤다고는 말씀하실 수 있을 겁니다. 하지만 저 하나가 미쳤다고는 말씀하실 수 없어요. 다른 분들도 모두 그 눈으로 보신 것이니까요."

엑셀핸드는 무겁게 고개를 끄덕였고 아프나이델 역시 고개를 끄덕였다. 아일페사스는 직접 입을 열어 제레인트의 말을 매우 열성적으로 확인해 주었다.

"그래. 저랑, 엑스 오빠, 나이드, 제리 전부 다 보고, 센추리온도, 세레니얼도, 후치도, 레틴드롤스도 보고, 주리오인가 하는 그 시장님과 히든보리라는 사집관에……"

"……꽤 많은 숫자가 확인했습니다. 그만해, 펫시."

아일페사스는 제레인트의 말을 들은 척도 하지 않은 채 계속해서 말하려 했다. 자신이 심통이 난 상태라는 것을 강조해 보이는 것에서도 그녀는 인간과 비슷하다고 생각하며 아프나이델은 근엄하게 말했다.

"그만해, 아일페사스."

"그렇게 부르지 말랬잖아!"

아일페사스는 곧 아프나이델을 괴롭히는 데 더 많은 신경을 쓰게 되었고 그래서 제레인트는 자신의 이야기를 계속할 수 있게 되었다.

"우리는 켄턴 시로 피신하게 되었습니다. 콜로넬 협곡에서 데스나이트들에게 만 하루 동안 쫓긴 다음 우리들은 간신히 켄턴으로 들어가게 되었고, 그곳에서부터는 더 이상 쫓기지 않았습니다."

"왜지요."

이루릴은 차분하게 질문했지만 제레인트는 짓눌린 음성으로 대답했다.

"솔로처가 나타났으니까요."

"그런가요." "뭐라고요?" "맙소사, 에델브로이여!" "저랑, 엑스 오빠, 나이드, 제리, 센추리온, 세레니얼, 후치, 레틴드롤스, 주리오 시장, 히든 보리 사집관……" "예. 모든 사람들이 무지개의 솔로처임을 확인했습니다. 그만해, 펫시."

거의 동시 다발적으로 폭풍 같은 대화가 휩쓸고 지나간 자리에 남겨진 것은 넋이 나가버린 도스펠과 에델린의 모습이었다. 이루릴은 이 놀라운 말에도 침착함을 전혀 잃지 않았고, 그녀와 이야기를 나누고 있어서인지 제레인트 역시 그랜드스톰으로 들어올 때의 흥분을 많이 잊고서 침착하게 말을 나누고 있었다. 에델브로이의 프리스트와 프리스티스는 이 비정상적일 정도로 차분한 대화를 들으며 매우 혼란스러웠다.

"잠깐, 잠깐만. 제레인트. 솔로처라고 했습니까?"

"그렇습니다. 퀜턴의 입장에서는 매우 다행한 일이라 하겠습니다만……"

"어떻게 말입니까! 저 데스나이트들이라면, 그들은 어둠의 세력이니만큼 생사의 율법을 뛰어넘었을지도 모르겠습니다. 하지만 솔로처는 인간입니다! 그렇다면."

'그렇다면' 이후에 도스펠의 뇌리를 스친 생각은 그의 입을 얼어붙게 만들 정도로 충격적인 것이었다. 도스펠은 아니라는 대답을 기대하며 질문했다.

"서, 설마 무지개의 솔로처가 리치가 되었다는……"

"모르겠습니다."

"예?"

"모르겠다고요. 확인할 시간도, 방법도 없었습니다. 우리가 확인할 수 있었던 것은 단신으로 100명의 데스나이트들을 공격하고 있던 한 마법사의 모습뿐입니다. 그것도 아주아주 먼 거리에서였지요. 접근할 방법이 없었습니다. 그 화염과 폭발, 그리고 쏟아지는 눈보라와 비바람, 그리고 찢어지는 땅 속에서 분출하는 용암을 뚫고 그에게 접근하는 것은……, 글쎄요. 아무리 춥다고 해도 화산에 뛰어들 수야 없잖습니까."

제레인트의 이야기를 들으며 엑셀핸드는 그때, 퀜턴의 성문을 빠져나오며 바라본 데이든 평야의 모습을 떠올리며 진저리쳤다. 온통 보랏빛으로 물든 밤하늘에서는 불덩어리와 눈보라가 쉴 새 없이 쏟아져내렸고 땅은 끔찍한 비명을 토하며 산산조각나고 있었다. 허공에서는 기괴한 광채가 흘러넘쳤고 똑바로 바라보기도 어려울 정도의 섬광이 숨쉴 새도 없이 번득였다. 엑셀핸드는 자신도 모르게 턱수염을 잡아당기고 있었다. 하지만 제레인트는 도발적일 정도로 태평하게 말했다.

"뭐, 그 모든 관문을 통과했다 하더라도 그를 확인하는 것은 어려웠을 것 같습니다. 그 마법사는 도무지 땅에 서 있지를 않았으니까요."

"예?"

"새보다 더 잘 날더란 말입니다. 그리고 번개보다 빠르게 움직였고요. 하아. 저는 절정에 달한 마법사가 어떤 것인지 보았습니다. 제가 마법사에 대해 말한다면 우습게 생각하실지도 모르겠네요. 하지만 이 말은 아프나이델이 말해 준 것이지요."

의자에 기대어 반쯤 졸고 있던 아프나이델은 이름이 거론되자 힘들게 몸을 일으켰다.

"예. 그것은 클래스 9의 마스터가 아니고선 상상도 할 수 없는 모습이었습니다. 확인할 필요도 없었습니다. 만일 그런 재주를 보여줄 수 있다면 그건 솔로처이거나, 아니면 핸드레이크일 것입니다. 하지만 일단은 솔로처라고 생각하고 싶습니다. 데스나이트들을 상대하고 있었으니까요."

제레인트는 동상처럼 굳어버린 도스펠을 바라보다가 다시 고개를 돌려 이루릴을 보았다. 이루릴은 흐트러짐 없는 모습으로 그를 바라보았다. 약간 촉촉한 눈빛에서도, 그리고 정갈하게 닫힌 입술에서도 이루릴이 어떤 감정을 느끼고 있다는 증거는 찾아볼 수 없었다. 제레인트는 그 무표정에 괴로워하며 말했다.

"이것이 제가 본 것입니다. 이루릴."

"고생하셨군요. 피로해 보입니다."

제레인트는 이 호의에 대해 아무 말도 할 수 없었고, 그래서 눈을 질끈 감았다. 잠시 그런 자세로 앉아 있던 제레인트는 고개를 들어올려 의자 등받이에 뒤통수를 얹었다. 그는 그렇게 무례한 자세로 도스펠을 거꾸로 바라보며 말했다.

"이제 그랜드스톰에서 이루릴 양을 감금하신 이유를 말씀해 주십시오. 저는 말입니다, 그랜드스톰에서 이루릴 양을 감금한 직후 이 웃기지도 않는 사태가 일어난 것이 마음에 걸립니다. 그것도 엄청나게."

데스나이트의 부활, 그리고 솔로처의 부활이라는 꿈에서도 떠올릴 수 없는 이야기 때문에 극도의 혼란에 빠져 있던 도스펠은 에델린의 눈짓이 있고서야 간신히 말을 할 기운을 되찾았다. 그는 띄엄띄엄 이야기했고 출생률의 하락과 엘프들을 연관지어 생각해 본 것이라는 설명은 제레인트의 비웃음을 사게 되었다.

"고맙습니다. 이젠 피로를 잊었습니다, 도스펠 님."

"예?"

"농담은 지친 심신에 활력소가 되어주겠지요."

도스펠은 이 모욕에 얼굴을 붉혔다. 그러나 그를 변호해 준 것은 아무도 예상치 못한 자였다. 이루릴은 얌전하면서도 우려 섞인 목소리로 말했다.

"제레인트? 도스펠 씨는 농담을 하신 것이 아닌데요."

이루릴은 자신을 바라보는 시선들에 담긴 감정을 파악하기 어려웠다. 그래서 이루릴은 조심스럽게 말했다.

"농담 맞나요?"

"우으으음!"

엑셀핸드는 끔찍한 신음 소리를 내뱉었고 아프나이델은 의자에 몸을 깊숙이 파묻어서 세상의 그 누구와도 이야기하지 않겠다는 듯한 자세를 취했다. 그리고 제레인트는 킬킬거리기 시작했다.

"우킬킬킬! 이루릴, 아뇨. 하하, 그건 농담이 아닙니다. 예. 음. 뭐라고 설명해야 되나. 아, 그러니까 제가 도스펠 님의 말이 말도 되지 않는다고 주장하는 것입니다."

"왜지요? 저는 그것이 사실 여부와 관련 없이 그럴듯한 추리라고 생각하는데요."

"전혀 그럴듯하지 않아요! 당신은 스스로의 존재도 모릅니까, 이루릴?"

"예?"

"당신들은 엘프와 순결의 그랑엘베르의 충실한 신도이기에 앞서 유피넬의 어린 자식이란 말입니다. 조화의 유피넬, 유피넬의 어린 자식이라고요. 그래서 당신들의 모든 행동 원리는, 의도하지 않아도 자연스럽게 그분의 뜻을 실현하게 된단 말입니다. 따라서 당신들은 출생률을 낮추거나 할 수는 없어요."

"어째서죠?"

제레인트는 이만큼 명쾌할 수도 없다는 듯이 간단하게 말했다.

"출생은 남녀의 조화의 결실이니까요."

따악! 다른 사람이 아니다. 에델린이 그 엄청난 주먹을 휘둘러 자신의 이마를 친 것이다. 그랜드스톰의 장엄한 건물은 에델린에게서 나온 소리를 중후하게 증폭시켰고 그래서 아일페사스는 감탄한 표정으로 에델린의 이마를 바라보며 천연덕스럽게 생각했다. '아마 금 갔을 거야.'

에델린은 아일페사스의 이런 우려에는 아랑곳하지 않은 채 말했다.

"그렇군요, 그래요! 유피넬의 어린 자식인 엘프가 남녀의 에, 으흠, 그 조화를 깨버릴 수는 없지요!"

제레인트는 도스펠을 바라보며 훨씬 직설적인 단어로 말했다.

"그러니까 엘프들이 불능이나 불임을 야기할 수는 없다는 말입니다. 그건 전혀 조화롭지 못한 가정을 약속하게 될 겁니다."

"왜?"

물어온 아일페사스를 상대하기 위해 아프나이델은 진땀을 흘려야 했다. 아프나이델은 무수히 아일페사스의 풀네임을 불러대어야 했고 그 대가로 무수히 꼬집혔다. 아프나이델의 이런 희생정신은 많은 이를 감동시켰다. 이루릴은 고개를 끄덕이며 말했다.

"아……, 그렇군요. 그 생각을 떠올리지 못했어요."

불쌍한 도스펠은 이제 졸도할 듯한 표정으로 말했다.

"그럼 당신들의 소행이 아닙니까?"

"예."

"그럼 왜 그렇다고 주장하지 않았습니까! 왜 내가 계속해서 당신을 의심하도록 내버려두고……"

"알고 있었으니까요."

"예?"

"저 역시 출생률이 떨어지는 것을 알고 있었습니다. 물론 저희들 스스로의 출생 숫자로 알아차린 것은 아니지요. 엘프들은 출생률이 상당히 낮은 종족이니까요. 하지만 나무 그늘 아래를 오가는 많은 동물들과 그 위를 날아다니는 많은 새들의 출생률은 떨어지고 있었습니다. 그래서 저는 의아하게 생각했습니다. 그런데 도스펠 씨의 설명을 듣게 되자 그것이 그럴듯하다고 생각되더군요."

"설마, 내 말이 그럴듯하다는 이유로 자기변호를 안했다는 말을 하려는 것은 아니지요?"

이루릴은 대답하지 않았다. 그녀는 그저 미소를 지으며 고개를 돌려 도스펠을 외면했다. 고개를 돌린 그녀의 눈에 엑셀핸드의 모습이 들어왔다. 순간, 엑셀핸드와 이루릴의 눈이 마주쳤다.

'자네들도?'

'그렇습니다. 슬프지만 어쩔 수 없는 일이지요.'

'알았네.'

세상의 패권을 쥔 종족이 아니라는 그 공통점 때문에, 가장 이해하기 어려울 것 같은 종족이 이루릴의 행동을 이해해 버리는 진귀한 사태가 벌어졌다. 엑셀핸드는 느리지만 틀리지는 않는 그 노회한 사고 활동을 통해 이루릴의 행동을 천천히 이해해 들어갔다.

인간들에 의해 세상이 잠식당하는 것은 이제 돌이킬 수 없는 사실로 굳어가고 있다. 그러나 현재 벌어지고 있는 사태가 도스펠의 설명대로 그랑엘베르의 행사함이었다면, 그 결과도 도스펠의 설명대로 될 것이다. 선대의 업적을 후대에 이어 불사성을 구가하는 인간들이 더 이상 자손들을 가질 수 없게 된다면, 그들은 세상의 무대 중앙에서 물러나게 될 것이다.

그리고 엘프들이 그 자리를 차지할 수도 있을지 모른다.

'그것은 사실이 아니지만, 사실이 그렇다면 어떨까요.'

이루릴은 수동적으로 행동함으로써 능동적인 결과를 유도하기 시작한 것이다. 인간들의 질문에 대답하지 않음으로써 인간들이 오판하게 만들고, 그 동안 그랑엘베르의 행사가 계속 진행되도록 내버려둔다. 엘프들이 무고한 것을 알게 된다면 인간들은 사태의 진상을 찾아낼지도 모른다. 이루릴은 물론 그 진상이 무엇인지는 모른다. 하지만 그것이 도스펠의 예상대로 정말 그랑엘베르의 행사함이라면…….

'차라리 내버려두고 싶었어요.'

'하지만 그게 옳은 일일까요?'

그것이 정말 그랑엘베르의 행동이기를 바라는 마음과 그것을 거부하는 마음을 동시에 키워가면서, 이루릴은 그 양자 중 어떤 것도 선택할 수 없었고, 그래서 입을 다물었다. 여기에 만연한 것은 세상의 흐름에서 떨어져나가는 종족의 슬픔과 비극뿐이다. 이런 수동성이, 사물의 이유와 원리를 찾기보다는 되는 대로 내버려두고 싶어 하는 수동성이 이 아름다운 종족으로 하여금 세상의 흐름에서 떨어져나가게 만드는 것인지도 모르지만.

엑셀핸드는 주섬주섬 파이프를 꺼냈다.

도스펠은 도저히 이루릴의 설명을 받아들이기 못하겠다는 듯이 씨근거리며 그녀를 재촉했다. 하지만 이루릴은 아무 대답도 하지 않았고 도스펠이 먼저 지쳐버리고 말았다. 게다가 제레인트가 그의 말을 자르면서 질문했기 때문에 도스펠은 더 이상 이루릴을 닦달할 수가 없었다.

"이루릴 양, 그럼 엘프들은 아무런 행동도 하지 않았다는 말입니까?"

"예. 우리는 정원사일 뿐입니다. 꽃과 풀을 보살필 수는 있지만, 땅을 파헤치고 계곡을 메우고 강물의 흐름을 뒤바꾸지는 않습니다."

"당신들이 아니었단 말이군요……. 이런, 제길! 하긴 그게 당연하지!"

이루릴은 고개를 갸웃하며 제레인트를 바라보았다. 제레인트는 머리를 감싸며 말했다.

"나는 가설을 하나 세웠습니다, 이루릴. 하지만 그 가설을 사실로 만들려면 드래곤의 힘이나, 최소한 엘프들의 힘이 필요할 거라고 생각했습니다. 어떤 신의 도움도 필요없는 드래곤이거나 아니면 유피넬의 어린 자식인 당신들이 아니고서는 그런 계획을 세울 수가 없습니다. 그런데 드래곤의 경우라면, 펫시가 우리들에게 말해 줄 수 있었을 겁니다. 물론 어린 웜링이라서 다른 드래곤들이 그녀를 드래곤으로 취급하지 않을……"

"한 번만 더 말해 봐!"

아일페사스는 눈꼬리를 치켜올리며 말했다. 하지만 그녀의 얼굴은 아무도 무섭게 만들지 못했고 엑셀핸드는 심지어 웃기까지 했다.

"라자도 없이 우리랑 있는 주제에. 까불지 마."

"엑스 오빠, 너!"

아일페사스는 팔짝팔짝 뛰면서 분노했지만 제레인트는 그 분노 때문에 자신의 말을 멈추지는 않았다. 제레인트는 의연하고도 직설적으로 말했다.

"어쨌든 최악의 경우 아일페사스가 인질이 될지도 모르는 상황에서 드래곤이 그런 행동을 했을 리가 없습니다. 그럼 제 가설을 가능하게 만들 수 있을 정도의 종족은 엘프 정도가 남습니다. 그런데 당신은 엘프들이 아무런 행동도 하지 않았다고 말했지요?"

"예."

"그렇다면……, 그렇다면 도대체 어떻게 된 것인지. 도무지 어떻게 해서 이렇게 된 것인지."

"그 가설이란 무엇입니까?"

이루릴의 질문은 그녀의 궁금함뿐만 아니라 방 안에 있는 모든 종족들의 궁금함을 대변하고 있었다. 심지어 아일페사스마저도 눈을 동그랗게 뜬 채 제레인트의 말을 기다렸다. 머리를 감싸 쥔 채 고민하던 제레인트는 그 시선들을 느끼고는 힘없이 주위를 둘러보았다.

"그 가설이 뭐냐고요? 간단하지 않습니까? 아이는 태어나지 않고, 과거는 돌아오고 있습니다."

"장미는 피지 않고, 과일은 썩지 않지요."

무척 떨리고 있는 이 음성은 이루릴의 것이 아니었다. 일행들이 바라본 곳에는 문을 열고 들어서는 두 남자의 모습이 보였다. 아프나이델이 반갑게 외쳤다.

"칼! 샌슨!"

켄턴으로부터의 전령이 가져온 전갈을 받자마자 칼은 곧장 샌슨을 동반하여 그랜드스톰으로 달려왔다. 솔로처의 이야기는 믿을 수 없지만, 데스나이트의 이야기가 사실이라면 그랜드스톰의 도움이 있지 않고서는 대응하기가 어려울 거라는 판단 하에서의 행동이었다. 이유에 대한 탐구보다는 그 대응에 초점을 맞추고 있다는 점에서 칼은 궁성 안의 고관대작들과 구별되는 민첩성을 보여주고 있었다. 그리고 입구에 도착한 그 둘에게 수련사들이 그들의 옛 친구들이 와 있다는 사실을 들려준 것은 당연한 일이었다.

샌슨은 반가운 이들이 한자리에 몰려 앉아 있는 것을 보고, 특히 이루릴의 모습을 보고 크게 기뻐했다. 그들은 모두 드래곤 슬레이어 길시언이 크라드메서를 물리칠 때 한자리에 있었던 동료들이었다. 하지만 칼은 그런 감회에 젖을 여유도 없이 곧장 말했다.

"반갑습니다, 여러분. 하지만 사태가 사태니만큼 모든 예절은 잠시 보류하겠습니다. 침버 씨, 당신의 가설은 무엇입니까?"

"반갑군요, 칼. 그런데, 장미는 피지 않고 과일은 썩지 않는다고 했습니까?"

"예. 그렇습니다. 임펠리아의 후원에서 벌써 피었어야 할 장미들이 피어나지 않고 있습니다. 그리고 바이서스 임펠의 과일 가게의 과일들은 도통 썩지를 않는군요. 나타나야 할 것은 나타나지 않고, 사라져가야 할 것들은 사라지지 않고 있습니다. 그리고 조금 전에는 켄턴으로

부터 달려온 전령이 말하길……"

"우리들도 거기서 달려왔습니다."

"맙소사, 그럼……, 사라졌던 것들이 돌아온다는 점도 추가해야겠군요. 그렇다면 그 가설이란……"

제레인트가 대답하기에 앞서 다른 목소리가 칼의 질문에 대답했다.

"시간이 느려지고 있는 것 같군요."

바쁘게 이야기를 나누고 있던 제레인트와 칼, 그리고 그들을 바라보고 있던 모든 사람들과 드래곤, 드워프, 트롤의 눈이 엘프에게로 돌아갔다. 엑셀핸드가 가장 먼저 입을 열었다.

"시, 시간?"

"예. 유피넬과 헬카네스의 딸이자 두 분이 공존할 수 있는 하나의 요건인 시간. 만일 시간이 없다면 유피넬과 헬카네스 모두 존재할 수 없어요. 아시나요?"

"그럼! 당연히 알지. 그런데?"

"현재의 시간이 느려지고 있는 것 같군요."

제레인트와 칼, 그리고 아프나이넬의 얼굴이 시퍼렇게 변했다. 이루릴은 그들의 얼굴을 잠시 바라보다가 손을 들어올렸다. 그녀는 허공에서 마치 뭔가가 흐르는 듯한 손짓을 하며 엑셀핸드에게 말했다. 엑셀핸드가 이해하면 모든 종족들이 이해할 거라는 확신이 있는 모양이었다.

"시간이라는 것을 이렇게 생각해 보세요, 엑셀핸드. 기나긴 강. 그리고 그 강에는 수많은 보트들이 강물을 따라 흘러내려 가고 있어요. 엑셀핸드 역시 그 배 중의 하나에 타고 있어요. 상상하실 수 있지요?"

모든 종족들의 머릿속에 각자의 강과 각자의 보트가 흐르기 시작했다. 일스 출신인 제레인트의 경우에는 대형 범선이 떠올랐고 아프나이델의 머릿속에는 작은 보트가 떠올랐으며 아일페사스의 머릿속에는 매우 모호한 형태의 나무 조각이 강물을 따라 흐르는 모습이 떠올랐다. 엑셀핸드는 보트라는 말에 눈썹을 조금 찌푸렸지만 고개를 끄덕였다.

"예. 모든 보트들은 강물을 따라 흐르기 때문에 속력이 똑같아요. 그리고 보트가 강물을 따라 흘러내려 가는 동안 엑셀핸드께서는 강변의 모습들이 바뀌는 것을 보실 수 있을 거예요."

"음음. 좋아. 이해했네."

"예. 그런데 엑셀핸드가 탄 보트가 갑자기 느려지면 어떻게 될까요?"

"느려져?"

"멈췄다고 해볼까요. 엑셀핸드께서 탄 보트가 갑자기 닻을 내리고 멈췄어요. 그렇다면 어떻게 될까요. 계속 바뀌던 강변의 모습은 갑자기 정지해 버릴 거예요. 그리고 그 강변에는 많은 보트가 함께 떠내려가고 있다고 했지요? 엑셀핸드의 뒤를 따라오던 보트들은 갑자기 엑셀핸드의 옆으로 나타나게 될 거예요. 그리고 엑셀핸드의 앞을 달리고 있던 보트는 갑자기 멀어지게 될 테고. 이해가 되시나요?"

"간단하군. 이해했네. 그런데 그게 왜?"

아일페사스는 엑셀핸드가 정말로 이해했는지 의심스러웠지만 그 의심을 입 밖으로 꺼내지는 않았다. 대화를 주고받고 있는 두 비인간 종족들은 깨닫지 못하고 있었지만 방안에 있던 다른 인간들과 다른 종족의 얼굴은 시커멓게 타들어가고 있었다. 이루릴은 조용히 말했다.

"그게 지금 일어나고 있는 일인 듯하군요."

"응? 무슨 말인가?"

이루릴은 머리카락을 뒤로 쓸어넘기며 평온하게 말했다.

"우리가 타고 있는 보트가 멈춰 선 거예요. 그 보트의 이름은 '현재'. 현재라는 보트가 멈춰 서자 우리 뒤를 따라오던 보트는 갑자기 우리 옆으로 나타나게 된 거죠. 그 보트의 이름은 '과거'. 그리고 우리 앞을 달리던 보트는 갑자기 멀어지게 되었어요. 그 보트의 이름은 '미래'. 과거는 갑자기 우리에게 다가오게 되고, 미래는……, 글쎄요. 아마도 점복가들이나 무녀들은 이제 미래를 보는 것이 예전과는 달리 힘들어지게 되었다는 것을 느끼게 되겠지요."

이루릴의 평온한 목소리 때문에 엑셀핸드는 이루릴의 말이 실제로 전하는 의미보다 훨씬 온건한 의미밖에 전달받지 못했다. 그래서 이 경악할 말을 들은 순간 드워프들의 노커 엑셀핸드는 그의 상상 속의 배가 닻을 내리고 멈췄다는 사실에만 안도하고 있었다. 그러나 이루릴의 말이 전하는 실제적인 의미를 정확하게 전달받은 사람들도 있었다.

"그렇게 된 겁니까……?"

엑셀핸드는 고개를 돌렸고, 순간 눈을 꿈틀거렸다. 제레인트의 얼굴에는 죽은 자가 보여주는 만큼의 생기도 없었다. 엑셀핸드는 당황스러운 눈빛을 여러 군데로 보내었고 그 눈빛이 닿는 곳마다 경악으로 일그러진 얼굴들이 들어오는 것을 깨닫고는 놀랐다. 제레인트는 떨리는 목소리로 말했다.

"당신도……, 그렇게 생각하는 겁니까? 내 가설이 맞다는 말입니까?"

"그렇게 추측되는군요. 나타나야 할 것들은 나타나지 않고, 사라져야 할 것들은 사라지지 않고, 이미 사라졌던 것들은 다시 나타나고 있으니……. 미래는 오지 않고, 현재는 그대로 있으며, 과거는 되돌아오고 있다는 말이로군요. 그렇다면 현재가 멈춘 것이겠지요."

"우리가 파멸한다는 말입니까!"

제레인트의 외침 소리는 인간이 내뱉었다고 믿기 어려운 것이었다. 아일페사스는 턱이 완전히 빠져버린 얼굴로 제레인트의 옆얼굴을 바라보았다. 그리고 다음 순간 아일페사스는 손을 들어 입을 막고 말았다. 제레인트는 울고 있었다. 그는 흐느껴 울면서도 자신이 울고 있다는 것을 전혀 알아차리지 못한 채 이루릴을 바라보고 있었다.

"그래서, 그래서 과거가 우리를 따라잡은 것이군요. 100명의 데스나이트가 우리를 따라잡았고, 솔로처가 우리를 따라잡은 것이군요. 영원히 다가오지 않을, 그래서 안전한 과거가 이젠 더 이상 안전한 것이 아니게 되었군요. 과거가 직접 우리에게 횡포를 부리게 되었어요. 그렇게 된 것이군요!"

이루릴의 눈이 커졌다. 그녀는 알 수 없다는 표정으로 제레인트를 바라보았지만 제레인트가 갑자기 허물어져버렸기 때문에 질문을 하진 못했다.

털썩. 제레인트는 무릎을 꿇었다. 제레인트는 그렇게 의자에 앉은 이루릴의 발치에 무릎을 꿇은 채 하염없이 울면서 이루릴을 올려다보왔다. 급격한 동작 때문에 흐트러진 머리카락이 그의 얼굴을 뒤덮었지만 제레인트는 머리카락을 추스를 생각도 하지 않은 채 이루릴만을 올려다보았다.

"시간이……"

제레인트는 말을 잇지 못하고 꺽꺽거렸다. 뭔가 말을 꺼내려던 이루릴은 입을 다물고는 의자에서 내려서며 한쪽 무릎을 꿇었다. 그리고 제레인트의 얼굴을 똑바로 들여다보다가 천천히 팔을 들어올렸다. 제레인트의 어깨에 부드럽게 손을 올려놓은 이루릴은 천천히 그를 끌어당겼다. 제레인트는 아무런 힘도 없는 것처럼 이루릴에게 안겼다. 이루릴은 제레인트의 머리를 감싸 안으며 속삭이듯이 말했다.

"제레인트……"

제레인트는 이루릴의 가슴에 얼굴을 파묻은 채 크게 흐느끼며 말했다.

"우리가 추억으로 보듬고 치장하고 감싸왔던, 우리 추억의 감옥 속의 영원한 죄수일 거라 믿었던 그 과거가 시퍼런 날을 번득이며, 우리를, 우리를……. 으흑!"

이루릴은 두 팔을 크게 벌려 제레인트의 넓은 어깨를 모두 감싸 안으려 노력하며 작게 속삭였다.

"난……, 당신의 슬픔을 모르겠어요, 제레인트. 과거가 무서우신가요."

제레인트는 이루릴을 끌어안으며 외쳤다.

"과거가요? 물론 과거는 무섭습니다! 과거는 추억 속에 있어야 해요! 흑, 크흑! 추억 속에 있는 것은 아름답습니다. 추억은 미화되고 꾸며집니다. 그것이 다시 돌아와서, 내가 기억하는 추억과 다른 실제의 모습을 보여준다면, 그렇다면 내 추억은 산산이 부서지겠지요. 추억 위에 살고 있는 나 역시 부서지겠지요. 아버지는 내가 기억하는 것보다 훨씬 개망나니일지도 모르지요. 돌아가신 어머니는, 아아, 사람들이 어머니를 어떻게 부를지 모르겠습니다. 하지만, 하지만!"

아프나이델은 엑셀핸드의 어깨를 빌려야 했다. 엑셀핸드는 불안한 표정으로 돌아보았고 아일페사스는 끙끙거리듯이 그의 소맷자락을 잡아당겼지만 아프나이델은 알아차리지 못한 채 이루릴과 제레인트만을 바라보았다. 그리고 아직까지 알아차리지 못한, 그러나 이제는 분명히 돌아오고 있을 그의 과거를 떠올리며 진저리쳤다. 테페리의 프리스트가 알아차린 것은, 그가 무서워하고 있는 것은 바로 그런 것들이었는가.

그러나 아프나이델이 받아야 할 충격은 아직 남아 있었다. 제레인트는 비명을 지르듯이 외쳤다.

"나는 우리가 미래를 잃었다는 것이 무섭습니다. 슬픕니다!"

제레인트의 외침 소리가 가져온 충격 속에서 말을 꺼낼 정도의 자제력을 보여준 사람은 단 한 명뿐이었다. 방 안에 있는 많은 종족들이 경악에 입을 다물지 못하고 있는 동안, 유피넬의 어린 자식만은 낮게 속삭였다.

"제레인트······"

"미래, 미래는 이제 오지 않는 것이군요. 크흑! 우리가, 우리가 여기서 멈췄으니까. 이제 다시는 아기가, 우리의 2세가 태어나지 않겠군요.

농부가 뿌린 씨는 씨로 남을 것이고, 수확된 과일은 썩지 않겠군요. 이젠 아무도 죽지 않게 되는 겁니까? 그 어떤 자도 나이를 먹지 않는 겁니까? 그렇습니까!"

이루릴은 엘프다. 따라서 입을 다물 줄은 알지만 자신을 위해서든 상대를 위해서든 거짓말을 하지는 않는다.

"저는 그럴 거라고 생각해요."

"테페리여……, 테페리여! 테페리여!"

그녀의 어깨에 얼굴을 파묻고는 진저리치는 제레인트의 등을 이루릴은 걱정스러운 손길로 쓸어내렸다. 아일페사스는 그 모습을 바라보며 조금 언짢은 표정을 지었다. 처음 보는 엘프에게 자신의 동료를 뺏긴 듯한 기분을 느끼는 것은 말도 되지 않는다고 생각하며, 위대한 드래곤 아일페사스는 고개를 돌려 아프나이델을 바라보았다.

아프나이델은 힘겨운 표정을 지었고 엑셀핸드는 아무 말 없이 의자를 끌어와 그를 앉혔다. 칼의 경우에는 이미 의자에 주저앉아서는 두 손에 얼굴을 파묻고 있어 그 표정을 볼 수 없었다. 샌슨은 그런 칼을 걱정스러운 얼굴로 내려다보고 있었다. 아일페사스는 이들의 공포와 절망을 이해해 보려고 노력하는 대신 아프나이델의 무릎에 올라앉았다. 의기소침한 모습으로 앉아 있던 아프나이델은 무릎을 누르는 묵직한 느낌에 고개를 들어 아일페사스의 얼굴을 바라보았다.

"나이드. 시간이 어떻게 되었다는 거죠?"

아프나이델은 아일페사스가 전혀 기대하지 않았던 대답을 했다.

"파멸이야……"

엑셀핸드는 움찔했다. 아일페사스는 미간을 좁히며 되물었다.

"응?"

"시간이 멈췄으니까."

"히잉. 멈춘 것이지 아무것도 부서지는 것은 아니잖아? 아무도 안 죽는다면서요? 어, 데스나이트들 때문에?"

"아니, 아니. 그게 아냐. 시간이 멈춘 것, 그게 바로 파멸이야. 파멸이 뭐지, 펫시?"

아일페사스는 아프나이델의 말보다는 그 마지막의 호칭에 더 놀랐다. 그녀는 크게 당황한 채로 말했다.

"모든 것이 파괴되고, 불타오르고, 산산조각나고……, 그런 거?"

"아니야. 진정한 파멸은 그런 것이 아니란다, 펫시."

아프나이델은 자신이 사용한 호칭에 어울리는 동작으로 천천히 아일페사스의 머리를 보듬었고 아일페사스는 영문을 모르는 얼굴로 아프나이델의 가슴에 뺨을 댄 채 그의 말을 기다렸다. 아일페사스의 부드러운 블론드에 얼굴을 파묻으며, 아프나이델은 힘없는 목소리로 말했다.

"파괴되고, 불타오르고, 산산조각나는 것은 진행형이야. 그것 또한 파괴지만, 그 이후에 다시 태어나고, 번성하고, 찬란하게 피어날 것을 약속하는 것이기도 하지. 파괴와 생성은 상반되는 것처럼 보이지만, 내재된 적극성이라는 측면에서 본다면 동일하다고도 말할 수 있는 것들이야. 세상에는 진정한 파괴란 없단다. 아니, 그런 것은 없었다고 말해야겠구나. 하지만 우리가 맞닥뜨린 것은 그것들을 모두 무시하는 현상이야."

아프나이델은 더욱 힘껏 아일페사스를 끌어안았다. 무섭고 답답한 기분에 아일페사스는 칭얼거리고 싶어졌지만 아프나이델의 분위기에 압도되어 아무 소리도 내지 못한 채 입술을 깨물었다. 아프나이델은 더욱 낮은 목소리로 더욱 높게 절규했다.

"펫시, 펫시! 으흑. 너에게 아름다운 세상을 보여주고 싶었단다. 드래곤 로드께서 기대했던 것보다 더 아름다운 모습들을. 비록 우리 종족에게 필연코 따라다니는 슬프고 아픈 모습들을 보게 되더라도, 그 모습을 똑바로 바라보며 그 뒤에 있는 희망까지 읽어내는 법을 가르치고 싶었지. 그게 너에게 보여줄 수 있는 우리 종족의 가장 큰 장점이었을 텐데. 그랬는데……"

"나이드……"

"그래, 기뻐할까? 이젠 슬픔은 영원히 슬픔이겠지만, 기쁨은 영원히 기쁨이겠군. 사랑하는 부모는 절대 우리 곁을 떠나지 않을 테고, 부모는 영원히 귀엽고 사랑스러운 모습으로 있는 자녀를 볼 수 있게 되겠구나. 기뻐할까? 기뻐할까……, 기뻐할까."

고개를 푹 숙이고 있던 칼이 갑작스럽게 아프나이델의 말을 받았다.

"그러나 아기를 원하는 부부는 절대로 천진한 웃음으로 집안을 채워줄 아기를 얻지 못하겠지. 사랑하는 남녀는 절대로 결합될 수 없겠지. 그 어떤 농부가 뿌린 씨도 결실을 얻지는 못하겠지. 가장 시시한 병에 걸린 자도 영원히 그 병에 아파해야겠지. 베인 살은 아물지 않고, 다친 마음 역시 아물 수 없겠지……. 오오! 맙소사, 유피넬이여!"

저주를 전하는 모든 전달자의 음성보다 더 음산한 목소리로 중얼거리던 칼은 결국 절규하고 말았다. 샌슨은 어찌할 줄 몰라 당황해했다.
"그렇다면……"
"누굽니까!"
도스펠의 격한 고함소리에 제레인트와 아프나이델마저 고개를 돌렸다. 도스펠은 이글거리는 눈으로 이루릴을 쏘아보며 말했다.
"당신이 아니라면, 당신네들이 아니라면 도대체 시간이라는 강에 파멸의 닻을 던져 우리들의 배, 이 현재를 고정시켜 버린 자가 누구란 말입니까!"
이루릴은 고개를 저었다.
"모릅니다. 하지만 알아봐야겠지요, 더 늦기 전에."
"더 늦기 전에?"
샌슨은 눈을 껌뻑거리며 이루릴을 바라보았고 엑셀핸드 역시 마찬가지였다. 이루릴은 서글픈 미소를 지으며 일어나서는 제레인트의 손을 붙잡았다. 제레인트는 그 손을 맞잡고 간신히 일어날 수 있었다. 이루릴은 방 안을 주욱 둘러보며 말했다.
"우리의 무지마저도 고정되기 전에, 우리가 영원히 그것을 알아내지 못할 정도로 현재가 멈춰버리기 전에."

제4장
그림자는 혼자 걷지 않는다

1

데이든 평원에서 켄턴으로 접어드는 길 오른편으로는 갈색 산맥에서 뻗어나온 작은 산맥의 끄트머리가 평원과 만나며 작은 숲을 이루고 있었다. 켄턴 시민들조차도 이름을 붙일 필요를 느끼지 못했던 볼품없는 숲이었지만, 이제는 필요가 있다 해도 이름을 붙일 수가 없게 되었다. 모조리 불타버린 것이다. 평원 곳곳에 드문드문 흩어져 있던 작은 숲과 관목들은 어젯밤에 펼쳐진 상상을 불허하는 싸움에 휘말려 앙상한 잿더미로 변하거나 검은 가지만 남겨둔 채 쓸쓸하게 서 있었다. 그리고 그 숲 바로 앞쪽으로 검은 안개가 넘실거리고 있었다. 마치 풍경화에 잘못 튄 검은 물감처럼, 검은 안개는 어울리지 않는 모습으로 데이든 평원의 적막 위에 불안한 모습으로 자리하고 있었다.

"300년이 지났다고 하셨소?"

흉벽 밖으로 왼쪽 다리를 내놓고 오른쪽 다리는 왼쪽 다리 위에 올려놓은 조금 불안하면서도 방만한 자세로 앉아 데이든 평원을 바라보며, 솔로처는 침착하게 질문했다. 성벽에 부딪혀 솟아오르는 거친 바람이 흰 수염을 나부끼게 만들었고 헐렁한 망토는 정신없이 펄럭였다. 그러나 솔로처 자신은 성벽 위의 조각상처럼 꼼짝도 하지 않은 채 데이든 평야를, 그 위에서 꿈틀거리고 있는 검은 안개를 바라보고 있었다. 검은 얼굴에는 아무런 표정도 없었고 몸은 딱딱하게 굳어 있었다. 그에게서 찾아볼 수 있는 격전의 흔적이라고는 옷 군데군데 남아 있는 몇 개의 불탄 흔적과 아무렇게나 던져놓은 지팡이에 묻어 있는 몇 방울의 검은 피가 다였다.

솔로처가 '집어던져 둔' 그 지팡이는 몹시 이상한 모습으로 켄턴 시민들의 눈을 사로잡고 있었다. 그 지팡이는 정확하게 말해서 솔로처로부터 4큐빗 정도 앞쪽에, 즉 성벽 바깥의 허공에 뜬 채 바람을 맞고 있었다. 지팡이의 곧은 몸체엔 일곱 개의 금속 링이 둘러져 있었고 그 끝부분에는 윤곽조차 눈에 잘 들어오지 않을 정도로 새카만 색의 수정구가 꽂혀 있었다. 어젯밤부터 오늘 오전까지 솔로처가 그 지팡이를 쥔 채 무슨 일들을 했는지를 똑똑히 목격한 켄턴 시민들은 경외스러운 시선으로 그의 뒷모습과 그 지팡이를 번갈아 바라보았다. 그리고 그 시민들의 앞쪽에 서 있던 주리오 시장은 열성적으로 말했다.

"예. 그렇습니다, 대마법사님."

전투에 대비하여 입고 있는 하드 레더에 짓눌린 듯한 모습이었지만 주리오 시장의 목소리는 밝았다. 솔로처는 고개를 갸웃하며 반문했다.

"응? 아니, 나는 그런 이름으로 불릴 만한 자가 못 되오."

"그렇지 않습니다. 당신은 언제까지나 우리들의 대마법사이십니다. 당신의 스승은, 예, 무례를 무릅쓰고 말하겠습니다만, 실제보다 과장된 명성의 소유자이십니다. 그러나 당신은 너무 낮게 평가되는 것입니다."

솔로처는 피식 웃으며 고개를 가로저었고 그러자 어깨 위로 늘어진 백발이 가볍게 물결쳤다. 어떻게 정리를 한다 해도 볼품 있어 보이지는 않을 억세고 곧은 머릿결이 산발을 하고 있는 그 모습에는 희한하게도 어울렸다. 고개를 돌린 솔로처는 눈가를 가리는 머리칼을 옆으로 걷어내며 주리오 시장의 얼굴을 바라보았다.

"시장님께서는 내 스승이 어떤 분인지 몰라서 그렇게 말씀하시는 거요. 나는 미거한 마법사로……"

"당신은 저희 가문의 은인이십니다."

솔로처는 고개를 갸웃했다.

"무슨 말씀이신지?"

"케이트라는 이름을 기억하십니까?"

솔로처의 눈빛이 조금 밝아졌다. 그래봐야 어둡기 짝이 없는 용모가 조금 보기 괜찮아진 정도였지만. 솔로처는 주리오 시장의 얼굴을 똑바로 바라보며 말했다.

"알고 있소만."

"케이트 추발렉. 저의 12대 조부님의 아내 되십니다. 당신이 안 계셨다면 저는 세상에 태어날 수도 없었을 겁니다."

솔로처는 그만 미소 짓고 말았다. 그는 너털웃음을 터뜨리며 다시 고개를 돌려 데스나이트들을 휘감고 있는 검은 안개를 바라보았다.

"당신 가문과 나는 정말 질긴 인연의 끈을 가지고 있나 보군. 당신의 12대 할머니도 나로 하여금 저들과 싸우게 만들었소. 그런데 300년의 휴식 끝에 다시 일어난 나는 그녀의 12대 후손인 당신을 위해, 그리고 당신의 도시를 위해 또다시 저들과 싸우고 있군. 혹시 당신의 기원이 나로 하여금 다시 이 땅에 발 디디게 만든 것은 아니오?"

주리오 시장의 옆에 시립해 있던 히든보리 사집관의 눈이 둥그레졌다. 진짜 그런 것인가? 그들의 등 뒤에 서 있던 시민들에게서도 비슷한 소곤거림이 피어올라 성벽 위는 갑작스레 소란스러워졌다. 하지만 솔로처는 농담을 한 것에 불과했다. 그는 다시 몸을 구부정하게 숙이며 데스나이트들을 쏘아보았다. 갑자기 그의 목소리에서 피로가 묻어났다.

"케이트. 당신 정말 뻔뻔해. 당신 애인을 구해 준 것으로 모자라서 당신 후손까지 보살펴야 되나. 그때도 느낀 거지만, 당신 정말 위험한 심장을 가지고 있어."

주리오 시장은 황송스러운 표정이 되어 고개를 숙였다. 그리고 시장의 가문에 전하는 이 아름다운 이야기가 한낱 전설일 것이라고 믿었던 많은 켄턴의 시민들은 감동적인 표정으로 주리오 시장과 솔로처를 바라보았다.

솔로처는 긴 한숨을 내쉬고는 말했다.

"도대체 무엇이 나로 하여금 다시 일어나게 한 것인지, 당신네들은 뭐 아는 바가 없소?"

"모르겠습니다. 저희들은 그저 유피넬의 저울에 걸린 데스나이트의 추에 상응하는 추로서 당신이 도래하신 것이 아닐까 하는 추측을 해 볼 따름입니다."

"그 균형이 나로 하여금 다시 나를 이 시간의 탁류에 휘말리게 한 것이란 말이오? 좋은 설명이지만, 아무것도 설명하지 못하는 말이기도 하군. 도움이 된다면 사랑하는 이의 이름을 부르시오."

솔로처의 말투 자체에는 아무런 변화가 없었기 때문에 주리오 시장과 켄턴의 시민들은 그의 말 마지막에 첨가된 말이 문맥상 어울리지 않는다는 사실을 깨닫는 데 약간의 시간이 필요했다. 하지만 데스나이트들의 노래는 이미 시작되고 있었다.

"얼얼어어붙붙은은 마마음음! 핏핏빛빛 깃깃발발! 데데스스나나이이트트의의 율율법법!"

검은 안개 속에서 갑자기 터져나온 노랫소리는 켄턴 시민들로 하여금 봄 가운데서 겨울을 느끼게 만들었다. 아이들은 울음을 터뜨렸고 성문 뒤에 도열해 있던 경비 대원들은 이를 악물며 포차드를 거머쥐었다. 전원 말에 오른 채 빼든 검을 안장 옆에 늘어뜨리고 있던 레티의 프리스트들은 움찔하며 성벽 위를 올려다보았다. 하지만 솔로처는 심드렁한 표정으로 검은 안개를 바라보며 말했다.

"계속 외우지 않으면 잊어먹을까 걱정되는가 보군."

솔로처는 그렇게 싱거운 농담 한마디를 던져주면서 검은 안개의 움직임을 주시했다.

검은 안개는 지금까지처럼, 즉 오늘 아침에 이 이상한 강화가 이루어졌을 때부터 계속 그래왔듯이 서서히 물결치듯 움직이고 있었다. 하지만 솔로처의 날카로운 눈은 그 안개가 천천히 켄턴의 외성벽을 향해 미끄러지듯 움직여오고 있음을 알아보았다.

"얼얼어어붙붙은은 마마음음! 핏핏빛빛 깃깃발발! 데데스스나나이이트트의의 율율법법!"

안개는 점차 속력을 올리면서 켄턴을 향해 파도쳤다. 이제 건너편에 있던 숲의 모습은 완전히 가려버렸고 지평선의 흔적도 찾기 어려워졌다. 성벽 위에 몰려서 있던 시민들 사이에서 짧은 비명과 한숨 등이 터져나왔고 주리오 시장은 잔뜩 겁먹은 얼굴로 솔로처의 등을 바라보았다. 하지만 솔로처는 귀찮은 듯한 손놀림으로 눈 사이를 주무르기 시작했다.

"피곤해. 천공의 3기사도 없고 장미의 기사들도 없군. 죽을 맛이야. 이보오, 시장. 당신 말이 맞다면 나뿐만 아니라 천공의 3기사도 돌아와야 되지 않소. 300년 전 저들을 물리친 것은 나 혼자서가 아니란 말이야. 그런데 왜 나만 되살아나서 이런 고생을 하는가?"

솔로처는 그렇게 눈을 감은 채 착 가라앉은 목소리로 짜증스럽게 말했고 주리오 시장은 가슴이 철렁하는 것을 느꼈다. 비록 켄턴을 보호하고 있기는 하지만 솔로처는 현재 밀리는 싸움을 하고 있었다. 반나절 거리도 더 떨어진 곳에서 최초로 터져나왔던 데스나이트들의 노래가 이제 켄턴의 성벽에서 곧장 바라볼 수 있는 장소까지 와 있는 것은 솔로처가 줄곧 물러나며 싸웠기 때문이다. 그리고 솔로처는 지금 성벽 위에서 힘든 휴식을 취하고 있었다.

"얼얼어어붙붙은은 마마음음! 핏핏빛빛 깃깃발발! 데데스스나나이이이트트의의 율율법법!"

점점 거칠어지는 데스나이트들의 노랫소리를 들으며 주리오 시장은 피가 식는 기분을 느꼈다. 허리에 찬 검의 손잡이를 붙잡아 보았지만 익숙하지도 않은 칼자루의 감각은 마음을 진정시키는 데 전혀 도움이 되지 않았다. 떨리는 몸을 힘들게 가누며 주리오 시장은 안타깝게 솔로처를 불렀다.

"대마법사님……?"

"이건 내가 목숨 기대어 살던 시대도 아니고 내게 무엇을 준 시대도 아니오. 이 시대는 내게 책임이 없고 나 역시 이 시대에 책임이 없단 말이야. 왜 시공을 뛰어넘어 저 자식들과 이런 개싸움을 벌여야 되나. 젠장. 나는 죽었던 자란 말이오! 왜 내가 약속된 휴식을 누릴 수 없단 말인가?"

지금 주리오 시장과 히든보리 사집관의 심장을 꺼내 함께 무게를 달아본다고 해도 한 사람분의 심장 무게도 되지 못할 것이다. 두 사람은 헐떡이며 솔로처의 등을 바라보며 그의 말을 되뇌었다. 그렇다. 단순히 이 시대에 되살아났다고 해서 솔로처가 이 시대를 책임질 필요는 없는 것이다. 사람은 누구나 자신이 사는 시대에 대해서만 권리와 책임을 가지는 것이다. 물론 그렇게밖에 할 수 없으니까 그건 생각해 볼 필요도 없는 일이었다. 만일 그가 시간을 뛰어넘었다 하더라도, 이 다른 시대에 대해 새로운 책임을 가지게 되는 것은 아니다. 그의 모든 것은 전적으로 그가 사는 시대에 속한 것이므로…….

펄럭! 솔로처는 눈가를 문지르던 손을 옆으로 힘차게 뿌렸고 그러자 망토가 아우성을 질렀다. 솔로처의 흰 수염이 곤두섰다. 그는 퀜턴을 향해 쏟아져오는 검은 안개를 노려보며 말했다.

"신경질 나니 네 녀석들에게 화풀이나 좀 해야겠다. 너희들도 알겠지. 내 성격은 우리 스승님의 성격에서 비교육적이고 반사회적인 부분만을 빼닮았다는 것 말이다."

"얼얼어어붙붙은은 마마음음! 핏핏빛빛 깃깃발발! 데데스스나나이트트의의 율율법법!"

솔로처는 벌떡 일어서는 한쪽 팔을 거칠게 내뻗어 데스나이트를 겨냥했다.

"쳇! 난 그 노래가 싫군. 음악 공부 좀 시켜주겠다. 샤우트!"

주리오 시장은 히든보리 사집관이 기겁하며 양쪽 귀를 틀어막는 것을 보고는 의의해했다. 그러나 다음 순간 시장은 고막이 찢어질 듯한 충격 속에 나가떨어지며 왜 자신이 타인의 행동에서 교훈을 찾아내는 재주가 없는지에 대해 통탄해야 했다. 바야흐로 솔로처에게서 수천 개의 벼락이 동시에 떨어지는 듯한 어마어마한 고함 소리가 터져나온 것이다.

"멈춰라아아아아!"

우르르르릉! 퀜턴의 건물들이 진저리를 쳤다. "어억, 시장님?" 히든보리 사집관이 황급히 부축했지만 시장은 똑바로 서지 못하고 다시 엉덩방아를 찧었다. 지붕에 올려두었던 짚더미나 널빤지들이 와르르 쏟아졌고 개 짖는 소리와 닭들의 비명 소리가 하늘을 찌를 지경이었다. 꼬꼬댁! 왈왈! 꺄아아아악! 마지막은 인간의 비명 소리다. 성벽 뒤에 도열해 있던 경비 대원들은 각자의 개성에 따라 무릎을 꿇거나 앞으로 나동그라졌고 갑주와 병장기 부딪히는 소리가 개울가에 자갈 튀는 소리보다도 요란했다. "아이고, 맙소사. 유피넬이여!" "게덴이여!" "오오, 레티여!" "어머나, 그랑엘베르!" 신들의 출석 점검 같은 고함 소리들이 켄턴의 하늘로 쏟아져 올라갔고 무고한 참새들과 까막까치들은 이 충격음에 기절하여 빗방울처럼 떨어져내려 켄턴의 배고픈 악동들을 환희에 차게 만들었다. 하늘에서 특급으로 배달되는 간식거리에 달려가는 악동들을 바라보며 경비 대원들은 기막힌 기분을 느꼈다.

제정신을 못 차리는 주리오 시장을 황망히 일으키던(속마음으로는 멱살을 붙잡아 일으키고 싶었지만 물론 그러지는 않았다.) 히든보리 사집관은 눈가에 괸 눈물을 재빨리 짜낸 다음 몸을 돌렸다. 켄턴을 향해 번져오고 있던 안개의 파도가 주춤하는 것이 그의 눈에 들어왔다. 검은 안개는 늑대의 포효를 들은 양떼처럼 주춤거리며 뒤로 물러났다. 히든보리 사집관은 탄성을 지를 듯이 입을 열었다. 그러나 막상 그의 입이 열렸을 때 터져나온 것은 비명 소리였다.

"아아악! 대마법사님?"

솔로처는 흉벽에서 앞으로 달려가고 있었다. 즉 성벽 아래로 몸을 던지고 있었던 것이다. 남들보다 빨리 고함 소리의 충격에서 벗어난 사람들은 이 두 번째 충격에 놀라서 비명을 질렀다. 그러나 솔로처는 그 비명에 대해 이상한 대답을 보냈다.

"나는 단수가 아니라고 생각되면, 레티의 프리스트들을 출동시키시오."

그리고 솔로처는 공중으로 뛰어올랐다. 그 순간, 허공에 떠 있던 솔로처의 지팡이에 감긴 일곱 개의 링 중 다섯 번째의 링이 짙푸른 빛을 뿜어내었다.

"으윽!"

히든보리 사집관은 눈을 찌르는 그 푸른 빛에 당황하며 얼굴을 가렸고 덕분에 반쯤 일으켜지고 있던 주리오 시장은 다시 엉덩방아를 찧었다. "사집관! 차라리 부축하지 말……!" 실눈을 뜨고 주위를 바라본 주리오 시장은 성벽 위의 모든 것이, 흉벽과 갤러리의 바닥돌과 그 시민들의 모습까지도 시퍼렇게 물들어 있는 것을 보고는 오싹함을 느끼며 입을 다물었다. 잠시 후 푸른 빛은 순식간에 사그라들었고 켄턴의 시민들은 지팡이에 올라앉은 채 하늘을 날고 있는 솔로처의 모습을 보게 되었다.

"오오, 무지개의 솔로처! 하늘을 날고 있어!"

솔로처는 어린 양을 노리는 독수리처럼 검은 안개의 상공을 가로질러 날았다. 켄턴의 성벽 위로는 곧 수많은 주먹들이 튕기듯 솟아올랐고 "와아아아!" 검은 안개 더미에서는 욕설과 노호성이 터져나왔다.

"네네놈놈이이 감감히히! 파파이이어어볼볼!"

펑펑펑펑펑! 검은 안개 더미에서 불덩어리들이 빗발치듯 솟아올랐다. 수면에 돌맹이를 던졌을 때 튀어 오르는 물방울의 모습을 수천 배로 확대한 것처럼 솟아오르는 불덩어리들은 데이든 평원 위의 상공에 수천 개의 별똥별이 거꾸로 떨어지는 듯한 장관을 이루어내었다. 그리고 그 불덩어리들은 모두 공중의 한 점, 하늘을 가로지르고 있는 솔로처에게로 수렴되고 있었다.

"월 오브 아이스!"

솔로처의 아래쪽에서 빠른 번득임이 일어났다. 마법사의 소환에 의해 허공에 갑자기 결빙된 얼음덩이는 하늘을 뒤덮을 듯이 뻗어나갔다. 콰지지직! 서서히, 둔중하게 낙하하던 얼음의 벽에 데스나이트들이 쏘아낸 불덩어리들이 명중했다. 파파파팡! 켄턴의 시민들은 평원 위로 수만 개의 다이아몬드가 흩뿌려지는 듯한 광경에 압도되고 말았다. 얼음 조각들은 반경 수천 큐빗의 하늘을 쏜살처럼 비산했고 그 가운데로 광포한 수증기의 구름이 피어올라 햇빛을 가렸다.

"이이 교교활활한한 놈놈!"

수증기의 구름은 솔로처의 모습을 가렸고 데스나이트들이 볼 수 있었던 것은 그들 자신을 향해 우박처럼 떨어져 내리는 얼음조각들의 번득임뿐이었다. 그러나 데스나이트들은 전혀 허둥대지 않았다. 대신 그들은 100명이 한 사람인 것처럼 외쳤다.

"솟솟아아올올라라라라!"

검은 안개의 첨단부는 갑자기 위로 솟구쳐 올랐다. 수증기의 구름이 햇빛을 가렸기 때문에 데스나이트들은 마음껏 검은 안개를 위로 쏘아 올릴 수 있었다. 떨어져 내리던 얼음덩이는 검은 안개에 부딪히는 순간 마치 장작불에 떨어진 것처럼 흰 연기를 뿜으며 증발되어 올랐다.

데이든 평원의 상공이 운해에 가렸다. 데스나이트들은 물론이거니와 멀리 떨어져 있던 켄턴 시민들조차도 솔로처의 행방을 알 수 없게 되었다. 피어오르는 수증기와 검은 안개가 뒤섞이며 수천 큐빗 높이에 이르는 장막이 형성되었다. 안개와 수증기 더미를 바라보던 시민들 중에서 남달리 눈이 좋은 시민들이 고함을 질렀다.

"저기! 저기!"

안개 더미를 꿰뚫고 솔로처가 나타난 것이다. 게다가 솔로처는 지팡이에 탄 채로 데스나이트들을 향해 급강하하고 있었다. 그러나 켄턴 시민들과 데스나이트들 모두 솔로처를 단수로 부를 수는 없었다. 안개 더미를 꿰뚫고 나타난 솔로처는 얼핏 보기에도 10여 명이 넘는 숫자였다.

"크크아아아아아악! 데데스스나나이이트트에에게게 그그런런 환환상상이이 통통할할까!"

데스나이트들은 포효하며 산개했다. 그 누구도 지휘를 내리지는 않았지만 데스나이트들은 제각기 흩어져 하늘에서 떨어져 내리는 솔로처들을 대비했다. 질린 표정으로 10여 명의 솔로처를 바라보고 있던 주리오 시장은 히든보리 사집관에게 붙잡혀 급하게 돌려세워졌다.

"지금입니다!"

"뭐어……? 아, 그래! 나는 단수가 아닌……"

주리오 시장은 말끝을 삼키며 황급히 몸을 돌렸다. 그러고는 성 아래쪽을 향해 고함을 질렀다.

"성문 개방! 레티의 검이여, 출동하시오!"

성문 뒤에서 대기하고 있던 경비 대원들은 황급히 성문으로 달려들었다. 육중한 성문이 열리는 순간 오랫동안 전의를 불태우며 끈질기게 기다리고 있던 레티의 프리스트들이 마침내 그들의 말에 박차를 가했다.

"레티! 창조가 닿을 수 없는 미를 찬미하며!"

"레티! 레티! 그의 칼로 죽는다!"

살기 위해 싸우는 것이 아니라 파괴하기 위해 싸운다는 점을 볼 때, 레티의 프리스트들은 진짜 전사들보다 더욱 전사다운 프리스트들이다. 그들의 기도는 전투의 외침이며, 그들의 성전은 전투교범이며, 그들의 제단은 유혈이 흐르는 전장이다. 켄턴의 성문을 뛰쳐나온 레티의 검들은 그들만의 천국, 즉 죽음과 유혈의 전장을 향해 돌격했다.

"와아아아!"

떨어져 내리는 솔로처들에 대비해서 밀집 대형을 풀고 산개한 데스나이트들은 성문을 박차고 달려 나온 레티의 프리스트들을 맞아 분노의 외침을 토해 내었다. 아무런 지휘 없이도 일사불란하게 싸울 수 있다는 점에서 레티의 프리스트들은 데스나이트들과 같다. 성문을 나와서야 보게 된 광경이지만, 레티의 프리스트들은 눈앞의 광경을 보고서는 곧장 솔로처의 생각을 이해했다.

"뱅가드!"

누군가가 외친 짧은 부르짖음에 레티의 프리스트들은 재빨리 밀집하여 종심진(縱心陣)을 형성하기 시작했다. 이제 레티의 프리스트들은 그들의 이름에 걸맞게 레티의 검 모양이 되어 데스나이트들의 산개 대형을 날카롭게 찔러들어 갔다. 두두두두두!

"레티! 레티! 레티!"

"이이 보보잘잘것것없없는는 것것들들이이 감감히히!"

선두의 프리스트는 데스나이트의 포효에도 아랑곳하지 않고 맹포한 기세로 검을 휘둘렀다. 하지만 데스나이트의 핼버드가 더 빨랐다. 퓌르르르! 데스나이트의 핼버드가 검은 빛을 흩뿌리자 프리스트의 몸과 검이 한꺼번에 쪼개지며 그의 상반신이 말 위에서 튕겨 올랐다. "위힝힝힝힝!" 주인을 잃은 말은 애처로이 울며 달렸다. 하지만 그 뒤를 따르던 프리스트는 그 모습을 보고도 조금도 주저하지 않은 채 핼버드를 휘두른 데스나이트의 목을 쳤다. "레티이이이!" 프리스트의 검이 지나친 자리에서는 살이나 피가 튀는 대신 해골과 투구가 허공으로 날았다.

"쿠쿠오오오오!"

데스나이트는 절규하며 몸을 뒤틀었다. 뒤이어 다가온 또 다른 검날은 자세를 잃은 데스나이트의 몸을 사정없이 유린했다. 데스나이트는 땅바닥에 쓰러지기까지 총 네 번의 공격을 받아야 했다. 레티의 프리스트들이 구사하는 뱅가드는 전체가 하나의 유기체인 것처럼 데스나이트들을 찔러들어 갔다. 선두의 프리스트는 죽든지 돌파하든지 둘 중의 하나만을 택하는 방식으로 진격이 절대로 끊어지지 않도록 만들었고, 그런 식의 가멸찬 공격은 데스나이트의 진열에 깊은 상처를 냈다. 그리고 그 위로 솔로처들의 고함 소리가 울려퍼졌다.

"오른쪽으로!"

레티의 프리스트들은 속력을 전혀 줄이지 않고 있었고 그래서 데스나이트들은 그들이 우회하는 것을 막을 수가 없었다. 그 결과는 뱅가드로 달리던 레티의 프리스트들이 일제히 우회 기동을 성공시키는 장관으로 나타났다. 놀라운 기동력으로 라인을 형성한 레티의 프리스트들은 그들이 갈라놓은 데스나이트들의 산개 대형의 오른쪽을 짓밟기 시작했다. 이 위험천만한 전술에서 나타나는 약점, 즉 레티의 프리스트들의 배후가 왼쪽의 데스나이트들에게 무방비 상태로 노출된다는 문제점에 대해서 솔로처는 무시무시한 해답을 내놓았다.

"미티어 스워어어엄!"

슈슈슈슈슝! 공기를 할퀴는 날카로운 소리가 사방으로 흘렀다. 안개와 수증기로 가린 하늘에서 붉은 기운이 일렁거린 순간, 느닷없이 나타난 불의 소나기는 레티의 프리스트들이 갈라놓은 데스나이트의 무리 왼쪽을 향해 집중적으로 퍼부어졌다. 꽝꽝꽝꽝! 등 뒤에서 일어나는 폭음은 레티의 프리스트들마저도 간담이 서늘하게 만들었다.

"크크아아아아아아!"

폭발하며 불어닥친 화염과 열기의 파도는 데스나이트들의 갑주를 순식간에 달아오르게 만들었다. 미티어 스웜에 직격당한 데스나이트들의 갑옷 속에서 열기를 이기지 못한 그들의 저주받은 몸이 폭발하듯 튕겨져나왔다. 검은 연기와 불꽃의 분출 사이로 말라붙은 살점과 유골들이 불타며 솟구쳐올랐다. 마치 잘 마른 낙엽 더미에 불을 던진 듯한 모습이었다.

허공을 날며 데스나이트들의 눈을 붙잡아 두던 솔로처들이 일제히 쓴 미소를 지었다.

"역시 패싸움이 유리한 거야. 300년이 지나도 바뀌지 않는군."

그러나 솔로처와 레티의 프리스트들은 잠시 후 똑같은 정도의 절망을 느껴야 했다.

부대를 거의 절단당했음에도 불구하고 오른쪽의 데스나이트들의 기세는 줄지 않았다. 어차피 명령 체계라는 것이 없었기에 부대의 절단은 그들에게 별다른 충격을 주지 못했다. 데스나이트들은 제각기 판단하여 레티의 프리스트들을 상대하기 시작했고, 어떠한 지휘도 없는 데스나이트들 전체의 행동은 놀랍게도 일관되게 나타나 싸움은 혼전으로 치달았다. 레티의 프리스트들과 데스나이트들이 뒤섞여 버리자 개인 전투력이 월등히 우수한 데스나이트들은 레티의 프리스트들을 빠르게 제압해 나가기 시작했다. 곧 전장에는 붉은 피가 솟구치기 시작했다.

"아아악! 레티여!"

"이, 이런! 커허헉!"

병장기의 크기와 예리함, 휘두르는 힘과 기술, 그리고 용기. 그 어떤 부분에서도 레티의 프리스트들은 최고의 수준을 자랑한다. 하지만 데스나이트들 앞에서는 레티의 프리스트들도 무력한 인간에 지나지 않았다. 데스나이트들이 휘두르는 어마어마한 크기의 핼버드며 플레일, 사이드들은 레티의 검들을 풀잎처럼 절단하고 있었다.

그러나 파괴를 실천하는 레티의 프리스트들은 스스로의 파괴에 아무런 두려움이 없었다.

"크으윽!"

데스나이트의 길고 흉포한 파이크에 복부를 찔린 프리스트 하나가 비명을 질렀다. 데스나이트는 싸늘하게 웃으며 파이크를 뽑으려 했다. 그러나 다음 순간 프리스트의 머리가 획 올라오며 그의 두 손이 파이크를 붙잡았다. 자신의 복부를 관통한 파이크를 부여잡은 프리스트의 입에서 피와 함께 고함 소리가 터져나왔다.

"혼자서 걸어갈 저승길은 너무 외롭다!"

바로 아일페사스에게 레틴드롤스라는 이름을 받았던 자였다. 레틴드롤스를 찌른 데스나이트는 싸늘하게 웃었지만 그 미소를 오랫동안 유지할 수는 없었다. 레틴드롤스는 오른손만으로 파이크를 쥔 채 왼손을 들어 데스나이트를 가리켰다.

"끼아아압!"

레틴드롤스가 찢어지는 기합 소리를 터뜨린 순간 그의 왼팔이 폭발하며 뼈와 핏방울, 그리고 근육 조각들이 사방으로 튀었다. 그리고 그 왼팔이 터져나가는 순간, 눈앞의 데스나이트의 가슴이 통째로 날아가 버렸다.

자신을 파괴함으로써 그 어떤 창조물도 무위로 돌려버리는 레티의 권능이 펼쳐졌던 것이다. 레틴드롤스에 의해 겨냥당한 데스나이트는 비명도 지르지 못한 채 산산조각났고 갑주의 파편이 비산하는 가운데 악취 어린 검은 연기가 뭉게뭉게 솟아올랐다. 레틴드롤스는 왼팔이 폭발한 충격 때문에 나가떨어질 뻔했지만 간신히 오른손으로 고삐를 부여잡았다. 그는 창백한 얼굴에 일그러진 미소를 띠며 흐느끼듯 말했다.

"다다 익선이라고 하지……. 하하하……"

복부에 파이크를 꽂은 채 왼쪽 어깨에서 폭포처럼 피를 쏟아내는 프리스트의 모습은 공포, 절망, 어둠의 데스나이트들마저도 질리게 만들었다. 데스나이트들은 분노에 떨며 저주의 말들을 퍼부어대었지만 레틴드롤스가 자신의 오른쪽 팔마저도 파괴해 버리는 것을 막지는 못했다. 퍼퍼펑! 레틴드롤스는 오른쪽 팔에 이어 오른쪽 다리까지도 파괴해 버린 다음에야 말에서 떨어지며 절명했지만 그때까지 두 명의 데스나이트들을 죽음으로 인도했다. 비장함을 넘어선, 지독하게 끔찍한 죽음이었다.

레틴드롤스의 죽음은 다른 프리스트들로 하여금 죽음의 이정표를 만들어주었다. 데스나이트들에 의해 치명상을 입은 프리스트들은 주저 없이 자신을 파괴하기 시작했다. 장례를 치를 몸을 남겨두지도, 다시 한번 레티에 대한 송가를 불러볼 희망을 남겨두지도 않는 무차별적인 파괴 행위 앞에 데스나이트들은 주춤할 수밖에 없었다. 레티의 프리스트 한 명이 죽는 동안 두세 명의 데스나이트가 파괴되는 상황이 벌어지자 데스나이트들은 수지 타산이 전혀 맞지 않음을 알게 되었다. 데스나이트들의 분노는 더욱 희게 타올랐고 그들의 공격은 더욱 험악해졌다.

"이이 지지독독한한 놈놈들들!"

"단단숨숨에에 죽죽여여라라! 목목숨숨을을 붙붙여여두두면면 안안 된된다다!"

데스나이트들은 조금 전의 레티의 프리스트와 마찬가지로 상대가 완전히 죽을 때까지 공격하는 방식으로 태도를 전환했다. 하늘에서 그 광경을 보고 있던 솔로처는 세 개의 검이 동시에 프리스트의 몸을 관통하는 광경을 보며 신음을 흘렸다.

"저 미련스러운 작자들! 어쩌자고 저런 끔찍한 짓을!"

그러나 솔로처가 도와줄 수 있는 것은 없었다. 혼전 상태의 무리에 대해서 마법을 구사할 수 없었던 솔로처는 냉정한 판단으로 오른쪽의 데스나이트들이 합류하는 것을 저지하기로 결심했다. 그러나 솔로처가 팔을 들어올린 순간, 오른쪽의 데스나이트들 사이에서 솔로처의 피를 식게 만드는 고함 소리가 터져나왔다.

"디디스스펠펠 매매직직!"

음산한 고함 소리가 전장을 가로지른 순간 허공에 떠다니던 솔로처들의 모습이 하나둘씩 사라지기 시작했다. 모든 환상이 사라지고 나서 남은 하나의 솔로처는 데스나이트들의 이글거리는 눈빛을 한몸에 받아야 했다. 솔로처는 머쓱하게 웃고 싶었지만 웃음이 잘 나오지 않았다.

"받받아아랏랏!"

데스나이트들 중 거대한 활을 든 기사들이 일제히 하늘을 겨냥했다. 인간이었다면 제대로 다루기도 힘들 법한 그레이트 보가 아우성을 질렀다. 빠아아아아! 솔로처는 다급하게 다시 하늘로 솟아오르려 했지만 데스나이트의 공격보다 빠를 수는 없었다. 그래서 솔로처는 데스나이트들의 사정거리에 몸을 노출시킨 채 공중에서 멈춰 섰다. 벼락 같은 속도의 캐스팅이 시작되었다.

"포스 필드!"

그러나 캐스팅이 완료된 순간 솔로처는 좌절감을 맛보아야 했다. 데스나이트들은 그레이트 보를 당기기만 했을 뿐 아직 시위를 놓지 않고 그저 솔로처를 겨냥하고 있었다. 솔로처는 그것이 무엇을 의미하는 것인지 단숨에 알아차릴 수 있었다. 속았던 것이다!

"안안티티 매매직직 필필드드!"

데스나이트의 삼엄한 명령이 떨어진 순간 모든 마나의 움직임이 강제로 정지되며 데이든 평원 위의 자연력과 마나는 순식간에 조화를 이루었다. 마나와 자연력이 조화된 곳에서는 아무런 일탈 현상이 일어나지 않는 법. 솔로처가 캐스트한 보호 스펠은 강제로 취소되었고 무지개의 대마법사는 허공에서 아무런 보호없이 데스나이트들의 화살에 노출되게 되었다. 솔로처가 황급히 날아오르는 순간, 데스나이트들의 손이 일제히 시위를 놓으면서 죽음의 전주곡과도 같은 파열음이 울려퍼졌다. 핑! 핑! 핑! 핑!

"크윽!"

데스나이트들의 적의에 인도된 화살 하나가 솔로처의 옆구리를 적중시켰다. 솔로처는 어마어마한 속도로 날아오르던 지팡이에서 떨어지지 않기 위해 필사적으로 매달려야 했기 때문에 상처를 보살필 시간이 없었다. 핏방울을 길게 흩뿌리며 솔로처는 어두운 기류 속으로 사라져갔다.

검은 안개의 소용돌이 너머로 솔로처의 모습이 완전히 사라졌다.

데스나이트들은 침착한 태도로 다시 화살을 메기고는 잠시 기다렸다. 그러나 솔로처는 떨어지지 않았고 데스나이트들은 별 불평도 없이 팔을 비틀어 화살을 다시 전통에 집어넣었다. 그 동작은 마치 사냥을 끝내는 엽사의 손놀림처럼 한가로웠다. 하지만 활을 갈무리하자마자 데스나이트들은 즉각 노성을 지르며 미티어 스윔이 일으킨 화염을 뛰어넘어 레티의 프리스트들을 향해 달려들었다.

"데데스스나나이이트트를를 거거냥냥한한 것것은은 그그 무무엇엇 일일지지라라도도 대대가가를를 받받으으리리라라! 정정녕녕 유유피피넬넬과과 헬헬카카네네스스라라도도!"

멀리 성벽 위에서 그 광경을 바라보고 있던 주리오 시장은 억눌린 신음을 내었다. 자신의 몸마저도 파괴하며 데스나이트들과 싸우는 레티의 프리스트들의 분전은 놀라운 것이었다. 하지만 데스나이트들은 더 이상 같은 수법에 당하지 않겠다는 듯이 레티의 프리스트들을 단숨에 절명시키는 식의 공격을 퍼부었다. 검 하나가 프리스트를 찌르면 곧 도끼가 달려들어 목을 베고, 창 하나가 프리스트를 찌르면 당장 날아온 플레일이 프리스트의 몸을 박살냈다. 이제 전투는 싸움이라기보다는 학살의 형태를 띠기 시작했다. 더 이상 참지 못한 주리오 시장은 크게 고함질렀다.

"나팔수! 퇴각 나팔을 불어라! 아처리들은 전투 태세로! 마법을 봉쇄시킨 이상 저들 역시 마법을 못 쓴다. 그러니 경비 대원들은 즉각 출동하여 프리스트들의 퇴각을 돕도록 하라!"

히든보리 사집관은 주리오 시장의 혜안에 감탄했다. 마법을 못 쓴다고 해서 데스나이트가 시시한 상대로 바뀌는 것은 아니겠지만 출동하여 저들과 싸워야 할 경비 대원들에게는 그렇게 느껴질 것이다. 어린 나팔수도 힘차게 나팔을 들어올렸다.

퇴각 나팔이 데이든 평원 위로 울려퍼졌다. 그러나 레티의 프리스트들은 성벽을 흘끔 돌아보기만 할 뿐 그 소환에 응하지는 않았다. 응할 수가 없었던 것이다. 이미 데스나이트들은 프리스트들과 성벽 사이에

반(半)포위진을 형성하여 프리스트들의 도주로를 봉쇄하고 있었다. 그 모습을 바라보던 히든보리 사집관은 이번에는 내 차례라는 듯이 검을 뽑아들며 외쳤다.

"제가 나가겠습니다!"

주리오 시장은 당황하여 몸을 돌렸지만 이미 그는 계단을 뛰어 내려가고 있었다. 익숙하지도 않은 무거운 갑옷을 걸치고도 가까스로 계단에서 굴러 떨어지지 않은 채 히든보리 사집관은 성문 뒤에 도달했다. 그는 곧장 대기시켜 두었던 자신의 말에 뛰어올랐고 출진 준비를 갖추고 있던 경비 대원들 틈에서 당황스러운 목소리들이 터져나왔다.

"사집관님! 뭐하시는 겁니까?"

갑주와 무장을 걸쳤다는 것이 믿어지지 않을 정도로 날렵하게 말에 오른 히든보리 사집관은 그대로 성문을 향해 치달아 갔다. 시장의 명령에 의해 이미 개방되고 있는 성문의 틈 사이를 빠져나가는 사집관을 제지할 수 있는 사람은 아무도 없었다. 경비 대원들은 얼빠진 모습으로 그 뒷모습을 바라보았다. 그때 그들의 등 뒤에서 찢어지는 고함 소리가 들려왔다.

"나는 죽는 것이 두렵지 않아!"

켄턴 경비 대장 로터스였다. 경비 대원들은 그들의 우두머리가 지르는 고함 소리에, 그 의미를 파악하기에 앞서 먼저 등줄기를 타고 지나는 차가운 느낌에 진저리쳤다. 로터스의 피를 토하는 듯한 목소리는 화렌차의 3기사가 동시에 부르짖는 듯한 전율을 불러일으켰던 것이다. 로터스는 검을 뽑아들며 목청껏 부르짖었다.

"죽는 것이 무섭다면, 죽을까 봐 걱정하며 살아야 하는 삶은 더 길고 더 무섭다! 켄턴 경비 대원, 앞으로오!"

로터스의 외침이 켄턴 성안을 메아리친 순간 경비 대원들은 이미 달려 나가고 있었다. 함성을 지르며 성문을 뛰쳐나온 경비대원들은 레티의 프리스트들을 반포위하고 있는 데스나이트들의 등 뒤로 질주해 갔다. 말들이 일으키는 먼지가 성벽을 타고 주리오 시장에게까지 피어올라 시장은 잠시 전장의 모습을 볼 수가 없었다.

경비 대원들의 최전방에서 달리고 있던 히든보리 압실링거는 용감한 인물이었고, 그 용기를 발휘하는 데 필요한 지혜를 충분히 갖추고 있었다. 그래서 히든보리는 포위된 프리스트들을 빼내기 위해서는 데스나이트들에게 협공의 위험을 충분히 주지시킬 필요가 있다고 판단했다. 그를 뒤따라 달려가던 로터스 경비대장은 갑자기 들려온 히든보리 사집관의 거친 노랫소리에 찬물을 뒤집어쓴 듯한 전율을 느꼈다. 소설보다 장부를 더 재미있게 읽는다는 그들의 사집관, 꽉 막히고 깐깐한 사집관이 말을 달리며 노래를 부르고 있었다. 그것도 다름 아닌 일스의 랩소디를.

나팔이 울렸다, 앞으로! 달려라!
동으로 치달리면 대륙의 끝, 앞으로 치달리면 내 인생의 끝
그러나 검은 곧다, 죽음을 넘어서!
나의 주군, 루트에리노! 그의 이름으로 달려라!

히든보리 사집관은 가장 정확한 선택을 했던 것이다. 누구의 이름을 불러야 하는가. 어떤 이름이 데스나이트를 진감케 하고 퀜턴의 시민들에게 죽을힘을 다해 싸우게 만들 용기를 줄 것인가. 로터스는 앞을 달리고 있는 히든보리 사집관에게서 기사 일스의 모습을 보았다. 그의 입에서 참을 수 없는 부르짖음이 울려퍼졌다.

"루트에리노, 루트에리노! 사집관님을 따르라, 데스나이트를 물리쳐라!"

히든보리에 의해 불리고 로터스에 의해 퍼져나간 이름은 퀜턴 경비 대원들의 심장을 뜨겁게 달구었다. 루트에리노, 루트에리노! 그들 모두는 루트에리노 대왕의 이야기를 들으며 자라난 꼬마들이었고, 그들 모두는 루트에리노 대왕의 나라에서 살고 있는 전사들이었다. 누가 먼저랄 것도 없이 경비 대원들 사이에서 노랫소리가 폭발하듯 터져나왔다.

　　나는 달린다, 진격의! 나팔 소리!
　　사랑도 끝이 있어 이별하고, 추억도 끝이 있어 잊혀지지만
　　그러나 끝이 없다, 내 발걸음에는!
　　나의 주군, 루트에리노! 그의 이름으로 달린다!

데스나이트들로 하여금 무의식중에 뒤를 돌아보게 만든 것은 경비 대원들의 말발굽 소리가 아니었다. 루트에리노, 루트에리노! 그 이름이 그들의 주의를 돌렸다. 데스나이트들은 으르렁거리며 손을 들어올렸지만 아무 일도 일어나지 않았다. 그제서야 데스나이트들은 그들 스

스로가 이 평원 위의 마나의 움직임을 정지시킨 것을 깨달으며 노성을 터뜨렸다. 그들을 향해 달려오는 휘날리는 풀잎과 먼지 구름, 그리고 번득이는 창칼. 그러나 그 모든 것을 앞질러 노래가, 루트에리노의 이름이 그들을 분노하게 만들었다. 데스나이트들의 무기가 방향을 바꾸었고 후미의 기사들은 이제 달려오는 경비 대원들에 맞서 달려갔다.

히든보리 사집관은 자신이 검을 쥐고 있다는 것을 거의 잊고 있었다. 얼굴을 때리는 차가운 바람 속에서도 뜨겁게 달아오르는 손끝과 목덜미는 이미 마비되고 있었다. 그가 느끼는 것은 미칠 것 같은 흥분과 하얗게 타오르는 분노뿐, 히든보리는 자신을 향해 달려드는 데스나이트를 정면으로 바라보면서도 아무런 공포를 느끼지 않았다. 그가 외치는 이름의 힘은 그토록이나 강했다.

"루트에리노! 루트에리노!"

히든보리를 정면으로 가로막으며 달려들던 데스나이트는 육중한 파이크를 내뻗으며 잔인하게 외쳤다.

"그그의의 곁곁으으로로 돌돌려려보보내내주주겠겠다다!"

"나의 주군이여!"

평생토록 펜촉보다 더 치명적인 무기를 사용해 본 적이 없던 팔이었지만, 히든보리는 그가 목이 터져라 부르는 이름의 소유자처럼 용맹스럽게 그 팔을 휘둘렀다. 데스나이트는 레티의 프리스트들에게서도 볼 수 없었던 이 맹렬한 공격에 주춤하고 말았고 그것으로 승패는 갈렸다. 흐트러진 파이크는 히든보리를 놓쳤지만, 화살처럼 튀어나간 롱 소드는 데스나이트의 투구를 꿰뚫었다. 롱 소드의 끝에 투구를 꿴 채 달려가는 히든보리의 등 뒤로 데스나이트의 갑옷이 검은 기류에 휩싸여 허물어지듯 낙마했다. 꽝깡깡! 히든보리는 뱃속 깊은 곳에서부터 울려 퍼지는 함성을 질렀다.

"퀜턴! 루트에리노!"

귀가 먹어버릴 정도의 고함 소리와 온갖 소음, 그리고 병장기에서 번뜩이는 불꽃과 반사광이 사방에 넘쳐흘렀지만 히든보리의 함성은 드래곤의 포효처럼 울려퍼졌다. 데스나이트들의 저주가 잇달아 터져나왔지만 그 소리를 뒤덮는 경비 대원들의 함성이 전장을 가득 메웠다.

"으아아아! 루트에리노! 퀜턴을 돌보소서!"

"돌격, 앞으로! 루트에리노의 이름 아래 데스나이트를 물리쳐라!"

데스나이트들은 이제 정신적인 의미와 실제적인 의미 양쪽으로 포위를 당했다. 레티의 프리스트들은 여전히 자신을 파괴하면서까지 데스나이트들을 압박해 왔으며 등 뒤로는 루트에리노의 망령에 휩싸인 것 같은 경비 대원들이 악귀 같은 얼굴을 한 채로 무기를 휘둘러오고 있었다. 히든보리는 데스나이트들의 주춤거리는 동작을 보며 벅찬 희열을 느꼈다. 이겼다!

다음 순간 히든보리는 이상한 느낌을 받았다.

그의 시야 한구석에 뭔가 심상치 않은 일이 일어나고 있었다. 히든보리는 자신이 무엇을 보고서 불안을 느낀 것인지 살펴보았다. 모든 것이, 심지어 하늘과 땅마저도 미쳐 날뛰는 것 같은 전장에서 단 한 가지가 움직이지 않고 있었다.

히든보리의 눈에 팔을 들어올린 데스나이트 한 명이 들어왔다. 주위의 다른 데스나이트들은 레티의 프리스트들과 달려오는 켄턴 경비 대원들에 맞서 흉맹스럽게 무기를 휘둘러대고 있는데, 그 데스나이트는 신전의 예배당 가운데에서처럼 경건한 자세로 서 있었다. 그리고 그 모습을 본 히든보리는 얼어붙고 말았다. 데스나이트는 결코 빠르지 않은 속도로, 그러나 무자비하게 외쳤다. "모모든든 것것을을 감감싸싸라라, 어어둠둠!"

하늘로 피어올라 소용돌이치고 있던 검은 안개가 빠른 속도로 하강하기 시작했다. 프리스트들과 경비 대원은 당황했지만 전투의 관성은 내리깔리는 안개의 한가운데로 그들을 몰아가고 있었다. 무게와 질감을 가진 듯한 안개는 거침없이 쏟아져내려 주위를 감쌌고 히든보리는 이제 아무것도 볼 수 없게 되었다. 그리고 안개 더미 너머에서 비명들이 터져나오기 시작했다.

"크어억!"

"사집관님! 대장님! 이봐, 어디에……, 으아아!"

"이건……, 큭! 어머니!"

어둠 속에서 데스나이트들이 움직이면서 끔찍한 파열음과 발굽 소리, 그리고 비명 소리들이 터져나왔다. 당황한 경비 대원들은 서로를 불러대었지만 그들에게 돌아온 것은 어둠 속에서 튀어나온 데스나이트의 공격뿐이었다. 예리한 무기가 갑옷을 꿰뚫으며 나는 소리는 히든보리의 등골을 쑤셔내는 듯했다. 쿵. '무엇'인가가 말 아래로 떨어지는 소리가 연속적으로 들려왔다. (히든보리는 시체라고 말하고 싶지 않았다.) 히든보리는 온몸을 긴장시킨 채 롱 소드를 부여잡았지만 당장이라도 안개를 뚫고 나타난 데스나이트의 검이 자신을 꿰뚫어버릴 듯한 공포는 참기가 어려웠다. 그대로 아래로 뛰어내려 말의 가랑이 사이에라도 숨고 싶은 느낌과, 말을 돌려 켄턴이라고 짐작되는 방향을 향해 죽을힘을 다해 달려가고 싶은 느낌 사이에서 갈등하며 히든보리는 사방을 둘러보았다. 하지만 보이는 것은 꿈틀거리는 안개뿐이었다. 여기가 도대체 어디지? 켄턴은 어느 쪽이지?

그때 가까운 곳에서 느닷없는 목소리가 들려왔다.

"눈눈을을 가가리리는는 어어둠둠 속속에에서서 보보이이는는 오오직직 하하나나, 절절망망!"

히든보리는 기겁하며 소리가 들려온 방향을 돌아보았고, 곧 심장이 멈춰버릴 뻔했다. 그의 롱 소드 끝에 꿰어져 있던 데스나이트의 해골이 그를 똑바로 바라보며 턱을 달각거리고 있었다. 눈동자도 없는 퀭한 구멍 안쪽에서 번득이고 있는 노오란 불빛은 경멸감과 증오심을 담은 채 히든보리를 쏘아보고 있었다. 롱 소드는 해골의 입을 꿰뚫고 있었고, 그래서 그 끝에서 턱을 달각거리고 있는 해골의 모습은 마치 롱 소드를 삼키고 있는 것처럼 보였다. 계속해서 검을 집어삼켜, 마침내 손잡이 끝까지 다가온 다음 히든보리의 손을 물어뜯는…….

"으아아아!"

히든보리는 칼 맞은 오크 같은 비명을 지르며 롱 소드를 집어던졌다. 파삭! 해골은 믿을 수 없이 간단히 산산조각이 났지만 히든보리는 그것을 볼 새도 없이 그대로 말을 돌렸다. 켄턴이 어느 방향인지도 몰랐지만 히든보리는 무턱대고 달려가며 계속해서 비명을 질렀다.

"으아아, 으아아아, 으아아아아아아!"

"절절망망에에서서 그그대대가 매매달달리리는는 것것이이 오오 히히려려 그그대대를를 파파멸멸시시키키리리라라, 공공포포!"

휙! 쉬이익! 주위로 예리한 병장기들이 휘둘러지며 날카로운 소리들이 들려왔다. 가끔 눈앞으로 번쩍이는 무엇인가가 지나가는 느낌도 들었다. 그러나 히든보리는 멈출 수 없었다. 그 때 암흑 속에서 갑작스럽게 핼버드가 튀어나왔다. 그것이 무엇인지 인식할 사이도 없이, 튀어나온 핼버드는 그가 탄 말의 머리를 쪼개놓았다. 말은 비명도 없이 피를 뿜으며 나뒹굴었다.

암흑 속에서의 낙마는 끔찍했다. 히든보리는 땅에 떨어진 후에도 한참 동안 더 떨어지는 것 같은 기분을 느꼈다. 그리고 나서야 고통이 다가왔고, 히든보리는 급하게 일어서려다가 팔이 부러진 것을 깨달으며 다시 쓰러졌다. "으큭!" 입 안으로 흘러들어오는 피와 흙먼지를 뱉어낼 생각도 못한 채 히든보리는 벌레처럼 꿈틀거렸다. 그때 아무렇게나 내밀어진 그의 손에 닿는 것이 있었다.

히든보리는 고개를 들어올렸고, 자기가 어떤 생물의 다리를 붙잡고 있다는 것을 알아차렸다. 표현할 말을 찾기도 어려울 정도로 이치에서 벗어나 있는 그 생물의 모습을 확인한 순간 히든보리는 날카로운 비명을 질렀다.

"으아아아악!"

히든보리가 쥐고 있는 발 이외에도 그 생물에게는 여섯 개의 각기 길이가 다른 다리들이 더 있었다. 말로 치면 가슴에 해당하는 부분에 있는 세 개의 눈은 크기가 모두 달랐을 뿐만 아니라 위치도 제멋대로였다. 하지만 세 개의 눈 모두가 붉게 타오르는 눈동자로 히든보리를 쏘아보고 있었다. 그리고 목이 있어야 할 부분에는 살이나 근육은 흔적도 보이지 않는 완전한 목뼈만이 보였고 그 목뼈 위에는 마갑을 둘러쓴 머리가 있었다. 그의 눈길이 그 생물에 올라탄 채 투 핸드 소드를 들어올리고 있는 데스나이트의 모습에 이르렀을 때 히든보리는 눈을 감았다.

'죽었구나. 제길!'

그러나 아무리 기다려도 죽어지지가 않았다. 뭐야. 아무 느낌도 없이 벌써 죽은 건가? 주위가 터무니없이 고요해졌기 때문에 히든보리는 자신의 추측이 상당히 설득력 있다고 생각했다. 하지만 추측과는 상관없이 감각은 그가 살아 있음을 계속해서 가르쳐주고 있었다. 어쨌든 죽은 자가 팔이 부러진 아픔을 계속해서 느껴야 된다는 것은 억울한 일이다.

'그럼 나 살아 있는 건가?'

히든보리는 눈을 떴다. 그리고 앞에 서 있는 데스나이트가 그에게는 관심도 보내지 않은 채 먼 곳을 쏘아보고 있다는 것을 알게 되었다. 왜 저러는 거지? 그때 데스나이트의 입이 열렸다. 그리고 히든보리는 매우 어울리지 않는 목소리를 들었다. 데스나이트는 당황한 목소리로 외쳤다.

"저저 녀녀석석들들까지지!"

"여어, 비켜!"

주리오 시장은 급하게 위를 올려다보다가 뒤로 넘어질 뻔했다. 성벽 위 하늘에서 갑자기 나타난 솔로처는 그다지 품위 있지는 않은 모습으로 성벽 위에 내려섰다. 지팡이는 여기까지 충실히 그를 실어왔지만 그의 후들거리는 다리는 그렇지 못했다. 솔로처는 성벽의 차가운 돌 위에 무릎을 꿇었다. 아무리 꽉 누르고 있었어도 화살이 꽂힌 옆구리에서는 계속해서 피가 흘렀다. 주리오 시장은 날카롭게 고함질렀다.

"솔로처 님! 이런, 의사! 의사를 데려와!"

끄으응! 솔로처는 지팡이에 의지하여 일어섰다. 재빨리 달려든 주리오 시장의 팔에 의지한 솔로처는 시장을 바라보며 말했다.

"시장. 화살을 단단히 붙잡으시오."

"예?"

"화살을 꽉 잡으란 말이다, 이 얼간아!"

주리오 시장은 영문을 모른 채 당황하며 솔로처의 허리 뒤쪽에 꽂힌 화살을 부여잡았다. 그러자 솔로처는 빠르게 심호흡을 하고서는 흉벽을 부여잡았다.

"난 두 번은 못 참을걸. 이 뽑는 것도 한 번에 못하면 더 힘든 법인데 하물며 화살인 바에야. 그러니 한 번에 뽑지 않으면 퍽 유감스러워 할 거야. 뽑아!"

주리오 시장은 어떤 명확한 생각을 떠올리기도 전에 반사적으로 화살을 잡아당겼고 그 순간 솔로처는 흉벽을 잡아당겼다. 선혈이 튀어오르며 화살이 뽑혀나왔고 주리오 시장은 화살을 쥔 채 엉덩방아를 찧었다. "아이코!" 주리오 시장은 기겁성을 질렀지만 솔로처는 침착한 태도로 말했다.

"수고하셨소, 시장. 고맙군. 그리고 그거 화살촉은 건드리지 않도록 유의하시오. 평생 동안 후회하게 될걸."

바닥에 주저앉아서 멍청한 얼굴로 솔로처를 올려다보던 주리오 시장은 화들짝 놀라며 화살을 내팽개쳤다. 그것은 데스나이트의 화살인 것이다. 화살이 내팽개쳐진 곳에서는 시민들이 비명을 지르며 뒤로 물러나는 소동이 벌어졌지만 솔로처는 거기에는 일별도 보내지 않고서 흉벽을 쥔 채 전장을 바라보았다. 다시 아래로 깔린 검은 안개 더미는 그 속에서 벌어지고 있는 끔찍한 살육을 감추고 있었지만 터져나오는 비명과 소음은 가리지 않았다. 솔로처의 얼굴이 일그러졌다.

"경비 대원까지 다 출동시켰소?"

주리오 시장은 할 수 있다면 이렇게 꾸짖어주고 싶었다. '옆구리에서 피를 흘리시는 분이 그렇게 침착하게 말해서는 안 됩니다.'

"예. 그렇습니다. 어쩌지요?"

솔로처는 할 수 있다면 이렇게 윽박질러 주고 싶었다. '당신 돌았소? 저 아수라장 속에서 경비 대원들과 레티의 프리스트만 빼내 오라고?' 그리고 솔로처는 하고 싶은 말은 해버리는 주의였다.

"당신 돌았소? 저 아수라장 속에서 경비 대원들과 레티의 프리스트만 빼내 오라고?"

"그, 그렇습니다만, 어, 어떻게 방도가, 아, 아니. 대마법사님, 치료를 받으셔야……. 화살에 맞았습니다. 괜찮으십니까?"

주리오 시장은 상당히 많은 요인이 야기한 복잡한 당황 속에서 횡설수설했고 솔로처는 자신의 상처를 내려다보았다.

"아, 이런. 화살에 맞았지."

마치 잊어먹었던 사실을 깨달은 것처럼 말하던(그러니까 주리오 시장의 말에 야유를 보내던) 솔로처는 눈살을 찌푸리며 지팡이를 거머쥐었다. 솔로처가 지팡이를 비틀어 그 머리 부분을 상처에 가져다대자 지팡이에 감겨 있던 링 중에서 네 번째 링이 진초록의 빛을 뿜었다. 주리오 시장이 경이 어린 눈으로 바라보는 가운데 초록색의 빛은 점점 사그라들었고 그에 따라 솔로처의 상처에서 배어나오던 피도 멎었다. 솔로처는 조금 창백해진 얼굴을 들어 다시 전장을 쏘아보았다. 이 노릇을 어찌해야 된다?

"마법사 솔로처셨소?"

'너 이 자식, 혹시 바보 아니야? 내가 마법사인 거 이제 알았냐?' 솔로처는 주리오 시장을 향해 이렇게 외쳐주기 위해 몸을 돌렸다. 그러나 그의 눈에 들어온 것은 주리오 시장의 턱뿐이었다. 솔로처는 주리오 시장의 눈을 따라 위로 올려다보았고, 다음 순간 환한 미소를 지었다.

"이제야 저울 눈금이 맞아떨어지는군."

하늘에 떠 있던 사내, 정확하게 말해서 견고하고 훌륭해 보이는 바딩을 한 페가수스에 올라타 있던 사내는 솔로처의 말을 이해하지 못하겠다는 듯이 점잖게 고개를 갸웃했다. 기사는 익숙한 솜씨로 페가수스를 성벽 위의 갤러리에 내려서게 만들었고 시민들은 숨소리마저 삼가며 그 모습을 바라보았다. 페가수스에 부담을 주지 않기 위해서인지 사내는 간단한 하드 레더만 걸치고 있었기 때문에 그가 하마(下馬)했을 땐 소음이 거의 일어나지 않았다. 페가수스의 기사는 눈이 튀어나올 듯한 표정으로 자신을 바라보고 있는 주리오 시장을 향해 말했다.

"시장님은 어디 계시오?"

"예?"

"켄턴의 시장님은 어디 계시냐고 물었소."

주리오 시장은 이런 대답을 해야 된다는 것이 퍽이나 거북했다.

"저, 접니다만."

페가수스의 기사는 다시 점잖은 얼굴에 의아함을 떠올렸다. 어찌나 엄격한 얼굴인지 이 기사의 턱에서는 수염이 자랄 때는 정중하게 허락을 요청할 것 같았으며 땀이 흐를 때는 복창 소리와 함께 대오 정연하게 흘러내릴 것 같았다. 기사는 침착한 표정으로 질문했다.

"노델 시장님이 사망하셨단 말이오?"

노델 시장? 물론 사망했지. 그러니까 지금으로부터 300여 년 전에. 지금쯤은 시체도 찾아보기 힘들걸. 주리오 시장은 어처구니없는 얼굴로 기사를 바라보았다. 그러나 주리오 시장은 이미 이 기사가 누군지 깨닫고 있었다. 그래서 시민들의 찢어지는 비명 소리가 울려퍼졌을 때 주리오 시장은 당연하다는 듯이 하늘을 올려다보았다. 아직 두 명이 더 내려와야 되겠지.

그리고 그렇게 되었다.

페가수스의 기사 오른쪽으로는 역시 군마처럼 바닥을 한 그리폰이 흰 갑옷을 걸친 기사를 태운 채 내려왔다. 그리폰은 사나운 기세로 부리를 딱딱 부딪치고 있었기에 주리오 시장은 주춤하며 뒤로 물러나야 했다. 그러나 마지막으로 내려선 기사가 타고 있는 생물은 켄턴 시민들을 광란에 빠지게 만들고도 남을 만한 것이었다. 거대한 그림자를 드리우며 내려선 와이번의 등에는, 건장한 체구지만 와이번에 타고 있어서 별로 두드러지지 않는 기사가 비정상적으로 긴 랜스를 세워든 채 앉아 있었다.

성벽 위의 갤러리는 넓었지만 와이번의 거체를 내려서게 할 만한 장소는 아니었다. 그러나 와이번의 기사는 아무렇지도 않게 와이번을 흉벽으로 몰아갔고 와이번은 횃대에 내려앉는 새처럼 흉벽을 두 발로 붙들었다. 콰가가각! 와이번의 발톱이 흉벽의 돌을 긁으며 요란한 소리를 울리게 만들었지만 와이번은 균형을 잡고 날개를 접었다. 기사는 와이번의 무릎을 밟으며 가벼운 동작으로 갤러리에 내려섰다.

세 명의 기사들은 솔로처와 주리오 시장의 앞쪽에 나란히 섰다.

기사들의 탈것들은 크기에서든 형태에서든 도저히 유사점을 찾아볼 수 없었다. 각자의 탈것에 어울리는 복색을 갖추고 있는 기사들의 모습에서도 역시 유사점은 없었다. 하지만 모두 당당한 자세로 기사답게 서 있다는 점에서는 한결같았다. 멀거니 그 모습을 바라보던 주리오 시장은 그들이 대답을 기다리고 있다는 것을 퍼뜩 깨달았다. 그러나 그의 입에서는 전혀 다른 말이 튀어나왔다.

"반갑습니다, 천공의 3기사님. 저는 켄턴 시장……"

"당신들도 되살아났군!"

주리오 시장은 솔로처의 고함 소리 때문에 천공의 3기사에게 자신을 소개하는 무한히 영광된 순간을 망치고 말았다. 그러나 솔로처나 천공의 3기사 모두 주리오 시장의 안타까움에는 관심이 없었다. 하늘에서 날아온 기사들의 얼굴에 끔찍한 표정이 스친 것은 잠시, 페가수스에서 내린 기사는 여전히 침착한 목소리로 질문했다.

"……지금이 몇 년입니까."

"300년이 지났다 하더군요, 딤라이트."

딤라이트라 불린 기사는 한숨을 내쉬며 말했다.

"너무 길군요. 그 정도의 시간을 뛰어넘은 것은 도대체 어떤 사술(邪術)입니까?"

"모르오. 이 시대의 사람들 역시 우리들의 부활이 어떤 힘에 의한 것인지는 알지 못하고 있소."

그때 와이번에서 내린 기사가 들고 있던 거대한 랜스를 마치 지휘봉처럼 가볍게 휘둘러 주리오 시장을 기겁하게 만들었다. 와이번에서 내려서자 기사의 거대한 덩치는 더욱 두드러졌다. 그러나 기사는 평원의 검은 안개를 가리켰을 뿐이었다.

"마법사께서 눈금이 맞았다 하심은 저들 때문입니까."

"그렇소, 무스타파."

그리폰의 기사가 싱긋 웃었다. 우울한 미소였다.

"하아, 아무래도 '물리치고 나서 생각하자.'라고 하실 것 같군요. 무지개의 솔로처."

"물론이오. 내 예정표에서 어떻게 된 영문인지 알아보는 시간은……"

"언제나 여가 선용의 시간으로 돌려져 있다."

그리폰의 기사는 지겹다는 듯한 표정을 지으며 솔로처의 말을 받아서 솔로처를 미소 짓게 만들었다.

"그레이. 잠시 동안은, 내가 부활한 이유가 저 사교성 떨어지는 친구들로부터 이 시대의 사람들을 지키기 위함이라고 생각해두기로 했다오. 아무래도 저 데스나이트들이 우호 선린의 기치 아래 달려오고 있다고는 생각하기 어려우니까."

그레이는 가볍게 고개를 끄덕였다. 그러나 딤라이트의 냉철한 목소리가 빠르게 솔로처의 말에 대답했다.

"이것이 사술이라면 나는 부활을 거부하겠습니다. 그런데 어떤 고위 마법사라도, 심지어 당신의 스승이라 하더라도 300년의 시간은 뛰어넘을 수 없습니다. 따라서 이것은 사술입니다, 솔로처. 가까운 곳에 오렘의 신전이 있습니까?"

"……자살할 거요?"

딤라이트는 마치 모욕당했다는 듯한 얼굴로 솔로처를 쏘아보다가 다시 한숨을 내쉬었다. '저 마법사는 원래 저 지경이었지.'라고 말하는 듯한 얼굴이었다.

"일스 기사 단원은 대공이나 오렘의 허락 없이는 자살할 수 없음을 잘 아시지 않습니까. 오렘의 프리스트께 저희들의 처리를 부탁드릴 생각입…‥"

딤라이트의 이 장중한 선언은 그레이의 왼팔에 의해 저지당했다. 그레이는 딤라이트의 어깨에 팔을 휘감아 그의 머리를 끌어당기며 말했다.

"이봐, 이봐. 딤라이트! 처리라니? 하하하! 누가 들으면 우리가 발목 부러진 말이라도 되는 줄 알겠군? 우리가 무슨 쓰레기야, 처리라니."

딤라이트는 화를 내려다가 참는 거라는 표정을 너무 실감나게 구사하며 그레이의 팔을 치우기 위해 애썼다. 하지만 그레이는 더욱 짓궂게 딤라이트를 잡아당겨 머리를 비벼대었고 그 상황에서 여전히 침착한 어투를 구사하려 애쓰는 딤라이트의 모습은 애처롭기까지 했다.

"말이야 어쨌든 중요한 것은 그것이 아니다. 이것은 일스 기사 단원으로서는 결단코 수용할 수 없는 사술임이 분명한 바……"

"적 앞에서 도망치는 것도 일스 기사 단원으로서는 수용할 수 없는 일이지."

무스타파는 낮은 으르렁거림처럼 말하며 데스나이트들을 쏘아보았다. 딤라이트는 이번에는 울컥하려다가 참는 거라는 표정을 구사하며 말했다.

"도망치는 것이 아니다. 우리들의 존재 자체가 떳떳치 못하다면 어떻게 저들을 친단 말인가?"

무스타파는 잠시 고개를 돌려 딤라이트를 바라보다가 지나가는 말처럼 말했다.

"그러나, 검은 곧다. 죽음을 넘어서."

딤라이트를 끌어안으며 낄낄거리고 있던 그레이는 이번엔 반짝거리는 눈으로 무스타파를 바라보았다. 무스타파는 검이 아닌 랜스를 힘껏 부여잡으며 말했다.

"자네는 죽어서도 저놈들과 싸우겠다고 말하곤 했지. 실제로 그렇게 되었잖은가."

"그건 사술에 의지해서라도 싸우겠다는 말이 아니었다."

딤라이트는 불쾌한 표정으로 말했고 그레이는 어깨를 으쓱였다. 주리오 시장은 당황이 물씬 묻어나는 얼굴로 세 기사의 얼굴을 번갈아 쳐다보았다. 그때 솔로처가 재빨리 끼어들었다.

"이보시오들. 난 시간이 없어. 당신들은 부랑배도 아니고 산적 떼들도 아니니 지휘자의 의견에 따르는 것이 어떻소?"

그러자 천공의 3기사들은 그 말이 옳다는 듯이 고개를 끄덕였다. 두 기사는 자신의 우두머리를 바라보았고, 그러자 우두머리 기사는 난처한 표정으로 말했다.

"에……, 또, 음, 그러니까. 에이, 난 머리 쓰는 거 질색이야. 이봐, 우리 솔로처 님 따라하자고. 칼잡이들이 마법사에게 머리 쓰는 일 맡기는 건 흉이 아니잖아."

그레이의 명령이 떨어지자마자 딤라이트와 무스타파는 더 이상의 말을 하지 않고 각자의 탈것을 향해 거침없이 나아갔다. 그레이는 그리폰에 뛰어올라서는 머리를 벅벅 긁으며 솔로처를 원망스럽게 바라보았다.

"거 참. 이제 됐습니까, 마법사님?"

"됐소. 어서 갑시다. 그레이."

솔로처는 빙긋 웃으며 지팡이를 위로 던져올렸다. 그레이는 대답 대신 그리폰을 하늘로 날아오르게 하며 고함질렀다.
"이이이이……하!"

2

"놈은, 취엑! 우리가 반나절 동안 넘을 산을, 취칙! 몇 걸음 만에 넘을 수도 있다!"

떠오르는 햇살을 피해 바위 아래로 숨어버렸기 때문에 레이저는 루손의 표정을 정확하게 볼 수 없었다. 하지만 보나마나 허옇게 질려 있으리라는 것은 틀림이 없다. 레이저는 한숨을 내쉬고는 말했다.

"너 풀밭 아래로 달아나는 개미들을 잡을 수 있냐? 걱정 마. 그 거인 녀석도 마찬가지야."

"우리를 못 찾는다고? 츄으……"

"물론이지!"

"취키긱! 그럼 왜 그렇게 불안스럽게, 첵! 주위를 둘러보는 거냐?"

레이저는 그제서야 왜 자신이 루손의 표정을 정확하게 파악할 수 없었는지 알아차렸다. 루손이 바위 그늘에 들어가 있기 때문이 아니라, 그 자신이 계속해서 주위의 산봉우리들 뒤에서 거인의 머리가 솟아오르지 않는가 살피고 있었기 때문이었다. 이래 가지고서는 내 말에 신뢰감을 더하기는 어렵겠군. 레이저는 머쓱하게 웃으며 땅바닥에 앉았다. 그는 루손이 숨은 바위의 옆면에 몸을 기대며 말했다.

"쳇. 말은 그렇게 했지만 나 역시 겁나는군."

바위 아래에서 루손의 불만스러운 외침 소리가 터져나왔다.

"취! 그러니까 빨리 날아가자! 츄아! 너 어제 날았잖아!"

레이저는 불평스러운 얼굴로 루손에게 두 손을 내보였다. 그 손바닥은 진흙과 이끼로 범벅이 되어 있는데다가 작은 상처들로 가득했다. 루손은 그 손바닥을 바라보다가 고개를 들어 레이저를 올려다보았다. '그게 어쨌다는 거야?'라고 묻는 듯한 얼굴이었다.

"이 친구야. 난 어젯밤 새도록 산을 탔단 말이야. 도저히 마법을 쓸 수 있는 상태가 아니야. 기주를 못했기 때문에……, 관두지. 간단하게 말하겠어. 난, 쉬기 전엔, 마법 못 써. 알겠냐?"

"취, 왜!"

"원래 그래."

아무 생각 없이 대답하던 레이저는 문득 섬뜩함을 느끼며 루손을 바라보았다. 바위 그늘 아래에서 루손은 불만이 가득한 표정으로 그를 바라보고 있었다. 떠오르는 아침 햇살은 밤 동안 식었던 붉은 산맥의 사물에 온기를 던졌지만, 레이저는 시리도록 번뜩이는 루손의 글레이브를 보느라 온기를 느낄 새가 없었다. 그리고 레이저는 그와 오크들을 연결하는 하나의 점, 나크둠이 이미 죽었음을 떠올리며 조심스럽게 두 다리를 끌어당겼다.

마법을 쓰지 못하는 마법사는 무서울 것이 전혀 없다. 한시라도 빨리 달아나고 싶은 오크에게 있어 무력한 마법사는 짐만 될 뿐이며, 게다가 증오스러운 '인간'인 것이다. 레이저는 다급하게 들리지 않도록 말하려 했지만 그의 말은 상당히 다급했다.

"잠시만 쉬면 돼. 그럼 다시 마법을 쓸 수 있어."

말을 마치는 것과 동시에 레이저는 자신의 말을 후회했다. 루손이 그를 해칠 수 있는 기회는 지금뿐이라고 고함지르는 것과 마찬가지였기 때문이다. 레이저는 이제 다리를 거의 끌어당긴 채 여차하면 옆으로 몸을 날릴 준비를 했다. 루손은 레이저의 그런 모습을 무서운 시선으로 노려보다가 으르렁거리며 말했다.

"그럼 편히 쉬어! 그렇게 웅크리고서야 어떻게 쉬겠나? 멍청하긴. 취이익. 겁먹지 마! 내가 망을 볼 테니. 제기랄! 취키킥!"

말을 마침과 동시에 루손은 글레이브를 당겨쥐더니 아무런 주저 없이 바위 그늘 아래에서 나왔다. 레이저가 입을 쩍 벌린 얼굴로 바라보는 가운데 루손은 쏟아지는 햇살에 넌덜머리를 내며 가까운 나무 아래로 달려갔다.

루손은 그 나무 아래에 생긴 작은 그늘 속에 앉더니 글레이브를 무릎에 얹고는 주위를 살피기 시작했다. 루손에게 있어 햇살에 노출되는 것은 단순히 불쾌한 정도가 아니라 조금은 고통스럽기까지 한 문제일 것이다. 하지만 루손은 아무런 불평의 말 없이, 그저 눈 주위를 조금 일그러뜨린 자세로 가만히 앉아 있었다. 그 모습을 보던 레이저는 한숨을 내쉬고는 힘없이 손을 들어올려 이마를 닦았다. 이마와 함께 머릿속의 생각까지도 닦아낼 수 있었으면 좋겠다고 생각하며.

이마를 닦던 레이저의 손이 갑자기 멈췄다. 완전히 믿을 수 있을까?

몹시 부끄러운 일이었지만, 레이저의 머릿속으로 하나의 문장이 불길한 울음소리를 내며 떠돌았다. 별로 세련되지도 않고 기발한 것도 아니지만 지금의 그의 심정을 정확하게 표현하고 있는 문장이었다. '오크도 잠든 마법사라면 맨손으로 죽일 수 있다.'

레이저는 화급히 루손과의 추억들을 재점검해 보았지만, 불안한 마음 때문인지 즐거웠던 기억보다는 루손을 화나게 만들었던 기억만이 생생하게 떠올랐다. 어차피 그는 오크가 아니었고 그래서 오크들의 비위를 완전히 맞췄다고는 단정 지을 수가 없다. 따라서 루손은 그를 안심시켜서 잠들게 한 후에, 즉각적이고도 날렵하게 그의 목숨을 끊어놓을 것이다.

잠시 후, 레이저는 자신을 비웃기 시작했다.

이건 더하고 뺄 것 없이 완전한 피해망상이다. 그덴 산의 거인 때문에 신경이 너무 곤두선 까닭이다. 그래서 친구를 의심하는 것이지. 레이저는 자신의 감정을 깨끗이 정리했다. 그렇게까지 친구를 의심하느라 잠이 오지 않는다면, 레이저여, 머리나 굴려보자고. 네 녀석의 더러운 인간성이 고쳐지기를 바라는 것보다는 생각이나 하며 잠을 쫓는 것이 낫겠군. 이건 타협이야. 루손을 믿어서 잠들 수도, 믿지 못해서 신경을 곤두세우고 있을 수도 없다면……

'도움이 될 일을 생각하자.'

그래서 레이저는 생각했다.

'그덴 산의 거인이 이 시대에 튀어나와 고함을 지르고 바위를 던지는 이유는?'

정답: 입이 있고 팔이 있으니까. 내가 이렇게 대답할 경우 웃을 친구가 혹시 있을지 몰라도 나 자신은 포함되지 않아. 도대체 무슨 일이 일어나고 있는 것일까. 그덴 산의 거인이 죽었음은 의심할 바가 없는 역사다. 그렇다면 이 사태는 눈에 보이는 그대로의 것, 죽은 자가 제멋대로 되살아난 것에 해당한다. 죽은 자가 되살아나는 것은……

"콜리……"

레이저의 입이 무의식중에 열리며 그의 머릿속의 질문에 대답했다.

레이저는 자신의 말에 놀라서는 눈을 번쩍 떴다. 긴장한 청각과 시각은 주위를 세심하게 관찰하기 시작했지만 들려오는 것은 산허리를 휘감아도는 아련한 바람소리와 풀잎의 사르락거림, 그리고 오전의 햇살에 반짝이는 바위들뿐이었다. 붉은 산맥에 만연한 붉은 바위와 푸석푸석한 황토 빛 흙들로 주위는 건조했다. 레이저는 고개를 조금 돌렸고, 잔뜩 긴장해서는 그들이 넘어온 산봉우리를 주시하고 있는 루손의 모습을 보며 피식 웃었다. 따스한 봄날의 오전, 패배자의 모습으로 산등성이에 던져진 인간과 오크.

레이저는 다시 바위에 기대앉으며 생각했다.

이게 그것과 관련된 것일까? 신스라이프의 문제. 턴빌의 불가사의. 고양이와 꿈의 콜리. 되살아나기를 원하는 신스라이프. 아홉 개의 제물을 바쳐 부활하려 드는 정신나간 부자 노인. 그 재산 나나 주지. 젠장. 그 어마어마하다는 재산이 내게 굴러떨어진다면, 곧장 근사한 말 한 마리 사서는 디도스로 달려가는 거야. 헤게모니아의 모든 도박꾼들, 아니 바이서스와 일스의 도박꾼들까지 초청해서 사상 최대의 판을……

레이저는 간신히 자신을 수습했다. 정신 차리자. 음. 지금까지 몇 명의 목숨이 희생되었다고 했더라? 일곱인가, 여덟인가?

그 옛날 66년 전, 고양이와 꿈의 콜리의 프리스트들은 음침한 목소리로 신스라이프가 부활하도록 마법을 걸었다. '암흑 속에서 더 반짝이는 눈이 그대의 꿈을 보니……, 어쩌고저쩌고.' 그런데 그만 부작용이 일어나서 신스라이프 대신에 그덴 산의 거인이 부활한다. 이게 말이 되나? 레이저는 고개를 가로저었다. 부작용이라는 것은 어떤 마법에서도 일어날 수 있는 것이지만 이런 식의 부작용은 일어날 수가 없다. 콜리의 프리스트들은 분명히 신스라이프를 대상으로 마법을 걸었을 것이므로, 부작용 역시 신스라이프에게 일어나거나 그 마법을 건 콜리의 프리스트 자신들에게 일어나야 된다. 부활이 잘못되어 신스라이프 선생이 언데드가 된다거나 하는 부작용이라면 가능하겠지만 엉뚱한 녀석이 부활한다라……, 말이 안 된다.

그렇다면 이건 어떨까. 스펠이 처음부터 잘못 시전되었다는 가정이 가능할지도 모른다. '어라? 실수였나 봐. 다른 녀석이 살아났네?' 레이저는 하마터면 데굴데굴 구를 뻔했다. 킬킬킬! 콜리의 프리스트들이 그렇게도 멍청했을까? 흠.

"콜리와 신스라이프에 대해 조사할 것."

레이저는 또다시 무의식중에 말하고는 크게 한탄했다. 이래서는 안 돼. 마음속에 있는 것을 다 드러내어서야 어떻게 갬블러라고 말할 수 있단 말인가! 레이저는 자신을 준엄하게 꾸짖기 시작했다.

'그런데 그렇게 해야 되나?'

턴빌로 간다는 것은 입에서 뽀골뽀골 거품 방울을 피워올리며 그를 뒤쫓고 있을 도박사 패거리들의 손아귀 안으로 걸어들어 간다는 의미다. 레이저가 사고를 저지른 고스빌과 턴빌은 걸어서는 좀 멀고 말을 달리면 가깝고 칼 들고 뛰면 지척인 거리다. 즉, 누군가를 찔러주고 싶도록 미워하는 사람이 가로지르기에는 그렇게 먼 거리가 아니라는 말이다. 즉 복수를 위해서…….

'젠장, 복수!'

레이저는 갑자기 손을 꽉 움켜쥐었고 덕분에 뒤통수의 머리털을 한 움큼 뽑아버릴 뻔했다. 레이저는 기대앉았던 바위에서 몸을 일으켰다. 그걸 잊고 있었군.

찌르르르.

새울음 소리가 텁텁한 산 위의 공기를 가로질러 낮게 울렸다. 레이저는 불쑥 고개를 들어 주위를 살펴보았지만 들려오는 것은 루손의 작은 숨소리뿐이었다. 레이저는 다시 생각에 잠겼다. 복수. 그걸 잊고 있었군. 레이저가 아직까지도 그것을 깨닫지 못하고 있었던 까닭은 그 복수 대상이라는 것이 거의 천재지변에 속하는 것이기 때문이리라.

나크둠의 복수. 나크둠이 화렌차의 곁으로 돌아가게 된 까닭은 그 덴 산의 거인이 나크둠에게 의향을 물어보지도 않고 그에게 바위를 선물했기 때문이다. 그렇다면 나 역시 녀석의 의향을 물어볼 필요없이 상당히 인상적인 답례품을 보내줄 필요가 있다. 이것이 레이저의 결론이었다.

레이저는 루손을 불러들여 자신의 뜻을 전달했다.

"취, 취! 뭐야? 턴빌로 가겠다고?"

루손은 이맛살을 매우 찌푸리며 그를 올려다보았다. 레이저는 고개를 끄덕였다.

"그래. 나는 여기서 산맥을 내려간 다음 턴빌로 가겠어. 그곳에 가봐야만 알 수 있는 수수께끼가 생겼거든."

"무슨, 취이이이익! 무슨 수수께끼 말인가?"

"흐음. 너로서는 이해하기 어려운 말들이 될 거야. 간단하게 말한다면, 저 그덴 산의 거인이 되살아난 이유를 조사하기 위해서 거기 가는 거야."

루손은 불안한 표정으로 고개를 갸웃거렸다. 문득 루손은 레이저가 평소에는 잘 보여주지 않는 표정을 짓고 있다는 것을 알아차렸다. 인간이었다면 그것을 '어두운 복수심에 뒤덮인 이마', 혹은 '침침한 불꽃이 일렁이는 눈빛' 등으로 표현할 수 있었을 테지만 루손이 느끼기엔 그냥 보기 싫은 표정이었다.

"얼굴이 왜 그래? 취칙!"

"난 복수를 해야 돼, 루손."

"취! 보, 복수?"

"나크둠이 과연 이런 복수에 찬성할지 나는 확신할 수 없어. 어쨌든 내가 아는 한에서 가장 위대했던 오크의 복수를 인간이 맡게 된다는 것은 우스운 면도 있군. 하아……, 그래, 어쩌면 나는 대륙 역사상 가장 웃기는 복수자가 될지도 모르겠군. 오크의 복수자 레이저. 이건 파하스가 되살아나더라도 제대로 된 곡을 붙이긴 어렵겠군."

레이저는 빙글빙글 웃었지만 루손이 보기엔 여전히 꼴불견인 표정이었다. 레이저는 착 가라앉은 목소리로 말했다.

"하지만 하겠어."

루손은 이제 글레이브를 쥔 손을 덜덜 떨기 시작했다.

"취이카악! 그덴 산의 거인을 주, 주, 췻!"

"내가 루트에리노 대왕이라도 되는 줄 알아? 흐음. 내가 그 역할을 맡는다면 루손 네가 양치기 차넬의 역할을 맡겠는가? 키는 좀 모자라지만……"

"난 못해! 츄아!"

"시키지도 않아."

"췻췻췻! 그럼?"

"나는 그덴 산의 거인이 다시 일어난 까닭이 턴빌에 있을 거라고 생각해. 그래서 그곳으로 가서 조사해 보겠다는 거지."

"츄익?"

"그덴 산의 거인을 물리칠 방법을 알아내게 될지도 모르지. 아니, 알아내겠어."

루손은 잠시 어쩔 줄 몰라하는 듯한 모습으로 레이저를 올려다보았다. 그는 레이저의 몸이 제대로 되어 있는 것인지 궁금하다는 듯이 그의 머리에서부터 허리, 다리, 발끝의 순서로 훑어본 다음 다시 거꾸로 올라와서는 레이저의 얼굴을 바라보았다. 레이저는 웃고 있었다.

"나는 신성을 인정하는 유일한 마법 학파 올로레인의 후계자야. 오랫동안 잊고 살긴 했지만, 올로레인은 무지개의 끝에 있는 것보다는 무지개 자체에 참배하지. 그리고 나 역시 올로레인이야. 그덴 산의 거인이 유피넬과 헬카네스의 따님인 시간을 능멸하고 부활했다면, 그 친구는 내게 혹독한 대우를 받겠다고 공언한 것과 마찬가지야."

"취우, 취! 너, 멋있게는 보이는데, 무슨 말을 하는지는 모르겠군. 췻!"

"하하하……"

레이저는 웃으면서 손을 내밀었다. 루손은 의아한 표정으로 레이저의 손을 보았다.

"악수하고 헤어지지. 넌 이대로 지바스 혼으로 가서 오크들과 합류할 거지? 난 여기서 산을 내려가서 턴빌로 가겠어."

루손은 고개를 끄덕였다. 그러나 레이저의 손을 붙잡지는 않았다. 레이저는 의아한 표정으로 루손을 바라보았고 루손은 고개를 돌려 침을 탁 뱉었다.

"퉤! 츄! 흐음. 아무래도 우습군."

"뭐가?"

"나크둠의 복수를 인간이 맡는 것. 취췻!"

"그렇긴 해."

"취치치! 가자. 턴빌이라고 했지?"

레이저는 잠시 루손의 말을 이해하지 못했다. 내밀어진 손을 그대로 허공에 띄워둔 채 레이저는 루손을 바라보았다. 루손은 글레이브를 거꾸로 쥐더니 어깨에 올려놓으며 말했다.

"머리를 써! 취치직! 네가 마법사잖아. 나는 루손이고, 루손은 겁내지 않아! 너만이 나크둠의 은혜를 받았다고 생각하나? 취에엑!"

"나와……, 함께 가겠다고?"

"취! 너를 끌고 다니겠다는 말이지."

레이저는 얼빠진 얼굴로 루손을 바라보았다. 지금 이 오크가 뭐라고 말한 거지? 오크 주제에 인간 사회에 뛰어들겠다는 말인가? 어느 칼에 맞아죽을지 모르는 그 험악한 곳에, 오로지 복수를 위해서?

복수와 오크의 화렌차여. 당신의 아들들은 정말 불량 청소년이올시다.

"인간이……, 그래. 복수를 위해 오크 무리에 뛰어드는 인간은 없겠지. 용병 무리에 뛰어든다거나 산적이나 해적 무리에 뛰어드는 인간은 있을지 몰라도……. 그럼 나 너를 존경해야 되나?"

"치? 뭐라고?"

"아니. 혼잣말이야. 허헛, 뭐. 말이 안 될 것도 없군. 인간인 내가 오크인 나크둠의 복수를 하겠다는 거나, 오크인 네가 복수를 위해 인간들 틈에 끼어들겠다는 거나. 돌아버린 정도를 따지자면 우열을 가릴 수가 없겠군."

"츄츄츄! 무슨 말을 하는 거야앗!"

"아니, 아니. 좋아. 너 그게 가능하다고 생각하는 건가?"

"취아, 왜 가능하지 못해? 양치기 차넬과, 취칫! 신궁 우타크도 거인에게 찾아갔다. 취치. 나도 인간들에게 찾아간다. 안 될 게 뭐냐?"

"좀 비교가 되는 것을 비교해라. 거인은 인간들을 깔보았기 때문에 그런 것이지. 하지만 인간들은 오크를 깔보지 않아. 네가 턴빌에 발을 들여놓으면 그 즉시 턴빌 경비 대원들 중에는 오크 슬레이어가 탄생하게 될 거야."

"취엑. 속이지! 당연히."

"속인다고?"

"양치기 차넬과 신궁 우타크가……"

"으윽. 제발 좀 참아줘, 루손!"

"취이! 무슨 말이든 마음대로 해봐라. 난 나크둠의 복수를 한다. 취칫!"

레이저는 더 심한 말을 떠올리기 위해 애썼다. 하지만 그의 마음속에서는 이미 결심이 많이 꺾이고 있었다. 그는 루손이 고집을 부리면 얼마나 지독해지는지 잘 알고 있었다. 게다가 맨몸으로 턴빌로 찾아가는 것보다는 글레이브 하나가 따라오는 것도 좋지 않은가. 그 글레이브를 쥔 것이 인간이냐 오크냐 하는 것은 중요하지 않다. 글레이브를 잘 다루느냐 못 다루느냐와 그의 친구이냐 아니냐가 더 중요한 것이다. 그런데 루손은 글레이브를 잘 다루며, 그의 친구인 것이다.

레이저는 마지막으로 한 번 더 만류해 보기로 했다.

"음. 그런데 나크둠이 없는 이상 자네가 남은 오크들을 잘 이끌어야 되는 거 아닌가? 나크둠의 오른팔이었던 자네가 없어진다면 지바스 혼으로 간 오크들은 누가 다스리지?"

루손은 입을 좀 벌린 채 멍한 얼굴로 레이저를 바라보았다. 도대체 무슨 말을 하는 것인지 이해할 수 없다는 표정이었고, 그 표정을 보면서 레이저는 자신의 실수를 깨달았다. 이런, 마치 인간처럼 말했군. 지바스 혼으로 달려간 녀석들은 스스로를 충분히 돌볼 수 있겠지. 오크는 지도자가 없어도 잘 해나갈 수 있는 녀석들이고, 반대로 지도자가 있다고 해서 월등히 조직적으로 움직이거나 하지도 않는다. 그게 오크다.

"어째, 나는 오늘 오전 내내 너를 황당하게 만들고 있는 거 같군. 미안해."

"취이익! 사과하는 것은 좋은데, 뭐에 대해 사과하는 거냐?"

"나도 모르겠어. 좋아……. 그런데, 너 정말 나와 같이 갈 건가?"

"물론! 나크둠의 복수라면!"

레이저는 더 이상 루손을 달래지 않기로 결심했다. 어쩐지 더 달래어서 루손의 마음을 돌려놓으면 후회하게 되는 것은 자기 자신일 것만 같은 기분이 들었기 때문이다.

"좋아. 함께 가자."

루손은 진지하게 고개를 끄덕였다. 레이저 역시 진지한 태도로 말했다.

"맹세하지. 나크둠의 복수의 그날까지, 우리는 같이 살고 같이 죽는다. 나크둠을 죽인 것은 그덴 산의 거인이며, 우리는 무슨 수를 써서든 그 녀석이 다시 살아난 이유를 알아낸 다음, 녀석을 원래 있어야 할 위치로 돌려보낸다. 즉 과거로 보내버리는 거야."

"이봐, 취이칫! 거인을 죽인다로 바꾸지?"

"그게 그 말이야. 녀석은 이미 한 번 죽었던 녀석이란 말이다. 알겠나?"

"츄으……, 좋아."

루손은 말을 마친 다음 곧장 글레이브를 당겨 잡았다. 글레이브의 칼날 밑 부분을 잡은 루손은 그것을 마치 대거처럼 사용하여 자신의 오른 손바닥을 베었다. 루손은 글레이브를 그대로 앞으로 내밀었고, 레이저는 그것을 받아든 다음 주저 없이 자신의 오른 손바닥을 베었다. 쉭. 글레이브는 미끄러지듯 움직였고 곧 손바닥에서는 새빨간 피가 솟아올랐다. 레이저는 잠시 눈을 찡그렸지만 아무 말 없이 글레이브를 땅에 거꾸로 박은 다음 손을 내밀었다. 루손은 내밀어진 레이저의 손을 힘껏 마주 쥐었다.

그들이 함께 사랑하는 오크의 죽음에 대해 복수하기 위해. 인간과 오크는 둘의 피를 섞었다. 인간과 오크가 싸움 이외의 목적으로 서로의 피를 섞게 된 것은 두 종족이 대지를 걷게 된 이후 이것이 처음이었다. 레이저와 루손은 진지한 태도로 맹세의 말을 합창했다.

"내 몸 속엔 네 피의 맹세가 흐른다. 나를 죽이지 않고서는 넌 피의 맹세를 잊을 수 없다."

오크식의 피의 맹세를 끝낸 인간과 오크는 잠시 서로의 눈을 들여다보았다. 루손의 눈은 뜨거운 복수심으로 타오르고 있었다. 하지만 레이저의 눈은 좀 엉뚱한 빛을 내고 있었다. 레이저는 루손의 위아래를 천천히 훑어보더니 고개를 가로저었다.

"그런데 아무래도 문제가 좀 있군."

"뭐? 문제라니? 츄츄츄!"

"네 그 모습 그대로 인간 사회에 들어가면 어느 도시의 경비 대원들이라도 칼을 빼들고 볼 텐데, 그건 좀 달갑잖단 말이다. 네 모습을 좀 바꿔주겠어. 물론 오랫동안 바꾸지는 못하지만 어쨌든 인간들 틈에 들어가도 들키지 않을 정도는 해둬야 하지 않겠어."

루손의 얼굴에 경계심이 떠오르지는 않았다. 하지만 레이저는 루손이 뒤로 두 발자국 물러나는 것을 보고서 루손이 경계하고 있다는 것을 충분히 알아차릴 수 있었다. 루손은 쥐어짜는 목소리로 말했다.

"나, 취, 나, 츄츄츄! 나에게 마법을, 취킥! 마법을 걸 거야?"

"응."

루손은 험악하기 짝이 없는 얼굴로 레이저를 쏘아보았다. 그러나 길게 말하지는 않았다.

"취! 좋아!"

레이저는 내색하지 않았지만 속으로는 진한 감동을 느끼고 있었다. 오크를 사귄 것은 내 인생에 있어서 커다란 행운이야. 엘프나 드워프는 별로 재미없는 종족이지. 멍청한 인간 녀석들. 이 종족을 보라고. 도대체 어떤 인간이 자신의 목적을 위해 오크들 틈에 끼어들 생각을 떠올릴 수 있겠어? 하지만 눈앞의 루손은 그것을 받아들이고 있는 것이다.

레이저는 더 이상 다른 말 없이 팔을 걷어붙이기 시작했다. 별 필요 없는 동작이지만 마음을 가라앉히고 싶었다. 루손은 그 모습을 보며 불안한 듯이 코를 벌렁거렸다.

"음, 츄! 취. 너 마법 못한다고 하지 않았냐?"

"하늘을 나는 마법은 못한다고 했던 거야. 어제 기주했던 마법 중에 쓸 만한 것이 있어. 음……, 괜찮다면 널 암컷으로 만들어주겠어."

루손은 입을 쩍 벌렸다.

"암, 츄아! 암컷?"

"요즘은 헤게모니아도 바이서스나 마찬가지지만, 그래도 아직은 인간 사회에서 암컷은 여러 가지로 유리한 대우를 받을 수 있으니까. 너희들도 마찬가지잖은가? 수컷이야 언제 죽을지 몰라도 암컷은 그럴 일이 없잖아. 인간들도 마찬가지지. 네가 뭘 실수한다 하더라도 네 모습이 여자라면 시비를 걸거나 하지는 않을 거야. 하다못해 이런 경우라도, 그러니까 네가 음식을 사납게 먹더라도 네 모습이 수컷이라면 '저게 웬 오크 같은 새끼야?' 하겠지만 암컷이라면 점잖게 외면해 주는 예의를 기대할 수도 있겠지."

루손은 어처구니가 없었다. 이 인간 녀석. 원래 우리들과 사귈 정도로 황당하다는 것은 알고 있었지만 이 정도였나? 그러나 레이저는 전혀 이상할 것도 거리낄 것도 없다는 듯한 태도였다. 무슨 말을 해야 될지 고민하던 루손은 레이저가 서서히 손을 들어올리는 것을 보고서는 황급히 말했다.

"자, 잠깐! 취치칙! 지금 하는 거야?"

"응."

"어, 츄! 아프거나, 음! 취이킥! 피를 낸다거나……"

"그런 건 없어."

"나, 츄, 나는 어떻게 해야 되지? 취췻!"

"그냥 가만히 서 있으면 돼. 지금 그대로."

"츄르르르……. 좋아. 하자!"

루손은 이를 악물고는 어깨로 숨을 쉬기 시작했다. 레이저는 그 모습을 보며 미소 짓다가 곧 미소를 지우며 빠르게 캐스트를 시작했다.

별것 아닌 것처럼 말하기는 했지만 레이저는 자신이 지금 하려는 일이 어느 정도의 일인지를 모르지는 않았다. 생물의 정신은 그 겉모습과 밀접한 관련을 지니고 있다. 물고기나 새의 정신세계에서는 3차원적인 위치가 훨씬 중요할지도 모른다. 인간에겐 사방을 나타내는 단어(앞, 뒤, 좌, 우)면 충분하지만, 새나 물고기라면 360×360 전방위를 나타내는 단어(예컨대 좌측 전방 위로 45도 방향을 가리키는 단어)가 필요할 것이다. 때문에 모습이 바뀐다는 것은 그 생물의 정신에 엄청난 혼란을 주게 된다. 조악한 예이지만, 아무리 현명한 인간이라도 그에게 꼬리가 생긴다면 그것을 어떻게 다루어야 될지에 대해 곤혹스러워하게 될 것이다. 실상 인간은 자신의 팔이나 다리를 움직이는 법에 대해서도 잘 모른다. 자연스럽게 그렇게 되는 것이기 때문이다.

드래곤처럼 강력한 지성과 이성을 가진 존재는 폴리모프했을 때도 큰 충격을 받지는 않는다. 드래곤이기 때문이다. 그러나 인간은 매우 힘들어한다. 어떤 마법사도 자신의 모습을 바꿔버릴 수는 있지만 그 모습에 어울리는 익숙한 동작을 보여주기 위해서는 상당한 훈련을 거쳐야 한다.

그렇다면 오크는 어떨 것인가.

레이저는 강구할 수 있는 모든 안전장치를 다 구사하기로 결심했고, 그래서 캐스팅 타임은 퍽이나 길어지게 되었다. 그 시간이 길어지면 길어질수록 루손은 더욱 겁을 집어먹었고 결국 10분쯤 뒤, 루손은 처음의 그 당당하고 곧은 자세를 잃어버린 채 거의 정신 착란을 일으킬 듯한 공포 속에서 간신히 쓰러지지 않고 서 있었다. 마법은 인간에게도 두려운 것이며 오크에게라면 두말할 나위가 없다. 결국 캐스트의 마지막 순간이 찾아왔을 때까지 루손이 쓰러지지 않은 까닭은 그의 자존심이나 정신력보다는 나크둠의 죽음에 대한 복수심 때문이었다.

"폴리모프 아더!"

마법은 불가사의한 것이다. 얼마나 불가사의한가 하면, 마법에 걸린 루손보다 마법을 시전한 레이저가 더 놀라버릴 정도로 불가사의한 것이다.

루손은 자신의 모습이 변하는 것을 볼 수 없었기 때문에 의외로 별 느낌이 없는 변화에 실망했다. 하지만 레이저는 캐스트가 끝난 순간, 어금니가 멋진 그의 친구 루손에게 일어나는 변화를 똑똑히 볼 수 있었다.

키가 불쑥 커졌다. 루손은 이제 레이저와 비슷한 정도까지 커졌다. 그리고 루손의 허리는 원래의 그의 목둘레와 비슷할 정도로 가늘어졌다(루손의 목이 오크치고도 유별나게 굵긴 하다.). 일그러진 고깃덩이 비슷하던 그의 양볼은 붉은 기가 살짝 감도는 팽팽한 여인의 볼로 변했고 팔다리는 원래 굵기의 반도 되지 않을 정도로 가늘어졌다. 머리에서 자라난 다갈색 머릿결은 어깨를 살짝 덮을 정도의 길이가 되어 가녑게 물결쳤다. 원래 걸치고 있던 갑옷은 이제 레이저의 머릿속에 담겨 있는 파의 복장으로 바뀌었다.

그래서 레이저는 루손이 코를 벌름거린 순간 땅을 뒹굴며 웃을 수밖에 없었다.

"푸핫하하하!"

"어, 뭐야, 흐응, 어어?"

루손은 레이저의 행동을 보고 놀랐고, 그 놀라움을 표현하는 자신의 목소리가 가늘고 새된 목소리로 변한 것에 놀랐고, 당황하여 앞으로 걸으려다가 익숙지 않은 다리의 길이 때문에 놀랐다. "으아아!" 쫘당탕! 결국 루손은 레이저의 앞에 나동그라지고 나서야 자신의 팔다리를 보게 되었다. 루손은 공포에 빠져버렸다.

"내, 내 팔이! 흥! 내 다리가? 어어? 흐흥! 내 목소리가?"

루손은 자신의 목을 만지다가 익숙지 않은 느낌에 기겁했다. 루손의 손은 그대로 자신의 얼굴을 더듬었고 머리카락에 손이 닿자 루손은 마치 뱀이라도 만진 것처럼 질겁하며 손을 뗴었다. 바쁘게 내려온 손은 이제 가슴을 더듬었고 루손은 그만 울고 싶어졌다. 그러나 루손은 울고 싶어진다는 감정을 느낀 자신에 대해 더욱 놀랐다. 루손의 손이 가랑이 사이로 들어가는 것을 보고서 레이저는 웃는 와중에도 얼굴을 좀 붉혔다. 그러나 루손의 절망감(?)은 상상을 초월할 정도였기에 레이저의 그런 모습은 그의 눈에 들어오지 않았다. 루손은 입을 쩍 벌린 채 숨 막히는 소리로 말했다. 아니, 말하려 했다. 그러나 레이저가 먼저 화급히 그의 말을 막았다.

"아아, 그래. 말했잖아. 암컷이라고. 그건 없어졌어."

루손은 기겁하며 바지를 벗으려고 했지만 손가락의 길이나 모양이 익숙하지 않아서 그 동작은 쉽지 않았다. 게다가 레이저가 황급히 말렸다.

"걱정 마, 걱정 마. 내가 마법만 풀면 다시 원래 모습으로 돌아갈 테니까. 루손, 정신 차리라고!"

그러나 당황한 루손의 귀에는 아무 말도 들어오지 않았다. 루손은 코를 벌름거리려다가 더욱 황당한 기분을 느껴버렸다.

"흐응, 흥! 이, 이거, 콧소리가? 흐으응!"

"잠깐, 잠깐만! 이봐, 루손! 정신 차려. 그러다가 콧물 나오겠다. 코의 구조가 바뀌었잖아. 음. 일어설 수 있겠어? 이보라고, 루손, 일어나 보라고. 응?"

루손은 얼빠진 모습으로 레이저를 올려다보고 있었다. 레이저가 몇 번이나 더 재촉하고 나서야 루손은 간신히 일어날 생각을 했다.

"팔을 내밀어 봐, 잡아줄 테니. 루손! 손을 줘야지?"

"파, 팔 길이가?"

루손의 몸이 기억하던 팔다리의 길이가 완전히 변했기 때문에 루손은 레이저의 손에 자신의 팔꿈치를 얹고 말았다. 몇 번의 실수 끝에 루손과 레이저는 간신히 손을 마주잡을 수 있었다. 하지만 루손의 변화에는 보다 심각한 문제가 있었다. 몸무게가 변했으며, 게다가 그 무게의 분포마저도 오크였을 때와는 전혀 달라져 있었다. 원래 허리 쪽에 상당한 무게가 걸려 있던 루손은 가슴과 골반 쪽으로 많은 무게가 옮겨가자 도통 균형을 잡을 수 없었다. 결국 루손은 그를 부축하고 있던 레이저와 함께 나동그라지고 말았다. "아이고!" "흐으응!" 성숙한 여인의 몸을 껴안고 나동그라지면서 레이저는 슬프게 생각했다. 결국, 붉은 산맥에서도 여자를 안을 수는 있었군. 그게 오크라는 것이 문제지만. 아으윽.

"자네와 파가 쫓는 무지개는 무엇이지?"

파하스는 손에 쥐고 있는 하프를 향해 말하듯이 질문했지만 쳉은 그 질문이 자신에게 던져진 것임을 깨달을 수 있었다. 이 여관방 안에 있는 사람은 물론 세 명이었지만 파는 건너편 침대에 드러누운 채 세상모르고 잠들어 있었으니까. 저렇게 피곤했나? 그래서 쳉은 간단하게 대답했다.

"파의 언니입니다."

쳉과 파의 침대 사이에 앉아 있던 파하스는 여전히 하프의 현을 어루만지며 말했다.

"너는 애인의 언니를 추적하는 거냐, 애인의 동생을 데리고 추적하는 거냐? 아니면 애인을 고르기 위해 둘을 한자리에 모아놓으려고 날뛰는 거냐?"

쳉은 무례하다고까지 말할 수 있는 방식으로 질문을 회피했다.

"죽을 겁니까?"

하프의 현을 조율하던 파하스의 손이 멈췄다. 그는 하프의 현 사이로 침대에 누워 있는 쳉의 얼굴을 바라보았고 그래서 파하스의 눈에는 쳉의 얼굴이 세로로 조각나 있는 것처럼 보였다(조각나 있다고 해서 원래 없던 표정이 생겨나진 않았지만.). 파하스는 하프를 테이블 위에 내려놓고는 역시 그곳에 놓여 있던 쳉의 술병을 들어 잔에 따르며 말했다.

"모르겠다."

술을 다 따른 파하스는 설명이 좀 부족하다고 느꼈다.

"누군가에게 납치당해 눈을 가려진 채 네가 알지 못하는 곳에 내팽개쳐진다면 넌 어떻게 할 거야?"

쳉은 베개를 조금 높인 다음 말했다.

"옛이야기에나 나올 상황이군요. 여기가 어디냐고 물어본 다음 제가 아는 사람, 혹은 장소로 돌아오려고 하게 될 겁니다."

"난 이 시대에 내팽개쳐졌어. 누가 그랬는지도 모르는 상태로."

"돌아가겠다는 말이군요."

"안식으로."

파하스의 목소리에는 짙은 감정이 담겨 있었지만 쳉은 그 감정이 무엇인지 알 수가 없었다. 이만 잠들었으면 좋겠는걸. 저 작자는 100년 동안 잤기 때문에 잠이 별로 필요없나? 파하스는 갑자기 몸을 뒤틀더니 의자에 앉은 채 다리를 쳉의 침대 위로 올려 편한 자세가 된 다음 배 위에 두 손을 모아 깍지를 꼈다.

"넌 죽어본 적이 없어서 모르겠지. 게다가 100년을 뛰어넘은 적도 없고. 이봐, 뭐 하나 물어보지. 자넨 매일 죽음을 생각하며 살아?"

"그렇지 않습니다. 매일같이 죽음에 대해 생각하며 사는 사람은 별로 없습니다."

"나도 마찬가지였어. 재수 없으면 자고 있던 집에 불이 나서 죽을 수도 있고, 낙마해서 죽을 수도 있고, 그렇지 않으면 자객의 단검에 꿰여 죽을 수도 있었지. 내겐 원한 가진 남자들이 많았거든. 그 녀석들도 이젠 다 죽었겠군. 고인들에게 명복 있기를. 진혼곡은 나중에. 어쨌든 난 다른 사람 못잖게 죽음의 위협을 받고 있었지만, 그래도 죽음에 대해서는 생각하지 않았단 말이야. 그런 걸 계속 생각했다간 도무지 살 수가 없으니까. 생각해보라고. 미인에게 키스하면서 그녀의 죽음을 생각해서야……, 죽은 뒤 썩어서 해골바가지 위에 너덜거리는 그 뭉그러져 가는 입술의 감촉을 상상해서야 어떻게 제대로 키스할 수 있겠어?"

"예. 그렇습니다."

파하스는 쳉의 단순한 대답에 약간의 초조함을 느끼며 말을 이어나갔다.

"아무도 죽음을 계속 생각하며 살지는 않잖아. 그렇지?"

"예."

"그런데 나는 이미 죽어봤단 말이야. 이걸 도대체 어떻게 설명해야 될까. 음. 자네 총각이야?"

"묻는 이유가 뭔지 모르겠습니다만."

순간 파하스의 눈이 조금 짓궂은 빛을 띠었다.

"여인과의 꿈 같은 밤, 모든 총각들의 환상이지. 하지만 실제로 겪어보면 그거 시시하지. 살인을 해본 적은 있나?"

쳉은 파하스의 눈을 똑바로 바라보다가 조금 전과 똑같은 대답을 했다.

"묻는 이유가 뭔지 모르겠습니다만."

"살인도 마찬가지지. 애써 피하려 들지만, 피치 못할 이유에서든 절실한 이유에서든 누군가를 죽이게 되면 두 번째 살인부터는 그다지 충격이 없게 되지. 이때부터 타인의 생명이라는 것이 부질없게 보이게 되지. 이해가 되나? 그래. 이게 예로서는 더 낫군. 살인을 원하는 녀석은 없지. 하지만 한 번 누군가의 숨통을 끊어버리면, 그 다음부턴 살인은 귀찮고 골치 아픈 일일지는 몰라도 슬픈 일은 아니게 돼. 동정심이라는 것이 사라지지. 죽음도 마찬가지야. 매일같이 잊으려 애써왔고 가까스로 피해 왔던 거, 실제로 닥쳐보면 그게 얼마나 허망한 것인지 알게 돼. 이때 '팍!' 하고 각성은 찾아오게 되지."

파하스는 극적으로 말을 맺으며 쳉의 눈치를 살폈지만 쳉은 긴장하지도 호흡 소리를 낮추지도 호기심 어린 눈빛을 보내지도 않았다. 저 골렘만큼의 감수성도 없는 녀석 같으니라고.

"죽음을 애써 잊어가면서까지 지켜온 삶이 얼마나 부질없는가 하는 각성이지. 생존 욕구라는 것은 죽음을 피하려는 욕구야. 하지만 죽음을 겪어버리면 그 반대 개념으로서의 생존 욕구도 사라지지."

쳉은 물끄러미 파하스를 바라보다가 짧게 말했다.

"당신의 마지막은 사이들랜드 대평원에서였다고 들었습니다."

파하스의 얼굴이 조금 창백해졌다.

"그랬어."

"사이들랜드 대평원을 떠돌며 호흡이 끊어질 때까지 하프를 타고 노래를 부르다가 걸으며 죽었다고 알고 있습니다. 당신이 정확하게 언제 죽었는지는 아무도 모른다지요. 왜냐하면 당신은 죽고 나서도 계속해서 걸었고 노래했고 하프를 탔으니까. 어쩌면 당신은 사이들랜드 대평원에 도착한 순간에 이미 죽었을지도 모른다고 말하는 사람들도 있더군요."

"재미있는 전설이군."

"사실입니까?"

파하스는 대답하지 않았다. 쳉은 잠시 고민하다가 다른 말을 꺼내기로 결심했다.

"내일 일을 결정하도록 합시다, 파하스. 나는 파와 함께 하던 일을 계속할 겁니다. 당신은 어쩌시겠습니까?"

파하스는 이 말에도 대답하지 않았다. 대신 다른 말을 꺼냈다.

"고향엘 와봐도 별 감동은 없어. 기억하는 모습과 너무 달라."

"그런가요."

"오히려 환멸을 느끼게 되는 것 같군. 첫사랑이었던 이웃집 누나를 사창가에서 발견하게 된 것과 비슷한 기분일까. 사내들은 무례해졌고, 아가씨들은 뻔뻔해졌군. 오늘 저녁만 해도 그래. 젠장!"

쳉은 저녁에 다른 여관에서 일어났던 작은 사건을 생각하며 짧게 미소 지었다. 다른 손님들이 있긴 하지만 세 사람 정도는 끼여 잘 수 있을 거라는 말에 쳉은 고개를 끄덕였고 파는 신경도 쓰지 않았다. 다만 파하스는 주인장을 삿대질하며 '당신 포주야?' 등의 말을 해서 커다란 싸움판을 벌일 뻔했다. 파가 다급하게 불러댄 이름("파하스! 진정해요.")을 듣고 주인장이 무슨 상상을 했는지는 자명하다. "미친 놈을 재울 수는 없어. 자살을 하거나 다른 손님들에게……" "이 자식, 말 다 했냐!" 결국 세 사람은 그 여관을 나와서 파하스를 몹시 교육시킨 다음에야 이 여관으로 들어오게 된 것이다.

파하스는 우울한 표정으로 말했다.

"나는 도대체 어떻게 된 존재일까……"

"프리스트들에게 물어보는 것도 좋겠지만, 하지만 내 생각으로는 우리와 계속 함께 있어주길 바랍니다."

파하스는 고개를 휙 돌려 쳉을 바라보았다.

"왜지?"

"제가 찾고 있는 무녀는 퓨처 워커입니다. 그런데 당신의 문제는 엉뚱한 시간에 떨어진 것에 대한 것 아닙니까? 잘 알지는 못합니다만 어쩌면 그녀는 당신의 문제에 대해 해답을 줄 수 있을지도 모르겠습니다."

"그렇게 생각하나?"

"모르겠습니다. 우리가 제일 처음 당신을 발견했다는 것 때문인지는 몰라도, 어쨌든 책임감 같은 것이 느껴집니다. 잠깐, 그렇게 기분 나쁜 표정 짓지 마십시오. 당신을 어린애 취급하는 것은 아닙니다."

파하스는 가슴 깊은 곳에서부터 한숨을 꺼내었다.

"자신을 둘러싸고 있는 사회에 대해 제대로 이해하지 못하고 있다는 점에서는 어린애나 마찬가지야."

"그 외에도 뭐, 대시인 파하스라면 유쾌한 길 친구가 될 거 같습니다. 당신의 노래를 들어보았다는 것은 영원한 자랑거리가 될 겁니다. 미 같은 무녀가 아니라면 이 시대의 사람들로서는 불가능한 일이겠지요."

쳉은 파하스가 기뻐할 거라고 생각했기 때문에 파하스의 표정을 보고는 좀 당황했다.

"잠깐, 조금 전에 뭐라고 했나? 미 같은 무녀? 자네가 추적하는 무녀의 이름이 미인가?"

"그렇습니다만."

파하스는 당황한 표정으로 고개를 돌려 파를 바라보았고 쳉은 의아한 얼굴로 몸을 일으켰다. 파하스는 시트를 뒤집어쓴 채 잠든 파의 모습을 바라보며 고개를 갸웃거렸다.

"이게 도대체 어떻게 된 일이야……. 아, 이봐. 파 양은 바이서스 어를 모르나?"

"알 리가 없지요."

"그래서였군! 가자."

파하스는 벌떡 일어나며 침대 옆에 기대 세워 두었던 검을 잡았다. 쳉은 그에게 묻는 듯한 시선을 보내었고 파하스는 답답하다는 듯이 설명했다.

"젠장, 어른이 가자고 하면 어서 일어날 것이지! 오늘 오후에 들렀던 그 주점 기억하지? 싸움이 일어날 뻔했던 주점 말이야. 그 주점에서 자네를 도와주기 위해 일어났던 그 검사 기억하나?"

"예. 눈빛이 매섭던 검사 말이군요."

"그 검사는 자기 동료와 바이서스 어로 이야기를 나눴네. 난 그들이 외국어를 사용하기에 그들의 이야기를 조금 엿들었어. 그런데 그들의 대화에서 미라는 여자에 관한 이야기가 나오더군. ……이봐, 쳉? 기다려! 같이 가자고!"

파하스는 쳉을 뒤쫓아 달려가다가 쳉이 걷어찬 문이 되튕겨 오는 바람에 얼굴을 강타당할 뻔했다. 저 골렘 같은 녀석이 왜 저렇게 발광을 하는 거야? 파하스는 검을 찰 사이도 없이 손에 그 커다란 검을 쥐고 좁은 복도를 힘겹게 달려야 했다.

"이봐, 쳉! 서라고!"

두 사람이 나간 방 안은 다시 고요해졌다. 열린 방문으로부터 불어온 바람에 테이블 위에 놓여 있던 등잔불이 가볍게 일렁거리기를 몇 번. 파의 침대에서 시트가 조용히 미끄러졌다. 그리고 그 안에서부터 자신이 감당할 수 있는 한계를 넘어선 잔인한 결심을 한 사람이 나타났다.

파는 조용히 시트를 정돈해 놓고는 등잔불을 훅 불어 끄고 파하스가 뛰쳐나가며 넘어뜨린 의자까지 똑바로 세워놓았다. 그리고 역시 파하스가 열어젖힌 방문으로 나온 파는 문을 조심스럽게 닫아놓았다. 옆방 손님들의 안면을 방해하지 않겠다는 듯이. 그 동작마저 끝내고 나자 파는 더 이상 시간을 끌 수 없게 되었다.

'나는 할 수 있는 것을 다했어. 젠장. 이제 쳉 네가 나를 막지 못한다면 그건 네 실수야. 아니, 운명이 그런 거야. 그렇게 되는 거라고.'

파는 이렇게 되지도 않는 말을 속으로 웅얼거린 다음 조금 전 쳉과 파하스가 달려갔던 복도를 빠르고 조용한 발걸음으로 걸어갔다.

"네 사촌 형, 신차이는 어떤 사람이지?"

"누군가를 독살해야 된다면 방울뱀의 독을 모아 1파인트 잔을 넘치도록 채운 다음, 상대에게 그것을 간절히 마시고 싶은 욕망을 느끼게 만들어준 후, 그것을 마시고 쓰러진 상대의 모습을 내려다보며 곰곰이 생각하지. 정말 죽었을까."

이 녀석은 가족과 고향에 대한 이야기에서만 말이 길어지는군. 그란은 미소를 짓지 않았을 뿐만 아니라 감탄사도 표현하지 않음으로써 운차이를 실망하게 만든 다음 천천히 말했다.

"편집증이 있나?"

"아니. 괜찮은 사나이라는 뜻이다. 그런데 왜?"

"……네 고향에서는 그게 괜찮은 사나이의 표본이냐?"

"흐음. 그래. 이 말은 사내의 세 가지 덕목을 약간 은유적으로 나타낸 말이지. 성실함, 이해심, 신중함. 방울뱀의 독을 1파인트나 모았으니 성실한 것이고, 강제로 마시게 하지 않고 상대로 하여금 마시고 싶어지게 만들었으니 이해심 있는 것이고, 1파인트나 되는 맹독을 마신 상대가 혹시 살아날지도 모른다는 점까지 의심하니 신중한 것이지."

"나라면 그건 바보의 세 가지 덕목이라고 말하고 싶군. 어쨌든 말인데, 그 이야기나 다시 들려주게. 자네 사촌 형이 목검으로 서펀트를 죽였다는 이야기."

"왜?"

'밤은 길고 그래도 인간 같은 네리아는 미를 간호하느라 정신이 없으니 너를 상대해야 되는데다가 우리가 오늘 하루 종일 돌아다녔으니 만일 이 도시에 후작이 있다면 우리 동정을 파악했을 것이고 그렇다면 우리는 습격에 대비해서 불침번을 서야 되는데 불침번을 서며 보내어야 할 밤은…… 역시 기니까.'라고 대답하는 대신, 그란은 이렇게 말했다.

"심심하니까."

"내 가족사가 네겐 심심풀이 물파이프냐?"

"왜 그게 말이 안 된다는 거지? 자네가 그때 말하던 방식으로 말해볼까. 신차이는 목검으로 서펀트를 죽였다. 그러나 목검으로 서펀트를 죽일 수는 없다. 이래 가지고서는 삼단 논법도 되지 않아."

"삼단 논법이라고 말한 적 없다."

"아아."

"……거기에는 생략된 말이 있지."

"뭐지?"

"인간은."

인간은? 그란은 이 말이 어느 부분에 들어가야 되는지에 대해 잠시 고민했다. 그러나 주어가 들어갈 수 있는 부분은 어차피 한 군데뿐이었다.

"인간은 목검으로 서펀트를 죽일 수 없다?"

운차이는 그란의 말에 긍정도 부정도 보내지 않고 파이프만 만지작거렸다. 삼단 논법을 완성한 그란은 그 결론에 당황하며 운차이를 똑바로 바라보았다.

"네 사촌 형이 인간이 아니라는 말이야? 너처럼?"

"응? 그거 무슨 말이지?"

"농담하냐는 말이다."

운차이는 싸늘하게 웃었지만 그 웃음은 길지 않았다. 파이프를 깊이 문 운차이는 약간 튀는 발음으로 나직하게 말했다.

"그건 낭만적이기도 하고 슬프기도 한 이야기야. 우리 사촌 형의 어머니, 즉 나의 고모님은 아름다우신 분이었다. 얼마나 아름다우냐 하면 신혼여행의 해변 산책에서 머맨에게 납치당할 만큼."

"머맨에게? 으음……"

"내 사촌 형은 고모님이 다시 인간 사회로 돌아오고 낳은 아이지."

"아버지를 알 수 없다는 말이군. 하지만 인간과 머맨 사이에 자식이 나올 수 있나?"

"모르지."

"너는 그렇게 의심한다?"

"말했듯이, 그는 서펀트의 장례식을 주관한 자니까. 그게 의심의 요건으로는 부족하다는 것은 나도 인정한다."

"나 이거 참. 머맨의 자식이라고? 그럼 오세니아와 시무니안의 자식이란 말이지……. 허헛, 참."

너털웃음을 터뜨리며 말하던 그란은 운차이의 핏발 선 눈을 보고는 깜짝 놀랐다. 운차이는 입에 문 파이프를 빼내며 다급하게 말했다.

"잠깐, 뭐라고?"

"……내가 시적인 표현을 쓴 것이 그렇게 경악스럽냐?"

"이런, 제기랄! 누가 그런 시시껄렁한! 그럼 오세니아와 시무니안의 자식? 그렇군. 머맨과 인간 사이의 자식이라면, 그거 그렇게 부를 수도 있군. 그렇다면……!"

운차이는 팽창할 대로 팽창한 동공으로 그란을 바라보았고 그래서 그란은 퍽 불쾌해졌다.

"눈싸움하자는 거냐?"

그러나 운차이는 그란의 불평은 안중에도 없었다. 운차이는 평소에 거의 하지 않는 말, 즉 혼잣말을 중얼거렸다.

"갈매기와 희구의…… 그림 오세니아. 대지와 회상의 시무니안……, 희구와 회상……"

다시 한번 불평을 터뜨리려던 그란은 불평의 말이 입천장쯤에 달라붙는 것을 느꼈다. 그러고는 운차이의 얼굴에 떠오른 표정을 정확하게 재현해 내었다. 희구와 회상이라고? 희구는 바라는 것, 미래로 향하는 소망. 회상은 돌아보는 것, 과거로 향하는 그리움.

그란은 얼빠진 목소리로 말했다.

"그 문제, 신스라이프의 문제의 답이 네 사촌 형이라는 말이야?"

"컹컹컹!"

그란의 질문에 대해 돌아온 이 이상한 대답은 잠시 두 사람을 얼어

붉게 만들었다. 그것은 운차이의 목소리가 아니었다. "아달탄?" 그때 뭔가가 부서지는 요란한 소리가 울리더니 또 다른 찢어지는 목소리가 들려왔다.

"안 돼애애애!"

"네리아잖아? 이런, 제기랄!"

그란과 운차이는 누가 먼저랄 것도 없이 의자를 박차고 계단으로 뛰어올라 갔다. 여관 정문과 홀은 빈틈없이 감시되고 있었는데 어느새 2층에? 몸이 빠른 운차이가 앞장서고 그란은 그 뒤를 따르며 두 사람은 좁은 계단을 두세 개씩 건너뛰며 올라갔다. 그래서 2층에서 갑자기 나타난 네리아 때문에 운차이가 멈춰 섰을 때 그란은 운차이의 허리에 부딪히며 뒤로 나동그라지고 말았다.

"으아아악!"

운차이와 그란은 뒤엉켜 계단을 굴러내려 갔다. 텅, 텅, 텅! 그러나 바닥에 제일 먼저 도착한 것은 두 사람의 몸 위로 날아오른 네리아였다. 계단의 용도를 완전히 무시하는 무모한 행동을 취한 네리아는 1층에 도달하자마자 무릎을 굽혀 충격을 흡수하며 그대로 한 바퀴 굴렀다. 그리고 네리아가 다시 일어났을 무렵에야 두 사나이는 그녀와는 완전히 반대되는 볼품없는 모습으로 1층에 도달했다. 뒤를 돌아본 네리아는 바닥에 쫘악 널브러진 두 사람의 불쌍한 모습에 대해 사무치는 동정심을 표현하는 대신 이렇게 외쳤다.

"미가 납치됐어!"

"으윽! 뭐라고?"

그때 바깥에서 다시 아달탄의 포효 소리가 들려왔다.

"크와아아!"

"으아, 사람 살려!"

연이어 터져나온 비명 소리에 네리아는 환한 표정으로 펍의 문을 박차고 달려 나갔다.

밖으로 나온 네리아가 본 것은 개와 사람이 한데 어우러진 멋진 춤이었다. 아무래도 리드는 사람 쪽이 맡은 듯, 시커먼 복면을 둘러쓴 사내는 팔에 아달탄을 매단 채 상당한 난이도가 있을 법한 스핀을 해대고 있었고 그래서 아달탄은 공중에 우아한 곡선을 그리고 있었다.

"끄아아아!"

사내는 2층 창문에서 곧장 뛰어내려 팔에 매달린 키타나 하운드를 떼어내기 위해 미친 듯이 빙글빙글 돌고 있었다. 하지만 아달탄은 머리끝까지 화가 난 키타나 하운드가 어떤 모습인지를 여실히 보여주었다. 양자 모두 감탄할 만한 동작이었다. 저 거체를 매단 채 돌고 있는 사내나 저렇게 휘둘려지면서도 팔을 놓치지 않는 아달탄이나. 그때 사내의 다른 쪽 팔이 뒤로 당겨졌다. 그리고 그 손에는 롱 소드가 예리한 빛을 뿜어내고 있었다.

"하지 마!"

네리아가 곧장 트라이던트를 휘두르며 달려들었지만 사내의 귀에는 그녀의 협박이 들어오지 않았다. 사내의 당면 과제는 이 글자 그대로의 '미친개'를 떼어놓는 일이었고 그 일을 해내지 못한다면 트라이던트에 꿰이든 그보다 더 심한 일을 당하든 그가 알 바 아니었다. 바로 그때 우연히 일어난 두 개의 기적이 아니었다면 아달탄은 롱 소드의 칼날에, 사내는 네리아의 트라이던트에 각각 피를 뿌려야 했을 것이다.

아달탄은 갑자기 사내의 팔을 놓아버렸고 사내는 하마터면 자신의 팔을 잘라버릴 뻔했다. 공중에서 휘둘러지고 있던 아달탄은 그대로 날아가 버렸다. "깨갱!" 그리고 사내를 향해 달려들던 네리아는 갑자기 발을 헛짚으며 미끄러지듯 쓰러졌다. 그녀의 뒤를 따라 달려 나오던 운차이와 그란은 이 이해할 수 없는 사태에 잠시 평정을 잃었다. 내던져진 아달탄은 땅에 쓰러진 자세 그대로 끙끙거렸고 네리아는 코를 골아대기 시작한 것이다.

"크으으으……, 쩝쩝."

"네리아?"

가까스로 정신을 차린 운차이와 그란이 살펴보았을 때 사내의 모습은 이미 사라졌다. 운차이는 바닥에 엎어진 네리아를 잠시 바라보더니 곧장 아달탄을 향해 달려갔다. '여자는 안 만져.' 그란은 이렇게 해석하고는 자신이 네리아를 맡게 되었음을 알아차렸다. "크르르릉! 푸아……, 음냐." 땅에 쓰러진 불편한 자세 그대로 코를 골아대는 네리아를 보며 그란은 혀를 찼다. 어두운 밤이었지만 찾고 있는 것을 대충 짐작하고 있던 그란은 잠시 후 네리아의 오른쪽 귀 아래에 꽂혀 있는 작은 바늘을 찾아내었다. 그리고 아달탄을 살피고 있던 운차이는 그란이 발견한 것과 같은 것을 발견했다.

"독침?"

그란의 질문에 대한 대답을 잠시 보류하며 운차이는 아달탄의 다리에서 뽑아낸 바늘을 혀로 가져갔다. 아주 빠르게 바늘을 핥은 운차이는 침을 퉤 뱉고서는 대답했다.

"수면제야. 이 둘을 재우고 미를 납치하려 했나 본데."

"그럼 약기운이 지금에서야 돌았단 말이야?"

"약이 엉터리야. 추적할까?"

그란은 고민했지만 대답하는 데 오래 걸리지는 않았다.

"납치는 살해하지 않겠다는 보증이다. 네리아와 아달탄부터 처리하지. 드디어 후작이 꼬리를 드러내었군."

운차이는 잠시 불만스러운 표정으로 그란을 바라보다가 고개를 끄덕이며 아달탄을 안아올렸다. 그란은 이미 네리아를 안아올리고 있었다.

"푸화아……. 냠냠."

그때 드디어 후라마의 펍의 안녕 질서와 그 투숙객들의 평안한 밤을 담보해야 할 주인 후라마가 거친 밤바람에 잠옷 자락을 휘날리며 손에는 장작을 든 채 문을 박차고 달려 나왔다. "뭐야!"

펍의 주인으로 4대째, 후라마는 능숙하게도 상황의 종료를 느꼈던 모양이다.

네리아를 안아든 그란은 대답도 하지 않은 채 후라마를 지나쳐 홀로 걸어 들어가 버렸다. 그리고 운차이는 아달탄을 안은 채 반대편으로 지나쳤다. 외로운 대로에 외로운 존재로 남겨진 후라마는 당황한 태도로 몸을 돌렸다. 자신이 가진 무한한 정의를 아직 반도 펼쳐보이지 않았다고 주장하는 듯한 발걸음으로 두 사람의 뒤를 따라 들어온 후라마는 운차이를 향해 질문했다.

"무슨 일입니까, 손님?"

"당신에게 퍽 자주 요청하는 기분이 드는데, 뜨거운 물과 수건 등을 가져다주시오."

"예? 저, 그런데 무슨 일이신지……?"

"당신 여관에서 우리 동료 중 한 명은 납치되었고 한 명은 독침을 맞았고 한 마리는, 역시 독침을 맞았소. 이제 설명이 되었소?"

그때 또 다른 목소리가 운차이의 말에 대답했다.

"아달탄? 그럼 미가 납치된 겁니까?"

운차이는 고개를 돌리며 반사적으로 검의 손잡이를 부여잡았다. 그러나 그의 기대와는 달리 활짝 열린 여관 문을 통해 숨이 턱에 닿아 헐떡거리고 있는 두 사내의 모습이 눈에 들어왔을 뿐이었다. 운차이는 그들이 낮에 보았던 남자들이라는 것을 알아차렸다. 거구의 젊은이 쪽이 운차이에게 다가서며 아달탄을 내려다보다가 다시 말했다.

"쳉이라고 합니다. 아달탄은 어떻게 된 거죠? 그리고 미가 납치당했다고 하셨습니까?"

운차이는 잠시 쳉의 어깨 너머 열린 여관 문을 통해 캄캄한 밤하늘을 바라보았다. 이거 왠지 설명하고 설명 받을 일이 많이 생길 것 같은 밤이로군.

3

 파는 아무 무기도 없다는 사실에 안타까워하는 대신 재빨리 혁대를 뽑아들었다. 혁대를 왼손에 감아쥔 파는 다시 배를 지붕의 기와에 찰싹 붙인 채 꿈틀거리듯이 기어갔다. 하지만 지붕 끄트머리에 이르자 낡은 너와들이 불길한 소리를 냈기 때문에 파는 잠시 멈춰 서야 했다. 그 순간 구름에 가렸던 달이 다시 하늘을 은빛으로 물들이기 시작했다. 달빛 속으로 떠오른 자신의 손, 그리고 그 손에 쥐어진 혁대의 버클이 반짝이는 모습을 보던 파는 피식 웃어버렸다. 교교한 달빛이 소리 없이 물결치는 지붕 위에서 파는 고개를 갸웃거렸다. 무모한 건가? 아니면 고도로 지능적인 건가?
 파는 쳉과 파하스보다도, 운차이와 그란보다도, 심지어 네리아가 비명을 지르기도 전에 먼저 후라마의 뒵에 도달했다. 쳉과 파하스가 숨차도록 달려온 것에 반해 파는 건물들의 지붕과 옥상을 밟으며 하늘로 날아왔기 때문에 길을 무시하고 곧장 가로지르는 방식으로 달려올 수 있었다. 그리고 후라마의 펍을 얼마 남겨두지 않은 어느 건물의 지붕에 도달했을 때, 파는 당황하며 건물 위로 불쑥 솟아오른 굴뚝 뒤에 몸을 숨겨야 했다.

파는 조심스럽게 얼굴의 반만 내밀고 앞을 살폈다. 은은한 달빛이 쏟아지는 가운데 파는 후라마의 펍 지붕에 웬 사내들이 서 있는 것을 보았다. 저게 뭐지? 나이트호크인가? 사내들은 모두 세 명이었고 모두들 복면을 하고 있었다. 그들은 지붕 위에서 뭔가 작업을 하더니 곧 벽을 타고 내려가기 시작했다. 그제서야 파는 그들이 지붕에 밧줄을 걸고 있다는 것을 알게 되었다.

이게 도대체 어떻게 된 일일까? 파는 몸을 낮추고 조심스럽게 굴뚝을 돌아서 달빛에 진 굴뚝 그늘 속으로 몸을 숨겼다. 그리고 그 동안 사내들 역시 조심스러운 동작으로 후라마의 펍 벽을 따라 내려갔다. 그때 밤하늘을 가로지르던 작은 구름이 달을 가렸다.

주위는 암흑으로 빠져들어 갔다.

거대한 세 마리 거미처럼 여관 벽을 타고 내려온 사내들은 목표한 창문에 이르자 묘한 재주를 선보였다. 먼저, 가운데서 내려오던 사내가 갑자기 몸을 뒤집었다. 사내는 발로 밧줄을 감고 한 손으로 창턱을 짚으며 창문 위에 완전히 거꾸로 매달린 자세가 되었다. 그러고는 창문 위로 조심스럽게 머리를 내밀어 안쪽의 동정을 살피기 시작했다. 다른 두 사내들은 창문의 좌우로 내려와 벽을 밟고 대기했다. 놀라울 정도의 조직적인 행동에 파는 숨소리마저 낮추었다.

창문으로부터 나오는 빛 이외에 다른 빛은 거의 없었기 때문에 파는 사내들의 동작을 자세히 볼 수는 없었다. 하지만 파는 창문 위쪽에 거꾸로 매달렸던 사내가 다른 두 사내들에게 뭔가 손짓을 보내는 것, 그리고 나서 품속에서 꺼낸 뭔가를 입가로 가져가는 것은 볼 수 있었다. 그리고 손짓을 받은 창문 왼쪽에 있던 사내도 뭔가를 입가로 가져갔다. 창문 바깥의 침입자가 창문 안쪽의 피해자를 공격하기 위해 입가로 가져가는 것……, 블로건이다!

파는 '훅!' 하는 소리를 들은 듯한 착각을 일으켰다. 실제로 소리가 들려올 까닭은 없었지만. 그리고 고요한 후라마의 펍은 끔찍한 소란 속으로 빠져들었다.

"컹컹컹!"

파는 침입자들과 거의 비슷한 경악을 느꼈다. 블로건에 맞고 고함을 지른다는 것은 파도 예상치 못했던 것이다. 게다가 이건 아달탄이잖아? 파가 당황하는 사이에 창문 오른쪽에 있던 사내가 벽을 박차고는 창문으로 뛰어들었다. 와장창! "안 돼애애애!" 또다시 들려온 비명소리는 여자의 것이었다. 설마 미인가? 그러나 파는 그것이 미의 비명소리와는 좀 다르다고 느꼈다. 왜냐하면 바이서스 어였으니까.

창문 밖에 남아 있던 두 사내는 재빨리 건물 아래로 내려왔다. 그리고 남자들이 땅에 내려서자마자 2층 창문으로부터 뛰어 들어갔던 남자가 아래로 뛰어내렸다. 쾅쾅! 도대체 인간이라고 봐야 될지 의심스러운 동작이었는데, 그자는 옆구리에 시트로 둘둘 만 사람을 하나 낀 채 아래로 뛰어내렸으면서도 별 충격이 없는 것처럼 곧장 일어섰기 때문이다. 발뒤꿈치가 박살나지 않았나? 그런데 저 시트 속에는……, 이런! 파는 역시 뛰어내릴까 했지만 그녀가 있는 곳은 4층짜리 건물의 지붕 위였다.

그러나 아달탄은 주저하지 않았다.

사내가 뛰어내린 창문으로부터 아달탄이 날아올랐다. 휘익! 키타나 하운드의 거체가 주저 없이 뛰어내린 곳은 옆구리에 시트 꾸러미를 끼고 있는 남자의 머리 위였다. 그때 먼저 내려왔던 사내 하나가 바람처럼 달려들며 팔을 내밀었고 아달탄은 할 수 없이 그 사내의 팔을 물어야 했다. "끄으윽! 도망치십시오!" 사내가 막아준 덕분에 다른 두 남자들은 도망칠 수 있었다. 그리고 그때 펍의 문에서는 빨강머리 여자가 희한하게 생긴 창을 휘두르며 달려 나왔다.

그러나 파는 대로의 싸움을 자세히 보고 있을 겨를이 없었다. 왜냐하면 달려가던 두 남자들은 조금 후 골목을 하나 꺾더니 되돌아오고 있었던 것이다. 그들이 뛰어든 곳은 다름 아닌 후라마의 펍 정면의 건물이었다. 문은 반대쪽으로 나 있었기 때문에 건너편에서는 볼 수 없는 위치였지만, 높은 곳에 있던 파는 똑똑히 볼 수 있었다. 그리고 파는 자신이 본 것을 믿어야 될지 고민하는 애처로운 상황에 빠졌다. 바로 앞집으로 납치한다고?

"하지 마!"

다시 바이서스 어다. 놀란 파가 고개를 들어올렸을 때 아달탄에게 공격당하던 사내는 줄행랑을 치고 있었다. 여관에서 또 다른 사내들이 달려 나왔지만 그들은 도망자를 추적하기보다는 빨강머리 여자와 아달탄에게 각자 달려갔다.

"네리아?"

파는 순간 여기서 몸을 드러내어 저들에게 납치범이 어디로 도망쳤는지 알려야 되지 않는가에 대해 고민했다. 그때 반대쪽 길에서 달려오는 두 명의 남자들이 없었다면 파는 곧장 아래를 향해 고함을 질렀을지도 모른다.

쳉과 파하스였다. 그들의 모습이 보인 순간 파는 반사적으로 몸을 낮췄다. 쳉과 파하스는 그대로 후라마의 펍으로 달려 들어갔다. 들키지 않기 위해 필사적으로 몸을 낮췄던 파는 그들의 모습이 완전히 사라지고 나서야 겨우 몸을 일으켰다. 파는 잠시 후라마의 펍의 동정을 살피다가 다시 납치범들이 들어간 건물을 바라보았다. 그녀가 서 있는 건물 지붕에서 납치범들이 들어간 건물까지의 거리는······.

'넘을 수 있어.'

파는 그렇게 생각했고, 그래서 뛰어올랐다. 산봉우리를 타고 날아다닌다는 산과 은닉의 일세인처럼 파는 지붕에서 지붕까지의 10큐빗 가까운 허공을 날았다.

거대한 박쥐처럼 사뿐히 지붕 위에 내려선 파는 소리 없이 엎드렸다. 천천히 지붕 끄트머리를 향하며 파는 혁대를 뽑아들었고, 그때 구름은 흘러 다시 달빛이 비치기 시작했다. 구름이 달을 가린 동안, 불과 그 몇 분 사이에 일어난 일들이었다.

그래서 파는 지금 납치자들이 뛰어든 건물의 지붕 위로 위치를 옮긴 다음 손엔 혁대를 쥔 채 이렇게 고민에 빠져 있었다. 무모한 건가?

아니면 고도로 지능적인 건가? 눈앞의 건물로 도망치는 납치범들이 도대체 어떤 종류에 해당하는 것인지 파로서는 짐작할 수가 없었다.

그리고 제자리에 가만히 엎드려 고민하는 동안 파는 자신의 고민의 정체를 직시할 수 있게 되었다. 낡은 너와 때문이야. 그렇잖았다면 멈춰 서지도 않았을 텐데. 파는 너와에 대해 소리 없이 욕설을 퍼부었다.

미를 구해야 되나? 파의 고민은 바로 그것이었다.

미를 납치한 것이 어떤 녀석인지는 모른다. 그 이유 같은 것은 더욱 모르고. 하지만 미를 납치했다. 그것도 쳉과 만나기 직전에 납치해 주었다. 나쁜 놈들! 너희가 아니었으면 쳉은 미를 만날 수 있었고, 그러면 틀림없이 기뻐했을 거야. 너희가 망쳤어. 쳉을 기쁘게 해줄 수 있었을 텐데. 나쁜 것은 너희들이야.

파는 손에 전설의 무기나 되는 것처럼 혁대를 감아 쥔 채 차가운 지붕 위에 이렇게 널브러져 셀레나의 달빛을 받아야 된다는 것이 싫었다. 게다가 이 다음 순간에 무엇을 해야 되는지 알 수 없기 때문에 계속 이런 상태에 있어야 된다는 것은 더욱 그녀의 마음에 들지 않았다.

미. 모두 너 때문이야. 너 때문이라고. 왜 쳉을 사랑해. 왜 떠났어. 왜 납치당한 거야. 왜 아버지를 죽게 내버려두었어. 왜 내 몸에 이상한 문신을 새겨서 하늘을 날아다닐 수 있게 만든 거야.

지붕 위에 납작 엎드려 있는 일이 점점 바보처럼 느껴졌고, 그래서 파는 몸을 일으켰다.

파는 지붕에 앉은 채 가슴 앞에 무릎을 모으고 다리를 감싸 안았다. 익숙지 않은 높이에서 익숙지 않은 야경을 바라보며 파는 조용히 호흡했다. 머리 위로 쏟아져내리는 별빛은 고향과 마찬가지였지만 이 도시의 밤은 지평선 대신 네모난 어둠들이 가득가득 쌓여 밤하늘을 이고 있었다. 파는 무릎에 턱을 얹고 앞을 바라보았다.

뜻하지 않은 소란을 겪게 된 후라마의 펍에서만 왁자지껄한 소리와 불빛이 새어나왔을 뿐, 도시의 다른 부분에서는 검은 밤하늘을 이고 서 있는 건물들의 을씨년스러운 그림자들뿐이었다. 둔하고 어두운 모습으로 지평선을 가린 네모난 어둠들. 사이들랜드의 양치기 처녀의 발 아래로 펼쳐진 도시의 음영은 너무 어둡고 너무 무거웠다. 파는 고개를 젖혀 하늘을 올려다보았다. 납치당한 혈육이 끌려간 건물의 지붕 위에 무릎을 모으고 앉아서 바라보는 별빛이라고 해서 별다를 것은 없었다.

파는 고개를 숙여 무릎에 얼굴을 파묻고는 소리 없이 흐느꼈다.

주블킨 일레드마는 복잡한 심사를 가누기 위해 저녁 늦게까지 술을 마셨다. 평소에 잘 마시지 않던 술이었기에 오랫동안 취하는 줄을 모르던 주블킨은 결국 고주망태가 될 때까지 술을 퍼마셨다. 송장을 치울까 봐 겁을 집어먹은 마스터에 의해 주블킨이 주점 바깥으로 쫓겨난 것은 루미너스가 밤의 여정의 중반부에 이르렀을 때였다.

혼미한 정신으로 어느 집 벽에 기대어 배뇨를 마친 주블킨은 바지 앞자락을 그대로 열어둔 채 '어, 참 시원한 밤이다.' 어쩌고 하면서 비틀거리며 집을 향해 걸었다. 의사의 자존심은 무너진 지 오래되었다고 생각했건만 그의 가슴속에 아직도 짓밟힐 수 있는 마지막 자존심이 있었다는 사실을 깨달으며 주블킨은 킬킬거렸다. 젠장. 엉터리 약 파는 거하고 다를 바 없어. 하지만 분명히 달랐고, 주블킨도 다르다는 것을 잘 알고 있었다.

털썩. 주블킨은 대로 가운데 주저앉아 두 팔로 땅을 짚고 하늘을 올려다보았다. 그래서 주블킨은 루미너스의 둥근 얼굴을 가로지르며 날아가는 검은 그림자를 볼 수 있었다.

휘익. 아마도 왼쪽의 3층짜리 건물의 지붕이라고 짐작되는 곳에서 날아오른 그림자는 그대로 밤하늘을 가로질러 루미너스의 얼굴을 잠시 가렸다가 그대로 오른쪽의 2층짜리 건물의 지붕 너머로 사라져갔다. 달을 가린 순간 잠시 드러났던 그림자는 아무리 보아도 젊은 여자의 실루엣이었다. 주블킨은 한가롭게 추리했다.

일세인께서 돌아오셨나?

마지막까지 우리를 지켰다가 타의에 의해 떠나셨던 그녀께서 다시 돌아오신 건가?

……요즘 같은 세상이라면, 의사를 존중할 줄도 모르는 녀석들이 우글거리는 세상이라면, 그럴 만도 하지. 주블킨은 그대로 뒤로 쓰러져 코를 골기 시작했다. 크으윽.

"그럼 당신이 그 바이서스 남자를 죽였습니까? 그렇군요. 손에 끼고 계신 그 장갑이 아무래도 예사 물건으로 보이지는 않는군요."

"긍정한다."

"왜 미를 데리고 온 것입니까?"

"거절이 제시됨은 내 어학 실력을 상회하는 난이도 높은 설명이 요구됨으로 해서이다."

파하스는 포복절도하고 싶었지만 쳉의 얼굴을 봐서 참기로 했다. 반면 운차이는 보지 않는 척하며 침대에 눕혀둔 네리아만을 쏘아보고 있었기 때문에 역시 쳉과 그란의 대화에는 끼어들지 않고 있었다. 쳉은 머리를 좀 거칠게 긁고 나서 바이서스 어로 바꿔 말했다.

"그럼 당신 나라 말 하십시오."

그란은 멍한 표정으로 쳉을 바라보았다.

"당신, 바이서스 어 할 줄 알았나? 왜 진작 말하지 않아서 괜한 고생을 하게 만든 건가?"

"말 잘 못합니다. 듣기 가능합니다. 그러니 바이서스 어 하십시오. 당신 헤게모니아 어 듣기 하지요? 각자 자기 말 합시다."

그래서 그란은 한결 자세하고 이해되기 쉽게 설명해 줄 수 있었다. 그란은 자신들이 바이서스의 범죄자를 추적하고 있으며 그 범죄자와의 대결에 미가 휘말려들까 우려되어 미를 보호할 겸 데리고 있었다는 점, 그리고 그 범죄자가 미를 납치한 것으로 추측된다는 점에 대해 빠르고 상세하게 설명했다. 그 동안 파하스는 네리아의 얼굴을 뚫어지게 바라보고 있는 운차이에게 말을 건넸다.

"이봐, 난 파하스라고 하는데."

운차이는 시큰둥한 태도로 대답했다.

"운차이요."

"자넨 아무래도 자네 어깨의 모래를 다 털어내지 못한 것처럼 보이는군. 나는 각 지방과 각 나라의 악센트를 다 연구했지. 제법 훌륭하지만 내 귀는 못 속여. 자네 자이펀 모래쥐지?"

운차이는 고개를 획 쳐들어 파하스를 쏘아보았다. 이 자식 아까 낮에도 기세 오른 강아지처럼 깽깽거리더니 원래 천성이 고약한 녀석인가 보군. 그리고 성격 고약한 사람을 상대할 때 부드러워지는 경향은 운차이에게는 없었다.

"말 곱게 써라."

"뭐야? 너야말로 말 곱게 써라. 너희 나라에서는 위아래도 없냐? 난 그러니까……, 음, 144세다. 알았어?"

"어디 달력으로?"

"난 드래곤력으로, 아니, 요즘은 그거 안 쓴다고 했지. 바이서스력으로 172년생이다."

운차이는 판단을 수정했다. 미친 녀석이었군. 운차이는 말없이 상대방의 얼굴에서 미친 자의 증거를 찾아보기 시작했다. 파하스는 그저 눈을 동그랗게 뜬 채 운차이를 마주보았다.

"내 얼굴에서 주름살 찾는 거냐? 미안하지만 그런 건 없을 거야. 난 100년, 아니, 정확하게 108년을 뛰어넘었거든. 하하. 생물학적으로 난 36세야."

미친 녀석이라고 다 침을 흘리고 눈빛이 괴상한 것은 아닌가 보군. 운차이는 이런 의문을 하늘로 날려 보낸 다음 파하스를 무시해 버렸다. 그러나 파하스는 네리아를 바라보고 있는 운차이를 가만 내버려두지 않았다.

"흐음……, 그 빨강머리 아가씨는 자네 애인인가?"

휘릭! 운차이는 고개를 돌려 이를 악문 채 파하스를 노려보았다. 파하스는 운차이의 주먹이 부르르 떨리는 것을 보며 감탄했다.

"너 이 자식, 누구 장사를 치르려고?"

"나도 충격이야! 정신이 다 번쩍 든다, 인마!"

네리아가 발딱 일어나며 외쳤기 때문에 파하스도 운차이도 더 이상 싸우지는 못했다. 보다 인간적인 분위기에서 이야기를 나누고 있던 (그래 봤자 각자 자기 나라 말로 떠들고 있어 모르는 사람이 보면 정신 분열적인 광경으로 단정하기 딱 알맞은 모습이었지만) 쳉과 그란도 고개를 돌려 네리아를 바라보았다. 네리아는 일어나자마자 운차이를 잡아먹을 듯이 쏘아보았지만 곧 힘없는 표정으로 양쪽 관자놀이를 눌렀다.

"아, 머리 아파. 어떻게 된 거지? 음음. 아까 그러니까……, 미는? 미 어떻게 되었어?"

"미는 납치되었어. 침입자를 봤나?"

"몰라. 복면을 하고 창문으로 뛰어들었어……. 그런데 나는 왜 정신을 잃은 거지? 그리고 이분들은 누구야?"

쳉은 고개를 살짝 숙여 보이며 말했다.

"쳉이라고 합니다. 미의 오랜 친구지요. 우리는 사이들랜드에서부터 미를 뒤쫓아 왔습니다. 그리고 이분은 도중에 나와 동행이 된……"

그때 파하스가 재빨리 손을 들어 쳉의 말을 제지했다. 방 안에 있는 모든 사람들이 의아한 시선으로 바라보는 가운데 파하스는 의자에서 일어서더니 침대에 앉은 네리아를 향해 허리를 살짝 숙여 보이며 유려한 말투로 말했다.

"고귀한 사랑을 노래할 수 있는 가엾은 혀를 가졌다는 죄 때문에 어제도 오늘도, 그리고 내일도 그 혀를 만족시킬 아름다운 사랑을 찾아 지평선과 지평선 사이에 외로운 발자국을 남길 이 불쌍한 광대의 이름은 파하스라 합니다."

그란과 운차이는 얼이 빠져버렸고 쳉은 일말의 관심도 보여주지 않았지만 네리아는 재치 있는 대답을 해야 될 것 같은 강박 관념에 휩싸여 버렸다. 네리아는 운차이를 잠깐 쏘아보고는 재빨리 몸가짐을 바로 하며 상냥하게 말했다.

"어……, 당신의 성실한 혀에 축복이 있어 언젠가 지상에서 가장 아름다운 사랑을 노래할 행운이 있을 거예요. 그때 저 네리아가 그 자리에 있었으면 좋겠네요."

파하스의 눈이 커다랗게 바뀌었다. 부활 이후로 처음으로 여성다운 여성을 만나버렸다는 놀라움이 파하스를 감동시켰던 것이다. 파하스는 침대 옆에 무릎을 꿇으며 격정적으로 외쳤다.

"고귀한 레이디 네리아여! 레이디의 손끝이 머무는 바람에 향기 어리고 레이디의 입술이 닿는 시간에 충만한 아름다움 있으니 이 광대의 무의미한 출생이 비로소 의미를 획득했나이다!"

네리아는 발그레해진 볼 위에 두 눈을 동그랗게 떴지만 운차이가 먼저 말했다.

"친절하게 대해 줘, 네리아. 장님인가 봐."

잠시 후 파하스는 베개를 휘두르는 네리아의 우아한 손길을 찬미해야 했다. 쳉은 거기에 대해서는 전혀 관심을 두지 않는 침착함으로 그란을 감동시키며 말했다.

"알겠습니다. 그럼 언제부터 미를 추적하실 생각입니까."

"사실 고민스럽소. 우리가 추적하는 사람들은 많은 인원을 데리고 있을 거요. 게다가 그는 우리 위치를 정확하게 파악하고 있지만 난 그의 위치를 모르오. 솔직하게 말해서 이 자리를 피해 도망치고 싶은데."

쳉은 그란의 얼굴을 똑바로 바라보았지만 그란은 개의치 않으며 말했다.

"미 양을 내버려둔다고 말하고 싶겠지요? 그건 아니오. 미 양은 반드시 구출할 거요. 우리 일에 휘말려 그렇게 된 것이니까. 하지만 현재 우리 인원은 운차이와 나, 네리아 이렇게 세 명뿐이오."

"나를 더하면 네 명입니다."

그때 '미인은 원래 무자비한 법' 어쩌고 하면서 네리아의 구타 능력에 대한 아낌없는 칭송을 보내던 파하스가 끼어들었다.

"다섯이야. 나도 있잖아, 쳉. 레이디에게 검은 손을 내민 녀석은 시공을 뛰어넘어 나의 적이다."

쳉은 잠시 파하스를 바라보았고 그 얼굴에 맑은 표정이 있는 것에 안도했다.

"그리고 우리 숙소에는 동료가 한 명 더 있으며, 그러니 모두 일곱이 되겠군요."

잠자코 듣고 있던 그란은 문득 이상한 것을 느꼈다. 여섯 아닌가? 그러나 쳉은 피식 웃으며 일곱 번째 동료를 가리켰다. 그리고 그란의 얼굴이 환해졌다.

궤헤른은 천장의 무늬를 쏘아보고 있었다. 옆에서 오가는 사람들에 대해 신경을 쓰고 싶지는 않았다. 그들에 대해 신경 쓰다 보면 그들이 하고 있는 일을 떠올리게 될 것이며, 개라는 이름을 방패삼아 사람들 사이를 뻔뻔스럽게 돌아다니는 그 몬스터에게 물어뜯긴 팔을 떠올리게 될 것이다. 궤헤른은 성한 팔을 뻗어 테이블에 놓인 술병을 잡아당겼지만 그의 손목을 붙잡는 손이 있었다.

궤헤른은 고개를 돌렸다. 후작이었다. 땀에 젖은 머리카락 사이로 후작의 눈이 궤헤른을 쏘아보고 있었다. 궤헤른은 애타는 눈으로 후작을 마주보았다.

"피를 흘리는 녀석이 뭘 마시겠다는 건가."

"너무 아픕니다."

궤헤른의 목소리는 가냘팠다. 그러나 후작은 싸늘하게 대답했다.

"살아 있다는 증거니 기뻐해."

살아 있다는 것? 아픔을 느낀다는 것은 살아 있다는 증거라. 그거 말은 되는군. 궤헤른은 손에 힘을 뺐고 후작은 그의 손목을 들어 가슴 위에 놓아주었다. 그러나 궤헤른은 아픔을 견딜 수 없었다. 팔에 끼었던 팔목 보호대 덕분에 팔이 잘려나가는 것은 간신히 모면했지만 그 단검 같은 이빨이 헤집어놓은 팔의 근육은 원래의 결을 알아볼 수 없을 정도로 너덜너덜해져 있었다. 궤헤른의 팔을 보살피고 있던 네 명의 사내들은 아직까지도 팔을 자를 것인지 치료를 감행해야 될지를 놓고 고민하고 있었다. 결국 치료를 감행하는 쪽으로 결론이 날 것이다. 여기 있는 친구들 중에 절단 수술을 해낼 만한 실력을 가진 사람은 많지만 절단해 놓고도 살아 있게끔 할 실력을 가진 사람은 하나도 없었으니까.

궤헤른은 머릿속으로 아달탄을 '미친 개새끼'라고 불러보았지만 그렇다고 해서 팔이 덜 아픈 것은 아니었다. '언젠가 반드시 네 목을 잘라 벽에 걸겠다.' 이건 좀 나았다. 궤헤른은 박제 제작에 대해 알고 있는 얼마 되지 않는 지식을 모조리 동원하여 아달탄을 저주했다. 그 핏발 선 눈알을 파내고 구슬을 끼워주는 거야. 그리고 그 코는…….

"후작님……! 으윽. 후작님!"

궤헤른이 갑자기 팔을 뻗었다. 그러나 후작은 그의 손목을 나꿔채며 으르렁거렸다.

"닥쳐! 참지 못하겠나."

"아니오, 아닙니다! 그게 아니라……, 급한……, 커흑! 용건입니다. 후작님!"

궤헤른은 할슈타일 후작에게 붙잡혀 있던 팔을 확 빼내었다. 후작은 눈을 매섭게 떴고 궤헤른을 치료하고 있던 사내들도 궤헤른의 행동에 놀랐다. 후작은 궤헤른의 어깨를 붙잡으며 물었다.

"뭔가. 급한 용건은."

몸을 격하게 움직였기에 상처 입은 팔에 충격이 전달된 궤헤른은 기절할 정도의 통증을 느끼며 허옇게 질려버렸다. 후작은 궤헤른의 말을 알아듣기 위해 귀를 바싹 가져가야 했다.

"이 자리를……, 당장 피해야 됩니다. 후작님……"

"뭐."

"노, 놈들이…… 쪼, 쫓아올 겁니다."

"왜지. 녀석들이 이틀 동안이나 의심하지 않았던 눈앞의 건물을 갑자기 의심하게 될 거라고 믿나. 자네가 너무 아파서 불안해졌다는 것은 알겠지만……"

"아니오! 그, 그렇잖습니다. 녀석들은 아닙, 아닙니다. 하지만……, 그 개 말입니다. 후작님."

"개."

"예. 개는 냄새를 잘…… 맡습니다. 그걸 생각하지 못했습니다. 그 개가 깨어나면……"

밖으로 빛이 새어나가지 않도록 하기 위해 최대한 가려둔 등잔불 때문에 방 안은 캄캄했다. 그 어둠 속에서 후작의 눈이 번쩍였다. 후작은 이를 갈며 몸을 일으켰다. 그의 시선이 향한 곳에는 정신을 잃은 채로 누워 있는 미의 모습이 들어왔다.

"저, 저 무녀의…… 냄새를 추적할 겁니다……. 이 정도 거리는 개에겐…… 눈으로 보는 것보다 선명……"

"알았으니 그만하게."

후작은 궤헤른의 말을 정지시키고는 사내들에게 눈짓을 보내어 계속 치료하게 했다. 그리고 미를 바라보며 고민을 시작했다. 만일 다른 곳으로 이동한다 하더라도 그 개가 남겨진 희미한 냄새를 맡아서 뒤따라온다면 아무 소용이 없다. 공격을? 그건 곤란하다. 왜냐하면 그가 사용할 수 있는 검은 이제 네 자루뿐이기 때문이다. 후작은 일그러진 얼굴로 지금 궤헤른을 치료하고 있는 네 명의 사내들을 바라보았다. 그들이 후작의 마지막 부하들이었다.

어쩌다가 이렇게 되었나.

후작은 아쉬워하는 성격은 아니었지만 어두운 방 안에 남겨진 네 명의 머저리들이 하나 남아 있던 그런대로 쓸 만한 부하를 치료하고 있는 광경을 보면서까지 냉정하기는 어려웠다. 그래서 후작은 달아나버린 그의 사병들을 저주했다. 개만도 못한 녀석들. 할슈타일 가가 부여한 은혜가 얼마이거늘, 겨우 1년도 참지 못해 모조리 달아나버리다니.

바이서스를 탈출하던 당시만 해도 그에게는 할슈타일 가의 피붙이라고도 부를 수 있는 사병이 300명가량 있었다. 당시만 해도 재기의 길은 어렵기는 하겠지만 불가능하지는 않은 일로 여겨졌다. 하지만 혹독한 겨울이 지나고 봄이 찾아왔을 때, 사병들의 마음속에 남아 있는 충성심은 많이 희박해져 있었다. 이대로 산적이 되는 것이 어떻겠냐는 건방진 의견을 낸 부하의 목을 베어버린 밤 후작은 거의 암살당할 뻔했다. 내분은 당연한 것이었다. 검광이 번득이고, 어제의 동료들의 피로 피를 씻는 좌절스런 상황 탓에 더욱 길었던 밤이 지나 새벽이 찾아왔을 때 후작의 곁에 남아 있는 부하는 100명을 헤아리기 어려웠다.

그러나 시체의 숫자는 별로 많지 않았다. 대부분은 후작에 맞서 싸우기보다는 달아나는 것을 선택했기 때문이다. 그것이 남아 있는 충성심의 마지막 발휘였는지도 모르지만, 후작은 그에 대해 고마워할 여유는 없었다. 미친 듯한 후작을 말리기 위해 궤헤른은 곤욕을 치러야 했다.

그리고 후작의 그런 행동은 남아 있는 사병들의 가슴속에도 회의를 불러일으켰고, 그들은 저마다 머릿속으로, 혹은 비밀스러운 귓속말을 통해 달아난 패거리들과 남아 있는 자신들의 처지를 비교해 보기 시작했다. 그리고 얼마 후, 후작은 눈을 뜨는 아침마다 부하들의 빈자리를 세는 것을 그만두어야 했다. 그를 뒤쫓고 있는 그란 일행에게 이미 많은 수의 부하들이 도망쳤다는 사실을 들키지 않기 위해 후작과 궤헤른이 들인 노고는 이루 말할 수가 없었다.

그래서 더욱 너희들은 내 거야. 후작은 이를 갈았다. 달아나버린 늑대 300마리 대신, 너희 세 마리 타이거들을 가지겠어. 그때까지 네놈들을 상하게 하지는 않겠어. 후작은 다시 미를 바라보았다. 어쨌든 그 개의 문제는 처리해야겠군.

"돌맨."

궤헤른을 보살피고 있는 사내들 중 가장 젊은, 아니, 어리다고 해야 할 남자가 고개를 돌렸다. 신경질적으로 보이는 얼굴에 불안감이 가득한 눈빛을 담고 돌맨은 양부를 바라보았다.

"예?"

"저 무녀의 옷을 벗겨라."

"예?"

돌맨은 당황한 표정으로 거부의 몸짓을 취했지만 그것은 후작을 더욱 짜증스럽게만 만들 뿐이었다. 후작은 잡아먹을 듯한 눈으로 돌맨을 바라보며 말했다.

"멍청한 녀석! 냄새를 지워야 된다. 어서 옷 하나를 벗겨!"

"아, 아……, 예. 후작님."

대답을 하고서도 돌맨은 상당히 주저하는 몸짓으로 미에게 다가섰다. 침대에 누워 있다가 곧장 납치된 미였기 때문에 걸치고 있는 옷이 그렇게 많지는 않았고 그래서 돌맨은 당황스러운 표정으로 미를 주욱 훑어보았다. 후작은 그런 돌맨을 보면서 죽여버리고 싶을 정도의 증오를 느꼈지만 별말은 하지 않았다. 장시간이 지나서야 돌맨은 서툰 손길로 미의 셔츠를 벗겨내고는 황급히 시트를 덮어주는 동작을 마칠 수 있었다. 손에 미의 셔츠를 든 채 돌맨은 후작을 바라보았다.

"어떻게……?"

"들고 있어. 궤헤른은 어떤가."

붕대를 촘촘히 감았을 뿐 실제적인 의미에서는 아무런 치료도 받지 못했지만, 궤헤른은 몸을 일으켰다.

"걸을 수 있습니다. 다리를 다친 것은 아니니까요."

후작은 고개를 끄덕이며 배낭을 들었다.

"장소를 옮긴다. 가이버, 나가서 말을 준비해라. 사무엘, 궤헤른의 짐을 들도록. 니크, 무녀를 업어라. 단 네가 덮던 시트로 그녀를 감싸고 나서."

후작의 빠른 명령에 따라 세 명의 사내는 각자의 일을 향해 흩어졌다. 배낭을 멘 다음 그대로 문을 향해 걸어가는 후작의 등을 향해 돌맨이 다급하게 말했다.

"저, 저는 어떻게 하면 됩니까, 후작님?"

후작은 잠시 멈추었지만 뒤를 돌아보지는 않았다. 그는 등을 돌린 그대로 말했다.

"너는 여기서 한 두어 시간 기다린 다음 그대로 사라져라."

"예?"

"냄새를 뿌리며 사라지란 말이다. 단, 무슨 일이 있어도 우리 근처에는 오지 마라. 약속일인 모레 아침에 턴빌 시청에서 만난다."

돌맨은 기막힌 표정이 되었다.

"자, 잠깐만요! 아버……, 후작님. 저 혼자서 저 세 명에게서 도망칠 수는 없어요!"

"단순히 도망만 치는 것인데 뭐가 불가능하다는 말이냐."

돌맨은 입을 쩍 벌렸다. 믿을 수 없다는 눈으로 후작의 등을 쏘아보고 있던 그의 입이 다급하게 열렸다.

"절 죽이려는 거죠!"

각자의 일을 수행하고 있던 세 사내들의 손이 동시에 정지했다. 후작은 천천히 몸을 돌려 돌맨을 바라보았고 돌맨은 그 얼굴에 질려버렸다. 하지만 그의 입은 무의식중에 헐떡이며 그의 심정을 전달하고 있었다.

"후, 훈트처럼 저를 미끼로 쓰려는 거지요! 나, 나도 봤어요. 저 무녀가 타고 있던 말은 훈트의 말이었어요! 훈트는 죽었지요? 그래요!

그 녀석들이 훈트를 죽인 거 후작님도 아시잖아요! 모른다고 하실 수는 없어요! 그런데 저도 떠나보내시려는 거예요? 죽이겠다는 거……, 쿡!"

돌맨은 믿을 수가 없었다. 문 바로 앞에 서 있던 후작이 어느새 그의 앞에 와 있었다. 그리고 갑자기 천장이 낮아지며 돌맨은 자신이 허공에서 허우적거리고 있다는 것을 깨달았다. 한 대 후려치려다가 맡겨야 할 일이 있다는 것을 떠올렸기에 후작은 단순히 돌맨의 먹살을 붙잡아 올리기만 했고 돌맨은 숨이 막히는 고통 속에서 발버둥 쳤다.

"컥, 크컥!"

"닥치고 잘 들어라. 네 녀석이 훈트처럼 끝까지 입을 다물 것이라고는 나도 믿지 않는다. 그러니 살고 싶다면 녀석들에게 투항해도 좋다. 구출해 주겠다. 하지만 내가 시킨 일은 해야 한다. 네 녀석이 감히 내 말을 무시할 수는 없다. 알겠나."

돌맨은 '구출해 주겠다'는 후작의 말에 눈을 동그랗게 떴다. 하지만 교살색에 걸린 것 같은 목에서는 제대로 된 말이 나오지 않았다.

"후, 후자……, 수, 숨이 막……"

"알겠나."

후작은 손아귀에 더욱 힘을 주었고 힘껏 잡아당겨진 셔츠 깃은 당장이라도 찢어질 듯했다. 그때 궤헤른이 힘겨운 목소리로 끼어들었다.

"후작님. 공자님은 대답할 상태가 아니십니다. 내려주십시오."

후작은 궤헤른의 말을 따랐다. 다만 그의 방식대로 돌맨을 내려놓았다. 집어던져진 옷가지마냥 공중을 날아 방구석에 처박힌 돌맨은 숨

막히는 고통과 절망을 동시에 느끼며 울음을 터뜨렸다. 후작은 그런 돌맨을 매섭게 노려다보다가 몸을 돌렸다.

"공자님, 후작님이라고. 그만 웃기게, 궤혜른."

후작은 그 말만을 남기고 그대로 방을 나갔다. 다른 사내들도 모두 그 뒤를 따랐지만 궤혜른은 자신의 몸조차 가누지 못하는 상황에서도 이 사태를 수습해 보려는 책임감을 느꼈다. 그래서 그는 팔을 부여잡은 채 돌맨에게 다가갔다. 돌맨은 후작에 의해 집어던져진 모습 그대로 흐느끼고 있었다. 열여섯 살이나 되는 소년이라면 이미 소년으로 부르기도 어렵지만 돌맨은 자기 나이에서 10년을 잃어버린 듯한 모습으로 평평 울고 있었고, 궤혜른은 그 모습을 보며 측은함과 동시에 짜증을 느꼈다. 하지만 궤혜른은 애써 침착하게 말했다.

"공자님, 후작님께서는 공자님을 보호하기 위해 그러신 겁니다. 이해하시고 일어나십시오."

목이 막히도록 울고 있던 돌맨은 궤혜른의 말에 대답하기에 앞서 요란하게 트림을 해야 했다.

"꺽, 뭐, 뭐라고요?"

"일부러 그런 안배를 하신 거란 말입니다. 후작님께서 말씀하셨잖습니까, 투항하라고요. 저들의 검을 피해 달아나는 것보다는 저들에게 투항하는 편이 훨씬 안전합니다. 설마 포로를 죽이겠습니까. 게다가 이쪽에는 저 무녀가 있기 때문에 저들은 공자님을 함부로 대하지는 못할 것입니다. 아시겠습니까?"

"아……"

돌맨의 대답은 대답이라기보다는 반사 작용 같은 것이었다. 궤헤른의 말을 이해하기엔 그의 머릿속이 너무 혼란스러웠다. 하지만 돌맨은 어렴풋하게나마 이해했고 따라서 울음도 조금씩 멎어갔다. 궤헤른은 힘들게 미소를 지으며 말했다.

"이왕 투항할 바에는 후작님의 일을 돕고 나서 투항하는 편이 낫지 않겠습니까? 부탁이니 후작님의 뜻을 잘 이해하시고 받드셔서 저들을 멀리 이끌어가 주십시오. 공자님께서 그 일을 해내셔야지만 후작님께서도 자유롭게 공자님을 구출할 방도를 세울 수 있게 되십니다."

"그, 그래요. 알겠어요, 궤헤른."

돌맨은 고개를 끄덕였다. 궤헤른은 까무러칠 것 같은 상처의 고통 속에서도 돌맨에게 몇 가지 행동 요령을 알려준 다음 밖으로 나왔다.

문 밖으로 걸어나온 궤헤른은 문 옆에 기대서 있는 후작을 보았다. 후작은 팔짱을 낀 채 아무 말 없이 복도의 맞은편 벽을 쏘아보고 있었다. 궤헤른은 먼저 문을 닫고 나서 낮게 말했다.

"후작님?"

후작은 여전히 맞은편 벽이 참 볼 만하게 생겼다는 듯한 표정으로 말했다.

"네게 애 보는 능력도 있는 줄은 몰랐군."

궤헤른은 쓸쓸하게 웃었다.

"바이서스에 있을 때 배우게 된 것입니다. 후작님께서는 모아들이신 아이들에 대해 관심이 없으셨지요."

후작은 벽에 기대었던 몸을 똑바로 세웠다. 몸을 돌려 복도를 걸어가던 후작은 갑자기 생각난 것처럼 말했다.

"네가 한 말, 너는 믿나?"

"반만 믿습니다. 공자님은 안전하겠지요. 후작님의 핏줄까지도 증오하는 그란이지만 공자님이 양자인 것을 무시하지는 않을 겁니다."

구출하겠다는 말은 믿지 않지만, 궤혜른은 별 의심 없이 그렇게 생각했다. 징징거리는 기술 외에 아무 능력도 가지지 못한 어린애는 후작의 표현대로라면 '어떤 원동력도 되지 못하는' 버러지다. 그리고 이제 돌맨은 후작에 의해 의미를 가지게 된 양성 원동력이다. 돌맨 할슈타일은 후작의 도주를 돕는 것, 그리고 그란과 운차이 일행으로 하여금 미와 맞바꿀 수 있는 인질이 생겼다는 오해를 주는 것으로서 그 효용을 끝내게 될 것이다.

"스스로가 믿지 않는 말을 천연덕스럽게 할 수 있는 능력도 있었군."

"저를 포기하지 못하시는 이유가 하나 더 느셨군요."

후작의 걸음이 갑자기 멈췄다. 궤혜른은 고소를 머금은 채 그 등을 바라보았다.

"저에게 시킬 수도 있는 일이었지요. 하지만 공자에게 시키셨습니다. 아십니까? 세상의 모든 것을 이용하려 드는 후작님의 결심이 제게 의해 이용당한다는 것을. 제가 쓸모가 있는 동안은, 후작님은 저를 포기하지 못합니다. 그란과 운차이를 끝까지 포기하지 못한 것과 마찬가지십니다."

"무슨 말을 하고픈 거지."

"그냥 아쉬워하는 겁니다. 우리에게 300명의 인원이 있었을 때 저들에게 휴식을 선물했더라면 오늘 같이 골치 아픈 밤은 맞지 않았어도 되지 않았을까 하는."

무의식중에 힘이 들어간 후작의 어깨가 가늘게 떨렸다. 하지만 후작의 목소리에는 아무 변화가 없었다.

"날 비난하는 건가."

"글쎄요……. 신스라이프의 문제를 풀고 그 재산을 가지게 되면, 그래서 다시 부하들을 모으고 재기의 기틀을 다지게 되면, 제일 먼저 할 일 하나를 제안드리고 싶은 겁니다."

"뭐지."

궤헤른은 어제 낮, 후작이 '나는 녀석들이 좋아.'라고 말했을 때부터 하고 싶었던 말을 이제 모진 고통 때문에 떨리는 목소리로 입 밖에 냈다.

"녀석들을 죽이는 겁니다."

파는 고민했다. 반갑게 맞이할 것인가? 아니면 놀란 표정으로 들어갈 것인가? 아니면 불안에 떨다가 지친 듯한 표정으로 맞이할 것인가? 고민을 끝내지 못한 파는 결국 상당히 어정쩡한 자세로 문을 열었다. 하지만 쳉은 문을 열자마자 곧장 파를 지나쳐 자신의 짐을 향해 걸어갔기 때문에 파는 말 한마디 제대로 붙여보지 못했다. "어, 쳉……?"

쳉의 뒤를 따라 방안으로 들어온 파하스는 파의 모습을 보고는 미안한 표정을 지었다.

"아, 파 양. 놀랐겠군요."

"예. 자다가 일어나보니 두 분이 보이질 않아서……. 어디 갔다 오셨어요?"

"좋은 소식과 나쁜 소식 두 가지가 있습니다만 어느 걸 먼저 듣겠냐고 물어볼 수는 없겠군요. 좋은 소식부터 말해야 이야기가 되니까."

"예? 어, 무슨 이야기인데요?"

"파 양의 언니 미 양을 찾았습니다."

파는 기뻐해야 된다고 판단했고 그래서 파하스뿐만 아니라 짐을 챙기고 있던 쳉까지도 놀랄 정도로 기뻐해 버렸다. 그녀는 파하스의 어깨를 쥐고 팔짝팔짝 뛰면서 당신은 기쁨을 가져다주는 나의 천사요, 행복의 메신저라는 식의 칭찬을 아낌없이 퍼부어대었던 것이다. 그래서 파하스는 나쁜 소식을 말해야 된다는 사실에 대해 거의 죄의식에 가까운 면구스러움을 느껴야 했다.

"그런데 말입니다. 참으로 안타까운 일입니다만, 에, 그 언니분이 괴한들에 의해 납치당했습니다."

"예에? 아니, 뭐라고요!"

파는 비명처럼 외쳤다. 그녀가 슬픔을 못 이겨 기절할 거라고 제멋대로 판단한 파하스는 재빨리 파를 부축하려는 자세를 취했고, 그래서 상당한 낭패감을 맛보아야 했다. 파는 기절하기는커녕 파하스의 어깨를 붙잡아 흔들면서 고래고래 고함을 질러대었다.

"무슨 말도 안 되는 소리예요, 파하스! 괴한이라니! 허튼 소리 하지 말아요! 언니는 그냥 양치기라고요. 복면 괴한 같은 것이 따라다닐 사람이 아니에요!"

"아, 아, 저도 이해 못할 일이기는 한데, 에, 좀 놔주시지 않겠습니까."

그때 자신의 배낭뿐만 아니라 파의 배낭까지 어깨에 둘러멘 쳉이 걸어왔다. 쳉은 간략하게 말했다.

"가면서 설명하지."

"어딜 가는데? 응?"

"미의 동행이었던 사람들에게."

"아, 그래? 어서 가!"

세 사람은 말을 이끌고 운차이 일행이 기다리고 있는 후라마의 펍으로 갔다. 길을 걸어가면서 쳉은 그 동안의 상황에 대해 그답게 설명했다.

"미는 스카니아를 벗어나자마자 이상한 일행과 동행하게 되었고 지금은 그 이상한 일행의 적에게 납치당한 거야."

"그게 무슨 말이야?"

그래서 파하스가 설명을 맡게 되었다.

"예. 파 양. 제가 설명하겠습니다. 파 양의 언니분 미 양은 고향 마을을 벗어나자마자 모종의 임무를 띠고 헤게모니아에 들어온 바이서스의 비밀 요원들과 동행하게 되셨습니다. 그것은 아마도 황야의 우정 이외에 다른 목적은 없는 동행이었을 것입니다만, 역시 고슴도치와 놀면 바늘에 찔리는 법이지요. 바이서스의 비밀 요원들의 목적은 그들 나라에서 도망친 반역자들을 체포하는 것이었습니다. 그런데 그 반역자의 무리가 거꾸로 일행을 급습, 미 양을 납치한 것입니다."

"예? 반역자요? 비밀 요원이요? 지금 그 말을 믿으라는 건가요?"

"인생이 이야기보다도 더 신기할 때가 있다는 말에 대한 좋은 예시라고 생각합니다. 어쨌든 그 비밀 요원들을 보시면 놀랄 겁니다. 낮에 들렀던 펍에서 우리와 함께 싸우려 했던 전사를 기억합니까?"

"예. 그럼 그 사람이……, 아, 그럼 설마!"

"예. 통탄할 일이기는 합니다만, 바로 그때 미 양은 그 펍의 2층에 계셨습니다. 아아, 이건 정말이지 이야기보다 더 신기하다는 말로도 설명이 안 되는 지독한 악운이군요."

"말도 안 돼……. 말도 안 돼."

파하스는 다시 한번 파를 부축하려는 자세를 취했고 이번엔 성공했다. 파는 파하스의 몸짓을 알아차리고는 그의 팔에 몸을 기대었다. 파는 두 손으로 얼굴을 가린 채 흐느꼈고 파하스는 그럴 수 없이 정성스러운 태도로 파를 부축했다. 쳉은 잠시 그 모습을 바라보았지만 오랫동안 바라보지는 않았다. 쳉은 이 도시를, 어느 내장 속에 미를 감추고 있을 것이 분명한 이 괴물 같은 도시의 밤을 바라보았다. 곧 후라마의 펍이 눈앞으로 다가왔다.

'왔나.'

커튼 틈을 통해 후라마의 펍에 도착한 쳉과 파, 그리고 파하스의 모습을 바라보며 돌맨은 이를 악물었다. 방 안의 불은 모두 꺼두었고 배낭과 무장도 모두 갖춘 상태였다. 손에는 여전히 미의 셔츠를 들고 있었다. 이제부터 도망가야겠군. 냄새를 풍기며 달아나는 자신의 입장이 사냥개들에게 쫓기는 여우나 다름없다는 생각에 돌맨은 서글퍼졌다.

문득 돌맨은 오른손에 들고 있던 셔츠를 내려다보았다. 아무도 없는 것을 잘 알면서도 방문 쪽을 한번 바라본 돌맨은 셔츠를 들어올려 거기에 얼굴을 묻었다. 어두운 밤의 어두운 방 안에서, 양부에게 버림받은 소년은 그렇게 셔츠에 코를 파묻은 채 오랫동안 서 있었다. 커튼 틈으로 스며들어 온 달빛이 소년의 볼에 세로로 흰 선을 긋고 있었다.

잠시 후 셔츠에서 얼굴을 뗀 돌맨은 이를 악물고 공포를 몰아내면서 방을 나섰다. 다리는 후들거리고 있었고 발디딤은 갈팡질팡이었지만 돌맨은 가까스로 아래로 내려올 수 있었다. 오늘 밤, 납치에 들어가기 앞서 가이버와 사무엘은 여관 안을 깨끗이 '청소'했고 돌맨은 그 사실을 잘 알고 있었다.

홀 안은 사물의 윤곽도 제대로 보이지 않을 정도로 어두웠다. 홀 가운데 의자에 앉아 있던 여관 주인장은 계단으로 내려온 돌맨을 물끄러미 바라보았지만 돌맨은 그쪽을 쳐다보지 않았다. 가슴에 구멍이 난 채 비난하는 듯한 눈으로 쏘아보고 있는 시체를 보았다간 틀림없이 주저앉고 말았을 테니까. 하지만 홀 바닥에 있을 또 하나의 장애물을 피하기에는 안이 너무 어두웠다. 분명 이 근처 어디에 있을 텐데. 돌맨은 눈을 질끈 감은 채 발을 조심스럽게 뻗었다. 돌맨의 예상은 정확했고 딱딱하면서도 뭉클한 기묘한 감각이 발끝에 닿는 순간 돌맨은 고환이 오그라드는 기분을 느끼며 입을 틀어막았다. 고함을 질러서는 안 돼!

돌맨은 머릿속으로 크기를 가늠한 다음 눈을 감은 채 하녀의 시체를 훌쩍 뛰어넘었다. 쿵. 작은 소리였지만 돌맨은 자신의 발소리에 심장이 내려앉는 기분을 느꼈다.

4

"이이이이……하!"

 벌써 수십 번도 넘게 울려퍼진 외침 소리였지만, 그레이의 목소리에는 조금도 지친 기색이 없었다. 그리폰에 탄 그레이가 까마득한 하늘에서 아래로 곧장 내리꽂히며 고함을 지를 때마다 데스나이트는 거친 저주의 고함 소리를 외치며 흩어져야 했다. 지팡이에 탄 채로 하늘을 날던 솔로처는 그레이가 다시 급강하는 모습을 보며 혀를 찼다. 또다시 마법을 못 쓰게 되었군. 갑자기 그의 등 뒤로 날갯짓 소리가 들리며 딤라이트가 나타났다. 딤라이트는 손에 든 활을 다시 어깨에 걸쳐 메고는 솔로처와 나란히 날도록 페가수스를 몰아가며 못마땅한 표정으로 말했다.

 "아무래도 즐기고 있는 것처럼 보이지 않습니까?"
 "즐기고 있구려."

"죽음을 겪고 나서도 저렇듯 겸허할 줄 모르니……, 민망스럽습니다."

딤라이트의 얼굴은 민망스러워 보이기에는 너무 당당했지만 솔로처는 대충 고개를 주억거려 주고는 다시 그레이의 모습을 내려다보았다. 날개를 접고 곤두박질치듯이 쏘아져 내려간 그레이의 그리폰이 급격하게 날개를 펴자 깃털이 사방으로 흩날렸다. 푸드드득! 거의 직각에 가까운 급반전을 통해 데스나이트들의 투구에 걸릴 정도로 낮은 궤도로 접어든 그레이는 왼쪽 발을 재빨리 등자에서 빼내었다. 왼손으로 안장을 쥔 그레이는 몸을 오른쪽으로 한껏 누인 채 검을 마구 휘둘러대었다.

"이야야야야!"

데스나이트들의 입장에서는 바람에 칼날이 달린 것이나 진배없었다. 목뼈가 부러지지 않을까 의심스러운 어마어마한 속력으로 머리 위를 날아가며 칼날을 휘두르는 그레이의 이런 기승스러운 공격은 데스나이트들로서도 감당하기 어려웠고, 혼란에 빠진 데스나이트들이 대오를 정리하여 반격 태세를 취하자마자 그레이는 다시 창공으로 뛰쳐올랐다. 그리고 그와 동시에 하늘의 다른 각도에서 무스타파의 와이번이 거대한 날개를 휘저으며 내려섰다. 와이번은 정렬한 데스나이트 사수들의 등 뒤로 짓쳐들어 가며 격렬하게 포효했다.

"크아아아악!"

그레이의 그리폰이 쏘아진 화살의 사나움에 비견된다면 무스타파의 와이번은 그야말로 전차의 저돌성으로 데스나이트들의 뒤통수를 유린했다. 한 불운한 데스나이트의 투구가 무스타파의 손에 쥐어진 랜스에 명중되는 순간, 투구는 글자 그대로 산산조각이 나며 파편을 흩날렸다. 와이번의 거체가 이런 말도 되지 않을 정도의 저고도 비행을 하며 일으킨 바람은 데스나이트들의 자세를 크게 뒤흔들었고 그래서 활을 들어 무스타파의 와이번을 겨냥한다는 것은 불가능했다. 데스나이트들에게 실제적인 피해는 많지 않았지만 그레이와 무스타파가 십자 비행을 마친 부분의 데스나이트들의 진형은 붕괴의 단말마를 질러대었고 그 붕괴지점을 정확히 포착한 솔로처는 서슴지 않고 마법을 퍼부어대었다. 폭음과 불길이 요란하게 울려퍼지며 다시 대여섯 명의 데스나이트들이 파괴되었다. 누가 봐도 고의적이라고 생각되는 저궤도로 불길 위를 가로지르며 그레이는 목청껏 외쳤다.

"아잣차! 이 자식들아, 나도 이젠 데스나이트야! 죽은 기사라고! 우하하!"

그레이의 외침은 경쾌했지만 그 목소리를 들은 순간 딤라이트의 얼굴은 창백해졌다. 캐스트를 마치고 다시 지팡이를 부여잡던 솔로처는 딤라이트를 바라보았다.

"딤라이트?"

"괜찮습니다."

"거짓말하지 마시오."

딤라이트는 침울한 표정으로 고삐를 말아쥐는 동작에 과도한 집중력을 발휘했다.

"이제 명확하게 떠오르는군요. 예. 저들이 나를 죽였습니다."

"내가 너무 늦었지. 미안하게 생각하오."

"아니오. 그것은 우리들의 실수였습니다."

"실수?"

딤라이트는 서글프게 웃으며 솔로처를 바라보았다.

"당신을 사부의 위명에 기대어 이름을 떨치는 마법사로 취급한 것, 지금 사과한다면 너무 늦겠지요? 죽고 나서, 300년의 시간이 지나고 나서 하는 사과이니."

솔로처 역시 웃고 말았다. 세월마저 숨이 차 헐떡일 만한 기나긴 시간이 흐른 뒤, 과거의 악몽이 재현된 것 같은 전장 위에서 그 옛날의 기사가 그 옛날의 마법사에게 그 옛날의 실수를 사과하고 있는 것이다. 어떻게 대답해야 할까. 솔로처는 재치 있는 대답을 떠올리지 못했다.

"하긴, 늦긴 늦군요."

딤라이트는 발 아래의 전장을 세심하게 살피면서 지나가는 말처럼 말했다.

"저희 주군과 당신의 사부님의 관계는 한두 마디로 설명되기 어려운 것이었습니다."

"앙숙이지요."

"예……, 앙숙이었습니다. 그러니 제가 당신을 처음 만난 순간 그렇게 무례했던 것, 이해해 주십사 말씀드리자면 너무 뻔뻔할까요."

솔로처는 어제의 일처럼 그날을 떠올렸다.

"젊고, 용감했던 당신이었소. 마법사의 조력은 필요로 하지 않는다고 말할 수 있는 당신의 모습은 실례라고 하기엔 너무 아름다웠지. 그리고 난 당시에도 그런 말에 흥분하기에는 세월을 많이 훔친 늙은이였소. 화내지 않아요."

"하지만 끝내 저희들을 도와주러 오셨잖습니까."

"하하. 그 이야기에 관해서라면 주리오 시장에게 물어보시오. 그의 가문에 얽힌 흥미로운 이야기를 들려줄 거요."

"예?"

딤라이트는 고개를 갸웃했지만 솔로처는 그냥 웃었다. 그러나 오랫동안 웃고 있을 수는 없었다. 저 아래쪽에서부터 그레이가 자신이 외친 고함 소리를 추적할 듯이 맹렬한 속도로 날아오르며 외쳤다.

"저 친구들이 뭔가 줄 게 있는 모양입니다! 나는 사양하고 싶은데, 마법사님은 어떠십니까?"

"마음만 감사히 받도록 하지! 화살은 싫소!"

솔로처는 그레이의 말에 대답하며 지팡이를 위로 날아오르게 만들었다. 화살의 비라고 불릴 만한 가공할 대공 사격이 시작되었고 천공의 3기사와 무지개의 마법사는 제각기 하늘의 네 방향으로 흩어져 날아올랐다. 그러자 데스나이트 사수들은 일제히 활을 비틀어 가장 큰 목표물, 즉 무스타파의 와이번을 노렸다.

'항상 나지.' 무스타파는 짧게 생각하며 와이번을 복잡한 움직임으로 몰았다. 와이번의 거대한 날개가 제멋대로 휘둘러지며 바람 끊는 소리가 요란했다. 몇 개의 화살이 와이번의 날개를 찢어놓았지만 와이번은 익숙하다는 듯이 상처를 무시하며 날아올랐다. 그레이는 민첩한 동작으로 그리폰을 솟구쳐오르게 하면서 웃었다.

"하하, 무스타파! 그렇게 느려서야 엉덩이에 화살 맞겠군. 자네 엉덩이가 오죽 큰가!"

"닥치지 않으면 그 새대가리 괴물을 바베큐로 만들어 아이라에게 먹이겠다."

아이라는 무스타파의 와이번의 이름이다. 그레이는 히죽 웃으며 자신이 타고 있던 그리폰을 내려다보았다. 그러곤 그리폰의 목덜미를 쓰다듬으며 다정하게 말했다.

"그런데……, 아무리 봐도 넌 정말이지 맛없게 생겼단 말이야. 아이라에게 미안한 일인걸."

무스타파는 신음을 흘렸고 그리폰은 이대로 몸을 뒤집어 이 고약한 주인을 데스나이트에게 집어던져 버리면 어떨까 하는 망상에 시달렸다. 그러나 그레이는 태평한 표정으로 아래를 바라보며 말했다.

"작별 인사가 요란한 친구들이야."

그레이의 지적대로 화살을 퍼부어댄 데스나이트들은 뒤로 물러나기 시작했다. 볼품없는 모습은 아니었다. 비록 상처입고 기세가 꺾여 후퇴하는 것이었지만 데스나이트들은 품위 있게 행동할 줄 알았다. 딤라이트가 무의식중에 한숨을 흘릴 만큼 질서정연한 후퇴 동작을 통해 데스나이트들은 켄턴 성벽으로부터 약 2000큐빗 정도 떨어진 위치에 진을 치고 검은 안개로 자신을 완전히 감쌌다. 산과 숲에 기대어 만들어진 진형은 천공의 기사들의 자유로운 움직임을 방해하려는 목적이 뚜렷이 드러나고 있었다.

평원 위에 검은 언덕이 생긴 것 같은 광경을 묵묵히 바라보고 있던 딤라이트는 짧고 강하게 고함을 질렀다.

"그레이!"

"응? 왜?"

"어쩔 텐가."

"어찌기는. 파도도 거세게 몰아치기 위해선 일단 물러서는 법이야. 켄턴으로 귀환한다."

그레이는 사태를 간단하게 파악했다. 레티의 프리스트들과 켄턴 경비 대원 그리고 솔로처의 분전이 있었기에 데스나이트들은 혼란되어 있었고, 우리들은 그 혼란을 잘 이용했다. 하지만 조직적으로 정비를 갖춘 데스나이트들에게 시비를 걸 수는 없다. 돌아가서 밥 먹자.

"이봐, 친구들! 뒤를 엄호할 테니 부상자들을 수용해서 켄턴으로 돌아가시오!"

전장에서 따로 빠져나와 안전지대로 대피해 있던 경비 대원들과 레티의 프리스트들은 상공을 향해 팔을 휘저어 주었다. 부러진 창대를 팔에 대고 찢어진 망토로 묶고 있던 히든보리는 감개무량한 표정으로 하늘을 바라보았다. 망토 자락을 창대에 묶어 급조한 깃발로 부상병들을 집합시키고 있던 로터스 경비 대장은 그 깃발을 다른 경비 대원에게 넘기고는 히든보리에게 다가왔다. 로터스는 한쪽 손을 힘들게 꿈지럭거리는 히든보리를 보자 말없이 손을 뻗어 매듭을 단단히 묶어주었다.

"고맙소, 경비 대장."

로터스는 힘들게 웃으며 히든보리가 일어나도록 도와주었다. 고함 소리를 계속 내지르고 전장의 먼지를 들이마신 후라 경비 대장의 목은 잔뜩 쉬어 있었다.

"내 생전 이런 싸움은 처음이었습니다, 사집관님."

"나도 마찬가지요. 과거의 공포가 우리를 덮쳤을 때, 역시 과거의 희망들이 부활하여 우리를 돕는군."

"그렇군요."

"당연한 일일까요?"

"예?"

히든보리는 온전한 팔로 부러진 팔을 살짝 붙잡으며 나직하게 말했다.

"우리가 부모의 자식이듯, 현재는 과거의 자식이오. 부모가 자식을 보살피듯, 과거가 현재를 보살피는 것 아닐까요."

"제겐 어려운 이야기군요, 사집관님. 지금 제 머릿속에 떠오르는 것은 한 잔의 술과 한 조각의 빵 이외엔 아무것도 없습니다. 그것을 주겠다면 데스나이트와도 악수하고픈 생각이 드는 걸요."

켄턴의 사집관은 빙긋 웃었다.

"내 집에는 우리 어머님께서 담그신 301년산 와인이 있소. 죽었다가 살아난 기념으로, 오늘 그걸 한번 따볼 생각이오. 함께하겠소?"

켄턴의 경비 대장은 입가에 가득 넘쳐흐르는 침을 굳이 감추려 들지 않았다.

짙어져가는 햇살이 켄턴의 외벽을 달구고 있는 오후였다. 부상병들의 수용이 끝나자 켄턴의 성문은 다시 굳게 봉쇄되었으며 봄의 노곤한 햇살 사이를 가르며 과거로부터 날아와 그들을 구원한 그리폰, 페가수스, 와이번, 지팡이는 성벽 위로 날아들었다. 주리오 시장은 히든 보리를 얼싸안으려 들다가 그의 총애하는 사집관을 기절시켰고("으아아! 내 팔! 꼬로로록.") 301년산 와인이 잠시 보류되었다는 것을 깨달은 경비 대장으로 하여금 눈물이 찔끔하도록 만들었다. 그래서 주리오 시장은 솔로처와 천공의 3기사를 대할 때는 훨씬 침착해질 수 있었다.

"감사합니다, 감사합니다! 정말, 예. 정말 감사하다고, 예! 감사합니다."

주리오 시장의 이 상당히 침착한(?) 언행은 솔로처와 그레이, 그리고 무스타파를 머쓱하게 만들었다. 하지만 딤라이트는 장중한 어조로 대답했다.

"300년 묵은 빚을 청산했을 뿐입니다, 시장님. 그날 우리는 데스나이트들을 격파하지 못했습니다. 이토록이나 늦은 빚 갚음에 대해 치하의 말씀은 필요치 않습니다."

"그래도 감사합니다!"

이런 식의 대답에는 딤라이트마저도 할말이 없었다. 딤라이트는 고개를 가로저으며 마구간이 어디 있냐는 질문을 통해 대화의 방향을 바꿔버렸다.

"마구간이오?"

"헐스루인도 고생했으니……, 헐스루인은 제 페가수스의 이름입니다, 쉬게 해주고 싶군요."

"아, 예. 당연하십니다. 저, 그런데 조금 전 여러분들이 분전하시는 동안 바이서스 임펠로부터 찾아온 손님이 계십니다. 북문으로 들어오셨기에 싸움터를 피하실 수 있었지요. 그분이 여러분들을 뵙고 싶어하는데요."

솔로처는 눈을 동그랗게 뜨더니 농담을 말했다.

"손님? 아니, 나는 이 시대에 지인이 없는데?"

그레이와 무스타파는 가벼운 웃음을 떠올렸지만 솔로처의 농담을 알아듣지 못한 딥라이트는 조금 멍한 표정을 지었다. 주리오 시장은 벙긋 웃으며 손을 들어 그 손님을 가리켰다.

대로 저편에서 거구의 젊은이가 한 손은 자연스럽게 칼자루에 얹어두고 다른 손으로는 말고삐를 쥔 채 서 있었다. 온몸에 뒤집어쓴 먼지가 얼마나 대단한지 젊은이의 옷가지들이 원래 무슨 색인지 짐작하기 어려울 지경인 데다가 옆에 서 있는 말은 허옇게 말라붙은 땀 때문에 백마로 보일 지경이었다. 엄청난 거리를 쉼 없이 달려온 것이 틀림없다. 그 젊은이는 광장에 설치된 임시 숙영지에 수용되는 부상병들을 바라보며 안타까운 표정을 짓고 있었다. 젊은이의 순한 얼굴은 이런 표정에 있어 최적이라고 할 만한 얼굴이었지만 그 거대한 덩치를 본 천공의 3기사는 감탄하고 말았다. 그레이는 활짝 웃으며 무스타파에게 말했다.

"이봐, 저 친구, 마치 멜다로 공 같지 않아?"

"체격은 확실히 그렇군."

"혹시 멜다로 공의 후손 아닌가 모르겠어."

그레이와 무스타파가 이런 잡담을 나누는 사이에 젊은이는 이쪽을 돌아보았다. 젊은이는 곧 환한 얼굴이 되어 씩씩한 걸음걸이로 걸어왔다. 솔로처와 천공의 3기사가 바라보는 가운데 멈춰 선 젊은이는 솔로처를 바라보며 열렬하게 말했다.

"아빠!"

바람에 머리카락 흩날리는 소리마저 들릴 듯한 적막이 사람들을 감쌌다. 가장 먼저 혼란에서 깨어난 그레이는 자신이 이 모든 사태를 이해했다는 듯한 표정으로 말했다.

"마법사님의 아드님이었군. 역시 부활한 거야……"

"터무니없는! 난 결혼한 적이 없소!"

그레이는 잠시 주춤했지만 다시 사태를 이해한 자 특유의 웃음을 지어 보였다.

"어, 뭐, 꼭 결혼해야 아들이 생기는 것은 아니죠. 첫사랑 그녀가 말하지 않았던 자식이랄까. 300년 만에 시간과 죽음마저 뛰어넘어 만나길 고대하던 아버지를 찾아서……"

그레이가 이런 발랄하지만 진부한 이야기를 늘어놓고 있을 때 자신이 내뱉은 말에 경악해 버렸던 젊은이는 간신히 제정신을 수습해서 힘겹게 말을 꺼내었다.

"제가 아니라……, 이 검이 말한 겁니다만……"

젊은이는 그렇게 말하며 매우 특이하게 생겼으며 동시에 아름다운 검을 뽑았다. 천공의 3기사는 주춤했지만 젊은이는 검을 뒤집어 날을 쥔 다음 솔로처에게 칼자루를 내밀었다. 솔로처의 눈이 커졌다.

"어라? 이게 누군가!"

솔로처는 반가운 표정으로 그 아름다운 검을 쥐었다. 곧 솔로처는 풀러버린 눈으로 허공을 보며 히죽히죽 웃었다.

"야아! 반갑구나, 프림. 음? 떽! 이 아빠를 유령 취급해서는 못써. 그 동안 재미있는 사람들 많이 만났니? 아아. 그래그래. 착하다. 음음. 그래?"

딤라이트의 눈썹이 하늘을 찌를 듯이 솟구쳤다. "마검인가?" 이번엔 그레이와 무스타파의 눈썹이 땅이 꺼져라 축 처졌다. 그레이는 피식피식 웃으며 말했다.

"저게 바로 프림 블레이드로군. 대공께서도 말씀하셨잖아, 이 친구야."

"응? 아아. 기억난다."

딤라이트는 고개를 끄덕이고는 호기심 어린 표정으로 젊은이를 바라보았다.

"프림 블레이드를 소지하고 계시다면, 귀공은 바이서스 왕가의 분이신가요?"

프림 블레이드를 솔로처에게 건넨 젊은 청년은 그제서야 한숨을 내쉬며 보다 그 거구에 어울리는 정중한 태도로 말했다.

"아니오. 그렇지 않습니다. 저 검의 저번 소유주는 왕족이십니다만 제게 선물로 남기셨지요."

"그럼 귀공은?"

젊은이는 자세를 바로하며 암기하고 있던 말을 하는 것처럼 절도있게 말했다.

"반갑습니다. 그레이 휠드런 공, 무스타파 하빈스 공, 딤라이트 이스

그림자는 혼자 걷지 않는다

트필드 공. 바이서스와 일스의 거리를 멀다 하시지 않고 찾아주셨던 분들께서 300년의 시간을 멀다 하시지 않고 다시 찾아주셨으니 무한히 감사할 따름입니다. 저는 샌슨 퍼시발이라고 합니다."

샌슨은 시간을 쓰는 데 있어서 여유를 두지 말라는 칼의 지침을 잊어먹지 않고 있었다. 그래서 샌슨은 부디 들어와서 원로에 쌓인 먼지라도 좀 털고 가시라는 주리오 시장의 권유를 점잖게 사양하며 선 자리에서 외워온 내용을 모조리 말했다. 폭포처럼 쏟아낸 이야기가 마침내 끝났을 때 샌슨은 솔로처와 주리오 시장만이 그의 이야기를 열심히 듣고 있다는 것을 알게 되었다. 천공의 3기사들은 돌아가며 프림 블레이드를 쥐어보느라 정신이 하나도 없었던 것이다. 좋은 검에 대한 전사의 순수한 호기심에 덧붙여 무지개의 대마법사가 만든 마법검이라는 점은 천공의 3기사들을 매우 자극했다.

솔로처는 턱수염을 쓸어내리며 말했다.

"시간이 멈췄다고? 아니지. 다시 말해야 되겠군. 당신네들의 시간이 멈췄다는 말이오, 그럼?"

"예. 우리들의 시간이 멈췄기 때문에 과거의 여러분들께서 우리들에게 이르렀다고 생각됩니다."

그때 무스타파에게 프림 블레이드를 뺏긴 그레이가 솔로처와 샌슨의 대화에 끼어들었다.

"어, 샌슨 경. 그거 이해가 안 되는데? 내가 제대로 이해했는지는 모르지만 그런 추리는 당신들의 시간, 우리들의 시간 하는 식으로 시간을 구분했을 때 가능한 말인 거 같소. 그런 거요?"

"무슨 말씀인지요, 그레이 경?"

"글쎄. 당신의 비유는 마치 두 마리의 말이 달리다가 한 마리가 멈춰 서자 다른 한 마리가 따라잡았다는 식의 말처럼 들린다는 말이오. 그러니 두 마리의 말처럼 두 개의 시간을 따로 말한 것 같소. 우리들의 시간, 당신들의 시간. 그렇잖아요?"

"예. 그렇군요."

"하지만 시간은 하나잖소. 우리들이 머물던 시간이 그대로 이어져 당신네들의 시간에 이어지는 것이니까 말입니다. 그렇다면 두 마리의 말이 아니라 한 마리의 말 아니오? 만일 말이 한 마리뿐이라면, 한 마리의 말은 멈출 수야 있겠지만 그 자신을 따라잡았다는 식의 표현은 불가능할 거 같은데."

샌슨은 눈을 동그랗게 떴다.

"어……, 그렇군요?"

상당한 반론을 예상하고 있던 그레이는 맥이 탁 풀리는 것을 느꼈다. 그때 솔로처가 끼어들었다.

"아니, 그렇지는 않소. 그레이. 시간은 하나가 아니오. 당신이 마법을 조금 익혔더라면 설명하기 좋았을 텐데. 음……, 혹시 헤이스트 스펠이나 타임 스톱이라는 스펠에 대해 들어보셨소?"

"예? 아, 헤이스트 스펠이라는 것은 마법사의 속력을 매우 높이는 것이지요. 그리고 타임 스톱은, 에, 저 그러니까 시간을 정지시키고 마법사만이 움직이는……. 아!"

그레이는 손가락을 딱 튕겼다. 솔로처는 그레이가 이해했다는 것을 알아차렸지만 샌슨과 딤라이트, 그리고 주리오 시장이 도통 이해하지 못하고 있다는 것도 알아차렸다. 프렘 블레이드를 든 채 입을 쩍 벌리고 있던 무스타파의 경우는 말할 필요도 없었다. 그래서 솔로처는 두 팔을 조금 펼치며 매우 학자연한 태도로 설명을 시작했다.

"타임 스톱은 사물의 시간을 정지시키고 마법사만이 자유로이 움직이는 마법이오. 분명히 존재하는 스펠이며, 마나에 깊이 안겨 있는 마법사라면 능숙하게 사용할 수 있소. 당신들 중 마학에 관심이 있는 분들은 대개 들어보셨을 거요. 그런데 만일 시간이 하나의 흐름이자 고정 불변의 것이라면, 타임 스톱을 성공시킨 마법사가 보낸 시간은 도대체 무엇이겠소?"

"어, 그런가요?"

샌슨은 별로 생각해 볼 기회도 없었던 문제에 당황하며 대답했다. 솔로처는 빠르게 말했다.

"그것도 다 시간이오. 시간이라는 것은 하나의 흐름이 아니지. 시간은 사실 모든 사물에 있어 따로 흐르는 것이오. 하늘을 나는 새와 바람에 흩날리는 풀잎은 사실 서로 다른 시간, 각자의 시간을 살고 있는 것이오. 이해했으리라 믿고, 그럼 헤이스트 스펠을 예로 들어봅시다. 이 경우 마법사는 자신의 시간을 매우 빠르게 보내는 것이오. 그래서 주위의 다른 시간대에 살고 있는 사람들은 마법사가 엄청나게 빠르게 움직이는 것처럼 보이지. 타임 스톱의 경우는 마법사가 자신의 시간을 극한까지 가속시킨 것이오. 아니, 무한이라고 해야 될까? 그렇소. 타임 스톱을 캐스트한 마법사는 자신의 시간을 무한히 빠르게 만든 것이며, 이때 주위의 시간은 상대적인 의미에서 멈춘 것이 되는 거요. 아시겠소?"

샌슨은 거의 불쌍하게 보이는 표정으로 대답했다.

"그럼……, 우리들은, 아니, 모든 것들은 다른 시간을 살고 있다는……. 그럼 어떻게 서로 이야기하고 행동을 주고받을 수 있는 것입니까?"

"왜냐하면 보통의 사물들이 가지는 그 시간 차이라는 것이 거의 0에 가까울 만큼 무한히 작기 때문이오. 그래서 사물들은 모두 하나의 시간을 공유하는 것처럼 보이게 되지요. 마법의 도움이 없다면, 보통의 사물들은 각자의 시간 차이를 절대로 경험할 수 없소."

샌슨은 이해하려는 노력을 포기했다. 그래서 샌슨은 솔로처의 말 전체를 그냥 외워버렸다. 칼에게 들려주고 나서 쉽게 설명하라고 요구해야겠군. 샌슨은 그렇게 결심한 다음 '나는 당연 무쌍하게도 이해했다.'는 표정을 지으며 말했다.

"잘 알겠습니다. 그럼 우리들의 추측이 맞은 것이라는 말씀이시죠?"

"논리적으로 틀린 부분은 없다고 해야겠군. 하지만……"

솔로처는 미심쩍은 표정으로 샌슨을 바라보았다.

"묻겠소, 샌슨. 부활한 이들은 우리뿐이오? 그러니까 나와 천공의 기사, 그리고 저 데스나이트들뿐이냐고."

"현재까지는 그렇습니다."

"이상하군."

"예?"

솔로처는 그레이와 딤라이트를 한 번씩 바라보고는 침울하게 말했다.

"왜 우리들뿐이지? 대왕이나 여덟 별은 왜 부활하지 않는 건지. 우리 사부님의 경우는? 나는 조금 전 모든 사물은 각자의 시간을 가진다고 말했소. 그 말을 바꿔 말하자면, 다른 시간에 비해 특별한 시간 같은 것은 없다는 말이 되오. 모든 시간은 평등하오. 그런데 왜 우리들만이 현재에 부활한 건지……"

샌슨은 미리 들어두었던 대답을 할 수 있어서 안도했다.

"거기에 대해서는 아직 생각해 보지 못했습니다. 하지만 부족하나마 추측해 본 바에 의하면, 이런 현상이 더욱 심화될수록 더 많은 과거들이 우리를 따라잡지 않을까 하는 결론을 얻었습니다."

그레이는 눈썹을 조금 찡그리며 말했다.

"그럼, 우리들이 그냥 처음으로 부활했다는 것이오? 흐음. 마법사님. 조금 전에 다른 시간에 비해 특별한 시간은 없다고 하셨지요? 모든 시간이 평등하다고."

"그랬소."

"그럼 우리는 가장 먼저 떨어진 빗방울인가 보군요. 모든 빗방울들은 다 똑같지 않습니까. 하지만 그중에는 분명 가장 먼저 떨어지는 빗방울이 있는 법이지요."

그레이의 아름답고도 적절한 비유에 솔로처는 피식 웃어버렸다.

"좋아. 일단은 그렇게 여기고 있도록 하지. 음. 그래, 샌슨. 이 사태에 대한 당신들의 대비는?"

"일단 시공의 문제이니만큼 저희들은 이 문제를 요정의 여왕께 여쭤보기로 결심했습니다."

"페어리퀸 다레니안 말씀이오?"

"예. 이미 수도에서는 특사들이 출발했습니다. 저와 동시에 출발했으니 이제쯤은 레브네인 호수에 이르렀을 거라고 생각됩니다."

그때 침묵을 지키고 있던 딤라이트가 끼어들었다.

"질문이 있소, 샌슨 경. 당신들이 이 문제를 해결하면 우리들은 어떻게 되는 거요."

샌슨은 당황했다. 이 질문에 대한 대답은 듣지 못했기 때문이다. 그래서 샌슨은 우물쭈물하다가 힘들게 대답했다.

"저, 그러니까 원래대로……"

"잊혀진 시간으로 돌아가게 된단 말이군요. 소멸한다고."

"그렇게 추측합니다."

"그렇게 만들겠다는 것이겠지. 우리는 있을 수 없는 존재들이니까."

샌슨은 입을 다물었다. 주리오 시장은 불안한 표정으로 딤라이트의 안색을 살폈지만 딤라이트의 딱딱한 얼굴에서는 그의 심사를 추측하게 할 만한 흔적이 하나도 없었다. 딤라이트는 가볍게 입을 열었다.

"바라 마지않는 바요."

"예?"

딤라이트는 밝게 웃지도 않았고, 힘차게 고개를 끄덕이지도 않았지만, 자신 속에 완성된 진리를 말하는 자가 보여주는 당당함으로 말했다.

"꼭 성공하시길 빌겠소. 그리고 그때까지, 우리는 저 데스나이트들이 현재의 여러분에 대해 어떠한 종류의 위해도 끼칠 수 없도록 저지하겠소. 그것이 이 기괴한 상황에서 내가 찾아낼 수 있는 유일한 정의인 것 같소. 나는 오렘의 이름 아래 맹세하겠소."

샌슨은 감탄해 버렸고, 그는 감탄을 표현하는 데 있어 가식이 없는 성격이었다.

"감사합니다! 제가 온 목적도 바로 그렇습니다!"

"그럴 거라 짐작했소. 그런데 부탁이 하나 있군요."

"부탁? 말씀하십시오."

"대공께 저희들의 지위를 복권시켜 주시고 임무의 수행을 완료하도록 허락해 달라는 연락을 취해 주셨으면 하오."

"예? 대공……, 일스 대공 전하 말씀입니까?"

딤라이트는 고개를 끄덕였다.

"그렇소. 300년 전, 나는 우정으로서 바이서스를 도울 것을 결심하신 대공 전하의 명령에 따라 데스나이트들을 물리치기 위해 이 땅을 찾았소. 그러나 나는 선의에서 주어진 협조의 손길을 무시했고, 그래서 콜로넬 계곡의 망자되는 운명을 맞이하게 되었소."

딤라이트의 말을 듣고 있던 솔로처는 쓰게 웃었다. 바이서스의 어전 앞에서 데스나이트들을 처리하는 데 있어 마법사의 도움까지 필요하지는 않을 거라고 말하던 딤라이트의 오만할 정도로 자신감 넘치던 모습을 떠올렸던 것이다. 그와 나 모두 인지하지 못하는 사이에 흐른 300년은 그를 이렇게 변모시킨 것인가. 아니면 이것은 죽음을 경험한 자의 변화인가.

딤라이트는 차분하게 말했다.

"대공께서 내리신 명령을 제대로 수행하지 못하고 죽었으니, 지금 당장이라도 일스로 찾아가 갑옷을 벗고 대공 앞에 무릎 꿇어 죄를 고하는 것이 마땅할 것이오. 하지만 시기가 이러하니 그럴 수는 없군요. 그러니 원컨대, 나와 내 사랑하는 친구들로 하여금 끝끝내 완수하지 못한 명령을, 우리들의 목숨을 지불하고서도 이행하지 못했던 명령을, 참람된 망자의 몸으로나마 수행하게 허락해 주십사 부탁드려 달라는 것이오."

"죽어서까지…… 주군께서 내린 명령을 수행하시겠다는 말씀입니까, 딤라이트 경?"

딤라이트는 동그래진 눈으로 샌슨을 바라보며 퉁명스럽게 대답함으로써 샌슨을 바보로 만들어버렸다.

"당연한 거 아니오?"

샌슨은 자신의 감동을 어떻게 표현해야 될지 몰라 허둥거렸다. 다행히도 무지개의 대마법사가 그를 구원했다.

"좋소. 샌슨. 그럼 켄턴으로의 지원병은 언제까지 구성 가능한 거요?"

샌슨은 다시 착 가라앉은 얼굴이 되었다. 이 질문에 대한 대답을 듣긴 했지만, 그 대답을 자연스럽게 말하는 것이 그에겐 너무 벅찬 일이었다. 샌슨은 힘빠진 얼굴로 주리오 시장을 바라보았다가, 시장이 이미 그의 대답을 짐작했다는 것을 알게 되었다. 주리오 시장은 슬픈 표정으로 땅을 바라보고 있었다. 샌슨은 어렵게 말을 꺼내었다.

"사실대로 말씀드리겠습니다. 지원병은 없습니다."

"뭐요?"

"자세한 사정은 주리오 시장님께서 말씀하시겠지만 현재 바이서스는 전쟁중입니다. 자이편과 전쟁중이지요. 그래서 추가 지원이 몹시 힘든 상태입니다. 그러니……"

샌슨은 말을 맺지 못했다. 이번에는 솔로처가 샌슨을 바보 취급해 버렸다.

"이런 멍청한! 누가 보통 지원병을 말한 거요?"

"예?"

"전쟁중이라. 음. 도대체 평화로운 시기라는 것이 없군. 내가 300년에 걸친 두 시대를 살아본 사람으로서 말하겠는데, 인간사 평안할 날이 없군. 어쨌든 내가 말한 것은 그런 지원병이 아니오. 이곳은 데스나이트들의 공격을 받고 있단 말이오."

"그럼……, 무슨?"

솔로처는 대답하려다가 머리를 가로젓고는 주위를 둘러보았다. 그는 그레이에게 손을 내밀었다.

"거, 킨 크라이의 깃털 하나만 뽑아주시겠소? 좀 큼지막한 놈으로."

그레이는 별말 없이 자신의 그리폰에 다가서서는 그 하얀 깃털을 하나 뽑았다. 그레이에게 깃털을 건네받은 솔로처는 그것을 손에 들고 잠시 바라보다가 지팡이를 들어올렸다. 솔로처의 눈이 감긴 순간, 지팡이에 감겨 있던 링 중에서 두 번째 링이 주홍색의 빛을 뿜었다. 주리오 시장과 샌슨이 당황하여 조금 뒷걸음질치는 동안 솔로처는 빛나는 지팡이를 그대로 깃털에 가져다대었다. 순간 지팡이의 빛이 그대로 깃털로 옮겨진 것처럼 깃털은 선명한 오렌지 빛을 뿜어내기 시작했다. 그것도 물감으로 물들인 것 같은 빛깔이 아니라 그 자체로 환한 빛을 뿜어내는 것이었다. 솔로처는 만족한 표정으로 깃털을 바라보더니 샌슨에게 내밀었다.

"이걸 가져가시오."

"예? 아, 예. 어디로……?"

"빛의 탑으로 찾아가시오. 빛의 탑의 마법사들이 모조리 마학 연구하다가 돌아버리지 않았다면 이 깃털이 의미하는 바를 알아볼 수 있는 녀석들도 있을 거요. 당신이 할 일은 그저 그들 앞에서 이 깃털을 허공에 던지는 것이오. 그러면 그 친구들은 이해할 거요. 그들이 이해하면, 솔로처가 맡겨둔 물건을 찾고 싶어 한다고 말하시오. 당신이 직접 가져다 줄 필요는 없소. 그 녀석들도 운동 좀 해야 될 테니까. 현재 길드장이 누군지야 내 알 바 아니지만, 까마득한 사조께서 명령하는 것이니 속히 가져오라고 전하시오."

샌슨은 황공스러운 동작으로 깃털을 받아들며 고개를 끄덕였다. 그때 그레이가 말했다.

"아, 샌슨 경. 부탁이 참 많습니다만 이왕 부탁하는 김에 하나만 더 부탁해도 될까요?"

"얼마든지 말씀하십시오."

"거 뭐냐, 딤라이트의 말을 전달하는 사자 편에 그레이의 말이라고 해서 한마디 더 전달해 주시오. 내 비록 죽었지만 내가 대공과 맺었던 충성의 서약은 그대로요. 그리고 그 서약은 내 자손과 대공의 자손에게까지 모두 해당되는 것이었소. 그러니 이렇게 말해 주시오. 인간이 말하는 것과 인간이 말할 수 없는 모든 것이 충성의 서약을 깰 수 없음을 기억하신다면, 300살 넘게 먹은 늙은 수하들을 정의롭게 대해 주실 의향이 있으시다면, 일스 기사 단원의 출병을 부탁드립니다. 알겠소?"

샌슨은 도대체 이 행운을 어떻게 해석해야 될지 몰랐고 그것은 주리오 시장 역시 마찬가지였다. 고작해야 힘없는 동의(이 시대와 관련된 사람은 아니지만, 부탁한다면 후손을 위해 싸워주겠다)만이라도 얻어낼 수 있다면 다행이라고 여겼던 여행이 이런 엄청난 성과로 끝나게 될 줄이야. 샌슨은 이마가 부서져라 경례를 붙이려다가 눈앞의 사람들이 일스의 기사와 마법사, 즉 그에게 경례를 받을 사람이 아니라는 것을 간신히 알아차리고는 대신 머리를 깊이 숙였다.

"감사합니다! 미력한 목숨 초개처럼 던져 그 전갈을 전하겠습니다!"

그레이는 빙긋 웃으며 말했다.

"죽으면 못 전해요. 살아서 전하도록."

"아, 예."

그때 무스타파가 오랜 침묵을 깨고 말했다.

"죽어도 전할 수 있을지도 모르지."

사람들은 모두 무스타파를 돌아보았고 무스타파는 조금 겸연쩍은 표정으로 말했다.

"죽은 자가 살아나는 것이 작금의 현실이잖소. 그러니 샌슨 경도 죽으면 되살아날지도 모르지. 그렇잖소?"

샌슨은 입을 쩍 벌렸다. 그러나 솔로처가 말하는 것을 듣고는 더욱 놀라야 했다.

"그렇지는 않지. 만일 샌슨 경과 그 동료분들의 추측이 맞다면 현재는 점차 고정되고 있는 거 아니겠소? 재수가 없으면 여기 있는 우리 친구 샌슨께서는 사망한 그 순간이 영원히 고정될지도 모르지. 되살아날 수 없게 말이오. 흥미로운 연구거리인데. 음음. 샌슨. 사실의 판단을 위해 좀 죽어주실 생각은 없소?"

"그, 그 말씀은 수용하기 어렵군요……"

솔로처는 껄껄거리며 농담이었다고 말했고 천공의 3기사들도 웃어버렸다. 하지만 샌슨은 방금 오고간 대화에서 깨달은 사실을 생각하느라 웃기가 어려웠다.

이들은 되살아났다. 그러나 그 자신은 죽으면 되살아날 수 있을지 없을지 알 수가 없다. 어쩌면 과거의 시간이 되어 되살아날 수 있을지도 모르고, 어쩌면 죽어버린 그 순간이 고정되어 절대로 부활할 수 없을지도 모른다.

그리고 제3의 경우도 있다. 샌슨은 바로 그 제3의 경우를 고민하며 머리 아파해야 했다.

이미 그는 고정되었다는 것. 그러므로 절대로 죽지 않을 수도 있다는 것.

"좋은 해답이 있어요, 아프나이델?"

"모르겠는데요."

바위에 걸터앉아 있던 제레인트는 아프나이델의 대답에 풀죽은 표정이 되어서는 풀잎을 뜯기 시작했다. 툭. 툭. 역시 맥이 풀린 표정으로 호수를 바라보고 있던 엑셀핸드는 머리를 벅벅 긁으며 이루릴을 바라보다가 못 참겠다는 듯이 말했다.

"이봐, 이루릴!"

"네."

"다시 좀 불러주게. 이건 도대체 장난치는 것도 아니고. 왜 똑똑히 말해 주지 않는 거야?"

"그녀는 대답해 주셨습니다만."

"그런데 그 대답이라는 것이 머리 아픈 소리잖아! 뭐라고? 어, 그러니까 과거가…… 교차점이……"

요정의 여왕의 말을 반복하려다 잠시 주춤한 엑셀핸드는 주위의 모든 이들이 자신을 바라보고 있다는 것을 깨닫게 되었다. 엑셀핸드는 으르렁거렸지만 아일페사스가 먼저 말했다.

"까먹었지?"

"……넌 기억하냐?"

"물론이죠, 엑스 오빠."

"그럼 말해 봐!"

"과거로 향하는 흐름과 미래로 향하는 흐름, 두 흐름의 교차점을 찾으면 모든 것이 원래대로 되돌아가리라."

아일페사스는 스스로를 기특하게 여기며 낭랑한 목소리로 페어리 퀸 다레니안의 대답을 반복했다. 엑셀핸드는 드워프 어로 뭐라고 혼잣말을 한 다음 아프나이델을 잡아먹을 듯이 노려보기 시작했다. 아프나이델은 당황하며 말했다.

"예?"

"그 말이 무슨 뜻이냐, 아프나이델!"

"조금 전에 말했듯이, 모르겠는데요?"

그러자 엑셀핸드는 기세 오른 표정으로 주위를 둘러보기 시작했다. '어때? 마법사도 무슨 말인지 모르는 말이란 말이야. 그런 말도 되지 않는 말, 잊어먹을 수도 있는 거 아냐?'라고 주장하는 듯한 표정이었지만 불행하게도 아무도 엑셀핸드를 바라보지는 않았다. 모두들 답답한 표정으로 레브네인 호수의 수면을 바라보며 말없이 서 있었다. 요정의 여왕이 한 말은 무슨 의미일까?

앉은 자리에 조그마한 건초 더미 비슷한 것을 만들어버린 다음에야 제레인트가 입을 열었다.

"아무래도 그 이상의 다른 대답은 주시지 않을 것 같지요?"

"아쉽지만, 그렇게 추측됩니다."

이루릴은 평온하게 대답했고 제레인트는 고개를 끄덕였다.

"그럼 이젠 우리들에게 맡겨진 것이군요. 그게 뭔지, 그러니까 과거로 향하는 흐름과 미래로 향하는 흐름이 뭔지 밝혀내고, 그 흐름의 교차점이라는 것을 찾아내는 것은 전부 우리 몫이란 말이군요. 아악! 그런데 나는 수수께끼에는 소질이 없단 말입니다! 아프나이델! 좋은 생각 좀 없어요?"

단지 마법사라는 이유만으로(똑똑한 마법사, 잘난 마법사, 이미 세상의 모든 지식을 알기 때문에 보통 사람들은 상상할 수조차 없는 것들을 추구하는 마법사, 유피넬의 저울 눈금을 속여 헬카네스의 추마저도 비켜가게 만드는 위대한 그 이름, 마법사) 무려 세 번에 걸쳐 지적당한 아프나이델은 기가 죽을 대로 죽어서 대답했다.

"없습니다."

아일페사스는 아프나이델에 대한 이런 취급에 분개해서는 외쳤다.

"왜 자꾸 나이드만 못살게 구는 거야? 린! 언니는 왜 아무 말도 안 해? 뭐 떠오르는 거 있어요?"

에델린은 미소를 지으려 했지만 잘 되지도 않았다. 그래서 그냥 대답했다.

"떠오르는 것이 없네요, 아일페사스."

"제리! 너는 없어요?"

"지금으로선."

"엑스 오빠는 건너뛰고, 악! 때리지 마! 아, 루리. 루리는 뭐 떠오르는 거 없어?"

"없군요."

"그럼 요정의 여왕이 잘못 생각한 거네요. 그 정도만 말해 주면 우리가 알아차릴 거라고 생각했나 본데 그렇지가 못하잖아. 우리들을 너무 대과평가했나 봐."

"과대평가라고 하는 거야, 아일페사스."

아프나이델이 지적했지만 아일페사스는 콧대를 높이 세워보였을 뿐이었다.

"요정의 여왕이 한 말도 모르는 주제에 그까짓 과대평가라는 단어 똑바로 아는 것이 무슨 자랑이야?"

아일페사스의 말로써 일행들은 다시 자신들의 아둔함을 인식하며 속상함에 빠졌다. 제레인트는 다시 한번 처량한 목소리로 아프나이델에게 말했다.

"과거로 향하는 것이 뭘까요?"

괴롭히기 위한 것은 아니다. 그것보다는 신뢰감의 표현이라고 해야 될 것이다. 일행 중에 이 묘한 문제에 대답할 수 있는 사람이 있다면 아프나이델이 유일할 거라고 무의식중에 믿는 제레인트의 질문에 아프나이델은 한숨을 내쉬었다. 그는 침울한 표정으로 땅을 바라보며 말했다.

"전사인가 보지요."

"그럼 미래로 향하는 것은요?"

"마법사겠지요."

아무렇게나 대답하던 아프나이델은 문득 주위가 고요해졌다는 것을 깨닫고는 고개를 들었다. 제레인트와 에델린은 고개를 갸웃거리고 있었고 엑셀핸드는 턱수염을 쓰다듬고 있었다. 그리고 이루릴은 아무 표정 없이 아프나이델을 바라보고 있었지만 아일페사스는 눈을 커다랗게 뜨고 있었다.

"나이드? 그게 무슨 말이야? 대답을 알아낸 거예요?"

"어? 뭐? 아, 아니. 농담한 건데……"

아프나이델은 당황해서 고개를 가로저었지만 제레인트가 급하게 말했다.

"잠깐만요, 아프나이델. 그 농담이 왠지 그럴듯하게 들립니다. 무슨 의미로 그렇게 말한 거지요?"

아프나이델은 이제 본격적으로 당황해 버렸다. 그는 어쩔 줄 몰라하며 말했다.

"아, 저, 그게 그러니까. 음. 에, 마법사는, 마법사는 그러니까……"

"침착하게 말해. 아무도 너 안 잡아먹어!"

잡아먹을 듯이 바라보며 말하는 엑셀핸드 앞에서 아프나이델은 주저주저하며 말을 이어나갔다.

"어……, 음. 예. 이건 그냥 농담입니다. 마법사들끼리 하는 객담 같은 거지요. 전사가 다루는 검은 무엇에 쓰입니까? 그것은 자신을 보호하는, 즉 자신을 유지하는 도구입니다. 이때 발전이나 변화 같은 것은 배제되지요. 전사는 자신의 몸 어디라도 다치지 않기를 원할 겁니다. 맞지요? 예. 그러니까 검이라는 것은 항상성이나 일관성 유지의 도구입니다. 과거 그대로의 모습으로 있기를 원하는 심리의 도구라고 할 수 있습니다. 한마디로 정체의 도구지요."

제레인트는 아프나이델의 말이 진행됨에 따라 점점 상체를 앞으로 기울여갔다.

"음음. 그렇게 생각할 수도 있겠군요. 그럼 마법사의 경우에는?"

"마법사는 반대로 변화를 원하는 심리지요, 뭐. 가만히 놔두지를 못하는 것이 마법사의 심리입니다. 균일하게 배치되어 안정된 마나를 마구 일탈시키고 변화시키고 뒤죽박죽으로 만드는, 에, 그런 것이 마법사의 소행입니다. 그렇잖습니까? 마법사는 되는 대로 놔두는 것을 못 견뎌하지요. 뭔가를 바꿔보고, 변화시켜 보고. 아시겠습니까? 그렇다면 마법사라는 존재가 뭔지 말할 수 있게 됩니다. 마법사는 변화의 노예지요."

"그러니까 현재의 모습을 있는 대로 놔두지 못하고 미래를 바라보는……?"

"그렇게 볼 수도 있다는 말이지요, 뭐."

아프나이델은 자신의 별 대수롭지 않은 농담에 일행들이 이토록이나 진지하게 반응하는 것에 놀라고 말았다. 심지어 엑셀핸드까지도 깊은 생각에 잠긴 표정으로 아프나이델의 말을 되씹고 있었다. 에델린은 작은 코를 힘차게 벌렁거리며 말했다.

"으음. 그 교차점이라는 것에 대해서는 아직 알 수 없지만 아프나이델 님의 말은 그럴듯하게 느껴지는데요. 그렇잖습니까, 이루릴?"

"예. 그렇게 느껴지는군요."

"그거 농담이라니까요……"

"맞아. 제레인트. 이 친구의 말은 내게도 이해되는데. 음? 그 표정 뭔가. 전에도 본 적이 있는 표정인데?"

"아, 아닙니다. 엑셀핸드. 으음. 확실히 그럴듯하지요? 현재에 살면서도 어제의 충성, 어제의 모국을 지키는 전사, 현재에 살면서도 내일의 발견, 내일의 신지식을 겨냥하는 마법사."

"말씀드렸다시피 그건 농담이고……"

"오아! 어쨌든 나이드, 멋져! 그래도 제일 똑똑해요. 마법사다워요. 당장 맞춰버리다니! 오아!"

"아일페사스, 부디……. 그건 농담이라고!"

그러나 아일페사스는 아프나이델의 이런 절절한 반항을 무시하며 질문했다.

"그런데, 나이드의 말대로라면 과거로 향하는 흐름은 전사고 미래로 향하는 흐름은 마법사인데, 그럼 전사와 마법사의 교차점이 뭔데?"

"성직자인가?"

제레인트가 눈을 반짝반짝 빛내며 이렇게 말했지만 아무도 그의 말에는 신경 쓰지 않았다. 일행은 모두 진지한 표정으로 아프나이델만을 바라보았고 아프나이델은 그만 항복하는 심정으로 말했다.

"알 도리가 없지요."

그러자 일행은 이구동성으로 떠들기 시작했다.

"아! 남자 전사와 여자 마법사, 혹은 그 반대의 경우가 결혼해서 낳은 아이!"

"아냐. 전사의 길과 마법사의 길이 만나는 곳. 그건 명예다! 명예야말로 그 양자 모두가 관심을 갖는 거야."

"그런 식으로라면 돈이라고 말할 수도 있겠군요. 혹은 보석이라고도."

"혹시 어린이를 말하는 거 아닐까요? 어린이는 장차 전사가 될 수도, 마법사가 될 수도 있는 존재니까 그 양자의 시발점……. 아니, 잠깐. 교차점이라고 했으니 좀 이상한데……"

"잠깐. 교차점이라고 했으니 그건 어떤 장소를 말하는 거 아닐까요? 알았습니다! 마법 국가인 바이서스와 전사 국가인 자이펀. 이건 바이서스·자이펀 전쟁을 빗댄 말입니다!"

"잠깐만요. 물론 바이서스에 빛의 탑이 있긴 하지만 바이서스는 어디까지나 기사도의 나라란 말입니다."

"그럼 궁성 임펠리아다!"

마지막으로 일갈한 엑셀핸드는 모든 이의 관심을 한몸에 받으며 퍽 기뻐했다. 에델린은 믿을 수 없다는 듯이 눈을 크게 뜨고 엑셀핸드를 바라보았다.

"노커여, 임펠리아라고 하셨습니까? 바이서스의 궁성을 말씀하시는 건가요?"

"그렇지."

"어째서 그렇게 생각하십니까?"

"그곳은 전사의 성지이지만 마법사가 지키는 곳이니까."

엑셀핸드는 한층 높아져가는 기쁨에 거의 취하는 기분을 느꼈다. 일행들은 모두 뒤통수를 매우 딱딱한 무엇으로 두드려맞은 듯한 표정으로 드워프들의 노커를 바라보고 있었던 것이다. 그 중에서 그래도 가장 초연한 표정을 하고 있던 이루릴이 조용히 말했다.

"바이서스 기사도의 총본산인 성지이지만, 대마법사 핸드레이크의 이름을 기억하기 위해 대대로 마법사가 그 수비 대장을 맡는 곳. 엑셀핸드께서는 그것을 말씀하시고 싶은 것이군요."

"그렇지, 그렇지!"

경악에서 깨어난 제레인트가 달려들 것 같은 과격함으로 엑셀핸드를 겁주며 외쳤다.

"하지만 궁성이 왜요!"

"응? 어, 무슨 말인가?"

"그럼 이 모든 우스꽝스러운, 아니, 비극적인, 아냐. 기괴망측한, 음. 아무래도 제 마음을 적당히 나타낼 수 있는 말을 찾기도 어려운……이라고 말해야 될 이 사태가 바이서스의 궁성 임펠리아에서 일어났다는 말씀입니까? 하지만 궁성의 무엇이, 누가? 그게 말이 돼요?"

제레인트의 말투는 마치 질책하는 듯했고 그래서 엑셀핸드도 노기 띤 얼굴이 되었다.

"내게 말할 기회를 준다면, 그 기회를 용도 변경해서 네 녀석의 뒤통수부터 한 대 때려주겠다. 내가 그걸 어떻게 아냐? 전사와 마법사의 교차점이라고 하니 그게 떠오른다는 거다. 이 엉터리 프리스트야!"

에델린은 침착함을 유지하려 애쓰면서 말했다.

"음음. 여러분. 저는 이렇게 생각합니다……. 제발 내 말을 들어주세요. 예?"

에델린의 간곡한 부탁에 의해 "때려봐요, 때려봐! 내 뒤통수에 손이나 닿아요?" "크아아악! 이놈의 자식, 정정한다. 다리 몽둥이를 분질러 놓겠다!" 등등의 험악한 애정 교환을 하고 있던 제레인트와 엑셀핸드도 진정하게 되었다. 에델린은 그 거구에 어울리는 깊이 울리는 목소리로 말했다.

"일단 요정의 여왕께서 주신 말씀의 전반부는 아프나이델 님에 의해, 후반부는 엑셀핸드님에 의해 해석되었습니다. 그 해석에 따르자면 요정의 여왕께서 말씀하신 것은 이와 같습니다. '전사와 마법사의 교차점, 궁성 임펠리아를 찾으면 모든 것이 원래대로 되돌아가리라.' 이 이상의 다른 해석은 현재로선 나오지 않고 있습니다."

에델린의 목소리에는 사태를 안정된 것으로 보게 만드는 힘이 있었고 그래서 일행들은 자신도 모르게 매우 안심스러운 기분을 느껴버렸다. 에델린은 잠시 쉬었다가 부드럽게 말을 이었다.

"그렇다면 우리들은 궁성 임펠리아로 돌아가야 됩니다. 그리고, 만일 그 해석이 옳지 않다 하더라도 어차피 우리들은 페어리퀸 다레니안께서 주신 말씀을 수도로 가져가야 될 것입니다. 수도로 가져가서 보다 현명한 분들께 이 말씀에 대해 해석을 요구할 수도 있겠지요. 그렇잖습니까?"

그러나 이 부분에서 제동이 들어왔다. 자신의 해석을 절대적 진리인 것처럼 여기는 일행에 대해서 곤혹스러워하고 있던 아프나이델이 고개를 조금 가로저으며 말했던 것이다.

"하지만 그 해석이 옳지 않았을 경우에는 수도로 돌아가는 것은, 글쎄요……. 저희들은 지금의 이 문제 상황의 이면에 있는 원인을 규명하고 그 해결 방안까지 모색할 것을 목적으로 출발한 것 아닙니까? 출발하기 전 칼께서도 말씀하셨다시피 우리에겐 시간이 없습니다. 아직까지는 흘러가는 강물이 멈추고 천공을 일주하는 태양이 멈춰버리는 일은 일어나지 않고 있습니다만 그것이 언제 일어날지 모릅니다. 아니, 어쩌면 밤이 우리들의 '현재'로 영원히 고정될 수도 있겠지요. 그럼 우리는 영원한 어둠 속에서 살아야 될 겁니다."

아프나이델의 말에 일행은 섬뜩함을 느꼈다. 부드러운 포용력으로 일행들의 관심을 집중시켰던 에델린과는 달리 아프나이델은 끔찍한 말만 일삼음으로써 일행들에게 자신의 의견을 전달하고 있었다.

"따라서 한시 바삐 이 상황의 이유를 밝히고 그 해결을 도모해야 하는 것이 우리들의 입장입니다. 그런데 만일 우리들의 해석이 틀렸을 경우 우리들은 많은 시간을 낭비하게 됩니다. 여기서 수도까지 돌아가는 시간, 음, 이건 얼마 안 걸리겠군요. 하지만 그 말씀을 전달하고 다시 해석해야 하는 시간은 꽤나 많이 걸릴 겁니다."

"그래서……, 어쩌자고?"

엑셀핸드는 미심쩍은 표정으로 말했다. 그러나 아프나이델은 그 질문에 대한 대답을 이미 준비해 두고 있었다.

"간단하지요. 물어보는 겁니다."

"물어보다니?"

아프나이델은 대답하는 대신 매우 극적인 동작으로 고개를 돌렸다. 그래서 일행들의 시선은 자연스럽게 아프나이델의 시선을 따라가게 되었다. 그 시선이 멈춘 곳에는 선량해 뵈는 얼굴이 당혹감을 담고 있었다.

"제레인트?"

"예?"

"이 해석이 맞아요, 틀려요?"

제레인트는 생각하기도 전에 대답했다. "틀려요."

아프나이델은 자신의 해석이 틀렸다는 데서 안도감을 느껴야 된다는 것이 꺼림칙했다. 게다가 일행들이 전부 그 해석에 기대를 걸고 있다는 것을 잘 알고 있는 바에야. 그래서 아프나이델은 서글프게 웃으며 말했다.

"예……. 들으셨지요? 틀렸답니다. 몇 번이나 말씀드렸지만 그 해석은 그냥 농담이었을 뿐이니까요."

"끄으으응!"

엑셀핸드가 일행을 대표해서 신음을 토했기에 다른 이들은 그냥 입을 다물었다. 인간, 트롤, 드워프, 엘프, 드래곤의 이 복잡다단한 구성의 종족들은 모두 각 종족을 대표할 만한 슬픈 표정을 지었다. 그러나 제레인트만은 예외였다.

"하지만 맞아요."

레브네인 호수에서 들려오는 찰박거리는 물소리만이 잠시 사위를 점령하며 기세등등하게 울려퍼졌다. 만연한 고요함 속에서 일행들이 제레인트를 바라보는 가운데 이 말에 대해 대답할 수 있는 유일한 이가 입을 열었다.

"그런가요."

이루릴이었다. 그리고 아일페사스가 냉큼 그 뒤를 이어 말했다.

"그런가요라니? 루리! 루리! 아니, 제리! 어떻게 된 거야? 맞다는 거예요, 틀리다는 거예요?"

"틀려. 하지만 맞아."

아프나이델은 턱을 긁적거리며 침울하게 말했다.

"역시 세상은 흑백 논리만으로는 설명할 수 없는 법 어쩌고 하는 교훈을 주려는 목적이라면 상당한 짜증을 야기시킬 뿐 본래의 목적에는 실패했다고 말씀드리고 싶은걸요?"

"아니……, 에, 그러니까. 아프나이델의 해석은 틀려요. 하지만 우리는 임펠리아로 가야 해요."

"한결 낫군요."

아프나이델은 정말 다행스럽다는 표정으로 말했기 때문에 제레인트는 퍽 기분이 좋아졌다. 그러나 아프나이델은 그 표정 그대로 의문을 제시했다.

"그럼 뭡니까. 우리 해석은 틀렸지만 답은 맞았다는 말입니까?"

"글쎄요. 그건 모르겠습니다. 그런 식으로 조건을 붙이는 질문은 제게 부여된 권능에 해당되지 않습니다. 조건을 붙이는 것은, 음. 마치 세 갈래 길에서 오른쪽의 길로 가지 않는다고 할 경우 가운데와 왼쪽 중 어디로 갈 거냐고 묻는 것과 비슷하지 않겠습니까."

"그렇습니까. 음. 그럼 어쨌든 우리는 임펠리아로 가야겠군요?"

"저는 그러고 싶습니다."

제레인트의 말에 모두들 고개를 끄덕였다. 그러자 이루릴은 침착한 표정으로 레브네인 호수를 향해 작별 인사를 보내었다.

"도움 준 것에 감사해요, 내 친구 다레니안. 열심히 노력해 보겠습니다."

아일페사스는 뭘 열심히 한다는 말인지 모르겠다는 표정으로 이루릴을 바라보았지만 거기에 대해서는 질문하지 않았다. 대신 그녀는 드래곤의 대표로서 이 작별의 자리에서 자신이 중요한 위치를 차지해야 된다고 생각했다. 그래서 그녀는 기품 있게 앞으로 걸어가서는 씩 웃으며 말했다.

"고마워, 다렌. 조그만 것이 제법이었……"

아일페사스는 드래곤의 대표로서의 임무를 수행하지 못하고 아프나이넬의 손에 입이 틀어막히고 말았다. 그리고 아프나이넬이 허옇게 질린 얼굴로 아일페사스를 끌어당기는 것과 동시에 제레인트는 초주검이 된 얼굴로 수면을 향해 외쳤다.

"죄송합니다! 죄송합니다! 저희들이 잘못 가르쳐서 그러니 부디 넓으신 아량으로 용서해 주십시오!"

레브네인 호수의 넓은 수면에는 아무런 움직임도 없었고 마법사와 프리스트는 이마를 쓸어내렸다. 아일페사스가 입을 막은 이 손을 확 깨물어버릴까 하는 흉포한 생각을 떠올리는 사이에 엑셀핸드가 후환이 두렵다는 듯이 말했다.

"어, 음. 작별 인사 끝났지? 어서 돌아가세. 흠흠!"

그러자 이루릴은 가볍게 고개를 끄덕이고는 캐스트했다.

"게이트."

이루릴이 그랜드스톰으로 곧장 통하는 마법의 문을 만들어내자 가장 먼저 뛰어든 것은 엑셀핸드였다. 그 뒤를 따라 제레인트가 레브네인 호수를 향해 다시 한번 인사를 보내고는 게이트 안으로 걸어 들어갔고 에델린과 이루릴이 뒤를 따랐다. 아일페사스를 안고 있던 아프나

그림자는 혼자 걷지 않는다　357

이델은 그제서야 아일페사스를 놓아주고 그 뒤를 따라 걸어가려 했다. 그때 아일페사스가 그의 옷자락을 붙잡았다.

아프나이델은 멈칫하며 아일페사스를 바라보았다. 그리고 그녀의 얼굴을 보고는 조금 놀라버렸다. 아일페사스는 그가 한 번도 보지 못한 표정을 짓고 있었다.

"왜 그러니, 아일페사스?"

"펫시라고 부르랬잖아. 그랜드스톰에서는 잘 부르더니 왜 다시 그렇게 불러요, 나이드."

"아……, 하하. 그래, 음. 펫시."

아일페사스는 한숨을 내쉬었다.

"차라리 결투를 신청해요, 결투를. 그게 뭐야? 뻣뻣하게 '펫!시!'라니."

"차차 익숙해지겠지. 기다리렴."

"글쎄요?"

웃으며 대답하던 아프나이델은 아일페사스의 대답에 의아한 얼굴이 되었다. 아일페사스는 호수에서 불어온 바람에 가볍게 흩날리는 머리카락을 쓸어넘기며 말했다.

"익숙해져? 현재가 고정되면, 나이드는 영원히 저를 '아일페사스'라고 부르는 거 아냐?"

아프나이델은 침울한 표정으로 아일페사스를 바라보았다. 아일페사스는 그 시선에 움찔하더니 몸을 돌려 수면을 바라보았다. 그러자 아프나이델도 덩달아 수면을 바라보았다. 젊은 마법사와 금발의 웜링은 그렇게 자작나무 숲을 등지고 넓은 호수면에 둘의 그림자를 던지며 잠시 서 있었다.

아프나이델은 짙은 한숨을 내쉬었다. 그리고 되도록이면 따스하게 들리도록 노력하며 말했다.

"그렇게 안 되도록 하려는 거잖니……, 펫시."

아일페사스는 싱긋 웃으며 고개를 돌려 아프나이델을 바라보았다.

"그래야지. 그런데 말이야."

"응?"

"현재가 고정되면……. 아, 아냐. 돌아가."

"응? 왜 그러니."

아일페사스는 두 손을 엉덩이 뒤로 모으고는 하릴없이 돌멩이를 걷어찼다. 퐁. 호수에 던져진 돌멩이가 작은 물소리를 내자 아일페사스의 입 속을 맴돌던 말이 깜짝 놀라며 튀어나왔다.

"그럼 저, 영원히 드래곤이 못 되고 웜링으로 있는 거야?"

아프나이델은 가슴이 덜컹 내려앉는 기분을 느꼈지만 애써 아무런 내색을 하지 않으며 말했다.

"……그럴 수도 있겠지."

"음음. 저 드래곤이 되면 드래곤 라자를 가져야 되지? 그래야 제리랑, 나이드랑, 엑스 오빠들하고 이야기할 수 있죠? 아빠는 그렇다고 하던데."

"그렇지. 너는 그때 지상에서는 짝을 찾아보기 힘들 정도로 완벽한 존재가 될 테니까."

무의식중에 대답하던 아프나이델은 문득 눈앞의 아일페사스를 바라보고는 피식 웃어버렸다. '완벽한 존재'라. 아일페사스는 아프나이델의 웃음을 이해하진 못했지만 그저 덩달아 웃으며 말했다.

"헤. 그거 귀찮겠다. 어서 가! 게이트가 닫히겠어."

아일페사스는 그 말만 남겨두고는 재빨리 게이트 안으로 뛰어들었다. 긴 블론드의 물결이 검은 문 안쪽으로 사라지는 것을 바라보던 아프나이델은 싱긋 웃으며 그 뒤를 따랐다. 문득 그의 발걸음이 멈춰지며, 아프나이델은 요정의 여왕이 거주하는 호수를 바라보았다.

인간의 대마법사를 사랑했지만 영원히 그와 자신을 분리시켜버린 여왕이 계시는 호수를 향해 아프나이델은 가볍게 고개를 끄덕였다.

"도움주신 것, 감사합니다. 이미 도움을 받은 주제에 더 바라는 것은 뻔뻔하겠지요. 어떻게든 해보겠습니다. 고정을 타파하는 변화는 마법사의 몫, 그리고 인간의 몫일 테니까요."

수면을 스치는 가벼운 바람만이 아프나이델의 말에 대답했다. 아프나이델은 아무도 없는 호숫가에서 수면을 향해 말하고 있는 자신을 깨닫고는 조금 머쓱한 기분을 느꼈다. 그러고는 그 머쓱함에서 도망치듯 게이트 안으로 걸어 들어갔다.

5

"이곳입니다……. 헬턴트 공?"

"아, 예."

켄턴으로 보낸 샌슨의 일과 레브네인 호수로 파견한 일행에 대한 일로 머릿속이 꽉 차 있던 칼은 간수장의 목소리에 간신히 정신을 차렸다. 그 용모만으로도 죄수들의 탈옥 의지를 상당히 저지시키고 있을 것만 같이 생긴 간수장은 그런 칼을 바라보다가 이해했다는 듯이 말했다.

"걱정 마십시오. 창살은 튼튼하고 간수들은 민첩합니다. 죄수들에 대해 겁내실 필요는 없습니다."

칼은 헛웃음을 터뜨릴 뻔했지만 간수의 추측에 대해 별말은 하지 않고 그저 고개만 몇 번 끄덕여주었다. 간수장은 손에 들고 있던 횃불을 벽에 붙어 있는 횃불걸이에 건 다음 한 손으로는 검을 뽑아들고 다른 손으로는 따라온 간수들에게 간단한 손짓을 보내었다. 칼이 의아한 표정으로 바라보는 가운데 간수들은 창살 좌우로 달려가서는 손에 든 핼버드로 창살을 겨냥했다. 만일 죄수가 뛰쳐나오면 곧장 공격한다는 의미인 것 같았지만 칼은 어리둥절해져 버렸다.

"이런 엄중한 준비가 필요합니까? 문을 여는 것도 아닌데?"

간수장은 결코 자신이 겁을 먹어서 그런 것은 아니라고 말하는 듯한 냉엄한 표정으로 말했다.

"아시다시피 이 층은 좀 특별해서요. 규칙입니다."

"아, 예. 알았습니다."

간수들이 제자리에 서자 간수장은 손에 든 검으로 창살을 몇 번 두드렸다. 탕탕탕! 지하의 공간인데다가 감옥의 좁은 통로였기에 칼은 귀를 막고 싶어졌다. 그건 창살 안의 사람도 마찬가지였던 모양인 듯, 감방 안쪽에서 노기 어린 목소리가 들려왔다.

"무례한 녀석들……. 개돼지를 부르는 예법으로 사람을 부르는구나."

칼은 간수장이 이 말에 대해 화를 낼 거라고 생각했지만 간수장은 그러지 않았다. 대신 간수장은 좌우에 도열한 간수들을 잡아먹을 듯한 눈으로 쏘아보며 말했다.

"도대체 어떻게 했기에 죄수가 저렇게 뻣뻣한 거야? 네놈들이 간수냐, 시종이냐?"

간수들은 이 꾸지람을 아무 변명 없이 받아들였지만 그들의 표정에는 억울한 심사가 잘 드러나 있었다. 기어코 간수 중 하나가 입을 열었다.

"간수장님. 저 안의 녀석은 인간 같지가 않습니다요. 너무 삭막합니다. 에, 웃으실지 모르겠습니다만 저 눈만 바라보면 기운이 쫙 빠지고……"

"뭐야? 너 지금 죄수 이야기 하는 거야, 작부 이야기를 하는 거야? 뭐, 눈을 바라보면 기운이 빠져?"

"아, 저, 그게 그러니까 말입니다요. 꼭 무슨 몹쓸 괴물이라도 보는 것처럼 까닭 없이 떨리고……"

간수장의 표정은 이제 한심스럽다는 것을 넘어서 분노로 치닫고 있었다. 그때 칼이 나섰다.

"아, 그럴게요. 그건 살기라는 겁니다."

"예? 그게 무슨 말씀입니까, 헬턴트 공?"

칼은 그에 대해 설명해 주려고 했지만 그때 감방 안에서 다시 목소리가 들려왔다.

"넌 뭐지? 헬턴트 공이라고 했나?"

간수들은 잠잠해졌고 칼은 앞으로 한 발 걸어갔다. 간수장이 당황해서 그의 어깨를 붙잡았다.

"아니, 절대로 창살 가까이 가시면 안 됩니다."

칼은 못마땅하다는 표정을 지었지만 우기지는 않았다. 그는 창살에서 충분히 떨어진 채 감방 안의 어둠을 향해 말했다.

"그렇습니다."

감방 안쪽에서 뭔가 부스럭거리는 소리가 들리자 간수들은 긴장된 표정으로 핼버드를 꼬나쥐었다. 아마도 칼의 얼굴이 잘 보이는 각도로 몸을 옮긴 듯, 잠시 후 감방 속에서 다시 목소리가 들려왔다.

"검사처럼 보이지는 않는데. 어떻게 알고 있지?"

칼은 잠시 기다렸다가 다시 말했다.

"Djipenian harll raro. Ethkyzer e attla un di hlow? Nen djipenian et' likhiw Ali."

간수장과 간수들은 얼이 빠져버렸다. 간수들의 손에 들린 핼버드가 아래로 처지는 것을 본 간수장은 황급히 정신을 차려 눈짓을 보내었고 그러자 간수들 역시 당황하며 다시 핼버드를 단단히 쥐어 올렸다. 감방 안에서 조금 늦다 싶게 대답이 나왔다.

"우리나라 말을 할 줄 안다는 것이 자랑스러운가 보군. 하지만 바이서스 개의 입으로 그 아름다운 말이 들먹여지는 것은 모욕이다. 그러니 발음도 시원찮은 그 말 그만두도록."

칼은 화도 내지 않고 씩 웃었다.

"역시 발음이 별로지요? 알리 공. 당신의 바이서스 어는 꽤 훌륭하군요."

전선 시찰 중 바이서스 레인저들의 활약에 의해 납치되었던 전 자이펀 내무대신 알리는 무응답으로 칼의 말에 대답했다. 칼은 싫은 내색도 없이 상냥하게 웃으며 말했다.

"근황이 좀 어떠십니까?"

"그게 감옥 안에 있는 자에게 묻는 질문인가. 역시 미련한 바이서스 땅개……"

"아, 그런가요. 그럼 다른 걸 물어볼까요. 어떤 취향의 밧줄을 좋아하십니까?"

"밧줄?"

"교수대는 참형이나 극약형과 달라서 꽤 오랫동안 그 고객에게 봉사합니다. 특히 당신은 국사범으로 썩은 내를 풍기게 될 때까지 매달려 있게 될걸요. 그토록 오랫동안 목에 걸고 계실 밧줄이니 아무래도 착용감이 좋은 것이 낫겠지요?"

칼의 천연덕스러운 말투에 알리가 어떤 표정을 지었는지는 알 수 없었다. 하지만 간수장과 간수들은 꽤나 잔인해 보이는 미소를 지으며 즐거워했다. 그들은 칼이 알리의 콧대를 꺾었다고 여겼기 때문이다. 하지만 다시 들려온 알리의 목소리는 여전히 침착했다.

"튼튼한 것이라면 어떤 것이든 상관없다. 끊어지면 자네나 나나 곤란하니까. 내 알기로 바이서스에서는 교수대 밧줄이 끊어져 죄수가 살아나면 그 형이 취소된다고 들었는데, 맞는가?"

"그렇습니다. 아샤스의 은총이라고 하지요."

"그건 달갑잖군. 썩은 고기를 탐식하는 새매의 신 따위가 내려준 은총은 사양하지."

칼은 빙긋 웃었지만 속으로는 혀를 찼다. 이 녀석은 다루기가 어렵군. 아마도 칼이 뭔가 원하는 것이 있어서 찾아온 것이라는 것쯤은 벌써 짐작했을 것이다. 솔직하게 나가볼까.

"거래하시겠습니까?"

"거래라고?"

"복잡한 방식으로 이야기하는 것을 좋아하실지도 모르겠습니다만 저는 그런 화법을 그다지 선호하지는 않습니다. 특히 제가 뭔가를 부탁하고 싶을 때는 더욱 그렇지요."

"부탁은 솔직하게 한다라. 좋은 태도로군."

"제가 해드릴 수 있는 최대한은⋯⋯"

그 직후, 칼은 옆에서 듣고 있는 간수장과 간수들을 의식해서 자이펀 어로 바꿔 말했다. 그리고 알리는 쇠사슬을 상징으로 삼는 신의 권능이 말해진 것을 깨달았다. 자유라고? 알리는 고집스럽게 바이서스 어로 말했다.

"그게 가능한가? 네가 무엇이기에?"

"가능합니다."

"보증은?"

"없습니다."

칼은 짤막하고 냉혹하게 대답한 다음, 충분한 시간을 두고서 다시 말했다.

"당신의 경우 특별히 손해 볼 것은 없지 않겠습니까."

"네가 원하는 것이 무엇이냐에 따라 손해가 많을 수도 있지. 그리고 네가 말하는 그 대가를 보건대, 내게 원하는 것이 상당할 거라고 짐작 되는군."

"아, 그렇게 대단한 것은 아닙니다. 제가 원하는 것은 약간의 풍문이니까요."

"풍문이라니?"

"그게 말입니다⋯⋯, 당신네 나라는 참 복잡해서요. 일반 포로들을 아무리 족쳐봐야 명가에 대한 이야기는 전혀 모르더라고요. 특히나 명가의 잘 알려지지 않은 풍문 같은 것에 호기심이 많은 사람이 뭔가를 알고 싶어 할 때는 역시 명가의 일원에게 물어볼 수밖에 없는 구조더 군요. 반면, 명가의 일원은 같은 명가의 사람들에 대해서는 너무하다 싶을 만큼 잘 안다고 알고 있습니다. 맞습니까?"

알리는 칼의 질문에 질문으로 대답했다.

"네가 명가의 무엇에 관심이 있느냐."

칼은 다시 시간을 좀 두었다. 그리고 알리가 충분히 초조해졌을 거라고 판단되었을 때 갑자기 입을 열었다.

"신차이 발탄이라는 사람에 대해 알고 싶습니다."

알리는 상념에 빠져들었다.

신차이 발탄. 그 이름에 대해서는 들어보았다. 그리고 세월의 힘 앞에 조금씩 둔화되고 있긴 하지만 하탄의 궁전에서 단련된 그의 기억력으로 알리는 신차이의 모습도 찾아낼 수 있었다. 그게 언제더라.

선주 연합 초청 연회였을 것이다. 오가는 귓속말들과 짤막짤막한 웃음, 어디서든 원하면 나타나는, 그리고 어디에든 내려놓기만 하면 조용히 사라지는 술잔들과 파이프. 노예들의 움직임이 드러나지 않도록 일부러 낮춰두는 조명은 연회장 곳곳에 신비로운 암흑을 만들어내고 있었다. 그들의 연회에는 바이서스나 헤게모니아에서 벌어지는 무도회나 파티에서 볼 수 있는 화려함이나 요란함은 없다. 여자가 없기 때문이다. 그래서 자이펀의 연회에서는 권위나 도덕 의식으로 자신을 둘러싸서 현격히 떨어지는 정열을 감추려 드는 늙은이도 없고, 부족한 재산과 낮은 지위를 지적받기 싫어 자신의 남성다움을 비정상적으로 과장하는 풋내 나는 젊은이도 없다. 벽이 없이 기둥만으로 둘러싸인 테라스에 앉아서 멀리서 들려오는 밤바다의 철썩임을 들으며, 조용히 술을 마시고 조용히 파이프를 피우며 그 틈틈이 조용히 이야기를 나누는 것이 자이편식 연회이다.

그러나 언젠가 그런 조용한 연회에서도 '정말 말수가 적은 젊은이군.'이라는 평가가 나올 만큼 입을 완강히 닫고 있는 젊은이가 있어 알리의 눈길을 사로잡았다. 젊은이는 한구석에 정좌한 채 조용히 파이프만 피우고 있었는데 그 위치라는 것이 기묘했다. 기둥 하나를 희한하게 이용하여 앉은 젊은이 주위에는 어떤 사람도 편하게 앉을 자리가 없었다. 어떻게든 젊은이 주위에 앉으려고 들었다간 오가는 사람들의 통행을 상당히 방해하게 되는 것이었다. 그래서 알리는 환담을 나누고 있던 교육 대신 가다론에게 간단한 눈짓을 보낸 다음 그 젊은이를 가리키며 말했다.

"얼음장 같은 젊은이군요. 누군지 혹시 아십니까."

만일 가다론이 '잘 모르겠는데.' 등의 말을 했다면 알리는 그 다음 날 해가 두 개 떠오른다 해도 크게 놀라지는 않았을 것이다. 과연 가다론은 고개를 끄덕이며 말했다.

"아, 신차이 선장이오."

"선장이라고요?"

"그렇소. 이골 비겐트 선장의 후임으로 레드 서펀트의 선장이 된 자요. 아마도 비겐트 가문에서 데리고 온 모양인데. 하지만 저렇게 낙타 시장의 소처럼 앉아 있어서야 그를 데리고 온 이골 선장의 정성이 아무 값을 받지 못하겠군."

알리는 고개를 갸웃했다. 다른 나라의 연회에 비한다면 너무 조용해서 무미건조할 지경이긴 하지만 자이펀의 연회도 새로 사회에 진출하는 젊은이들에게 인맥을 넓히고 자신을 소개하는 자리가 되는 점에서는 마찬가지였다. 그런 중요한 자리에 와서 저렇게까지 입을 다물고 있다는 것은, 그 자신이 출세에 관심이 없다 하더라도 우선 그의 후원자에게 모욕이 되는 행동이다. 그런데 왜 이골 선장은 가만히 있는 걸까?

"이골 선장이 좀 타일러야 될 텐데요. 왜 저렇게 내버려두는 건지."

알리의 이 당연한 의문은 가다론 교육 대신을 웃음짓게 만들었다.

"핫하! 옳은 말이오. 하지만 이골 선장이 저 친구를 다룰 수 있을지는 모르겠소."

"예?"

"이제리스 해협의 군주도 저 젊은이를 마음대로 다루지는 못했소. 아니, 거꾸로 저 젊은이가 이제리스 해협의 군주의 버릇을 고쳐줬지."

알리는 잠깐 무슨 말인지 알아듣지 못해서 얼떨떨해졌다. 그러나 조금 후 알리는 매우 유명한 소문 하나를 떠올렸다.

"아니, 그럼 저 젊은이가 이제리스 해협의 서펀트를 죽였다는 그 일등 항해사입니까?"

"일등 항해사였지. 지금은 가진 용기의 절반쯤은 수평선 아래 빠뜨리고 다시는 배에 오를 생각을 못하게 된 이골 선장의 후임 선장이 되었소만."

알리는 감탄한 눈으로 신차이 선장을 바라보았다. 과연. 그런 젊은 이라면 구태여 자신을 내세울 필요도 없겠구나. 오히려 조금이라도 서툴게 말을 꺼내었다간 틀림없이 그의 유명한 모험이 대화의 전면으로 떠오르게 될 테고, 자신의 모험에 대해 조금이라도 이야기하게 되면 틀림없이 자만심에 차 있다는 오해를 받게 될 테니까. 그렇다면 저 젊은이는 현명하게 행동하고 있는 것이군. 알리는 대충 그런 견해를 가다론 교육 대신에게 말했고, 그 대가로 푸짐한 비웃음을 받게 되었다.

"흐음. 사실과는 조금의 연관성도 없는 추리올시다."

"그게 무슨 말입니까?"

"저 젊은이가 저렇게 차가운 얼굴을 하고 앉아 있는 까닭은 겸손해 보이고 싶어서가 아니라 정말 아무와도 이야기를 나누고 싶은 생각이 없기 때문일 거요. 특히 저자 앞에서는."

가다론은 그렇게 말하며 턱을 살짝 움직였다. 알아보기 힘든 동작이었지만 가다론과 오랜 세월 동안 사귀어온 알리는 그 몸짓이 누구를 가리키는지 어렵지 않게 짚어낼 수 있었다. 신차이 선장과 조금 떨어진 거리에서 즐겁게 술잔을 비우며 담소하고 있는 한 명가의 인물이 바로 그였다. 하지만 알리는 그가 지목되는 이유는 짐작할 수 없었다.

"로발 라이브스 말씀입니까?"

"그렇소. 이건 선주 연합의 사람들을 주빈으로 하는 연회이니 그가 올 줄은 몰랐는데, 정말 희한하군. 이골 선장도 퍽이나 난감할 게요."

"그가 저 신차이 군과 좋지 못한 관계라도 됩니까?"

"좋지 못한 관계라……. 그렇게 말할 수도 있군요. 신차이의 아버지거든."

"예?"

 그날 저녁, 알리는 조금씩 취해 가는 가다론을 잘 구슬러가며 신차이의 출생에 얽힌 이야기를 많이 들을 수 있었다. 그리고 그 비운의 젊은이와 몇 마디 나눠보고 싶은 충동을 느꼈다. 신차이는 예의바르게 대화에 임해 왔고, 그와 몇 마디를 나눠본 알리는 그가 보여주는 품격과 그의 비극적인 과거사가 서로 잘 연결되지 않는 것을 느끼고는 어리둥절했다. 좀더 많은 이야기를 나눠보고 싶었지만 무릇 명가의 수장이자 하탄의 궁전에 출입하는 자는 모든 배우고자 하는 성실한 젊은이들에게 똑같은 시간을 할애해야 되는 법, 사회 초년생인 신차이를 상대로 알리가 많은 시간을 할애하는 것 또한 법도에 맞지 않기 때문에 알리는 신차이의 수수께끼 같은 분위기를 해석할 만한 단서를 얻지 못한 채 후일을 기약할 수밖에 없게 되었다. 하지만 신차이는 그 며칠 후 항해를 떠나버렸고 그 자신은 이렇게 적국에 억류당하게 된 것이다.

 알리는 긴 상념에서 깨어나 칼을 바라보았다.

"나는 그를 안다."

"잘된 일이군요."

"그런데 그를 알고 싶어 하는 너의 이유는 모르겠다."

"'지적 호기심에서'라고 대답하면 되겠습니까."

 '네가 알 필요 없어. 묻는 말에 대답이나 해.' 알리는 칼의 말을 이렇게 해석했다. 신차이 발탄. 그 젊은이에 대한 정보가 바이서스 수뇌

부의 인물에게 소중할 까닭이 뭔가. 포섭? 글쎄. 그렇게까지 낙타 시장의 소처럼 굴던 젊은이가 포섭할 만한 위치에 올랐을 거라고 생각하기 어려웠다. 그리고 그가 아는 정보라고 해봐야 대단한 것들이 있는 것도 아니다. 신차이 선장의 과거사가 도대체 자이펀·바이서스 전쟁에 무슨 영향을 줄 수 있단 말인가.

칼은 침묵의 시간을 정확하게 재고 있었다. 고민하고 있군. 좋아. 오늘은 이 정도로 마치지. 칼은 손을 들어 감방 안쪽을 향해 흔들어주었다.

"생각해 보고, 결정하십시오. 급하게 판단하면 잘못 판단할 가능성이 높지요. 당신에게 시간을 드리고 싶습니다." 언제 다시 오겠다는 말은 하지 않고. "좋은 대답 기다리겠습니다."

알리는 아무 말 없이 떠나가는 칼의 등을 바라보았다.

알리와 회담을 마친 칼이 부리나케 그랜드스톰으로 찾아왔을 때 레브네인 호수로 떠났던 특사들은 이미 도착해 있었다. 수련사들의 안내를 받아 찾아간 방에서 조금 전에 떠났던 일행들이 그대로 돌아와 있는 것을 보고는 칼은 조금 당황해 버렸다. 순식간에 다녀올 수 있다고 말하긴 했지만 이렇게 빠르다니.

"빠르군요."

아프나이델이 싱긋 웃으며 말했다.

"마나의 힘은 강력하지요."

"예……, 어떻게 되었습니까. 페어리퀸은 만나뵈었습니까?"

"예. 만나뵙고 우리들의 문제를 말씀드렸습니다. 그리고 조언을 구했지요."

칼은 반가운 표정으로 의자에 앉으며 말했다.

"그래, 어떤 대답을 주셨습니까?"

엑셀핸드가 심통스러운 어투로 말했다.

"아주 골치 아픈 대답을 주었네."

"예? 무슨 말씀인지?"

엑셀핸드는 칼의 말에 대답하기에 앞서 아일페사스를 돌아보았다.

"너 그거 다 외우지?"

"물론이지. 들어봐, 칼. '과거로 향하는 흐름과 미래로 향하는 흐름, 두 흐름의 교차점을 찾으면 모든 것이 원래대로 되돌아가리라.'"

일행들은 칼이 황당한 표정을 지으며 '그게 무슨 뜻이냐?'고 물어오면 뻔뻔스러운 표정으로 '당연히 우리도 모른다.'라고 대답해 주기 위해 대기하고 있었다. 하지만 칼은 황당한 표정을 짓지도 않았고 그게 무슨 뜻이냐고도 묻지 않았다. 대신 칼은 의심스러운 표정으로 일행들을 둘러보며 말했다.

"엉뚱한 곳에 다녀오신 거 아닙니까?"

"응? 무슨 말인가?"

"그 이야기는…… 저기 헤게모니아의 어느 도시에 전해 오는 유명한 수수께끼 아닙니까."

"뭐라고?"

일행들은 당황해 버렸다. 칼이 이 문제에 대해 아는 척한다는 상황은 예기치 못했기 때문이다. 칼은 당황하는 일행들의 얼굴을 주욱 둘러보고는 미심쩍은 목소리로 말했다.

"그거, 그러니까 분명히 헤게모니아에 전해져 내려오는 수수께끼일 겁니다. 그 수수께끼를 푸는 자에겐 상상할 수 없이 막대한 재산이 주어진다지요. 하지만 문제를 풀겠다고 자원해 놓고 풀지 못하면 자신의 목숨을 내놓아야 된다는, 뭐 그런 살벌한 조건이 붙어 있는 문제일 겁니다. 그래서 유명하지요."

"목숨을 요구할 만한 재산이라. 굉장한가 보군요. 얼마나 많은 재산인데요?"

"침버 씨……, 이 상황에서 그게 중요한 것은 아닌 것 같습니다."

"예? 아, 하하. 예. 그렇기는 하지요."

"제레인트는 그냥 궁금해서 그러지 않는가. 웬만하면 말해 주지 그래?"

"아인델프 님……!"

칼이 제레인트와 엑셀핸드를 매우 험하게 노려보는 동안 아프나이델은 의아함을 감추지 못하는 표정으로 말했다.

"잠깐만요. 그럼 그런 문제가 이미 존재하고 있다는 말씀입니까?"

"예? 예. 그렇습니다. 오래 전에 들었던 이야기이긴 하지만 그 문제는 틀림없군요. 다레니안께서 분명히 그렇게 말씀하셨습니까?"

"예. 그렇습니다."

"그럼, 다레니안께서는 그 수수께끼를 풀어야 된다고 말씀하신 건가요. 하지만 그 수수께끼가 왜 중요한 것인지 모르겠군요."

"그 문제에 대해 좀더 아시는 것은 없습니까?"

"없습니다. 그게 아마 어떤 괴팍한 노인의 유언에 따라 생긴 문제라고 했던 것 같은데 정확한 내용은 듣지 못했습니다. 하지만 그거야 모험가들이나 상회 쪽에 알아보면 자세한 정보를 알 수 있을 겁니다."

"그럼 헤게모니아로 가서 그 문제에 대해 알아보아야 하는 걸까요?"

"음. 다레니안께서 정말 그 이상의 다른 말씀은 하지 않으셨습니까?"

"예."

이상한데. 칼은 입 밖으로 내지는 않았지만 매우 수상하다고 생각했다. 다레니안이 왜 그런 빈약한 조언만 한 것일까. 도와줄 의도가 있다면 더 상세하게 가르쳐주었을 것이다. 그리고 도와줄 의도가 없다면 아예 아무것도 말하지 않았을 것이다. 하지만 이런 모호한 이야기는 뭐지. 문득 칼은 이루릴의 얼굴을 바라보았다.

이루릴은 아무런 말 없이 서 있었다. 그녀는 자신을 바라보는 칼의 시선을 느끼고는 칼을 똑바로 바라보았지만 그 눈빛에는 아무런 의지도, 감정도 보이지 않았다. 그 검은 눈을 들여다보고 있던 칼은 거의 무의식중에 입을 열었다.

"다레니안께서 왜 그러셨을까요, 세레니얼 양?"

"왜 그러시다니요?"

"도와주실 의도가 있다면 더 상세하게 말씀하실 수도 있으셨을 텐데요."

"글쎄요. 의도와 능력이 항상 일치할 수는 없지 않겠습니까."

"아, 그럴까요."

칼은 이루릴의 추측이 그럴듯하다고 여겼다. 그 이상은 다레니안도 모르기 때문이라. 흐음. 하지만 그 추측대로라면, 이 상황은 수도원 담을 넘듯이 차원의 벽을 뛰어넘는 페어리퀸에게까지 이해하기 힘든 상황이라는 말이 된다. 페어리퀸도 그저 추측만이 가능한 어려운 문제를 과연 우리가 풀 수 있을까.

그때 에델린이 조용히 입을 열었다.

"그럼, 저희들로 하여금 수도로 돌아오게 하신 테페리의 뜻은 이것입니까?"

제레인트는 당황해서 에델린을 돌아보았다.

"예? 이것이라니요?"

"테페리께서는 제레인트로 하여금 바이서스 임펠로 돌아가라고 명하셨습니다. 그렇다면 그 명령은 이 문제를 칼에게 말씀드려 그것이 이미 존재하는 문제라는 것을 확인받기 위함이 아닌가 추측해 봅니다만."

"아……, 그렇겠군요. 예. 그럴 겁니다."

"예. 테페리의 인도에 의해 우리들은 이제 그 문제가 헤게모니아의 어떤 곳에 전해 내려오는 문제라는 것을 알게 되었습니다. 그렇다면, 논리적인 귀결로 본다면 우리는 그곳으로 출발해야 되지 않을까 여겨집니다만."

"그렇군요. 음. 다른 의견 가지신 분 있습니까?"

아무도 다른 의견을 말하지는 않았다. 도무지 그 본질을 파악할 수 없이 혼돈된 상황 속에서 다레니안이 말한 문제는 유일한 돌파구였기 때문에 다른 의견 같은 것이 나올 까닭이 없는 것이다. 칼은 조금 고민하고 빠르게 결정을 내렸다.

"알겠습니다. 저는 그 문제가 정확히 헤게모니아의 어디에 전해 내려오는 문제인지를 조사하고 그곳까지의 여행 수단을 준비하겠습니다. 음. 침버 씨와 에델린 양이 계신 데다가 세레니얼 양과 엑셀핸드 님도 계시니 여러분들의 국경 통과에는 큰 어려움은 없을 거라고 여겨집니다. 일단 준비가 갖춰질 때까지 쉬고 계시도록 하십시오."

엑셀핸드는 머리에 난 투구 자국을 좀 긁적이다가 말했다.

"자네는 계속 여기를 지키고 있을 텐가?"

"예."

"흐음. 자네가 같이 간다면 좋을 텐데. 우리의 저번 모험 땐 자네의 도움이 꽤 컸지."

칼은 희미하게 웃었다. 이그누스 드래곤 크라드메서를 제거한 모험 때 아일페사스를 제외한 나머지 여기 있는 이들은 모두 한 동료였다. 엑셀핸드 역시 잠시 그때의 추억에 잠겼다가 말했다.

"왜 같이 가지 않겠다는 거지? 지금 일어나고 있는 일 중에서 이보다 더 급하고 중요한 일은 없을 거 같은데. 내가 보아온 자네 성격대로라면 따라오지 말라고 해도 부득부득 따라올 거라고 생각했는데, 이건 완전히 예상이 빗나갔군."

"글쎄요. 드라이어드의 노랫소리나 님프의 지저귐이 더 이상 저를 자극하지 못하기 때문일까요."

칼의 대답에 엑셀핸드는 눈을 동그랗게 떴다. 그때 이루릴이 고요하게 말했다.

"그건 모험심을 잃은 모험가를 나타내는 오랜 고어로군요."

"예. 확대 해석으로 처자식이 생겨버린 젊은이를 나타내기도 하지요."

칼의 농담에 모두들 피식피식 웃었지만 엑셀핸드는 웃지 않았다.

"자네 결혼하나?"

"예? 아니, 천만에요. 그건 농담이었습니다."

"나도 농담한 거야. 자넨 날 뭘로 보는 건가."

"아하, 이런. 죄송합니다. 음……, 어떻게 말씀드려야 될지. 저희 종족은 짧은 수명 때문에 모든 것에 손을 댈 수는 없습니다. 모험심도 충족시키며 동시에 안락한 가정을 만들기는 어렵듯이. 동쪽으로 가는 배를 타고 미지의 세계로 달려가면서 동시에 가을에 거둬들일 곡식을 재배할 수는 없듯이. 바라는 것은 여러 가지가 있을 수 있지만 언제든 할 수 있는 것은 한 가지뿐입니다."

엑셀핸드는 잠깐 고민한 다음 꽤나 재치 있는 질문을 던졌다.

"그럼, 이 상황을 타개하기 위해 헤게모니아로 달려가는 대신 여기서 자네가 하려는 것은 뭔가?"

칼은 고민에 잠겼다. 어떻게 엑셀핸드가 저렇게까지 재치 있는 질문을 던질 수 있는 것인가 하는 고민은 아니었다. 칼의 고민은 그의 뱃속을 이들 앞에 까뒤집어도 되는가 하는 고민이었다. 어쨌든, 아무리 친구라도 할 수 없는 말이 있는 법이니까.

칼은 거짓말을 해야 될 때 주저하지 않을 뿐 아니라, 구태여 양심의 가책이 적은 방식을 선택하느라 골치 아파하지도 않았다.

"말씀드릴 수가 없군요. 제가 드릴 수 있는 말은 저를 믿어달라는 말 외엔 없습니다."

이 대답은 대부분의 일행들을 만족시켰다. 그래서 칼은 그 후로 오랫동안 죄의식에 시달려야 했다.

6

 자이편 국방부 건물은 하탄의 궁전 바로 뒤에 위치한다. 실제로 하나의 부지라고 착각할 정도로 바싹 붙어 있기 때문에 국방부 건물이 하탄의 궁전의 부속 건물처럼 보이기도 한다. 하탄의 궁전과 국방부가 지나치게 가까운 곳에 위치하고 있는 점은 오랜 세월에 걸쳐 명가들의 지적을 받아온 사항이었지만(군권을 마음대로 다루는 국방 대신이 반역을 도모했을 경우 하탄은 그의 손아귀에 있게 된다.) 대대로 하탄들은 자신이 군대의 강력한 힘에 기대어 있다고 여기길 좋아했다.
 '언젠가 하탄은 큰코 다치게 될지도 몰라.'
 국방부 건물의 고색창연한 복도를 걸어가며 함은 그렇게 되뇌었다. 함은 둥글고 거대한 창문 너머로 밤의 여왕의 망토 아래서도 아름답게 빛나고 있는 하탄의 궁전을 바라보았다. 곳곳에 진짜 에메랄드와 황금이 박힌 둥근 모스크는 낮에는 똑바로 바라보기도 힘들 정도의 광채를 뿜어낸다. 그리고 지금과 같은 밤이면 바라보는 자로 하여금 눈을 뜬 채로 꿈속을 거니는 기분을 느끼게 한다. 저 아름다운 건물이 여기서 손만 뻗으면 닿는 곳에 있다. 많은 부대도 필요없겠지. 어떤 나라의 어떤 쿠데타든지 간에 모든 쿠데타는 수도 방위군에 의해 일어나는 법이야. 그런데 하탄은 겁도 없이 국방부 건물, 그러니까 수도 정화대 사령부가 있는 곳 바로 코앞에 거주하고 계시지 않는가.

전쟁이 끝나면 국방부 건물의 이전을 상주해 봐야 될지도 모르겠군.

국방 대신 함이 반역을 일으킬 까닭은 없다. 다만 못된 짓을 상상하며 즐거워하는 아이처럼 함은 반역자가 된 척하며 스릴을 즐겨보는 것일 따름이다. 함은 스스로의 장난에 머쓱해하며 국방부 대신의 방, 즉 자기 방의 문 앞에 멈춰 섰다.

문이 열리지 않았다.

당연히 문이 열릴 거라 생각하고 앞으로 걸어가려던 함은 하마터면 문에 부딪힐 뻔했다. 당황하며 멈춰 선 함은 문이 적의 장수나 되는 것처럼 험악하게 쏘아보았다. 사람이 다가섰는데 문이 열리지 않다니? 자이편에서 이런 일이 생기는 것은 문을 여닫는 노예가 갑작스러운 심장마비로 쓰러지거나 자살에의 강렬한 유혹을 느꼈다거나 하는 경우가 아니라면 결코 일어나지 않는 일이다.

함은 허리에 찼던 검을 천천히 뽑아들고는 문에 귀를 가져갔다.

과민 반응을 보이는 것인지도 모른다. 하지만 그의 감각은 그에게 위험 신호를 보내오고 있었다. '조심해.' 함은 귀를 가져가며 동시에 기감을 확장시켰다.

얕은 신음 소리.

문 저편에서 마치 흐느끼는 듯한 신음 소리가 들려왔다. 함은 당황했다. 이게 뭐지? 이렇게 희한한 신음 소리는 전장에서도 듣지 못했다. 괴로움에 못 이겨 내뱉는 신음이 분명하다. 하지만 그 신음 소리는 참을 수 없는 쾌락에 젖어…….

함의 얼굴이 붉어지며 동시에 창백해졌다. 왈칵! 함은 문을 연다는 익숙하지 않은 동작을 상당히 흥분된 감정 속에서 시도했고 그래서 문은 떨어져 나갈 듯 요란하게 열렸다.

달빛이 쏟아져내리는 함의 책상에는 젊은 여인이 상체를 앞으로 숙이고 앉아 있었다. 함은 뒤미처 책상 위에 젊은 사내가 길게 누워 있다는 것을 알아차렸다. 여인은 그에게, 정확하게는 그의 목덜미에 얼굴을 파묻고 있었다. 그리고 사내는 두 팔로 여인의 목을 끌어안은 채 뒤집힌 눈으로 천장을 바라보며 목구멍이 턱턱 막히는 듯한 애달픈 신음을 흘리고 있었다.

함은 숨소리조차 내지 못한 채 그 광경을 바라보았다. 한 사람의 생명이 송두리째 빠져나가는 그 장면에는 상식을 초월하는 요괴적인 아름다움이 있었다. 그때 문이 열리는 소리를 들은 여인이 천천히 상체를 일으켰다. 사내의 팔은 여인의 목을 놓지 않으려는 듯이 잠깐 따라 올라왔지만 곧 힘없이 아래로 떨어졌다. 털썩. 나무토막보다 더 생기 없는 모습으로 떨어진 사내의 팔은 책상 아래쪽으로 길게 늘어졌다.

고개를 돌린 여인은 함을 바라보며 혀로 입술을 빠르게 핥았다. 그리고 여인의 눈을 똑바로 보게 된 함은 몽환적인 최면 상태에서 벗어나며 황급히 고개를 돌렸다. 함은 벽에 붙어 있는 지도를 바라보며 낮게 말했다.

"더러운……, 내 방에서 이게 무슨 짓이냐."

시오네는 포만감에 젖어 게으른 미소를 지어 보였을 뿐 아무 대답도 하지 않았다. 다만 일어서서 함을 향해 걷기 시작했다. 스르륵. 시오네의 발자국 소리에 함은 고개를 돌려 시오네를 똑바로 쳐다보았다.

"가까이 오지 마라."

"두려운 거야?"

이번엔 함이 대답을 하지 않았다. 문득 자신의 손에 검을 쥐고 있다는 것을 깨달은 함은 재빨리 검을 들어올려 시오네를 겨냥했다. 번쩍이는 검광을 본 시오네는 제자리에 멈춰 섰다. 그녀의 입이 벌어지며 날카로운 송곳니가 빛을 뿜었다. "샤아앗!" 시오네는 매섭게 으르렁거리곤 몸을 낮추며 두 팔을 등 뒤로 돌렸다. 함은 시오네가 몸을 낮춤에 따라 검을 든 팔을 천천히 낮추며 검끝이 계속 시오네의 목을 겨냥하도록 했다. 시오네의 눈에서 검푸른 빛이 번득였다.

"네가 내 그림자라도 찌를 수 있을 것 같아?"

시오네의 입가로 짧은 비웃음이 스쳤다. 하지만 함은 무표정한 얼굴로 대답했다.

"네게 그림자가 있었나?"

"크캬아아악!"

시오네는 두 팔을 맹포하게 펼치며 포효했지만 함은 꿈쩍도 하지 않았다. 함의 검 끝이 미동도 하지 않는 것을 보며 시오네는 분노에 몸을 떨었다. 함은 무뚝뚝한 얼굴로 그 모습을 바라보다가 짧게 한숨을 내쉬었다.

"내 주위에서 다시는 이런 행동, 용납 못해."

"카아악! 용납하지 않겠다면 네가 어쩔 테냐!"

"300년간 빌붙어 왔다면 인간 앞에 겸손할 줄 아는 것이 좋을 텐데."

"흥! 넌 네가 먹고 마시는 것을 존경하나?"

"내가 먹고 마시는 것은 내 삶의 대가지. 하지만 넌 살아 있지 않지."

시오네는 갑자기 똑바로 섰다. 그녀는 비웃는 눈으로 함을 바라보며 말했다.

"죽을 수 있다는 것이 그렇게 자랑스러워?"

"자랑스럽다."

"그래서, 죽을 수 없는 나를 그렇게 불쌍하다는 듯이 바라보고?"

"그렇다."

"어리석은 자기애……. 개는 꼬리를 가졌다는 것을 자랑스러워하지, 그래서 그토록이나 꼬리를 붙잡아 보려고 노력하고. 그리고 너는 죽을 수 있다는 것을 자랑스러워하는군. 지독하게 유치한 종족 같으니."

함의 눈썹이 짧게 꿈틀거렸다. 그러나 시오네는 이미 흥분을 잃어가고 있었다. 함은 알 수 없는 일이었지만 마음껏 흡혈을 마친 시오네는 감정이 상당히 고조되어 있었고, 따라서 싸움을 벌일 생각이 별로 없었다. 그 점은 함에게는 다행스러운 일이었다. 그녀가 뒤로 물러났을 때 그 동작은 함을 놀라게 만들었다. 시오네는 거의 보이지도 않을 정도의 속도로 물러났고 함이 알아차렸을 때는 이미 책상 옆의 쿠션에 기대앉아 두 다리를 바닥에 쭉 펴고 있었다. 함은 검을 내려 검집에 꽂으며 속으로 한숨을 내쉬었다. 내가 그녀를 대적할 수 있을까.

시오네는 쿠션에 기대어 누운 채 왼팔을 들었다.

마치 달을 가리키는 것처럼 들어올린 손이었지만 시오네의 눈은 달이 아니라 그녀의 손가락 끝을 향하고 있었다. 잠시 그녀를 바라보던 함은 시오네가 자신의 왼손 검지손톱을 달빛에 이리저리 비춰보고 있다는 것을 알아차렸다. 한가롭기 짝이 없는 동작이었지만 그녀의 앞쪽 2큐빗도 되지 않는 곳에는 온몸의 피를 빨린 채 죽어넘어진 시체가 볼품없이 널브러져 있어 함은 그 광경에서 한가로움을 느낄 수는 없었다.

"뭐하는 거지?"

시오네는 별 대답 없이 즐거운 표정으로 손톱에 비치는 반사광을 바라보고 있었다. 마치 보석이나 꽃을 보며 즐거워하는 것처럼 자기 손톱을 그렇게 바라보는 시오네의 모습에는 특이한 순수성이 있었다.

함은 말없이 다가서서 손수 노예의 시체를 들어올렸다. 이 녀석이 내 방을 관리하던 녀석인가. 살아 있을 적에는 한 번도 보지 못했던 얼굴을 죽고 나서 이렇게 본다는 것, 그리고 그 만질 수 없이 움직이던 몸을 만진다는 것은 함에게 기괴한 느낌을 주었다. 시체는 묵직했고, 차가웠으며, 실감이 넘쳤다. 죽고 나서야 이렇게 실감 넘치는 느낌으로 다가오는 것인가.

함은 별말 없이 시체를 들고 창문 쪽으로 걸어갔다. 자이펀식 창문은 굉장히 높고 넓기 때문에 함은 별 무리 없이 시체를 바깥으로 집어 던질 수 있었다. 함은 잠시 고민하다가 시오네를 돌아보았다.

"본 자가 있나?"

"없으니 걱정 마. 으음......, 졸린데."

"졸리다고? 밤에 활동하는 네가?"

"아니. 피곤해서 그런 것이 아니야. 따스한 피가 혈관을 돌면서 차가워진 몸을 덥히는 감각은......, 넌 봄날의 햇볕 아래에 누워본 적이 있겠지? 그 비슷한 거야. 다른 사람의 몸을 돌던 피가 내 몸 속으로 들어와서 내 피와 뒤섞여 머리 끝에서부터 발끝까지......"

"그만."

함은 치밀어오르는 욕지기를 달래기 위해 책상 옆에 놓은 조그만 티테이블 앞에 앉았다. 티테이블에는 몇 개의 술병과 술잔이 정갈하게 놓여 있었다. 아마도 죽은 노예가 정리해 둔 것이리라. 바닥에 정좌한 함은 술잔을 채워 빠르게 들이키고는 호흡을 가다듬었다.

자신이 비운 술잔을 바라보며 함은 나직하게 말했다.

"부탁한 일은 어떻게 되었지?"

"부탁? 뭐더라......, 킬킬킬!"

함은 어처구니없는 표정이 되어 고개를 들어 시오네를 바라보았다. 쿠션 속에 푹 파묻힌 채 시오네는 정말 즐거운 듯이 미소짓고 있었다.

"아, 내 모습이 이상하지? 취한 것 비슷한 거야. 흐음. 조금 전의 그 노예 녀석은 정말 기운이 넘치더군. 들어봐, 들어봐. 음음. 그 피가 지금 내 머릿속까지 올라왔나 봐. 그 녀석의 피가 너무 강렬해서 그런지 머릿속이 멍해지는데? 깔깔깔!"

시오네가 크게 웃자 그녀의 몸이 쿠션 속으로 더 깊이 파고들었다. 치맛자락이 말려 올라가 시오네의 다리가 달빛 아래 하얗게 드러났지만 함은 아무런 매력도 느끼지 못했다. 저건 육식 동물이고 괴물이다. 함은 고개를 돌려 책상 위의 촛대를 끌어당겼다. 시오네는 눈을 감은 채 말했다.

"불? 켜지 마."

"난 빛 속에서 생활하는 인간이야."

"웃기고 있네. 웃긴다고, 하하하! 너는 어둠 속에서 만들어졌어. 네 어머니의 그 어둡고 축축한 뱃속에서. 그러다가 느닷없이 빛 속으로 쫓겨났지. 그래서 평생 동안 뭔가 잃어버린 듯한 느낌에 갈팡질팡하게 되는 거야. 뭘 잃어버렸는지 몰라 이리저리 찾아 헤매다가 얼떨결에 철학을 만들고 마법을 만들고 역사를 만들고 나라를 세우고 전설을 만들겠지만, 끝까지 네가 뭘 잃어버렸는지는 알지 못할 거야. 그러다가 죽기 직전에야 깨닫지. 네가 잃어버린 것, 네가 쫓겨났던 그 어둠의 세계. 그래서 넌 평안히 죽음을 맞이하게 되는 거란다. 깔깔깔!"

"심심한 모양인가 본데, 그렇더라도 오래 이야기하고 싶은 생각 없으니 빨리 대답해. 부탁한 것은 어떻게 되었지?"

"음……, 아. 그 신차이? 어제 출발했어."

함은 당황했다.

"어제? 그렇게 빠를 줄은 몰랐는데."

"나도 몰랐어. 어쨌든 닐림의 아이 중에서 하나를 붙여 보냈고 육전

대에도 몇 명 보내달라고 했지. 말 잘 듣던데."

함은 고개를 끄덕였다. 닐림의 날개의 이름을 빌린 것은 그런 효과를 노린 것이다. 국방 대신의 명령으로 그 친구를 동북 항로로 파견하기는 어려웠을 것이다. 많은 명가들의 원한을 산 사나이를 국방 대신이 사사로이 보호한다는 의심을 받게 될 가능성이 크니까. 하지만 닐림의 날개의 이름이라면 어떤 명가도 함부로 불평을 꺼내지는 못할 것이다. 이 상황은 어떻게 보면 희극적인 면도 있다. 신차이 선장의 분노도 닐림의 날개 때문이고, 그의 도피도 닐림의 날개 덕분이니까.

"육전 대원들에게는 명령을 잘 전달했겠지?"

"응."

"그럼 동북 항로의 일은 그 친구가 잘 처리해 주기를 기대해야겠군. 그 친구가 그에게 따라다니는 이야기만큼이나 대단한 사나이라면 잘 조사해 주겠지."

"확신이 없어 보이는군?"

"사실 그 친구에게 많은 기대는 하지 않는다. 그 신차이라는 친구는 감정이 너무 격해. 만나보지는 못했지만 사촌 동생의 원한 때문에 그런 일을 벌였다는 것을 보면 성격이 불 같은 사람이라는 것은 대충 짐작할 수 있지. 바다 위에서는 성격이 바뀔지도 모르겠지만 알 수 없는 일이지."

"그럼 동북 항로의 일은 별 신경을 쓰지 않는 거야?"

아무래도 말이 길어지겠군. 함은 이번엔 불쾌감을 억누르기 위해 술이 필요하다고 느꼈다. 천천히 술잔을 채워든 함은 술잔을 든 팔을 세운 무릎 위에 얹고 다른 손으로는 바닥을 짚어 편한 자세를 취했다.

청백의 달빛 이외에 아무런 조명도 없는 방안에서 비스듬하게 앉아서 마주보고 있는 국방 대신과 뱀파이어 사이에는 묘한 평온함이 감돌았다. 인간은 술에 취하고 뱀파이어는 피에 취했기에 주위를 감도는 기류는 부드러웠다. 술 한 모금을 머금어 입을 따스하게 한 함은 창 밖을 바라보며 말했다.

"전쟁을 끝내면 신경 쓸 필요가 없게 되지. 우스운 일인데, 군대가 개척한 길은 대상들에게 좋은 교역로가 될 것 같은 전망이야. 푸른 산맥 일대에 대해서는 이제 유례없이 정확한 지도가 만들어졌으니."

시오네는 빠르게 상체를 세웠다. 타오르는 그녀의 눈빛이 함을 겨냥했다.

"무슨 말이지? 전쟁을 끝내다니?"

"끝낼 때가 되지 않았나. 아니, 좀 넘었지."

"어떻게 끝낸다는 말이야, 어떻게!"

함은 술잔을 다시 3분의 1쯤 비웠고 그 시간은 시오네를 더욱 초조하게 만들었다.

"너도 알겠지만, 바이서스 군의 든든한 지지 세력이었던 캇셀프라임과 지골레이드는 사라졌어. 우리들에게는 퍽 우울한 일이지."

"뭐야?"

"캇셀프라임이나 지골레이드는 우리들을 위협하는 힘이었지만 동시에 바이서스 군을 나태하게 만드는 힘이기도 했지. 두 드래곤이 사라진 지금 바이서스 군의 입장은 흔히 말하는 배수진이야. 게다가 너희 닐림의 날개에서 조장한 붉은 땅 작전도 한몫을 톡톡히 했지. 바이서스 군은 이제 진짜 전쟁을 하고 싶은 결심이 단단히 섰을걸. 쥐도 도망갈 곳을 남겨놓고 모는 법이라고 했지. 하물며 바이서스는 쥐가 아니지, 타성으로 싸워왔기에 실력 발휘를 못하던 사자에 가깝지."

함은 별 감정도 없이 담담하게 적국을 칭송했다. 시오네는 함의 감정을 읽을 수 없어 혼란스러웠다.

"절벽에 몰린 사자에게 돌을 던진 자가 받아야 할 대가는 크겠지."

"지금 자이편에는 승기가 없다는 말을 하는 거야?"

"그래. 그러니까 동북 항로의 문제 따위는 큰 문제가 아니야."

"너, 일스를 칠 계획 아니었나? 육전 대원들에게 내린 명령은 그럼 뭐지? 왜 일스로의 침투 가능성을 점쳐 보라는 그 따위 명령을 내린 거야?"

"다행이군……. 모두들 그렇게 생각하고 있나?"

시오네는 입을 다물었다. 함은 즐거운 듯이 미소지었다.

"고마운 일이군. 모두들 내가 일스를 쳐서 바이서스를 우회 침입하려 한다고 믿어주면 좋겠는데."

"그럼 그건 기만이야?"

"어느 정도는. 그 작전은 누구든지 추측할 수 있다는 점에서 별로 재미가 없어. 하지만 사태가 여의치 않다면 시도해 볼 생각은 가지고 있지."

"그럼 네가 원하는 것은?"

함은 대답을 잠시 보류한 채 시오네의 안색을 주의 깊게 살폈다. 시오네의 표정은 무시무시했다. 그녀는 함의 입에서 나올 대답을 짐작하고 있는 것이 틀림없고, 그래서 함은 거짓말을 하거나 말을 돌릴 필요는 없겠다고 판단했다.

"휴전."

시오네는 아무 말 없이 매섭게 함을 쏘아보았다. 함은 손에 쥔 술잔을 내려다보며 말했다.

"일스 병탄을 통한 우회 침입의 가능성으로 바이서스를 긴장시키고, 휴전을 제안할 생각이다. 그래서 네게 한 가지 부탁이 있지."

시오네는 으르렁거리듯이 말했다.

"부탁이라고?"

함은 갑자기 빙긋 웃으며 시오네를 바라보았다.

"넌 물론 그런 경험은 없겠지."

"어떤 경험?"

"중매를 서 본 적이 있나?"

시오네는 잠시 말도 못 꺼낼 정도로 당황해서 함을 바라보았다. 함은 낄낄거리며 고개를 가로저었다.

"아아, 농담이야, 농담. 나는 데밀레노스 공주를 시집보냈으면 좋겠다고 생각하고 있어."

"자, 잠깐. 데밀레노스 공주? 닐시언 국왕의 여동생 말이야?"

"그래. 그녀가 결혼하면 좋겠다고 생각하고 있어."

함은 장난기도 없는 얼굴로 엄숙하게 말했다. 욕설을 퍼부어줄까 생각하던 시오네는 문득 함의 말뜻을 알아차렸다. 공주의 결혼이라면 상당히 중요한 국가적 행사이다. '비록 귀국과 우리나라가 전쟁중이긴 하지만, 귀국의 국가적 경사를 방해하고 싶은 생각은 없으니 잠정적인 휴전을 제안하고 싶소.'

"무슨 말인지는 알겠군. 그런데 내게 중매를 부탁한다면 난 너를 멍청이로 볼 수밖에 없는데."

"다행이군. 그런 생각은 추호도 없으니. 비록 적국의 공주님이긴 하지만 너 따위를 매파로 보내는 실례되는 행동을 하고 싶지는 않다."

시오네의 입술이 말려 올라가며 날카로운 송곳니가 드러났다. 함은 그것을 못 본 체하며 술잔을 들어올렸다.

"그럼 뭘 부탁하겠다는 거지?"

술잔을 내린 함은 다시 뜬금없는 말을 했다.

"결혼은 갑작스럽게 하기 힘들어도 장례식은 갑작스럽게 할 수도 있지."

"뭐?"

"데밀레노스 공주를 살해하고 싶다는 말이야."

시오네는 잠시 동안 아무 말도 못한 채 함을 바라보았다. 함이 한 말들은 그 온화한 어조와는 달리 처음부터 끝까지 충격적인 내용뿐이었다. 바이서스를 칭송하고 휴전 따위의 말도 되지 않는 소리를 꺼냈을 때부터 시오네는 고함을 지르고 싶었다. 그러나 데밀레노스 공주를 암살한다는 말이 나오자 시오네는 입을 닫아버리고 말았다. 물론 뱀파이어에게 윤리적인 이유에서의 경악이 있을 까닭은 없다. 시오네는 자이펀 인인 함이 여자를 암살하겠다는 말을 태연하게 한 것에 놀란 것이다. 함은 그런 시오네의 얼굴을 보며 차갑게 웃었다.

"왜 그런 얼굴을 하는 거지? 너는 암살자고 뱀파이어야. 살해가 무슨 뜻인지 모르나?"

시오네는 화를 내고 싶었지만 충격이 아직 가시지 않았다. 그래서 그녀는 분노를 표현할 겨를도 없이 상당히 얼빠진 어조로 질문하고 말았다.

"그게 가능할 것 같아? 데밀레노스 공주가 암살되면 바보라도 자이 편을 의심할 텐데?"

"의심스럽다는 이유로 휴전 제의를 거부한다면 놈들은 멍청이지."

"아무리 휴전을 원한다고 해도 국민들의 눈을 무시할 수는 없을 텐데."

"그건 네 수완의 문제야. 살해가 아닌 것처럼 보이게 할 수 있나? 자연사로 말이다. 너는 마법사며 뱀파이어다."

시오네는 잠시 함의 얼굴을 뚫어지게 바라보다가 고개를 끄덕였다.

"강구한다면 방법이야 찾을 수 있지."

함은 고개를 끄덕였다.

"좋아. 어쩌다가 적국 공주님의 결혼까지 고려하는 한심한 신세가 되었는지는 모르겠지만, 어쨌든 난 외무부의 몇몇 똑똑한 친구들과 손잡고 데밀레노스 공주의 결혼을 추진하고 있어. 헤게모니아나 일스의 적당한 공작, 후작 등에 대해 알아보고 있지. 하지만 나는 급할 때 쓸 수 있는 수단도 있었으면 해. 그러니 너는 데밀레노스를 자연사처럼 살해할 방법을 알아봐 줬으면 한다. 이해했나?"

시오네는 시니컬하게 웃었다.

"훗. 그녀의 입장으로 본다면 결혼식 아니면 장례식이군. 어느쪽으로든 처녀는 죽는 건가?"

"죽음 아니면 남자와의 결혼이야. 어쨌든 그녀는 대륙을 구하는 세기의 신부가 되는 거지."

함은 무뚝뚝한 말투로 시오네의 농담을 맞받았다. 시오네는 그런 함을 바라보며 다시 키들거렸다.

'멍청한 놈. 네 말은 맥락이 닿질 않아. 조금 전 넌 바이서스가 진짜 전쟁을 치를 각오가 되어 있다고 말했어. 그런 상황에서 왕족 암살이 일어나면 불에 기름을 붓는 격이 되겠지. 너와는 다른 목적이지만……'

"충심으로 노력해 드리지."

"지금 당장 노력해 주겠나?"

"뭐?"

"용건은 끝났으니 돌아가 달라는 말이야."

"아아, 그래. 알았어. 무섭단 말이지. 하하하!"

시오네는 웃으며 일어났다. 함을 한 번 쳐다본 시오네는 그대로 몸을 돌려 창문을 향해 걸어갔다. 함은 바닥에 앉은 채 시오네가 박쥐로 변해 밤하늘을 향해 날아가는 모습을 물끄러미 바라보았다.

'목이 마르군.'

전선에 있는 동안 함은 완전한 금주 상태였다. 갑자기 마신 술은 그의 목을 타게 만들었고 함은 천천히 세 번째로 잔을 채웠다. 술잔을 채운 함은 그것을 다리 옆에 내려놓고는 가늘게 뜬 눈으로 시오네가 사라져간 밤하늘을 바라보았다.

저 뱀파이어가 바이서스에 대해 가지고 있는 가멸찬 증오는 이해할 수도 없고 이해하고픈 생각도 없다. 하지만 시오네는 바이서스가 파멸하는 길이라면 자이펀이 공멸하든 말든 상관치 않을 것이다. 그러므로 두 나라 사이의 감정을 더욱 험악하게 만들 수도 있는 공주 암살이라면 발벗고 나설 것이다.

'내가 쓰는 도구들은 하나같이 비뚤어졌고 증오에 가득 차 있군.'

그 신차이 선장도 그렇고, 저 시오네도 그렇다. 함은 다른 사람에게 아무것도 주지 않으면서 그 스스로 자신을 위해 활동하게 만드는 자신의 능력을 뭐라고 불러야 될지 잠시 고민해 보았다.

신차이는 동북 항로를 담당하고, 시오네는 바이서스를 담당한다. 국방 대신이 가장 관심을 가져야 할 외부적인 문제들은 모두 타인에게 맡겨두고서, 이제 나는…….

함은 바닥에 놓아두었던 술잔을 들어올렸다.

신차이 선장의 행동은 그 스스로의 분노에 의한 것이기도 하지만 자이펀 사회가 전쟁 동안 어떻게 변모해 왔는지를 나타내는 사회 현상이기도 하다. 하탄의 말씀인 법률, 라센 법이 희롱당하는 것은 명가들이 이 전쟁 동안 그들의 입지를 어떻게 변화시켜 왔는지를 나타내고 있다. 조사해 보자. 아마도 수많은 범법이 드러날 것이다. 당신들이 전선에서 나를 불러들인 것은 당신들의 발밑을 파낸 결과가 될 것이다. 나는 자이펀을 상대하는 것이다.

쳉은 침대에 걸터앉은 채 손에 든 미의 셔츠를 내려다보고 있었다. 아무 말도 하지 않고 꼼짝도 하지 않은 채 바라보고 있는 모습이 아무래도 셔츠를 보는 것이 아니라 그 소유주를 생각하고 있는 것이 틀림없었다. 그리고 그 옆에는 파가 나란히 앉은 채 그녀의 발치에 웅크리고 앉은 아달탄을 내려다보고 있었다. 어쨌든 두 사람 모두 침울하고 고요한 표정으로 섣불리 말도 못 걸 분위기를 자아내고 있었다.

그런 두 사람을 바라보며 네리아는 가슴이 서늘해지는 것을 느꼈다.

'아아……, 안 돼. 그럴 수는 없어.'

그녀는 알고 있었다.

쳉은 앞으로 4년 후 페스트에 걸려 죽을 것이다. 그리고 그 옆의 파는 쳉의 죽음, 미의 죽음, 그리고 조카의 죽음을 차례로 본 다음 목을 매달고 자살할 것이다. 이름만 전해 들었을 뿐 보지 못했을 때도 그것은 사무치도록 무서웠다. 하지만 직접 쳉과 파를 보게 되자 네리아는 참을 수 없는 기분을 느꼈다. 파의 모습을 보게 되자 네리아는 그녀가 밧줄에 목을 건 채 공중에 떠서 대롱거리는 모습까지도 떠올릴 수 있게 되었다. '미가 미래를 볼 수 있게 되면서부터 느껴온 것은 이런 것이었어? 어떻게 죽어갈지 아는 사람을 눈앞에서 바라봐야 되는 기분, 그러면서 말하지 않는 이 기분이?'

왈칵 고개를 돌린 네리아는 그란과 눈이 마주쳤다. 그란은 네리아의 눈에 어린 눈물을 보았지만 아무 말도 하지 않았다. 네리아는 짐짓 목소리를 바꿔 명랑하게 말했다.

"아! 샌슨은 이럴 때 이런 식으로 말한다던데."

"응?"

네리아는 턱을 쑥 내밀고 발뒤꿈치를 들며 어깨를 뒤로 젖혀보였다. 샌슨의 모습을 알고 있는 운차이와 그란은 하마터면 웃음을 터뜨릴 뻔했다. 네리아는 목소리마저 굵직하게 바꿔 말했다.

"어, 그러니까, 자, 내가 질문하고 넌 대답한다. 대답이 시원찮으면 그때마다 손가락을 하나씩 자른다. 따라서 헛소리는 열 번까지 할 수 있을 거야. 자를 게 더 없어지면 입 밖으로 꺼내기 어려운 걸 자르겠다."

"멋진 친구로군! 만나봤으면 좋겠소."

파하스는 이렇게 말하며 즐거워했지만 그란은 뜨악한 표정으로 네리아를 바라보았다.

"그 담화를 저 유년기에게 전달할 것을 요구하는가?"

"아니, 뭐……, 참고하라고. 안 될깡?"

"저 유년기에게 혼절 발생이 추측된다."

"유년기가 아니라 꼬마야, 꼬마. 저 꼬마 기절할 거라는 말 아냐?"

"응? 아, 꼬마. 기절."

그란이 말하는 그 '유년기'는 지금 사방 모든 곳으로부터의 공격을 막겠다는 듯이 방구석에 웅크리고 있었다. 결국 사방 모든 곳에서 공격이 날아올 거라고 생각하며 불안해하고 있다는 말이다. 일행은 헤게모니아 어로 이야기를 나누고 있었고, 소년은 헤게모니아 어에 그다지 익숙하지 못했기에 사람들의 말을 알아듣지는 못했다. 그리고 그 점은 그를 더욱 불안하게 만들었다.

돌맨 할슈타일은 입술을 질근질근 깨물었다.

그렇게 구석에 웅크리고 앉은 채 돌맨은 무의식중에 입가에 난 상처를 어루만지고 있었다. 일행에게 붙잡히는 과정에서 거칠게 반항하다가 입은 상처였다. 본인은 모르겠지만 그 동작은 마치 '나는 상처를 입었어, 건드리지 마.'라고 말하는 듯한 모습이었다. 파하스는 뒤통수를 긁적이더니 운차이를 바라보았다.

"이봐, 그럼 저 할슈타일인가 하는 꼬마가 너희들이 쫓던 그 반역자 일행 중 하나란 말이야?"

"그래."

"원참. 바이서스 꼬마들은 조숙하기도 하군. 저 나이에 반역까지? 혹시 실연 경험은 없는지 궁금하군."

"반역의 수괴의 양자야."

"뭐라고?"

"달리 갈 곳이 없어 따라다닌 것일 거라는 말이다."

"아아, 그래? 그럼 살살 달래면 말을 들을 것 같은데. 자네들의 얼굴로는 그게 어렵겠군. 내가 해볼까?"

운차이는 '꼭 포로 앞에서 웃기는 재롱을 떨어야 되나?' 등으로 생각했지만 귀찮은 표정으로 고개를 끄덕였다.

"해보고 싶다면."

운차이의 대답이 떨어지자마자 파하스는 예의 그 화려한 동작으로 돌맨의 시선을 붙잡으며 걸어갔다. 돌맨은 다가서는 파하스를 보며 한껏 긴장하여 몸을 더욱 심하게 웅크렸지만 파하스는 싱긋 웃으며 유창한 바이서스 어로 말했다.

"이봐, 젊은 친구. 어떤 사람들과 나누느냐에 따라 잠깐의 시간도 수십 년의 우정에 값할 수 있지. 나와 이야기 좀 할까?"

돌맨은 의심스러운 눈으로 파하스를 바라보았고 그란과 네리아는 휘둥그레진 눈으로 파하스를 바라보았지만 운차이는 희망이 생기는 것을 느꼈다. '저런 식으로 돌맨을 웃긴다면 녀석의 마음이 풀릴지도 모르겠군.' 운차이가 이런 괘씸한 생각을 한다고는 꿈에도 생각지 못하는 파하스는 운차이를 향해 한쪽 눈을 찡긋해 보이고는 다시 돌맨에게 말했다.

"나는 파하스라고 하네. 젊은 친구의 이름은 뭐지?"

"웃기지 마, 알면서 왜 물어보는 거야?"

운차이는 눈을 질끈 감았다. '역시 웃겼군.' 이런 모욕적인 언사에 충격을 받은 파하스는 잠시 아무 말도 못하며 돌맨을 바라보았다. 돌맨은 사나운 표정으로 파하스를 쏘아보며 다음에 뭐가 날아올 것인지 추측해 보았다. 주먹일까? 발길질일까? 그러나 파하스는 대시인이었다.

"아아, 이름을 알고 싶어서 물은 것이 아니었네. 인사를 나누자는 거였지. 할슈타일 군."

대부분의 사람들이 이런 식으로 말했다면 상대는 감동했을 것이다. 하지만 파하스는 자신이 성질을 참고 있다는 것을 과격하게 드러내며 말했다(어깨는 부르르, 이를 악물며, 왼손은 희게 변할 정도로 꽉 쥐고,

오른손은 칼자루로 갈 듯이 움찔움찔.). 돌맨은 더욱 움츠러들었다.

그 모습을 보던 파하스는 분노가 사라지는 것을 느꼈다. 씩 웃던 파하스는 털썩 소리가 나도록 바닥에 주저앉았다. 돌맨의 얼굴을 똑바로 바라보게 된 파하스는 팔짱을 끼며 말했다.

"자, 나는 앉았다. 팔짱도 꼈고. 도망치지도 않고 공격하지도 않는다는 뜻이지. 네 입 속에 든 검과 내 입 속의 검으로만 싸우자. 어때?"

"뭐라고 떠드는 거야?"

돌맨은 짐짓 사납게 말하려 했지만 애처롭게 떨리는 목소리인지라 위압감이 전혀 없었다. 파하스는 시원시원하게 말했다.

"한 번에 하나씩 해결하지. 그리고 하나가 해결된 다음에 그 다음 것으로 넘어가고. 그러나 항상 시간은 아끼도록 하지. 대화의 규칙은 이 정도로만 해두자. 그럼 시작하겠어."

돌맨은 입술을 깨문 채 파하스를 쏘아보았다. 파하스는 빠르고 박력 있게 질문했다.

"왜 미 양을 납치했지?"

이 질문은 돌맨과 파하스를 제외한 모든 이들의 주의를 단숨에 집중시켰다. 대시인다운 흡인력이라고 할까. 바이서스 어를 모르는 파는 그러지 않았지만 쳉은 재빨리 고개를 돌려 돌맨을 바라보았다. 돌맨은 턱을 가슴에 파묻으며 파하스를 노려볼 뿐 대답하지 않았다. 파하스는 가볍게 어깨를 으쓱였다.

"나는 자네들이 쫓기고 있다고 들었네. 쫓기는 자들이 납치 따위의 고차원적인 활동을 시도한 데에는 상당한 이유가 있을 걸세. 그렇잖은가? 인질이 필요했다? 이건 아냐. 왜냐하면 자네들의 추적자는 자네들의 소재도 파악하지 못하고 있었으니까. 구태여 소재를 드러내며 인질을 만든다는 것은 광인의 소행이지. 즉 이 납치의 본질은 자네들에게 미 양이 필요하다는 거야. 단순하지."

쳉이 갑작스럽게 끼어들었다.

"잠깐, 파하스. 바이서스의 반역자들에게 왜 헤게모니아의 무녀인 미가 필요하다는 말입니까?"

고요히 앉아 있던 쳉이 너무나 느닷없이 말했기 때문에 네리아는 깜짝 놀랐다. 파하스는 쳉을 한번 돌아보고는 다시 돌맨을 바라보았다.

"나는 반역을 해본 적이 없어. 그래서 반역자들에게 뭐가 필요한지 모르겠군. 여기 어디 반역자 있나?"

"있다."

이번엔 파하스가 놀랄 차례였다. 아무 생각 없이 던진 농담에 긍정의 대답이 돌아올 줄은 몰랐던 파하스는 기막힌 표정으로 그란을 바라보았다. 그란은 고민스러운 표정으로 파하스를 바라보다가 결국 한숨을 내쉬고는 운차이를 돌아보았다.

"네가 설명해. 어휘가 모자란다."

운차이는 흔쾌히 그란의 요구를 받아들였다.

"그란은 반역자였어."

그리고 운차이는 입을 다물었다. 잠시 기다리던 그란은 곧 운차이를 향해 으르렁거리기 시작했다.

"그 정도는 나도 가능하다."

"그럼 직접 하지 그랬나."

그란은 신음을 토한 다음 방안의 사람들을 괴롭히기 시작했다. 모자란 헤게모니아 어로 꿋꿋하게 자기변호를 시작했던 것이다. 그란이 '나는 할슈타일 후작에게 가족을 희생당하고 귀족인 그를 벌주기 위해 반역자와 손을 잡았지만 실패했다. 하지만 유피넬의 저울대는 공정하여 후작 자신이 반역자가 되었다. 그래서 나는 죄인의 몸이나마 그를 추적하는 것으로 내 죄과를 씻는 것과 동시에 묵은 원한을 갚으려 하고 있다.'는 내용의, 상당히 복잡해질 수 있는 이야기를 그야말로 상당히 복잡하게 말하고 나자 네리아는 미에 대한 사무치는 그리움을 느꼈다.

이 불행한 이야기를 들으며 배를 붙잡고 웃는 어마어마한 실례를 범하지 않기 위해 파하스는 초주검에 가까운 얼굴이 되어 말했다.

"그, 그럼, 그란, 도망 중인 반역자에게 필요한 것이 뭔지 말해 줄 수 있겠나?"

"빠른 말, 막대한 돈, 안전한 장소."

파하스는 고개를 끄덕이며 쳉을 돌아보았다.

"그중에서 미 양이 제공할 수 있는 것이 뭐지?"

"하나도 없습니다만."

"아냐, 있어!"

네리아는 고함을 지르는 것과 동시에 돌맨에게 다가섰다. 돌맨이 흠칫하는 사이에 네리아는 벼락처럼 말했다.

"그거지? 신스라이프의 문제! 요 꼬마야, 내 말이 맞지?"

사람들은 네리아의 말에 돌맨의 표정이 확 변하는 것을 똑똑히 볼 수 있었다. 네리아는 득의로운 표정으로 말했다.

"그거지? 미는 과거 아무 때나 볼 수 있어. 그렇다면, 신스라이프가 살아 있던 당시도 볼 수 있을 거야. 그렇다면 그 문제의 답도 볼 수 있겠지. 그렇지? 그걸 노린 거지? 그럼 그 재산을 가질 수 있어. 막대한 돈!"

파하스는 자기 무릎을 철썩 소리가 나도록 내려쳤다. 그만큼 격렬하지는 않았지만 다른 사람들에게서도 네리아의 추리에 감탄하는 모습이 나타났다. 하지만 돌맨만은 얼굴을 찡그린 채 네리아를 바라볼 뿐 아무 말도 하지 않았다.

파하스는 네리아를 향해 박수를 치며 연극조로 말했다.

"너무하오, 그랑엘베르여! 당신은 수많은 처녀들에게 나눠줬어야 할 덕목을 저 레이디에게 모두 소모했음이 분명하오! 놀랍습니다, 네리아 양. 기막힌 추리입니다!"

자랑스럽기 그지없는 표정을 짓고 있는 네리아를 향해 운차이 역시 밝은 표정으로 말했다.

"밤낮 없이 그 생각만 하고 있었으니 당연한 추리지."

"운차이, 너!"

파하스는 이제 조금씩 익숙해지고 있는 네리아와 운차이의 소란을 무시하며 돌맨을 향해 말했다.

"자, 할슈타일 군. 자네는 말하지 않았지만 첫 번째 질문은 해결되었네. 부정할 텐가?"

"멍청이, 마음대로 생각해."

"아, 좋아. 그럼 다음으로 넘어가지. 자네는 버림받은 건가?"

파하스는 두 번째 질문에서도 대시인다운 면모를 유감없이 발휘했다. 무심한 듯하면서도 단숨에 돌맨의 의식을 파고든 파하스의 질문은 돌맨을 고함지르게 만들었다.

"아냐!"

"좋아, 역시 뭔가 보장받은 것이 있었군. 그렇지 않다면 자네 같은 소년에게 그런 힘든 일을 시킬 수는 없었겠지. 뭐라고 그러던가? 구출해 주겠다고? 그건 아니겠지. 구출해 줄 바에야 처음부터 다른 녀석에게 그 일을 시키면 되니까. 술 한 병이면 충분해. 거리의 적당한 주정뱅이 하나에게 셔츠를 들려준 다음 죽을힘을 다해 튀게 만들면 되지. 그렇다면? 아아. 미 양이 인질인가. 인질 교환? 그렇다면 그 후작 나리는 예절바른 친구가 되는군. 미 양을 잠시 빌려쓰는 대신 너를 담보로 맡긴다는 말이 되나. '미 양의 신변에 대해서는 걱정 마십시오. 여기 그녀의 안전 보장을 위한 담보물을 보내드립니다.' 이런 내용의 서한 없어?"

돌맨은 불공평하다는 기분이 들었다. 자신이 말한 것은 짧은 단어 하나뿐이었는데 파하스는 수십 단어로서 대답해 왔으니까. 네리아는 머리를 과장되게 휘두르며 불평했다.

"파하스, 너무 빨라요. 천천히 가요."

파하스는 네리아에게 사과하느라 다시 상당한 단어들을 소모했다. 그 시간 동안 나머지 일행들은 파하스의 말을 천천히 받아들이고 이해했다. 그란은 빙긋 웃었다.

"당신 꽤 영리하군."

"그럴 때는 보통 '매우'라는 말을 쓰네, 그란."

"아, 매우 영리하군."

파하스는 다시 돌맨을 돌아보며 말했다.

"그럼 너로 하여금 그런 위험한 일을 할 수 있게 한 것은 붙잡혀 봐야 인질 교환으로 다시 풀려날 수 있다는 믿음이겠군. 알았어. 소중한 인질이니 잘 모셔드리지."

파하스의 말이 끝나자 운차이는 몸을 일으켰다.

"턴빌 시청에 다녀오겠다. 후작이 언제 어디서 그 문제에 도전하는지 알아보겠어. 그건 턴빌 시청이 관리해 온 재산이니 비밀로 할 수는 없겠지."

운차이가 일어나자 쳉 역시 몸을 일으켰다.

"같이 가고 싶습니다."

"좋으실 대로."

그러자 파와 파하스도 자리에서 일어났고 네리아 역시 일어섰다. 운차이는 눈살을 찌푸린 채 주위를 주욱 둘러보더니 그란을 바라보았다. 그란은 운차이를 향해 고개를 끄덕이며 말했다.

"다녀와. 나를 감시의 책무에 있게 하지."

혼자서 지키고 있겠다라. 돌맨 '할슈타일'과 그란 하슬러 둘만 이 방에 남아 있는다는 말이지. 운차이는 그란의 눈을 똑바로 들여다보았다. 아무리 할슈타일이라는 이름을 증오한다고 하더라도 설마 양자에게 무슨 짓을 하지는 않겠지.

"좋아, 다녀오겠다. 애한테 맞지 않도록 조심해."

그란은 콧방귀를 뀌었다.

사람들이 방을 나서자 그란은 묵묵히 의자를 들어올려 방 문 가까이에 놓고는 그 위에 앉았다. 돌맨은 꼼짝도 하지 않은 채 그란의 행동을 바라보았다. 그란은 돌맨을 흘긋 보다가 시선을 돌리며 바이서스어로 말했다.

"침대에 앉아도 좋고 의자에 앉아도 좋다."

"뭐라고?"

"그렇게 불쌍하게 앉아 있는 것이 즐겁지는 않을 텐데. 편하게 있어도 좋다는 말이야."

돌맨은 그란을 뚫어지게 바라보다가 천천히 몸을 일으켰다. 자리에서 일어선 돌맨은, 그러나 침대나 의자로 향하는 대신 똑바로 선 채 의자에 앉은 그란을 바라보았다.

"당신, 경계를 안 하는군? 나를 묶어두거나 해야 되지 않아?"

"묶여 있는 것을 좋아하는 편이냐?"

"내가 당신을 해치우고 달아나면 어쩔 테야? 당신, 의자를 옮기면서 검을 챙기지 않았군."

돌맨의 말대로 그란의 검은 테이블 위에 놓여 있었고 그 위치는 돌맨과 그란의 중간쯤 되는 곳이었다. 그란은 싱긋 웃었다.

"좋을 대로 해봐."

"……별명이 핫소드지?"

"그렇게 불리기도 했지."

"그렇더라도 칼 없으면 아무 소용이 없겠지. 그렇잖아?"

그란은 고개를 가로저었다. 돌맨이 정말 검을 움켜쥐고 그를 공격하지는 않을 것이다. 그럴 생각이 있다면 저렇게 주절주절 말했을 리가 없으니까. 내가 좀 도와줘 볼까.

그란은 갑자기 의자에서 일어섰다. 돌맨은 움찔하면서 뒤로 물러나려 했지만 동시에 앞으로 움직이려 했다. 그래서 상당히 우스꽝스러운 모습이 되어버렸다. 그런 그를 본체만체하며 그란은 아무 말 없이 테이블을 향해 천천히 걸어가기 시작했다.

돌맨은 갑자기 괴성을 지르며 달려들었다.

"으아아!"

테이블을 덮칠 듯이 와락 달려든 돌맨은 그란의 검을 낚아챘다. 그란은 조용히 멈춰 섰고 돌맨은 떨리는 손으로 후다닥 검을 뽑아들었다. 잠시 동안 돌맨이 내뿜는 거친 숨소리만이 방안의 고요를 어지럽혔다.

"자, 이제 검을 쥐었군. 어쩔 거지?"

"비, 비켜! 문에서 비켜. 저쪽 벽으로 가서 붙어 서! 그럼 해치지 않겠어!"

"그렇게 못하겠다면?"

"찌를 거야!"

"그러곤?"

"뭐? 찌, 찌르면 죽는 거지 그러고라니?"

"날 찌르고 나면 그 다음엔 어쩔 거지. 후작의 위치를 아나?"

돌맨은 잠시 휘둥그레진 눈으로 그란을 바라보았다. 그란은 평온한 눈으로 그를 바라보고 있었다. 문득 돌맨은 그의 눈빛 속에 동정심 같은 것이 담겨 있다는 것을 깨달았다.

"파하스는 네게 그것을 묻지 않았지. 기억나지? 파하스 역시 짐작했겠지. 그리고 나 역시 짐작해. 틀림없이 후작은 네게 자신의 소재를 가르쳐주지 않았을 테지. 자, 그럼 나를 죽이고 나서 어떻게 후작을 찾아갈 거지?"

돌맨은 덜덜 떨면서 그란을 바라보았다. 그의 말 그대로다. 그란을 죽이고 여기서 나가봐야 돌맨에게는 도망칠 곳이 없었다. 그런데 왜 무턱대고 검을 움켜쥐었지?

"넌 압박감 때문에 필요성과 가능성을 헷갈려버린 거다. 먼저 검을 쥐면 나를 죽일 가능성은 있지. 하지만 나를 죽일 필요성은 없어. 멍청이처럼 굴지 말고 검을 내려놔라. 후작이 인질 교환을 요청할 때까지 그냥 기다리면 되는 거 아냐."

'그렇지 않다면, 그래. 너 역시 후작이 너를 구해 줄 거라고는 믿지 못하는 것이겠지? 나도 그렇게 짐작해.' 그란은 씁쓸하게 생각했다. '그렇더라도 너는 그 거짓말을 믿을 도리밖에 없지. 불쌍한 녀석. 하지만 넌 그 거짓말을 믿을 수 있다는 것에 대해 고마워해야 돼. 네겐, 그리고 내게도 마찬가지지만, 미래가 불확실하니까. 그래서 가능성이 거의 없는 일도 기대해 볼 수 있지. 우리는 미보다는 행복한 거지.'

돌맨은 검을 내려놓았다. 그러고는 침대로 걸어가서는 두 손에 얼굴을 파묻고는 한참 동안 어깨를 떨었다. 그란은 그를 내버려둔 채 상념에 잠겨들었다. 불안이 없겠지만, 동시에 희망도 없는 미에 대해서.

'미래를 볼 수 없게 된 것은 그녀의 행운이 아니었을까?'

바꿔 말하면,

'우리는 미래를 볼 수 없기에 행복한 것이 아닐까?'

"글레이브가 좀 짧아. 흐으응!"

변한 모습 때문에 크게 의기소침해 있던(게다가 자신의 동의 하에 일어난 일이기 때문에 뭐라고 화를 낼 수도 없었던) 루손이 입을 연 것은 변신이 있고 사흘 뒤였다. 그 동안 그럭저럭 변신한 오크라기보다는 좀 이상한 사람으로 보일 정도로 자신의 새 몸에 익숙해진 루손은 레이저를 향해 글레이브를 들어올리며 이렇게 말했다.

"콧소리는 내지 마. 넌 그저 몸에 익은 기억 때문에 그러는 거지 진짜 콧소리가 나오는 것은 아닐 텐데."

루손은 잠시 입술을 깨문 채 레이저를 바라보았다. 도톰한 입술이 더욱 도드라졌고 커다란 눈은 빠르게 깜빡였다. 그런대로 예쁘장한 모습이었고, 레이저는 루손이 오크식으로 미남이 아니었을까 하는 상상을 잠시 해보았다.

"후우. 글레이브가 짧다. 쓰기 불편해."

"그래서?"

"늘여줘. 넌 마법사잖아."

"그런 곳에 마법을 쓰느니 그냥 하나 새로 사는 것이 낫겠어. 설마 오크식 글레이브는 구하기 어렵겠지만 다른 무기는 구할 수 있겠지."

"인간처럼 검을 쓰라고? 그건 싫다!"

"그럼 저기 도착한 다음 대장장이에게 부탁하면 되잖아. 적당한 길이의 자루로 바꿔달라고."

레이저는 그렇게 말하며 나무 사이로 보이는 턴빌 시의 건물들을 가리켰다. 한 사람(?)이 발걸음에 익숙하지 않은 것에 비해 볼 때 둘은 꽤 빠른 속도로 걸어와 턴빌에 도달해 있었다. 이제 이 오솔길만 빠져나가면 곧장 턴빌이다. 루손은 이를 드러내며 외쳤다.

"너 바보냐! 저기 들어가려면 글레이브가 필요해서 그렇게 말한 거잖아!"

"아……, 이런. 제발, 루손. 넌 지금 인간의 모습이야. 네가 가만히 있으면 아무도 널 이상하게 여기지는 않을 거라고."

"제길, 불안하단 말이야! 네 마법이 갑자기 깨지거나, 아니면 다른 마법사가 날 알아보거나, 어쨌든 그런 일이 생기면 어쩔래!"

레이저는 옆을 지나가는 여자를 바라보며 저 여자가 혹시 오크가 변신한 것이 아닐까 의심을 하는 마법사에 대해 상상해 보았다. 말도 안 돼. 그건 편집증이야. 오크를 여자로 변신시키려고 마음먹을 정도로 미친 녀석이 아니라면 그런 의심을 할 리는 없겠지. 나는 그런 녀석을 하나 알고 있는데…….

"그런 일은 절대로 일어나지 않아. 내 말을 믿어."

"그렇다면 내 글레이브를 들고 너 혼자 들어가. 그리고 그것을 내 팔길이에 맞춰 수리해서 가지고 나와. 그때까진 난 저기엔 가지 않겠어. 알았어?"

"이런, 젠장! 여기까지 걸어오느라 힘들어 죽을 지경인데 다시 왕복하라고? 그렇게는 못해. 게다가 곧 해가 진단 말이야!"

그때였다. 레이저는 루손의 눈이 갑자기 커지는 것을 볼 수 있었다. 루손은 레이저의 어깨 너머로 무언가를 뚫어지게 바라보고 있었다. 의아해진 레이저는 몸을 돌렸다.

턴빌에서부터 몇 명의 사람들이 말에 탄 채 걸어오고 있었다. 거리가 꽤 멀긴 하지만 레이저와 루손은 턴빌로 들어가는 오솔길 가운데 서 있었기 때문에 저쪽에서 걸어오는 사람들과 곧장 마주치게 될 형편이었다. 루손은 두말없이 길 옆으로 달려갈 자세를 취했지만 레이저가 먼저 그녀의 어깨를 붙잡았다.

"뭐하려는 거야?"

"멍청하긴, 어서 숨어야지!"

"제발, 루손! 너 지금 인간의 모습이란 말이야. 아무 걱정 말고 그냥 걷는 것이 더 나아. 저쪽에서도 이미 우리들을 봤을 거라고. 숨는 것이 더 이상해 보일 거야."

공포 때문에 혼란스러운 정신이긴 했지만 루손은 레이저의 말이 옳다고 여겼다.

"그, 그런가?"

"그래. 젠장. 벌써 의심하겠다. 어서 걸어, 어서! 아니, 글레이브는 내려! 그게 뭐야? 싸움 거는 것처럼 보이잖아!"

루손은 그제서야 자신이 글레이브를 두 손으로 쥔 채 앞으로 겨냥하며 걸어가고 있다는 것을 알아차렸다. 루손이 글레이브를 내리고 나자 두 사람은 천천히 앞으로 걸어갔다. 그러나 다가오는 사람들의 모습을 식별할 정도로 거리가 가까워지자 루손은 다시 길 옆의 숲으로 뛰어들고 싶어졌다. 그리고 레이저는 미심쩍은 시선이 되었다.

말은 전부 다섯 마리였다. 다섯 명의 기수 모두 무장을 갖추고 있었지만 제복 같은 것을 입고 있지는 않았다.

여행가들이나 모험가들이 무장을 갖추는 것은 별로 이상한 일이 아니었지만 다섯 명의 사내들은 보통의 여행가처럼 보이지는 않았다. 모두 사나운 얼굴에 건장한 체구였다. 설마 이렇게 도시에 가까운 곳에서 산적이나 강도는 아니겠지.

레이저는 다가오는 사람들이 모험가 정도 되는 자들이라고 판단하고는 그대로 걸어갔다. 하지만 루손으로선 다섯 명이나 되는 인간 칼잡이들이 자신을 향해 걸어오는 것을 보면서 태연하게 걷는다는 것이 매우 힘들었다.

이윽고 두 무리의 거리가 20큐빗 정도로 가까워지자 서로의 얼굴까지 파악할 수 있게 되었다. 레이저는 사납기 그지없어 보이는 기수들의 얼굴을 바라보고 싶지는 않았기에 고개를 조금 외면했다. 하지만 고개를 돌리던 그의 눈에 다섯 번째 기수가 들어오자 레이저는 고개 돌리는 것을 멈추고 말았다.

다섯 번째의 기수는 한 손으로 고삐를 쥔 채 다른 손으로는 커다란 꾸러미 같은 것을 안아들고 있었다. 그런데 꾸러미 아래쪽으로 사람의 다리가 내려와 있는 것이 보였다. 자세히 바라본 레이저는 사내가 시트로 둘둘 말다시피 한 여자를 안아든 채 힘든 자세로 말을 몰고 있다는 것을 알아차렸다. 왜 저러지? 병자인가? 호기심이 동한 레이저는 선두의 사내에게 고개를 돌렸다.

"여어, 실례하겠습니다."

아무 말 없이 지나치려 했던 선두의 사내는 레이저가 갑자기 말을 걸어오자 찌푸린 눈으로 그를 바라보았다. 하지만 말을 멈추려는 기색은 없었다. 그대로 지나치려는 건가? 레이저는 당황해서 옆으로 비켜섰다. 루손 역시 재빨리 레이저의 등 뒤로 돌아 들어갔다.

"아, 잠깐만요. 저기 뒤의 저 여자분은 어디가 아픈 겁니까?"

레이저의 질문은 완전히 무시당했다. 사내는 입술을 굳게 닫아건 채 그대로 레이저의 옆을 지나쳐 걸어가 버렸다. 그리고 다른 사내들도 그 뒤를 따라 지나갔다. 레이저는 당혹한 표정으로 그들이 지나가는 것을 바라보고 있어야 했다.

사내들은 그대로 레이저와 루손이 걸어왔던 쪽을 향해 사라져갔다. 원, 지독하게도 무뚝뚝한 녀석들이다. 그런데 아픈 여자를 데리고 어디를 저렇게 가는 거지? 그때 루손이 레이저의 등을 후려쳤고 레이저는 깜짝 놀라버렸다.

"뭐, 뭐야?"

"정말이야! 눈치채지 못했어. 아무도! 히야!"

루손은 펄쩍펄쩍 뛸 듯이 기뻐하며 말했다. 그 모습을 바라보던 레이저는 너털웃음을 터뜨렸다.

"거봐. 내 말이 맞잖아. 자, 이제 걱정 말고 들어가자. 알았지?"

"좋아."

아직도 불안감이 남아 있기는 했지만 루손은 조금 전보다는 훨씬 낙관적인 기분으로 레이저의 말에 대답했다. 레이저는 한 번 더 사내들이 사라져간 방향을 바라보고는 몸을 돌려 턴빌을 향해 걷기 시작했다. 루손 역시 그 뒤를 따랐지만 아직도 흥분감이 가시지 않아서 입을 다물고 있을 수가 없었다.

"굉장하군, 네 마법 말이야. 인간들이 날 보고도 그대로 지나치다니, 햐! 이건 정말이지 어떤 오크도 상상할 수 없는 일일걸."

"흐음. 턴빌에 들어가거든 네게 거울을 한번 보여줘야겠다. 아직 네가 어떻게 보이는지는 모르겠군."

"거울?"

"사람들이 스스로를 보고 싶을 때 사용하는 도구야. 음, 그러니까 글레이브 날에 흐릿하게 비치는 영상이 있잖아?"

레이저의 말을 들은 루손은 자신의 글레이브를 들어 그 날을 바라보았다. 하지만 투박한 글레이브의 표면에는 흐릿한 색깔 정도밖에 비춰지지 않았다.

"거울은 그것을 훨씬 선명하게 비치도록 만든 거야."

"아아. 그래? 신기한 것이 다 있군. 그게 어떻게 보이지?"

레이저는 고개를 갸웃하다가 몸을 돌렸다. 땅을 바라보던 레이저는 루손에게 말했다.

"루손, 뒤로 돌아 네 그림자를 봐."

루손은 몸을 돌렸다. 그리고 땅바닥에 비치는 자신의 그림자를 보고 깜짝 놀랐다. 거기에는 훤칠하고 마른 몸매의 그림자가 손에 글레이브를 든 채 깜짝 놀라고 있었다.

"아아! 인간의 그림자잖아?"

레이저는 빙긋 웃으며 자신의 그림자를 바라보았다.

"흐음. 그 옆에는 멋진 갬블러의 그림자로군. 거울은 저런 거야. 저렇게 시커멓지는 않고 모습이 또렷하게 보인다는 점이 다르지만."

레이저의 농담을 들은 척도 하지 않은 채 루손은 그것이 자기 그림자인지 확인하겠다는 듯이 손을 들어올리고 다리를 움직였다. 물론 그림자는 루손의 행동을 정확하게 따라했다. 레이저는 홀린 표정으로 자신의 그림자를 바라보고 있는 루손의 어깨를 가볍게 툭 치며 말했다.

"자, 어서 가자. 저 그림자도 우리를 따라다니느라 힘들었을 테니 어서 가 쉬고 싶을 거야. 하지만 그림자가 혼자 걸을 리는 없으니까 우리가 부지런히 가야지."

"응? 아, 그렇지는 않아."

"뭐야?"

"나크둠이 해준 이야기가 있어."

루손이 나크둠의 이름을 말하자 레이저는 다시 아련한 슬픔을 느꼈다. 시체도 못 가지고 나왔어. 나크둠은 무너진 바위굴 속에 남아서 외롭게 부패하고 있겠군. 하지만 자신의 그림자를 정신없이 바라보던 루손은 레이저의 표정을 보지 못했다.

"음. 그래. 나크둠이 말해 준 수수께끼가 있지. 그림자는 사람의 행동을 그대로 따라하잖아? 사람이 걸어가면 그림자도 걸어가고, 사람이 멈추면 그림자도 멈추지. 그렇지?"

"그렇지."

"네 말대로 그림자는 혼자 걷지 않잖아."

"그래. 그런데?"

"그런데 그림자를 혼자 걷게 하는 방법이 있거든. 자기는 가만히 있으면서 그림자만 움직이게 하는 거. 어떤 방법일 거 같아?"

레이저는 나크둠이 설마 마법을 쓰리라고는 생각할 수 없었다. 오크다운, 그러니까 별로 복잡하지 않은 단순한 대답일 텐데.

"모르겠는데. 그런 방법이 뭐야?"

"간단하지. 등 뒤에서 누군가 횃불을 들고서는 움직이는 거야. 횃불을 왼쪽에서 오른쪽으로 움직이면 그림자는 오른쪽에서 왼쪽으로 움직이지. 자기는 가만히 있는데도 말이야. 그렇지?"

"하하. 그렇군."

레이저는 실없이 웃어버렸다. 레이저가 웃자 루손은 기세좋게 고개를 끄덕였다. 물론 그녀(?)의 그림자도 열렬히 고개를 끄덕였다. 레이저는 웃으며 몸을 돌렸다.

"하지만 지금 누군가가 우리 그림자를 위해 해를 움직여줄 리는 없잖아. 그러니 우리가 부지런히 걸어야지. 자, 어서 가자고."

"응."

루손은 아쉬운 표정으로 고개를 돌렸다. 밤에 활동하는 그였기에 자기 그림자를 볼 기회는 별로 많지 않았을 것이다. 물론 레이저도 자신의 그림자를 바라본 기억은 별로 없었지만. 걸어가면서 레이저는 다시 나크둠에 대해 생각했다.

나크둠. 실없기는. 하하. 자신은 가만히 있으면서 햇불을 움직여 그림자를 움직이게 한다고요?

레이저는 잠시 떠오른 생각을 지워버리며 턴빌을 향해 부지런히 걷기 시작했다.

제5장
거짓된 사랑의 진실 (상)

1

졸란의 앞바다에서는 드문 아침 안개가 수면 위로 가득 펼쳐져 있었다.

신차이는 화를 내고 있었다. 물론 졸란 앞바다의 뱃길에서라면 눈 감고도 배를 몰아갈 조타수가 있으니 배에 대해 걱정하고 있는 것은 아니다. 신차이가 화를 내는 까닭은 출항일의 안개는 불길하다는 속신 때문이었다.

신차이 선장은 뱃사람들 사이에 만연한 흉조와 액에 대한 속신들을 풍부하게 알고 있었으며, 그것들을 하나도 믿지 않았다. 하지만 지식을 넓히는 데 별로 관심이 없는 그의 부하들은 조금밖에 알고 있지 못했으며, 그것을 완강하게 믿고 있었다. 심지어 이시도마저도 찌푸린 표정으로 선장을 돌아보았다. 출항일을 하루 연기하면 안 되겠느냐는 말이 목구멍까지 올라온 모양인지 숨 쉬는 것이 퍽 불편해 보였다.

바다에서 피어오른 안개는 선체를 부드럽게 어루만지며 흐느적거렸다. 온갖 종류의 바닷바람에 단련된 선원들조차도 안개 속에서 뭔가 움직이는 것을 봤다고 소곤거리곤 했다.

"젠장. 화이트웨일이 침몰할 때 말이야, 우리 할아버지는 악마가 안개 속에서 나타나서는 화이트웨일의 메인마스트에 부적을 새기고 가는 것을 보셨다고."

"아, 그래. 디키누스도 그랬어. 녀석은 메인마스트 위에서 들려오는 악마의 웃음소리도 들었다던데."

"디키누스는 얼간이야. 그러니까 빠져 죽었지."

"하지만 녀석은 거짓말은 하지 않았다고."

앞갑판 선원들 사이의 소곤거림은 이제 위험한 수준까지 진행되고 있었다. 마땅히 그것을 진정시켜야 할 책임이 있는 이시도마저도 꿈결처럼 흐르는 안개를 바라보느라 정신이 없었다. 신차이는 그런 이시도를 향해 날카롭게 말했다.

"이시도 군, 보고하게."

"예? 아아, 예. 선원들은 모두 승선 완료했습니다. 출항 준비는 모두 끝났습니다. 그런데, 저……"

신차이는 아무 말 없이 이시도 앞에 무릎을 꿇고 이마를 뱃전에 대었다. 이시도는 푸념 섞인 한숨을 내쉬고는 건조한 목소리로 말했다.

"지고하신 하탄을 대신하여 선언한다. 금일 일출을 기점으로 레드 서펀트의 모든 것은 너 신차이 발탄에게 귀속된다."

자이펀의 모든 것은 하탄의 소유다. 하지만 유일한 예외가 있으니,

항해중인 배에 관해서만은 모든 것이 그 선장에게 귀속된다. 따라서 이론적으로 볼 때, 하탄 자신이라도 배에 타고 있을 때는 선장의 명령에 의해 처형당할 수도 있다는 것이 된다(물론 순전히 논리적인 이야기에 불과하지만.). 신차이는 몸을 일으켰고 잠시 하탄을 대행하던 이시도는 다시 일등 항해사로 돌아갔다. 이제 귀속의 선언도 끝난 이상 이시도는 신차이에 대해 어떤 종류이건 반론을 말해 보거나 항명을 할 입장이 못 되었다.

"출항하지."

신차이는 그 말만 남기고 선장실로 돌아갔다. 이시도는 다시 푸념 섞인 한숨을 내쉬고 갑판의 지휘를 맡았다. 이시도의 입장을 이해하고 있는 선원들은 공연한 투정이나 반항으로 그를 괴롭히는 대신 비슷한 한숨을 내쉬고는 명령에 따라 일사불란하게 움직이기 시작했다.

"닻을 끌어올려라!"

"닻을 끌어올려라!"

해저에 가라앉았던 닻이 선원들의 힘찬 팔에 끌어올려지며 물보라가 솟아올랐다. 앵커 격납 완료를 외치는 갑판장의 고함 소리가 들려오자 이시도는 돛을 펼 것을 지시했다. 레드 서펀트의 거체가 대해원을 향해 육중하게 움직이기 시작했고 선원들은 졸란을 향해 크게 만세 삼창을 외친 다음 무심하게 자신의 일로 돌아갔다.

닳고 닳은 뱃사람들은 그런 것에 별 관심이 없었지만, 닐림의 프리스트 치터리 무스는 배의 출항과 그에 따라 멀어져가는 항구를 두 눈으로 직접 보기 위해 갑판에 나와 있었다. 말없는 육전 대원들은 치터리의 그림자라도 되는 것처럼 그의 등 뒤에 서 있었다. 치터리는 선원들이 멀어져가는 항구의 모습에 아무 관심이 없는 것을 이해했다. 하지만 그는 초보 항해자였고, 그래서 멀어져가는 항구의 모습을 보며 왠지 슬픔 같은 것이 느껴지는 것을 별 거부감 없이 받아들였다. 안개의 꿈틀거림 때문에 졸란 시의 익숙한 모습들은 찾아볼 수 없었다. 그것은 치터리를 더욱 아쉽게 만들었다.

"이상한 기분이 듭니까, 치터리?"

갑자기 들려온 발랄한 목소리에 치터리는 고개를 돌렸다. 캡스턴을 돌리는 선원들을 독려하던 이시도가 말을 던져온 것이다. 치터리는 고개를 끄덕였다.

"예. 기분이 참 묘하군요."

"당신 생각을 맞춰볼까요. 이대로 떠나가서 침몰해 버린다면 고향의 그 누구도 당신 생사를 알 수 없게 된다, 아마도 그 생각이 가장 먼저 들 겁니다. 흔히들 배를 감옥에 비교하곤 하지만 사실 배는 감옥보다 더하지요. 감옥에서는 최소한 죽으면 바깥사람에게 알려지니까. 껄껄껄."

이시도는 그것이 재미있는 농담이라도 되는 것처럼 웃었지만 치터리는 웃고 싶은 기분이 별로 들지 않았다. 이시도의 추측은 정확했다. 치터리는 이제 자신이 알고 있고 교류해 왔던 세계로부터 완전히 단절된다는 느낌을 강하게 받고 있었다. 그리고 앞으로 그가 만나게 될 것은 아무것도 없는 세계인 바다이다. 그곳에는 길도 없고 여관도 없으며 방문할 친구의 집도 없다. 치터리는 소름이 돋는 것을 느꼈다.

이시도는 그런 치터리의 얼굴을 심술궂게 바라보다가 지나가는 말처럼 말했다.

"유언장은 작성하셨습니까?"

"유언장이라니요?"

"이 배가 죽으면 당신은 바로 죽습니다. 남길 말이 있으면 적어두는 것도 좋겠지요."

"적어둬 봐야, 그것을 어떻게 전달한다는 말입니까."

"선원들이 애호하는 여러 방법이 있지요. 어떤 친구들은 코코넛에 유언을 새기기도 합니다. 유리병에 넣어두는 방법도 있지요. 그럼 오세니아께서 도와주시면 바다에 던진 유언장은 친절한 해류의 도움을 받아 당신이 가장 그리워하는 사람에게 전달됩니다."

치터리는 고개를 갸웃하다가 뒤를 돌아보았다. 육전 대원 중 한 명이 미미하게 고개를 끄덕이는 것이 보였다.

"그런 관습이 있었나요. 하지만 제 유언은 닐림께서 들으실 테니 상관없습니다."

이시도는 그저 씩 웃었다. '두고 봅시다'라고 말하는 듯한 미소였다.

그리고 사흘 후, 치터리는 유언장의 문구를 놓고 고민하고 있었다.

정말이지 유언장이라도 새기지 않으면 안 될 정도로 지독하게 무료한 나날이 계속되고 있었던 것이다. 아직 익숙해지지 않은 배의 흔들림(치터리는 이런 것이 익숙해질 수 있다는 것이 믿어지지 않았다.). 밤새 흔들리는 선상의 수면은 치터리를 항상 멍한 상태에 있게 했다. 깨어나 있는 시간과 잠들어 있는 시간의 구별이 점점 불확실해져 가는 데 치터리는 당황하고 말았다. 식사를 끝내고 나면 다음 식사까지는 할 일이 아무것도 없었기에, 치터리는 식사 시간을 일부러 길게 잡는 기술을 배우게 되었다.

그리고 그것이 그가 배운 유일한 기술이었다. '지루한 일상을 달래기 위해 수줍어하는 선원 하나를 붙잡고 배에서 사용되는 밧줄 묶는 법을 배우기도 했으며, 항법사를 졸라서 육분의 보는 법을 익히기도 했다. 배가 침몰했을 때, 주인공은 바다에 떠다니는 판재들을 묶고 항법사에게 배운 육분의 보는 법을 이용하여 거친 표류 생활을 헤쳐 나갔다…….' 자이편에는 항해 소설이 많았고 치터리 역시 그런 것을 충분히 읽었다. 하지만 그가 직접 겪는 선상 생활은 항해 소설과 비슷한 면이 하나도 없었다. 밧줄 묶는 법을 가르쳐달라고 말하자 선원들은 그를 이상한 시선으로 바라보았고 육분의 보는 법을 가르쳐달라고 말하자 항법사는 벌컥 화를 냈다.

그 다음부터 치터리는 머리에 떠오르는 생각을 실천할 마음이 거의 없어져버렸다. 묵상과 기도에 빠져들려고 노력해 봤지만 그것도 포기하게 되었다. 고요한 바다 위의 공간은 신과 가장 가까워지는 장소일 거라고 생각했던 치터리는 좌절을 맛보았다. 바다는 사막과도 다르고 산과도 달랐다. 바다는 바다. 거기에서는 신의 목소리가 가장 멀어지는 듯했다.

그래서 치터리는 멍한 정신 속에서 '유언장이라도 써볼까?' 하는 생각을 하고 있었다.

'내가 죽으면…….'

그 다음으로는 한 마디도 생각나지 않았다. 죽으면? 죽으면 그것으로 이 세상에 대한 빚갚음이나 기여는 끝나는 것이다. 죽은 이상 이 세계와는 아무 관련이 없는 셈이고, 아무 관련도 없는 세상에 대해 뭔가를 요구한다는 것은 우습게 느껴졌다.

그래서 처터리는 유언장을 포기하고 그 대신 신차이 선장을 방문해 보기로 했다.

"들어오시오."

신차이 선장은 항해가 시작되고 나서 선장실을 거의 나오지 않고 있었다. 어쩌면 치터리가 없는 시간에만 갑판에 나오는지도 몰랐지만, 어쨌든 치터리는 선장실 밖에 있는 신차이를 보지 못했다. 선장실 문을 열고 들어서면서 '오래간만입니다. 그 동안 별고 없으셨습니까?'라고 인사하고픈 충동을 느낄 지경이었다.

"무슨 일이십니까?"

신차이 선장은 사방에 서류와 해도 비슷한 것을 던져두고는 그 가운데 앉아 있었다. 치터리는 잠시 홀린 표정으로 해도를 바라보다가 앉을 만한 자리를 찾아서 조심스럽게 앉았다. 뭐라고 말을 꺼낼까 고민하는 치터리를 향해, 신차이 선장은 단조롭게 말했다.

"육전 대원들은 어디 있습니까?"

"아, 그들은 자신의 선실에 있습니다. 더 이상 따라다니지 말라고 말해 두었습니다. 이 좁은 배 안에서야 어디 있더라도 고함만 지르면 곧장 찾아낼 수 있는데 계속해서 따라다니는 것은 좀 우습지 않겠습니까."

신차이는 고개를 끄덕이고는 다시 해도 한 장을 들어올렸다. 치터리는 자신의 일을 하고 있는 사람을 방해하는 무례를 범하고 싶지는 않았지만 가만히 앉아 있기도 그래서 어쩔 수 없이 말했다.

"그건 뭔가요?"

"해도입니다. 동북 항로 쪽은 별로 가보질 않아서 많이 봐둬야 할 필요가 있습니다."

"예. 음……, 선장님, 익숙한 항해자로써 신출내기 뱃사람에게 조언 좀 하시지 않겠습니까?"

신차이는 예절바른 태도로 해도를 내려놓고는 옆에 치워두었던 파이프 걸이에서 파이프 하나를 집어들었다.

"태우십니까?"

"아니오."

"술은 어떠십니까."

"괜찮습니다. 가벼운 멀미 기운이 있어서."

신차이는 파이프를 채워 입에 무는 것으로써 자신의 일은 잠시 접어두고 치터리의 이야기를 들을 준비를 갖췄다는 것을 보여주었다. 부싯돌을 이용하여 불을 붙인 신차이는 먼저 담배 연기를 조용히 뿜어낸 다음 말했다.

"어떤 조언이 필요합니까."

"조언이 아니라, 명령이라도 괜찮겠습니다. 뭔가 할 일을 좀 일러주지 않겠습니까?"

신차이는 씩 웃으며 말했다.

"당신은 자유의 프리스트입니다. 자신의 자유를 감당하지 못합니까?"

"닐림에 대해 토론하고 싶으신 겁니까? 선장님, 저희들은 쇠사슬과 자유의 닐림이라고 부릅니다. 자유는 방종이 아니라 스스로가 스스로를 규제하는 것을 말합니다. 아무것도 하지 않는 것이 자유는 아닙니다. 스스로 할 일을 찾는 것이 자유지요."

"아, 그럼 프리스트께서는 자신의 자유에 따라 할 일을 찾아보고 계시는 것이군요. 하지만 이 세계는 좁습니다. 좁은 만큼 할 일도 별로 없지요. 저 아래로 내려가셔서 펌프라도 움직여보시겠습니까? 설령 당신이 좋다고 해도 제가 그 일을 시킬 수는 없습니다. 그건 노예나 견습 선원의 일이니까요. 선원들도 하지 않는 일을 배의 손님이신 당신에게 시킨다면 선원들이 저를 뭐라고 하겠습니까. 원하신다면 프리스트님을 위해서 설교 시간을 만들어드릴 수도 있습니다. 하지만, 무례를 말하고 싶진 않습니다만, 당신으로선 감당할 수도 없는 경쟁자가 있으니 설교 같은 것은 잘 안 될 겁니다."

"경쟁자요?"

"바다가 있습니다."

"아……, 예. 눈 닿는 사방에 신이 계시니, 인간 프리스트의 설교가 과연 선원들에게 얼마나 먹혀들어 갈지는 저도 의문이군요."

신차이는 잠시 선장실 천장에 맴도는 담배 연기를 바라보다가 말했다.

"당신이 결승법이나 육분의 판독법을 배우고 싶어 한다고 하더군요."

치터리는 얼굴을 조금 붉혔다. 이 방 안에만 틀어박혀 있는 것처럼 보여도 선장은 확실히 배 안의 모든 것을 파악하고 있는 모양이다.

"예. 무료한 나머지……. 그런데 그게 왜 그렇게 무례한 일이 되는지는 아직 모르겠습니다. 제가 보기엔 선원들도 무료해하는 것처럼 보였습니다. 예, 물론 그들이 힘든 노역에 시달리고 있다는 것을 무시하고 싶지는 않습니다. 하지만 그런 일들은 자주 일어나는 일은 아니더군요. 대개의 경우 선원들은, 에, 이런 표현이 어떨지 모르겠습니다만……."

"빈둥거리고 있지요."

신차이는 웃음기도 없이 그렇게 말했다. 치터리는 고개를 끄덕였다.

"예, 그렇더군요. 그렇다면 제게 뭘 가르치는 것은 그들로서도 무료함을 달래는 기회가 될 것 같은데요. 왜 그렇게 저를 이상한 사람 취급하는 건지 모르겠군요."

"그들은 가르치는 것을 싫어합니다."

"왜지요?"

"그 이유는 당신이 찾아내야 할 것 같습니다. 내가 몇 마디 설명해 드릴 수는 있지만 틀림없이 납득하지 못할 겁니다."

"예……."

"다른 불편 사항은 없습니까?"

"아니오. 좋은 배고, 좋은 항해라고 생각합니다. 그럼 우리는 언제쯤 동북 항로에 접어드는 겁니까?"

"당장 접어들기는 어렵습니다. 대륙의 동안을 따라 흐르는 오세니우스 걸프스트림이라는 해류가 있습니다. 이것은 남에서 북으로 흐르는 해류이기 때문에 우리들을 도와주는 흐름이지요. 이 흐름을 타기 위해서는 먼저 연안에서 충분히 멀어져야 합니다."

"아, 그래서 자꾸만 동남쪽으로 향하고 있었던 것이군요. 저는 이 배가 왜 그런 방향으로 나아가는지 이상하게 생각했습니다."

"컴퍼스를 볼 줄 아십니까?"

"볼 줄 알게 되었습니다. 심심한 나머지 컴퍼스 옆에서 두어 시간 빈둥거린 적이 있습니다. 신기하게 느껴져서요……. 혹시 왜 컴퍼스의 바늘이 항상 북쪽을 향하는 건지 설명해 주실 수 있습니까?"

"그건 모릅니다. 어떤 사람은 북극성이 컴퍼스를 끌어들인다고도 말합니다만, 그렇다면 배가 북쪽으로 갈수록 컴퍼스는 하늘을 향해 곤두서야 될 것입니다. 하지만 그런 일은 일어나지 않습니다. 어떤 선장은 북해에 컴퍼스를 끌어들이는 거대한 자석의 섬이 있다고도 말하더군요. 그 섬 가까이로 다가가면 배의 금속으로 된 부품들이 모조리 빨려들어 가기 때문에 다시는 돌아오지 못한다던가요."

하얀 파이프 연기가 어두운 선실을 감도는 가운데 신차이 선장은 뱃사람들 사이에 전하는 재미있고 신기한 이야기들을 몇 마디씩 끊어서 말하는 방식으로 들려주었다. 배는 파도의 율동에 따라 가볍게 흔들렸고 치터리는 여전히 몽롱한 정신 속에서 파도를 가로지르는 돌고래, 떠다니는 섬, 하늘을 날아와 배의 돛에 구멍을 뚫는 물고기, 선체를 단숨에 뚫어버리는 일각고래의 뿔, 뱃사람들을 유혹하는 벌거벗은 사이렌, 선원들을 악몽에 시달리게 하는 고래의 노랫소리 등에 관한 이야기들을 들었다. 깊은 바닷속, 햇살마저 변질되는 그 암흑 속에 무언가 거대한 것들이 소리 없이 꿈틀거리고 있는 느낌. 치터리는 바로 자기 발밑으로 그런 것들이 오가고 있음을 깨달았고, 신비의 정수리를 떠다니고 있는 느낌을 받았다. 위대한 항해자 그림 오세니아의 이마 위로.

"그것이 선원들을 보통 사람과 다른 무엇으로 만드는 것들인가요."

"그것은 어디의 누구에게나 할 수 있는 말입니다."

밤의 수면 위로 떠도는 야광충. 폭풍 속에서 돛대 꼭대기를 요괴스러운 푸른색으로 물들이는 불꽃. 바다도 검고 하늘도 검은 밤, 달빛에 하얗게 물든 배의 항적은 길고 슬프다. 우윳빛으로 흐느적거리는 해파리들. 수면 위로 타오르는 붉은 불꽃은 태풍의 징조. 바다표범의 하얀 이빨은 매서운 추위 속에 차게 번득인다. 선원들 중 한 명이 죽을 때, 그 어떤 문상객도 없는 선원의 죽음에 복상하고자 하늘을 가로질러 나타나는 알바트로스의 하얀 날개. 그리고 극지의 바다 위로 펼쳐진 초월적인 빛깔들의 오로라. 이사의 처녀들은 온 세계의 하늘 위로 그녀들의 아름다운 천을 펼치고 싶어 하지만 이사가 허락하지 않았다. 인간들은 잊고 싶은 것이 너무 많아 망각의 불꽃을 바라볼 때 자신을 지키려 들지 않을 것이기 때문에.

"잊고 싶은 것들이 너무 많다고요."

"인간들은 지나온 시절에 감정을 남기고, 그 감정을 쇠사슬로 허리에 묶은 다음 힘겹게 걸어갑니다. 아니면……."

"아니면?"

"어떤 사람들은, 배를 타고 떠나버리지요."

"당신의 감정은 뭐지요."

"버린 것의 이름은 기억하지 않습니다."

"감정을 버렸다고요?"

"뱃사람이 지상에서 끌고 다니던 감정의 닻을 배까지 끌고 들어오면 배가 가라앉으니까요."

이시도는 더 이상 못 참게 되어버렸다. 그래서 이시도는 한쪽 눈을 조금 찡그린 채 불량한 태도로 말했다.

"대무 한 판 안 하시려우?"

늙은 선원은 안타까운 탄식을 뱉었지만 다른 선원들은 눈을 반짝반짝 빛내며 몰려들었다. 이시도는 다섯 번째의 수족이나 되는 것처럼 들고 다니는 그 목검을 획획 휘두른 다음 어깨에 얹었다. 육전 대원은 말없이 주위를 바라보다가 쉽게 빠져나갈 수 없을 듯한 분위기를 알아채고는 똑바로 서서 이시도를 마주보았다. 이시도는 짓궂은 표정으로 말했다.

"왜요, 근질근질하잖습니까? 당신 얼굴에도 표정이라는 게 있으면 훨씬 쉽게 깨달을 수 있겠지만 그런 것이 없으니 이제서야 당신이 심심하다는 것을 깨달았습니다."

"왜 그렇게 생각하오?"

육전 대원이 입을 열자 선원들은 곧 야유조의 휘파람과 박수를 보냈다.

"저 친구도 입을 말하는 데 쓰는군! 나는 지금까지 먹고 마시는 데만 쓰는 줄 알았지."

선원들은 대략 이에 해당하는 말을 주고받으며 자연스럽게 장벽을 형성했고 포마스트 아래에 늘어선 채 무표정하게 그 광경을 바라보고 있던 다른 세 명의 육전 대원들은 이제 선원들을 밀치지 않으면 고립된 동료에게 접근하지 못하게 되었다.

이시도를 마주하고 있던 육전 대원 역시 자신의 그런 위치를 충분히 느끼고 있었다. 그는 별로 두드러지지 않게 심호흡을 하며 이시도를 바라보았다. 하지만 이시도는 뻐딱하게 선 채 유들유들하게 말했다.

"하, 그렇잖다면 왜 측심기 던지는 것을 그렇게 열심히 보고 있단 말이오. 이봐, 모하메드! 자네가 측심기 던질 때 이 형제가 뚫어지게 보지 않던가?"

손에 측심기를 들고 있던 모하메드는 기세 좋게 이시도의 말을 받았다.

"아, 나는 저 친구가 날 사랑하는 줄 알았지요, 이시도 씨. 그건 끔찍한 경험이었습니다……."

선원들 사이에서 조금 짓눌린 듯한 기분 나쁜 웃음소리가 터져나왔다. 육전 대원은 여전히 얼굴을 딱딱하게 굳힌 채 말했다.

"흥미로워 보여서 보았을 뿐이오."

"흥미로워 보여서! 그러니까 더 신나는 것을 해보자는 말입니다. 설마 검을 쓸 줄 모르지는 않을 텐데?"

"검이라면 별 불편 없이 다룰 수 있을 정도로 익혔소."

이 정중한 대답은 난폭한 선원들 사이에서 비웃음을 사게 되었다. 선원들은 저마다 과장된 목소리로 육전 대원의 말을 반복하며 낄낄거렸다. "에, 검이라면 별 불편 없이 다룰 수 있소." "껄껄껄! 멋지군!" "아주 예의바른데. 흐음. 내가 한 10년 전쯤 저런 식으로 말하는 친구를 봤지." "이야! 자네 정말 견문이 넓군?"

이시도는 이런 불량스러운 응원 속에서 어깨를 으쓱이며 말했다.

"그거 좋은 일이군요. 육전대식 검법 좀 견식하게 해주시겠습니까? 사이록의 수평선을 만드는 데 도움이 될지도 모르겠군."

의외로 공정한 선원들은 이번에는 주로 이시도를 향해 야유를 보냈다. "사이록의 수평선! 지겹다, 지겨워!" "아직도 포기 안 했나? 흰머리 없기 전에는 만들 수 있는 건가?" "우·우·우!" 이런 사나운 응원 속에서 이시도는 기세가 등등해졌다. 이시도는 목검을 얹어둔 어깨를 뒤로 돌리며 반대쪽 어깨를 육전 대원 쪽으로 겨냥했다. 그리고 고개를 조금 숙여 어깨 선을 따라 육전 대원을 바라보며 말했다.

"어떻소?"

육전 대원은 한숨을 쉬었다. 그의 인내심은 이만하면 칭송받을 만할 것이다. 키 큰 육전 대원은 주위를 둘러보며 말했다.

"제게 목검 하나 가져다주겠습니까?"

박수와 환호가 터져나왔고 선원들은 즉각 목검을 갖다 대령했다.

육전 대원은 등에 메고 있던 검을 풀어 소중하게 내려놓고는 선원들이 가져다준 목검을 몇 번 휘둘렀다. 휙휙! 깨끗한 자세에서 좋은 곡선이 나왔고 매끄러운 소리가 해풍을 갈랐다. 선원들은 심술이 가득한 시선으로 그 모습을 바라보았다. 그때 육전 대원은 갑자기 말했다.

"하나만 더 가져다주겠습니까?"

선원들은 서로 의아한 시선을 맞부딪쳤다. 이시도 역시 뚱한 표정으로 육전 대원을 바라보았다. 저 친구 설마 쌍검을 쓰겠다는 건가? 하지만 그건 멋으로라도 못 쓸 검법인데. 나를 깔보는 건가? 선원들은 잠시 후 조금 전보다는 훨씬 덜 열성적인 모습으로 목검 하나를 가져다주었다. 그러자 육전 대원은 양손에 목검을 쥐고는 잠시 두 개의 무게를 가늠해 보듯이 양손을 좌우로 곧게 들어올렸다. 그렇게 목검 두 개를 수평으로 들어올린 육전 대원은 눈을 감고 느린 심호흡을 했다.

"흡!"

잇사이로 날카로운 기합 소리를 내며, 육전 대원은 두 개의 목검을 가위질하듯이 교차시켰다. 빠가각! 하나가 부서지며 나뭇조각이 사방으로 튀었다. 목검은 거의 반토막이 나서 뒹굴었다. 그 모습을 바라보던 선원들에게서는 탄성이나 비명도 나오지 않았다. 이건 말이 안 되는 광경이기 때문이다. 두 사람이 서로 온 힘을 다해 부딪친다면 부서질 수도 있는 것이 목검이다. 하지만 한 사람이 양쪽 팔로 서로 부딪쳐 목검을 깬다는 것은 있을 수가 없는 일이었다. 이시도 역시 그것을 잘 알고 있었고, 그래서 오금이 저려오는 자신을 창피스럽게 생각하지도 않았다. 이시도는 눈으로 말하겠다는 듯이 커다랗게 뜬 눈으로 육전 대원을 바라보았다.

육전 대원은 고개를 끄덕이더니 남아 있는 목검을 들어올렸다.

"이걸 쓰겠습니다. 좀 단단하군요."

육전 대원은 부서진 목검을 주워올려 치운 뒤 남아 있는 목검을 앞으로 겨냥했다. 이시도는 진검에 겨눠진 기분을 맛보고 저도 모르게 흠칫했다. 육전 대원은 정중하게 말했다.

"행운을 기원합니다."

이시도는 갑자기 세상이 이해와 애정으로 가득 찼으면, 서로가 서로를 오로지 또 다른 자신인 것처럼 대할 수 있다면 얼마나 좋을까 하는 생각을 했다. 동시에 대무 따위는 악마나 물어갈 저주받은 관습이라는 생각도.

"많이 맞았나."

"아니오! 이 정도는 별거 아닙니다. 제가 누굽니까. 레드 서펀트의 일등 항해사 이시도 사이룩입니다. 자이펀 선단에서 제 이름을 모르는 뱃놈이 있다면 그거 귀머거리입니다. 그까짓 육전 대원의 검 따위, 솜방망이보다도 못하더군요. 음하하하!"

이시도를 물끄러미 바라보던 신차이는 고개를 끄덕였다.

"많이 맞았군. 횡설수설하는 걸 보니."

이시도는 비통함을 감출 수 없었다. 매우 적나라한 상처들로 가득한 얼굴은 마음먹은 대로 표정을 구사하기도 어려웠다. 게다가 마음에 입은 상처는 더 아팠다. 이시도는 더 이상 참지 못하고 신차이 선장에게 바싹 다가섰다. 이시도가 갑자기 움직이자 그를 치료하고 있던 노예는 깜짝 놀랐다. 이시도는 두 손으로 바닥을 짚은 채 격정적으로 외쳤다.

"으흑, 선장님! 그러니까……."

"선원들 앞에서 그렇게 운신을 못할 정도로 두드려 맞은 것이 창피하단 말이지?"

"예! 그래서……."

"얼굴을 똑바로 들고 앞갑판에 나가기 어려울 정도가 되었다는 말이지?"

"예. 그렇기에……."

"잠시 동안 뒷갑판 쪽에만 머물 수 있도록 업무를 조정해 달라는 말이지?"

"네에엥."

"안 돼."

"제 아버님께서는 사나이는 눈물을 보여서는 안 된다고 하셨습니다."

"자네 아버님의 고견에 찬성하겠어."

"그런데 저는 지금 울고 싶을 지경이란 말입니다! 예?"

신차이는 아무 말 없이 옆으로 비스듬히 앉은 자세 그대로 파이프를 집었다. 그러곤 앞에 앉아 노예의 손에 몸을 맡기고 있는 이시도를 바라보며 한숨을 내쉬었다. 창피할 테니까 선장실에 와서 조용히 치료를 받도록 해주었더니 이젠 지엄하신 선장님의 방에서 울음을 터뜨리려고 들고 있는 것이다. '이 녀석, 매가 부족했나. 육전 대원의 목검이 확실히 솜방망이였던 모양이구나.' 등의 말을 하는 대신, 신차이는 쿠션에 몸을 파묻으며 차분하게 말했다.

"자네가 자초한 일이야. 왜 그 옷 입은 야수 같은 친구들과 칼장난을 할 생각을 했지."

이시도는 이 표현이 썩 마음에 들었다. 옷 입은 야수라. 맞아, 그 녀석들은 짐승이야.

"자식들 하는 짓이 영 마음에 들지 않잖습니까. 손님이면 손님답게 행동해야 손님 대우를 받는 법이지요. 그런데 이 자식들은 아무 말도 하지 않으면서 선원들 하는 일을 매섭게 쏘아보곤 한단 말입니다. 오늘 싸움만 해도 그렇습니다. 그 자식 중의 하나가, 에, 저를 이 지경으로 만든 놈입니다, 그 녀석이 모하메드가 측심기 다루는 것을 뚫어져라 보고 있더군요. 뭐 궁금한 게 있으면 물어보든가 아니면 정중하게 견학을 요청하든가 해야 할 것 아닙니까? 그런데 이놈은 마치 감시하는 것처럼 무섭게 노려보고 있기만 하더라고요. 배 안에서 그런 눈을 한 녀석들이 그렇게 돌아다녀서야 선원들이 어디 마음 놓고 일을 하겠습니까? 선원들도 불만이 많습니다. 레드 서펀트는 자유 무역선이지 군함이 아니란 말입니다."

신차이는 파이프를 깊이 물었다가, 다시 가볍게 물었다. 그의 입가에서 담배 연기가 잠시 물결쳤다. 신차이는 파이프 꼭지를 입에서 떼며 이시도를 바라보았다.

"감시한다고?"

"예? 예. 꼭 이 배가 유형선이나 되고 자기들이 간수나 되는 것처럼 굽니다."

"뭘 묻거나 하지는 않고 말이지."

"그렇습니다."

이시도는 어느새 신차이 선장의 차분한 화법을 흉내내며 말하고 있었다. 이시도는 고개마저 조금 낮추며 은근하게 말했다.

"자식들에게 무슨 꿍꿍이 같은 게 있는 것 아닐까요? 이 배를 뺏는다거나……."

"반란? 왜, 무엇 때문에."

반란이라는 말에 이시도를 치료하고 있던 노예의 손이 흔들렸다. 노예는 자신의 서툰 행동에 지레 겁을 집어먹고 바짝 긴장했지만, 역시 긴장하고 있던 이시도는 눈치채지 못했고 신차이는 나무라지 않았다. 이시도는 나직하게 말했다.

"저는 이런 생각을 해봤습니다. 혹시 동북 항로에서 실종된 배들은 모두 우리 해군에서 납치한 게 아닐까요? 해군들이 비밀리에 함선을 끌어모아서는 별동 부대를 만드는 겁니다. 사략 함대일 수도 있고요. 그러면 자이펀 해군이 자이펀 해 내에 있다고 생각하던 일스나 헤게모니아 배들은 기습을 당할 수 있지 않겠습니까? 그리고 우리 배도 그런 식으로 납치하려는 거 아닐까요?"

"자네 아버님께서 자네를 부를 때 가장 즐겨 사용하시던 호칭이 뭔가?"

이시도는 입을 다물었다. 그 대답은 '이 멍청한 녀석아'였다. 신차이는 쿠션에서 몸을 일으켜 기지개를 켜듯이 허리를 주욱 펴고는 한 번 더 이시도를 괴롭혔다.

"혹, 자네 아버님께서 자네의 상태를 일러주실 때 사용하시던 말씀이 뭔지는 기억하나."

그 대답은 '너는 왜 그 모양이냐?'다. 이시도는 입술을 비죽 내밀었고 그 얼굴을 보며 신차이는 미소를 지었다.

"자네 상상력은 항상 나를 즐겁게 하는군, 이시도 군."

"그게 허황되다고 생각하십니까?"

"그것도 몹시."

"왜지요?"

"배만 가지고 별동대를 만들 수 있겠나. 무역선인 그 배들의 무장은 어떻게 장비하고 선원들은 어떻게 수병으로 훈련시킨다는 말인가. 말이 되는 소리를 하게."

이시도는 겸허한 마음으로 아버님의 말씀이 전부 옳다고 여기기 시작했다. 신차이는 두 손을 깍지 껴 무릎 위에 얹었다.

"선원들이 많이 불평하나? 내 생각으로는 자네가 나서서 두드려맞아 줌으로써 그들이 육전 대원들을 조금 받들어 모실 생각을 하게 됐을 것 같은데."

"우습게도 그렇게 되었습니다."

"그럼 한동안은 조용하겠군. 자네의 상처에도 값어치가 있네, 이시도 군. 하지만 다음부터는 그런 식으로 자네의 가치를 증명하지는 마. 몸이 못 배겨나겠군."

이시도는 이를 북북 갈며 말했다.

"두 번째는 없습니다. 그 동안 게으름을 피웠지만, 이젠 아닙니다."

신차이는 순간 암담한 추측을 떠올리고야 말았다. 이 친구가 설마 또 그 이야기를 하려는 건가.

"이번에는 기필코 사이록의 수평선을 완성시키겠습니다! 저 육전대 녀석을 제물로 삼아 사이록의 수평선의 완성을 자축하겠습니다. 이제 세법(洗法)만 정리하면 끝납니다! 척법(刺法)과 격법(擊法)은 이미 완성되었습니다. 양쪽 모두 12세로 구성했습니다."

"아아, 그래."

"안법(眼法)과 연결세는 실전으로 완성할 겁니다. 그리고 전체의 진행은 수평선의 웅혼함과 광대함을 표현하는 진행으로 구성할 것입니다. 제1세는……."

이시도의 이야기가 끝난 것은 신차이 선장이 세 대째의 파이프를 완전히 다 태운 다음이었다. 신차이가 파악하기로 이시도는 대개의 경우 화를 잘 내지 않을 뿐더러 어느 쪽이냐 하면 낙천가에 가까운 성격이다. 하지만 단 한 가지, 사이록의 수평선에 대해서는 양보할 줄 몰랐다. 그리고 신차이는 그것을 일등 항해사의 성격의 근간을 이루는 한 흥미로운 요소로 인정해 주고 있었다. 그랬기에 신차이는 간혹 이런 고문을 당했다.

"흥미진진한 이야기야, 이시도 군."

"직접 보시게 되면 더욱 흥미진진하실 겁니다. 기대하십시오! 제가 그 검법을 완성하면 가장 먼저 선장님께 보여드리고 평가를 받겠습니다."

"기대하겠네. 그런데 이시도 군, 자네의 설명을 듣다 보니 떠오른 건데(정확하게는 설명을 듣는 척하며 머릿속으로 다른 생각을 했기에 떠오른 생각이었다.), 그 육전 대원들은 물론이거니와 치터리 씨도 할 일이 없어서 죽도록 심심한 모양이군. 그들은 자네처럼 정진의 목표를 갖진 못했으니까."

"예. 항해 초보들이야 다 그렇잖습니까."

"그들에게 적당히 일을 줘."

"예?"

"자넨 일등 항해사야. 내가 배를 다룬다면 자넨 배에 타고 있는 사람을 다뤄야 해. 우리 손님들이 지루함을 참지 못해 일등 항해사를 박살내는 것은 바람직하지 않으니 손을 써야 되겠지. 알아듣지 못하겠나?"

"하지만……, 그럼 그 사람들을 선원 취급하란 말입니까? 선원들도 안 좋아할 테고 그 친구들도 그다지 반길 거라고 생각되지 않습니다."

신차이는 잠시 뚫어지게 이시도를 바라보다가 짧게 말했다.

"상관없어. 뭐라도 시켜."

이시도가 파악하기로 신차이 선장은 화를 잘 내지 않을 뿐더러 어느 쪽이냐 하면 조용히 기다렸다가 한꺼번에 끔찍한 방법으로 터뜨리는 성격이다. 게다가 그것이 언제 터질지 이시도는 짐작할 수가 없었다. 그리고 이시도는 이것을 선장의 성격의 근간을 이루는 한 무시무시한 요소로 판단하고 있었다. 그래서 이시도는 더 이상 설명을 요구하지 않고 선장의 명령을 받아들였다.

다음 날 오전, 육전 대원들은 일등 항해사의 요구에 황당함을 감추지 못했다.

"뭐라고 하셨습니까, 이시도 씨?"

"말씀드렸잖습니까. 배 밑에 쥐가 있습니다. 그 녀석들을 붙잡지 않으면 배에 큰 병이 돌지 모릅니다. 쥐를 상대하기 위해 선원들을 지휘하는 일을 맡아주십시오. 아무래도 이 배 안에 군사 전문가는 당신들뿐이니까요."

이시도는 이것이 아주 유쾌한 방식의 복수라고 생각했고, 실제로 육전 대원들은 복수당하는 기분을 느꼈다. 뭐라고? 선내 설치류 퇴치 작전의 책임자 및 지휘자가 되라고?

"농담하십니까?"

"농담이라고요? 어떻게 그런 말을! 병에 걸리고 나서도 그런 말을 할 수 있을지 궁금합니다. 이건 배에서 필수 불가결한 중요 업무입니다. 자이펀 선주 연합이 발간한 항해 지침서의 위생 및 보건 지침에도 나와 있는 중요 사항이지요!"

이시도가 상당히 강경한 자세로 말하자 육전 대원들은 조금 주춤했다.

"그래도 쥐라니……, 우습게 느껴집니다만."

"우스꽝스럽게 보인다는 점은 알아요. 하지만 그건 땅개식의 생각일 뿐입니다. 생각해 보시지요. 배 안에서 환자가 생겼다고 해서 의원을 찾아갈 겁니까, 어쩔 겁니까? 전염병이라도 한 번 돌아버리면 배는 끝장입니다. 이 안에서는 격리 조치 같은 것은 말도 안 되는 이야기입니다. 배에서는 배의 법을 따라야 되는 겁니다. 우습다고 죽음을 자초할 겁니까?"

이시도는 그야말로 진지하게 이야기했다. 자신의 이야기를 받아들이지 않는다면 다시없는 멍청이이자 얼간이라고 매도하는 식의 화법은 결국 육전 대원들을 굴복시켰다. 육전 대원들은 한없이 바보스러운 기분을 느끼며 이시도의 말에 수긍했다. 미적거리던 육전 대원들은 비참한 얼굴로 질문했다.

"어떻게 하면 됩니까?"

"어떻게 하다니요? 쥐를 상대로 연설을 할 겁니까, 아니면 쥐에게 위생 상식을 가르칠 겁니까? 육전대에서는 그런 방법도 가르치나 봅니다만 제가 아는 방법은 하나뿐입니다. 쥐를 붙잡아서, 바다에 던져버리는 거지요. 더 이상 어떻게 설명해야 할지 모르겠군요."

육전 대원들은 입을 다물었다. 이시도는 몇 명의 선원들을 배정해 준 다음 휘파람을 불며 그 방을 나왔다.

그리고 10분 후, 이시도는 치터리를 만나고 있었다.

"육전 대원들이 좀 이상합니다, 프리스트님."

"예? 무슨 말씀입니까?"

"글쎄요. 이걸 어떻게 설명해야 될지. 그들이 아무래도 환상을 경험하는 모양입니다. 혹시 육전 대원들이 마약 한다는 말씀 들어보셨습니까?"

"무, 무슨 말을!"

치터리는 말도 안 된다는 투로 강력하게 항의하려고 했다. 하지만 이시도는 재빨리 말했다.

"예. 이해합니다. 프리스트님은 잘 모르실 겁니다. 하지만 저는 뱃사람이고, 그래서 해군에도 친구들이 많습니다. 육전 대원들은 상륙 작전시의 공포를 억누르기 위해, 오 헬카네스여, 그들의 죄를 기억하소서, 마약을 한다고 들었습니다. 그런데 그 친구들이 마약은 구경도 할 수 없는 우리 배에 오르자 아무래도 금단 증상 같은 것을 느끼는 것 같습니다."

"무슨 말이오, 증거가 있소?"

"예. 그 불쌍한 친구들이 뭔가 이상한 소리를 듣는 모양입니다. 그러고는 있지도 않은, 오 맙소사, '여자'를 찾겠다고 설치고 있습니다. 환청이 틀림없습니다!"

이시도는 '여자'라는 말에 상당히 억눌린 강세를 두며 말했다. 당연히 치터리는 경악하고 말았다.

"여, 여, 여자요?"

이시도는 '이토록 통탄할 일이 어디 있는가' 하는 표정으로 말했다.

"그렇습니다, 프리스트님. 그게 말이나 됩니까? 여자라니요. 어떻게 배 안에 여자가 있을 수 있겠습니까? 저 일스나 헤게모니아의 배도 여객선이 아닌 바에야 여자는 태우지 않습니다. 여자가 탄 배는 가라앉는다는 말입니다. 하물며 자이펀의 배에 여자라니, 그게 말이나 됩니까? 그런데 이 친구들이 분명히 여자 목소리 같은 것을 들었다고 주장하는 겁니다. 하도 기가 막혀서 선원들 몇 명을 딸려보내서 직접 찾아보라고 했더니 정말 찾아나서더군요. 지금 그들은 이 배 어느 곳에 있을 여자를 찾아서 배 아래로 내려갔습니다."

"믿을 수가 없습니다. 그들은 굳건한 육전 대원들인데……."

"그리고 굳건한 육체에 비해 볼 때 연약한 정신 때문에 어쩔 수 없이 마약에 손을 댄 불쌍한 형제들이지요. 그러니 말입니다, 프리스트 님. 프리스트님들께서 그들을 좀 관찰해 주십시오. 아, 물론 절대로 그들을 의심하는 것처럼 보여서는 안 될 겁니다. 자칫 난폭해질 수도 있는 것이 마약의 금단 증상이니까요. 그저 은근히, 멀리서 그들을 좀 봐주십시오. 저도 나름대로 관찰할 겁니다만 아무래도 객관적인 시각이 필요합니다."

치터리는 통탄을 금치 못하는 표정으로 말했다.

"알겠습니다. 열심히 살피도록 하겠습니다."

열성적으로 고개를 끄덕이는 치터리를 보면서 이시도는 잠시 생각에 잠겼다. 이렇게 순간적으로 발휘할 수 있는 나의 상상력은 도대체 어떤 조상님의 선물일까. 어쨌든 선장의 명령을 완전히 자기식으로 처리해 버린 이시도는 기분이 좋았다. 선장실로 걸어가면서 만나는 선원들에게마다 몇 년 만에 만난 친구라도 되는 것처럼(사실 좁은 배 안인지라 지겹게 마주치는 얼굴들인데도) 반갑게 인사를 건네는 이시도의 모습에 선원들은 어리둥절했다. 일등 항해사가 드디어 미쳤구나. 그런데 오늘 저녁 메뉴는 뭐래?

"잘 처리했습니다!"

이시도는 복잡한 설명을 하는 번거로움을 피해 한 마디로 보고를 마쳤다. 설명을 하다 보면 선장을 노하게 만들지도 몰랐기에 간단하게 보고한 것이기도 하지만. 신차이는 가볍게 고개를 끄덕였다.

"알았네. 이리 와서 이걸 보게."

이시도는 선장에게 다가갔다. 선장은 궤짝에서 두루마리 하나를 꺼내서는 이시도를 향하여 펼쳐놓았다. 이시도는 그것을 읽어내려 가다가 선장을 바라보았다.

"실종된 배의 기록입니까?"

"선주님께서 선주 연합의 간사를 들들 볶아서 간신히 출항 전에 만들어주신 것이야."

"예……, 음, 소문으로 대충 듣던 것과 비슷하군요."

"어떻지?"

"예? 무슨 말씀인지요."

신차이는 그 스스로도 잠시 서류를 내려다보다가 엉뚱한 말을 꺼냈다.

"자네는 스스로 말했듯이 유명한 뱃사람이지." 이시도는 잠시 겸연쩍은 표정을 지었다. "그러니 지금 당장이라도 화물선의 선장 자리 같은 것은 꿰찰 수 있겠지. 그런 곳으로 가고 싶은가? 출항 전에 페럴 상회의 노브리타 호 선장 자리가 공석이라는 말을 들었어. 돌아가면 추천장이라도 써줄까."

"세상에, 선장님!"

신차이는 이시도가 예견했던 대로의 반응을 보이자 싱긋 웃었다.

"그래. 자이편의 선단에서 화물선은 어선과 비슷한 취급을 받고 있지. 무역선이나 자유 무역선, 탐험선 같은 것이 훨씬 자극적이고 출세도 빠르지. 자네 역시 화물선은 무역선이나 모험선에서 쫓겨난 퇴물들이 가는 자리로 생각하고 있겠지?"

"방금 수습 선원이 된 꼬마도 아는 이야기를……, 왜?"

"하지만 그것은 화물선에 대한 모욕이야. 실제로 무역선이나 모험선이 더 굉장한 이익을 주는 것은 사실이지. 하지만 그것은 수많은 무역선이나 모험선들이 허탕치고 난 다음에야 한두 번씩 일어나는 일이지. 반면 화물선은 작은 이익이나마 꾸준하게 거둬들이고 있네. 자이편의 경제를 실제적으로 책임지는 것은 바로 그 배들일세."

"지금 저를 화물선으로 쫓아내려고 회유하시는 겁니까?"

신차이는 잠시 말을 멈추고 이시도를 똑바로 바라보았다. 이시도는 재빨리 고개를 숙였다.

"죄송합니다."

"그런 생각은 없네. 나는 화물선이 받고 있는 부당한 대우를 자네에게 상기시켜 주고 싶었을 따름이야."

"예……. 이해했습니다."

"그럼 이 목록을 잘 봐."

이시도는 한결 진지한 태도로 목록을 바라보았다. 잠시 후 이시도는 찡그린 표정으로 말했다.

"실종된 것은 모두 화물선이군요……."

"그래. 자네의 그 별동대 가설이 다시 무너지는군. 무장도 변변찮고 화물을 최대한으로 적재하기 위해 선원들도 많이 태우지 않는 화물선들이야. 자네도 자이펀 선단에 만연한 화물선 경시 풍조에서 빠져나온다면 이것이 무엇을 의미하는지 알아볼 수 있을 텐데?"

이시도는 씨익 웃으며 고개를 열심히 끄덕였고 신차이는 한숨을 내쉬었다.

"모르겠나 보군."

"……예. 저, 헤헤. 모르겠군요. 음, 납치하기 쉬운 배만 사라지는 현상인가요?"

"자이펀의 경제가 위협받고 있는 현상이야."

"경제요?"

"그래. 모험선이나 무역선 따위, 가라앉아 봐야 이야깃거리가 될지는 몰라도 사람들의 식탁에 오르는 빵과 소금에 영향을 미치지는 않지. 아니, 그런 침몰 사건은 식탁을 화제로 풍성하게 해줄지도 모르겠군. 악취미한 농담은 접고, 그러나 화물선은 다르지."

신차이는 여기까지만 말하고는 입을 다물었다. 이시도가 생각할 시간을 주기 위해 신차이는 파이프에 담배를 채워넣었다. 잠시 후 이시도는 고개를 크게 끄덕였다. 그 모습을 보던 신차이는 조용히 다음 말을 꺼냈다.

"그럼 그 화물선들이 어떤 항로에서 주로 실종되었는지 보게."

"예? 그건 나와 있지 않은데요."

아무 생각 없이 대답하던 이시도는 신차이 선장의 격노한 얼굴을 마주하게 되었다. 아뿔싸, 언제 폭발할지 모르는 화산이 지금 터졌구나!

"네 이놈! 네놈은 일등 항해사야! 출발 장소와 도착 장소, 그리고 날짜를 보면 어떤 바람을 타야 되고 어떤 해류를 이용해야 되는지 모른단 말이냐! 어디서 아무 생각 없이 입을 나불대는 것이야!"

"죄, 죄송합니다. 예, 아, 알 수 있습니다."

"그럼 뱉어! 이 배들의 항로가 공통적으로 지나치는 곳이 어딘지!"

이시도는 진땀을 흘리며 머릿속으로 배들의 항적을 그리기 시작했다. 보다 마음 편한 상태에서라면 훨씬 빠르게 나왔을 간단한 대답이었지만 혼란된 머릿속에서는 배들의 항적도 마구 뒤섞여 버렸다. 이시도는 엉켜버린 실뭉치를 푸는 처녀의 절망감을 느끼며 떨리는 목소리로 대답했다.

"루펠만…… 연안입니까?"

대답을 꺼낸 이시도는 날벼락에 대비하는 마음의 자세를 취했다. 하지만 신차이는 차분하게 고개를 끄덕였다.

"내 생각도 그렇다. 이시도 군, 거기가 우리의 제일 목표가 될 것이야. 항법사와 의논해서 그곳을 목표로 항로를 계산하도록."

신차이의 목소리에는 조금 전과 같은 분노는 없었다. 어느새 어떤 헛소리나 멍청한 질문에도 온화하게 대답해 주는 이시도의 좋은 선장님으로 돌아와 있는 것이다. 이시도는 정신적으로 이마의 땀을 닦아내며, 육체적으로는 발랄하게 대답했다.

"알겠습니다, 선장님!"

2

 상대를 미치광이 취급하고 싶지 않았던 치터리는 차마 여자를 찾고 있느냐고 물을 수 없었고, 완고한 육전 대원들은 창피스러워서 차마 쥐를 잡고 있다는 대답은 하지 않았다. 그래서 그들의 대화에서는 목적어가 생략되거나 모호한 대명사로만 처리되었고, 결과적으로 아주 이상한 대화가 되고 말았다.
 "어, 뭘 찾고 있소?"
 "예, 뭘 좀."
 "음. 그러니까, 쉽게 찾아질 것 같습니까?"
 "그렇지 못하군요. 겁을 먹었는지 꼭꼭 숨어서 나오지를 않습니다."
 "뭐, 선원들이 무서워서겠지요."
 "예. 잡히기만 하면 바다에 던질 테니까요."
 "그렇게까지 해야 합니까?"

"예. 배에 큰 재앙이 올지도 모르니까요. 도리가 없습니다."

"하지만 그저 에, 그것, 그것 때문에 배가 침몰하기까지야 하겠습니까?"

"배야 침몰하지 않겠지만 선원들이 문제잖습니까."

"선원? 아, 그렇군요. 예. 선원들이. 음……, 이렇게 고립된 곳이니."

"그렇습니다, 프리스트님. 그런데 정말 잘 숨어다니는군요."

"그렇지만, 그렇다면 뭘 먹고 있겠습니까? 조리실에는 항상 선원들이 있는데."

"예? 당연히 배 아래의 식량 창고에서 음식물을 훔쳐먹겠지요."

"아, 그렇겠군요. 예."

치터리는 암담한 심정으로 확신하게 되었다. 육전 대원들은 정말로 이 배에 여자가 타고 있다고 믿고 있는 것이다. 그리고 배에 여자가 타면 재수 없다는 뱃사람들의 믿음에 따라 발견하기만 하면 바다에 던져버릴 생각을 하고 있는 것이다. 이것은 피해망상이라고 규정지을 수 있을 게다. 여자 때문에 바다에 빠져 죽기는 싫을 테니 육전 대원들은 목숨을 걸고 여자를 찾겠지. 그러나 아무리 찾아봐도 여자를 발견하지는 못할 것이다.

그런데 자신을 위협하는 것을 발견하지 못하는 경우, 정상적인 사람과 피해망상에 걸린 사람은 서로 다른 방식으로 생각하는 법이다. 정상적인 사람이라면 자신을 위협하는 것이 사실은 존재하지 않았다고 판단하고 수색을 중지할 테지만, 피해망상에 걸린 사람은 이제 꼼짝없이 파멸하게 되었다고 여기고 자포자기하게 되거나, 아니면 더욱 집요하게 찾아 헤매다가 결국 자기 눈에만 보이는 환상을 만들어내게 될 것이다. '저, 저기 칼 든 여자가 나를 노리고 있어! 저길 봐!' 이런 식으로…….

그래서 신실한 프리스트 치터리 무스는 열과 성을 다해 육전 대원들이 발광의 흔적을 보이지 않는지 감시하게 되었다. 이제 상황은 묘하게 바뀌어 치터리가 육전 대원들의 그림자가 되어 움직이게 되었고, 그 광경을 보며 이시도는 배부른 미소를 지었다. 신차이는 이시도가 과연 어떤 방식으로 일처리를 했기에 손님들이 이런 이상한 모습을 보여주는지 궁금하게 여겼지만 '신뢰하는' 일등 항해사의 일처리 방식을 가지고 왈가왈부하고 싶지 않았기에 아무 질문도 하지 않았다. 어쨌든 그 손님들은 이제 전혀 심심해 보이지 않았으니까.

"상황이 좋다면 이유는 따질 필요가 없는 거지."

신차이는 그렇게 말하며 장기판 옆에 놓아둔 술잔을 들었다.

하늘은 시뻘겋고 바다는 불타오르는, 망망한 바다 한가운데서 맞이하는 황혼이었다. 신차이는 갑판 위에 술통을 엎어 그것을 장기 테이블로 삼고 그 앞에 덱체어를 놓고 앉아 황혼을 감상하고 있었다. 역시 술통 옆에 앉아서 선장을 상대하고 있던 이시도는 싱긋 웃으며 자기 술잔을 끌어당겼다. 그 속에는 술 대신 물이 담겨 있었다. 선장과 일등 항해사 모두가 취해 버릴 수는 없기 때문에 이시도가 자신의 풍부한 상상력을 활용하기로 마음먹은 결과다.

장기판 위로 말들의 그림자가 길게 늘어졌다. 배가 천천히 위아래로 움직임에 따라 그림자가 짧아졌다 길어졌다 하고 있어서 장기판 위는 매우 소란스럽게 보였다. 실제로는 장기판이든 말들이든 꼼짝도 하지 않았지만. 이 장기판은 조금 독특하게 생겨서 칸마다 구멍이 뚫려 있었고 말들의 아래쪽에는 구멍에 끼울 수 있는 작은 요철이 있었다. 배에서 사용되는 물품다운 고안으로, 말들은 꼼짝도 하지 않았다.

마스트와 밧줄들의 그림자가 그려놓은 복잡한 그림을 제외하면, 갑판의 나머지 부분은 모조리 따스한 붉은색뿐이었다. 바람이 잠잠했기에 선원들 역시 뱃전에 몸을 기대고 석양을 바라보거나 갑판 구석에 앉은 채 조용조용히 잡담을 나누거나 하고 있었다. 고요한 배의 황혼이었다.

신차이는 수평선에서 불타오르는 노을에 시선을 맞춘 채 술잔을 기울였다.

"바람이 잠잠하군."

"하지만 구름은 움직입니다."

먼 하늘을 바라보던 신차이는 고개를 끄덕였다.

"그래. 조만간 괜찮은 바람이 있겠어."

"예. 장군입니다."

신차이는 당황하며 술잔을 내리며 장기판을 바라보았다.

"잠깐, 구름이 움직인다는 것은……?"

이시도가 지금 손을 떼고 있는 말은 '구름'이었다. 넓은 장기판의 하늘에서 이시도의 '바람'과 '달'에 협공당하던 신차이의 '태양'은 이제 더 이상 도망칠 자리가 없게 되었다. 이시도는 잔혹한 미소를 지으며 말했다.

"말씀드렸잖습니까?"

"으으음!"

신차이는 신음을 토했고 이시도는 야유하는 태도로 물잔을 들어올려 건배하는 자세를 취했다. 그러나 잔을 들이키는 대신 이시도는 재빨리 고개를 돌렸다. 바로 그때 기다리던 바람이 불기 시작했던 것이다.

"아, 왔다!"

이시도는 신차이의 명령을 기다리지 않고 곧장 장기판에서 달려나와 조타수에게 명령을 내렸고, 홀로 남겨진 신차이는 장기판을 쏘아보며 안타까운 고민에 빠져들었다. 이때 '별'을 움직였어야 되는데. 아니, '달'을 희생시키고 '드래곤'을 움직였다면…….

신차이는 피식 웃으며 술잔을 비웠다. 돌이킬 수 없는 거지, 뭐. 어쨌든 신차이의 태양은 죽었고, 오늘의 태양도 수평선 아래로 떨어졌다.

항해 나흘째, 육풍과 국지적 해류의 영향을 피해 원양으로 나온 레드 서펀트는 기다리던 바람을 맞이하여 서서히 걸프스트림에 합류되는 방향으로 항로를 변경했다. 조타수가 힘차게 타륜을 돌리자 레드 서펀트는 그 거체를 유연하게 비틀었다. 레드 서펀트는 이제 나침반의 바늘을 따라 똑바로 북쪽을 향해 나아가기 시작했다.

엑셀핸드는 씩 웃으며 제레인트 옆에 쭈그리고 앉았다. 그러고는 손가락을 뻗어 제레인트의 허리를 쿡 찔렀다.

"죽었나?"

땅바닥에 역동적인 자세로 널브러져 있던 제레인트는 뱀에 물린 것처럼 펄쩍 뛰어올랐다.

"허어억! 엑셀핸드, 찌르지 말아요!"

"왜?"

"허리가 끊어질 지경입니다. 흐으윽."

"그렇다면 이 소식은 말해 주지 않는 편이 좋겠군."

"그건 말하고야 말겠다는 뜻이잖아요. 무슨 소식이지요?"

"봉우리 하나를 더 넘어야 해."

"에, 에, 엑셀핸드. 그 동안 즐거웠어요. 그럼……."

제레인트는 눈을 뒤집고 죽은 시늉을 하기 시작했다. 엑셀핸드는 침통한 표정으로 말했다.

"안 되네, 제레인트! 도끼로 무덤을 파는 것은 중노동일세! 난 그렇게 못하니 자넨 죽어선 안 돼."

미주르의 아름다운 봉우리들 사이로 테페리의 프리스트의 처절한 신음 소리가 울려퍼졌다. 아프나이델은 당황해서 돌아보다가 곧 제레인트와 엑셀핸드가 일상적인 대화를 주고받고 있음을 깨닫고 다시 고개를 돌려 하던 일을 계속했다. 즉, 발에 각반을 다시 묶는 척하며 이루릴과 아일페사스를 계속 훔쳐보았다.

두 비인간들에게서는 미주르 등반이라는 험악한 고역의 흔적이 별로 보이지 않았다. 아프나이델 자신이 물집이 가득한 발을 부여잡고 낑낑거리는 것이나 에델린이 앉은 자세로 꾸벅꾸벅 졸고 있는 것에 비해 볼 때 아일페사스와 이루릴은 피크닉을 나온 처녀만큼의 피로도 보여주지 않고 있었다. 아일페사스야 강인한 드래곤이라 그렇다지만 이루릴은 어떻게 저렇게 평온한 모습인지. 일행들이 식사와 휴식을 위해 잠시 멈춘 동안 이루릴은 바위에 걸터앉아서 산바람에 흐트러진 머릿결을 빗어내리고 있었다.

그런데 그 모습이 아프나이델의 눈을, 그리고 그 앞에서 입을 조금 벌린 채 바라보고 있는 아일페사스의 눈을 붙잡고는 놓아주지 않고 있는 것이다.

서툰 동작, 쓸데없는 동작이 전혀 없기 때문이다. 아프나이델은 그렇게 판단했다. 머리를 빗는 여자의 모습을 볼 기회가 많았던 것은 아니지만, 아프나이델은 어떤 인간의 여자도 저런 식으로 머리를 빗지는 못할 거라고 생각했다. 빗은 나무로 만들어진, 단순하다 못해 투박한 것이었고 손동작에도 특별한 화려함은 없었다. 하지만 그것은 완만하고 정숙했으며 도무지 인간처럼 보이지 않는 이질적인 손놀림이었다.

황홀한 표정으로 그것을 바라보고 있던 아일페사스는 불쑥 손을 내밀었다.

"저 빗 좀 빌려줘, 루리."

섬세하게 빗어내린 머리를 손수건으로 묶던 이루릴은 미소지으며 말했다.

"돌아앉아요. 빗겨줄게요. 펫시."

이루릴의 친절함은 목표를 잘못 포착했고 아프나이델은 미소를 짓고 말았다. 아일페사스는 머리를 정돈하고 싶다기보다는 빗질 그 자체를 해보고 싶었던 것이리라. 어차피 지금의 모습은 그녀의 원래 모습이 아닌 만큼 가꾸거나 다듬어보아도 폴리모프해 버리면 다 사라질 모습이다.

그러나 아일페사스는 냉큼 돌아앉았다. 빗이 머리에 닿는 순간 아일페사스는 어깨를 움찔했지만, 이루릴이 그녀의 금빛 머리카락을 천천히 빗어내리자 곧 아일페사스의 눈이 스르르 감겼다. 그녀의 입술이 무의식중에 오물거리는 것을 보며 아프나이델은 하마터면 웃음을 터뜨릴 뻔했다.

다른 사람의 머리를 빗겨주는 데 있어서도 이루릴의 손놀림은 정확하고 민첩하고 부드러웠다. 풍성하고 고운 머릿결이긴 했지만 원래 모습이 아니라는 것 때문에 아무렇게나 내버려두었던 아일페사스의 머리카락은 이루릴의 손길 아래 깔끔하게 정돈되어 갔다.

"시간이 정지한다는 건, 무슨 뜻이죠, 루리?"

아일페사스는 눈을 감은 채 질문했다. 이루릴은 흠칫하지도 않았고 심호흡을 하지도 않았다. 태연하게 아일페사스의 머리카락을 빗어내리며 이루릴은 대답했다.

"당신의 시간 말인가요, 아니면 내 시간 말인가요. 아니면 인간의 시간?"

"그게 무슨 말?"

"글쎄요. 당신이나 나에겐 시간이 많지요. 오크분들이나 인간분들에 비해서는 말이에요."

아프나이델은 흠칫하며 신경을 곤두세웠다. 거의 지각하지 못할 뻔했지만 지금 눈앞에 펼쳐진 것은 드래곤과 엘프의 대화인 것이다. 그들 인간보다 월등히 위대하고 심원한 종족들이 우주에 대해 논하고 있는 것. 아프나이델은 자신이 보통 인간으로서는 꿈도 꿀 수 없는 대화를 엿듣게 되었다는 것을 알아차렸다. 그는 각반을 손에 쥔 채 정신없이 둘의 대화에 빠져들었다.

"흐응. 시간을 가지고 많다느니 적다느니 말할 수 있나? 우습잖아, 루리."

"네?"

"한 통의 물은 피라미에겐 많은 물이지만 크라켄에겐 턱없이 적은 물이잖아요. 하지만 그건 같은 물."

"예, 그렇지요. 하지만 절대적인 시간을 얼마나 가지고 있느냐를 본다면 역시 당신에겐 많은 시간이 있어요. 당신은 여기 있는 인간분들이 모두 늙어서 인생의 허허로움을 말할 때까지도 지금의 모습을 지킬 수 있을 거예요. 그렇지요?"

아일페사스는 대답하지 않았다. 그녀는 여전히 눈을 감은 채 입술을 꼭 깨물었을 뿐이다. 그녀의 표정을 볼 수 없었던 이루릴은 조용조용히 말을 이어나갔다.

"그렇다면 여기 있는 인간분들이 보기에 당신은 정지된 것처럼 보일 수도 있겠지요. 하루가 지나도, 1년이 지나도, 10년이나 100년이 지나도 당신은 지금 그대로의 모습일 테니까요. 하지만 그건 산이나 바다, 혹은 언덕이 예전 그대로의 모습이라고 말하는 것과는 달라요. 당신은 살아 있는 존재니까요."

"살아 있는 것이 뭔데?"

"모든 무생물들에게 공평하게 흐르는 시간 속에서 자신만의 다른 흐름을 가질 권리를 받은 것을 의미하지요. 그게 살아 있다는 것이에요. 제가 알기로 인간들의 경우에는……."

이루릴은 말을 꺼내다가 잠시 멈추고는 주위를 둘러보았다. 제레인트는 엑셀핸드와 악담을 덕담처럼 나누고 있었고 아프나이델은 각반의 매듭에 관해 심도 있는 고찰을 수행 중이었다. 이루릴은 다시 말을 이어나갔다.

"그들은 자신에게 부여된 다른 흐름을 더 가속하는 일에 관심이 많지요."

"가속이라고요?"

"인간들이 날짜와 시간에 이름을 붙이는 것은 알고 계시지요?"

"예. 어제, 오늘, 내일. 시간, 분, 초, 한 달, 1년, 세기……."

"때가 되면 찾아올 시간의 흐름에 그런 이름을 붙이는 이유는 뭘까요. 저는 인간들이 그것을 앞지르겠다는 의미일 거라고 생각해요. 그저 걷고 싶어서 산책을 한다면 목표가 없을 수도 있어요. 하지만 목표점을 가지게 된다면, 거기까지 달려간다거나 걸어간다거나 언제까지 도착하겠다고 하는 의지와 힘, 방법론 등이 생길 수 있겠지요. 인간들이 시간에 이름을 붙이는 것은 그런 의미가 아닐까요. 다음 주까지는 이 일을 끝내겠다거나, 올해 안에 뭔가를 하겠다거나……. 만일 인간들이 시간에 붙인 이름을 상실하게 된다면, 그런 일들은 표현할 수조차 없게 되겠지요."

이루릴은 갑자기 생긋 웃었다.

"제가 인간어를 배울 때 가장 힘들었던 것은 시제에 대한 것이었지요. 인간들의 말에는 시간을 지칭하는 말들이 너무 많았어요. 그리고 시간에 따라 행동의 형식이 바뀌더군요. 심지어는 행동의 가치도 바뀌는 것 같았어요. 인간들의 말에서 '사랑했다'와 '사랑한다'는 우리들이 느끼는 것보다 훨씬 많은 차이를 가져요. 그리고 사랑할 거라는 말 역시."

"그거 아주 달라요. 전 알아."

"그런가요? 당신은 제레인트와 아프나이델과 많은 시간을 보냈으니까 저보다는 그들에 대한 이해가 깊을 수도 있겠군요. '사랑했다'와 '사랑한다'가 어떻게 다른가요?"

이루릴은 어느새 빗질을 마쳤다. 그러나 아일페사스는 여전히 눈을 감은 채 말했다.

"그건 말이야, 음. 사랑했다는 말은, 예전에는 사랑하지만 지금은 사랑하지 않는다는 말이지. 그리고 사랑한다는 말은 지금도 계속해서 사랑한다는 말이고요."

아일페사스는 이 단순한 설명을 퍽 자랑스러운 어조로 말했다. 이루릴은 조용히 말했다.

"그럼 예전의 사랑은 사라지나요."

"응?"

"인간들의 말은 그렇더군요. '사랑했다'라는 짧은 말로 예전의 가치를 모조리 소멸시키는 것처럼 행동하는 듯했어요. 하지만 그들에게서 정말 그것이 소멸되었나요?"

"그건……, 몰라요."

이루릴은 노련한 모험가들이 그러듯이 검집에 친친 묶어두었던 끈을 조금 잘라내서 아일페사스의 탐스러운 머리채를 세심하게 묶어주었다.

"인간들은 잊고 싶어 하더군요. 기록과 역사를 남기는 것이 인간이라지만 그것에 속으면 안 되겠지요. 오로라와 망각의 이사가 그의 처녀들에게 극지에서만, 인간들이 살지 않는 극지에서만 오로라를 짜도록 허락한 까닭은 뭘까요. 그들이 모든 하늘에 그 아름다운 천을 펼친다면 완전한 망각을 꿈꾸는 인간들은 모두 그것을 정신없이 바라보게 될 것이기 때문이겠지요."

둘의 대화를 듣던 아프나이델은 무심코 각반을 세 번이나 묶고 말았다. 그래, 잊고 싶어 하지. 제레인트는 그의 부모를, 나는 나의 과거를. 내 원래 이름은…….

아프나이델은 한숨을 내쉬면서 세 번이나 묶어버린 매듭을 어떻게 하면 칼을 대지 않고 풀 수 있을지 고민하기 시작했다.

"인간들에게 있어 시간은 망각의 축복이겠지요. 그리고 인간들에게 시간이 정지했다는 것은……."

"더 이상 망각할 수 없다?"

"그렇겠지요."

"그래서 과거가 돌아오니까 그렇게 소스라쳤군요. 음. 하지만 전 이해가 안 돼. 루리도 말했잖니? 기록과 역사를 남기는 인간이라고요.

잊고 싶어 하는 인간이라면 왜 그런 것을 남기는 거야?"

"저로선 잘 모르겠군요."

"그건 사망 증명서지요."

이루릴과 아일페사스는 동시에 고개를 돌렸다. 그곳에는 아프나이델이 각반의 매듭을 부여잡고 낑낑거리고 있었다. 아프나이델은 고개를 숙여 각반에 눈을 준 채 말했다.

"'과거는 이제 죽었음을 증명함.' 과거에 대한 기록은 그런 사망 증명서겠지요. 죽은 몬스터는 무섭지 않아요. 그리고 죽은 과거 역시. 인간은 기록을 보며 안심할 테죠. 아아, 이건 확실히 죽었구나. 그럼 마음껏 자유스럽게 과거를 대할 수 있게 되겠지요. 과거 시제도 그런 의미예요, 이루릴. 사랑했다는 말은, 이제 그 사랑은 죽었음을 선포하고, 그 감정에 대해 가슴 아파하지 않겠다는 의미겠지요. 찢어지는 아픔 없이 그때의 사랑에 대해 추억해 볼 수 있는 거죠. 그게 되살아나 다시 자신을 괴롭히는 일은 없을 거라고 믿으며."

이루릴은 천천히 아프나이델의 말을 받아들였다. 그녀는 종이나 천이 아닌 나무처럼 아프나이델의 말을 흡수했다. 천천히, 섬세하게. 그러나 아일페사스는 눈을 동그랗게 뜨며 아프나이델을 바라보았다.

"나이드. 너 실연했니?"

당황한 아프나이델은 그만 네 번째 매듭을 묶고 말았다. 결국 칼을 대고 만 아프나이델은 상당히 짧아진 각반 끈을 묶느라 고생을 했다. 아프나이델을 이런 곤경에 몰아넣고도 아일페사스는 집요하게 질문에 대한 대답을 받아내려 했지만 아프나이델은 대답 대신 꾸벅꾸벅 졸고 있던 에델린을 책망했다.

"에델린 양, 일어나세요! 갈 길이 바쁘단 말입니다!"

"어, 예. 이런, 졸았군요. 으아아암."

아프나이델의 계략은 맞아떨어졌고 에델린이 하품하는 모습은 아일페사스를 감탄하게 만들었다. 그러나 아일페사스는 득의양양한 표정으로 생각했다. 흥. 나도 드래곤이 되면 저보다 훨씬 멋진 이빨을 가지게 될걸? 음, 오후에는 원래 모습으로 다녀볼까? 그러나 아일페사스는 말끔히 정돈된 머리카락을 살짝 흔들어보고는 생각을 바꿨다. 이왕 바꾼 머리 모양이니, 좀더 이대로 있자.

루손은 주저앉고 싶었다. 주위를 오가는 이 많은 숫자의 인간들이라니! 지독한 인간 냄새에 루손은 머리가 깨질 것 같았다. 루손은 절망적으로 코를 벌름거리며 레이저의 옆에 바싹 붙어 서서 중얼거렸다.

"안 돼. 더 못 버티겠어, 레이저. 무서워!"

"이 친구야. 네가 본모습을 드러내면 여기 오가는 녀석들이 더 무서워할 거야. 그런데 그런 사람은 없잖아. 아무도 눈치채지 못하고 있단 말이다."

"누, 눈치챘어! 눈치챘다고!"

"뭐?"

"인간놈들이, 놈들이 자꾸 나를 보고 있어. 이젠 끝장이야! 레이저,

셋에 곧장 마법을 써. 하나, 둘."

"그만! 정지, 정지! 도대체 무슨 소리를 하는 거야?"

"인간놈들이 나를 흘끔흘끔 보고 있단 말이다!"

레이저는 의아쩍은 표정으로 주위를 둘러보았다. 그리고 자신과 루손을 훔쳐보고 있는 많은 행인들의 시선을 발견하게 되었다. 어라? 이게 어떻게 된 일이지? 그러나 레이저는 순간적으로 이유를 파악했고, 그래서 크게 한숨을 내쉬었다.

"……내가 실수했군."

레이저의 이 탄식에 루손은 심장마비를 일으킬 뻔했다. 루손은 곧장 레이저를 땅바닥에 메다꽂아 놓고는 목을 졸라쥔 채 변신의 어떤 부분에서 실수했냐고 고래고래 고함지르려고 마음먹었다. 그러나 그때 레이저가 말했다.

"너무 예쁘게 만들어버린 모양이군. 원 참."

"뭐야?"

레이저는 뒤통수를 긁으며 실실 웃었다.

"흐음, 흠, 루손. 네가 미인이라서 인간 수컷들이 너에게 매력을 느끼는 모양이다."

루손은 입을 쩍 벌린 채 레이저를 바라보았다. 뭐라고? 인간 수컷들이 나를…….

다음 순간 루손은 온몸에 돋는 소름을 참지 못하고 엄청난 기세로 글레이브를 휘둘렀다. 하마터면 레이저의 파편들이 될 뻔한 위기에서 아슬아슬하게 빠져나가는 레이저를 보며 주위의 행인들은 비명을 질렀다. 그러나 그 비명을 집어삼키며 루손의 목소리가 우렁차게, 아니 앙칼지게 울려퍼졌다.

"이 자식아! 네가 날 이런 꼴로 만들었지!"

행인들의 비명은 제대로 나오지도 못한 채 사그라들었다. 그리고 레이저는 머리 끝까지 화가 나서 외쳤다.

"야! 누구한테 뒤집어씌우려는 거야! 너도 좋다고 그랬잖아!"

행인들은 이제 뭐라 말할 수 없는 표정이 되었다. 예의바른 패거리들은 그냥 웃으며 떠나가 버렸고 호기심이 강한 패거리들은 이제 걸음을 멈추고 뻔뻔스런 자세로 사태의 귀결을 지켜보기 시작했다. 루손은 주위에 신경 쓸 겨를이 없이 계속 글레이브를 휘두르며 외쳤다.

"이렇게 될 줄은 몰랐단 말이야! 이 나쁜 놈아!"

"젠장, 그럼 나더러 이제 어쩌라고! 그만두지 못해!"

그때 행인들 틈에서 분노에 목을 떠는 호통 소리가 터져나왔다.

"저런 가증스럽기 짝이 없는 놈을 봤나!"

루손은 기겁하며 뒤로 물러났다. 그러고서야 루손은 자신이 행인들의 시선을 한몸에 붙잡아 놓았다는 것을 깨달았고, 그래서 가련하기 짝이 없는 모습으로 부들부들 떨기 시작했다. 한숨 돌린 레이저는 이 용맹무쌍한 고함 소리가 어디서 울려나왔는지를 찾아보았다.

그리고 레이저는 한 키 작은 사내가 머리 끝이 곤두설 정도로 화난 얼굴을 한 채 자신을 바라보고 있는 것을 알게 되었다. 사내는 등에 커다란 하프를 지고 허리에도 커다란 검을 차고 있었다. 그 팔로 쓸 수 있을지 의심이 될 정도로 길다란 검이라서 레이저는 잠시 호기심 어린 표정으로 그 검을 보았다. 그러나 사내는 레이저의 시선에 아랑곳하지 않고 곧장 루손을 향해 걸어갔다.

루손은 패닉 상태에 빠져서는 글레이브를 들어올려 걸어오는 사내를 겨냥했다. 그러나 무릎을 꿇고 있던 사내는 그 모습을 보지 못했다. 사내는 곧 열정적인 목소리로 말했다.

"용서하소서! 레이디의 부름 비록 없었으나 여기 파하스라 불리는 광대가 왔나이다. 저 불측한 자가 레이디께 어떤 불명예를 끼쳤는지 감히 여쭤볼 수도 없사옵니다만 원하신다면 이 미력한 검을 들어 저 불측한 자를 응징하겠다는 것만은 저의 보잘것 없는 명예를 걸어 약속드리겠나이다!"

"가까이 오지 마!"

"아아, 일신에 닥친 불행 때문에 모든 남자들을 의심하시진 마시오, 아름다우신 레이디여! 여기 레이디 앞에 무릎꿇은 어리석은 광대는 저 아리따운 꽃을 상징으로 삼는 신으로부터 이 불쌍한 가슴에 담을 수 없을 만큼 거대한 정의를 부여받은 자일 뿐이올시다. 그 외에는 인간이 말하는 것이든 말할 수 없는 것이든, 그 어떤 것도 원하지 않나이다. 무엇이든지 하명만 하십시오!"

루손은 거의 울고 싶어졌다. 이 미치광이 같은 인간 녀석이 뭐라고 중얼거리는지 도통 알아들을 수가 없었다. 무릎을 꿇은 것을 보니 공격 의사는 없어 보여 안심이 되었지만 지껄이는 목소리가 마치 싸움을 거는 것처럼 쩌렁쩌렁했다. 루손은 이 작자가 무릎을 꿇은 지금 단숨에 목을 쳐버리고 달아나면 어떨까 하는 생각마저 떠올렸다. 자신에게

닥친 위험을 전혀 알지 못하던 파하스는 격정적인 얼굴을 들어 루손을 올려다보았고, 때마침 글레이브를 휘두르려고 마음먹었던 루손은 질겁하며 뒤로 물러났다. 얼굴이 너무 무서웠다! (실제로 그것은 자긍심에 가득 찬 사나이의 얼굴이었을 뿐이지만.)

"으, 으아……."

레이저만이 파하스의 위기를 알아차리고 있었다. 흥분한 루손이 글레이브를 꽈악 움켜쥐는 것을 보며 레이저는 파국을 예감했다. 이제 끝장이구나. 빌어먹을, 저건 도대체 어떤 품질의 미치광이야?

암담한 심정으로 루손을 날려버릴 것인지 파하스를 날려버릴 것인지 고민하던 레이저의 시선 앞으로 붉은 머릿결이 물결쳤다. 좋은 향기. 레이저는 자신도 모르게 잠시 코를 벌름거렸다. 눈을 똑바로 뜬 레이저는 손에 창날이 세 개나 달린 희한한 창을 들고 있는 날씬한 체구의 빨강머리 아가씨를 보게 되었다.

느닷없이 나타난 처녀는 무릎을 꿇은 파하스의 엉덩이를 창대로 톡톡 건드렸다. 파하스가 화들짝 놀라며 고개를 돌리자 그녀는 낭랑하게 말했다.

"내버려두고 일어나요, 파하스."

"예? 하지만 이건 있을 수 없는 일이외다, 네리아 양! 레이디의 명예가 진흙탕에 빠진……"

네리아는 한숨을 내쉬며 짜증스럽게 말했다.

"당신이 이렇게 떠들고 있으면 저 여자는 처지가 더 이상하게 되잖아요. 어서 일어나요! 뭐예요, 저 여자가 저 남자를 죽이라고 하면 정말 죽이기라도 할 거예요?"

파하스는 고개를 끄덕이며 일어났다. 물론 네리아에 대한 찬양 한 마디를 빼놓지는 않았다.

"유피넬과 헬카네스의 이름으로 레이디 네리아 만세! 지혜롭고 사려 깊으십니다, 네리아 양. 예, 이런 일은 조용히 처리되어야 마땅하겠지요. 제가 그만 끓어오르는 분노를 참지 못하고 말았습니다."

오, 헬카네스! 오, 위대한 혼돈의 추의 주인이시여. 추를 배치하는 그 손길에 영광 있으라. 저 붉은 머리 여자가 저 미치광이에게 준비된 추였구나. 레이저는 헬카네스를 맹렬히 찬양하면서 빙긋 웃었다. 그러나 그때 레이저는 파하스가 자신을 향해 똑바로 걸어오고 있는 것을 깨달았다.

파하스는 레이저의 턱 바로 아래에 서더니 고개를 한껏 쳐들고 레이저를 쏘아보기 시작했다. 뭐지? 레이저가 뭐라고 말하려 할 때 파하스가 먼저 으르렁거리듯 말했다.

"아이야 이켈리나의 파하스가 자네에게 경고하네. 무릇 사내구실을 하는 길은 길고 고단하지. 자네가 어깨에 걸머져야 할 명예나 자존심, 또는 나는 알지 못하는 자네 소망의 무게가 대단할 거라는 것도 잘 안다. 하지만 그렇다고 해서 가장 소중한 짐을 버려서는 안 된다! 열과 성을 다해 저 레이디를 아끼고 보살펴라. 알았냐?"

파하스는 참으로 감동해야 마땅하지 않느냐는 얼굴로 연설을 마쳤다. 하지만 불행하게도 레이저는 '아이야 이켈리나의 파하스……' 이후부터는 파하스의 말에 거의 신경을 쓰지 않았다. 고품질을 보장받는 미치광이였군. 레이저는 애써 머쓱한 미소를 지어냈다.

"예, 예. 무슨 말씀인지 잘 알겠습니다, 형씨."

"파하스다!"

"파하스 씨."

"흐음. 알아들었으니 이만 물러나겠어. 하지만 내 귀는 도움을 요청하는 레이디의 목소리를 듣는 데 있어서는 드워프의 귀도 부럽지 않다는 것을 명심하게나."

"물론입죠, 파하스 씨."

파하스는 분명히 아이야 이켈리나의 파하스라고 이름을 밝혔는데도 눈앞의 사내가 전혀 놀라지 않는다는 사실이 마음에 들지 않았다. 이 자식도 나를 미치광이로 생각하고 있군. 파하스는 보다 맹렬한 한 마디를 던져주기 위해 아랫배에 힘을 주었다. 그러나 그때 네리아가 다가왔다.

"어서 가요, 파하스. 일행과 떨어지겠어요."

"아, 예. 음……, 너, 명심해!"

"예, 예."

그리고 나서도 파하스는 뭔가 더 해줄 말이 있다는 것처럼 미적거렸지만 네리아가 재빨리 팔짱을 끼고 당기자 무력하게 끌려가기 시작했다. 레이저는 그 뒷모습을 보며 빙긋 웃다가 고개를 돌려 루손을 돌아보았다.

루손은 처량하기 그지없는 모습으로 서 있었다. 글레이브를 쥔 두 손은 아래로 늘어뜨리고 어깨는 축 처져 있었다. 레이저에게 다가오고 싶지만 조금 전까지 레이저가 파하스와 이야기를 나누고 있어서 다가오지 못했다는 사정이 그 표정에서 여실히 드러났다. 레이저는 웃으며 말했다.

"가자, 루손."

루손은 힘없는 걸음걸이로 다가왔다. 그는 무서웠고, 달아나고 싶었고, 끔찍한 기분이었다는 것을 말하고 싶었다. 하지만 루손은 그의 조악한 어휘 체계에서 적절한 단어들을 찾아내지 못했다. 그래서 루손은 다른 것을 질문했다.

"조금 전에 그 녀석이 도대체 뭐라고 그런 거야?"

"응?"

"뭐라고 길게 말하기는 하는데 도대체 못 알아들을 소리만 하잖아."

"아아, 신경 쓰지 마. 그건 정신병자였어."

맥을 탁 풀려 있던 상태였기 때문에 루손의 놀라움은 더 컸다. 앞으로 고꾸라질 뻔한 루손은 입을 쩍 벌린 채 말했다.

"저, 정신병자?"

"응. 자기가 100년 전의 대시인인 파하스라고 생각하고 있더라. 완전히 돈 녀석이지."

"이 나쁜 놈아! 그 녀석이 미친 녀석이라면, 세상에! 내가 미친 놈하고 상대하고 있도록 내버려뒀단 말이야?"

"나도 이야기를 나눠보고서야 알게 된……!"

레이저는 갑자기 말끝을 삼켰다. 레이저의 눈이 경악으로 순식간에 커졌다. 그는 고개를 휙 돌려 파하스와 네리아가 사라진 방향을 쏘아보았다.

"파하스도……?"

"뭐? 왜 그래?"

목구멍 저 안쪽에서 당장이라도 터져나올 것 같은 비명을 억누르며 레이저는 자기 주먹을 깨물었다. 손에 통증을 느끼며 레이저는 간신히 침착을 되찾을 수 있었다.

"잠깐……, 잠깐만! 그덴 산의 거인도…… 살아났지. 그, 그럼 파하스도? 저건 진짜 파하스인가……? 따라와!"

"뭐, 어? 레이저?"

레이저는 고함 소리만 남겨놓고 달려가기 시작했다. 앞에 거치적거리는 사람을 거침없이 밀어붙이며 달려가는 레이저의 뒤통수에 행인들은 욕설을 퍼부었다. 루손은 그 욕설들을 잘 들어두었다가 기필코 써먹어야겠다고 생각하면서도 사람들 틈에 홀로 남겨지지 않기 위해 기를 쓰며 레이저의 뒤를 따라 달렸다.

"뭐야, 뭐냐고!"

"닥치고 따라와! 확인해야 돼."

"뭘 확인해!"

루손은 다급하게 고함지르며 달리다가 하마터면 레이저와 부딪힐 뻔했다. 레이저가 갑자기 멈춰 섰기 때문이다. 루손은 그에게 조금 전에 배운 욕설을 퍼부어 주려고 했지만, 레이저의 얼굴을 보고서는 입을 다물고 말았다. 레이저는 이를 악문 채 주위를 둘러보았다. 헤어진지 채 몇 분도 되지 않았는데 파하스와 네리아의 모습은 이미 어디론가 사라지고 보이지 않았다.

"제길! 그새 어디로 간 거지?"

레이저는 씩씩거렸다. 그러나 문득 고개를 돌리자 어쩔 줄 모르는 표정으로 자기를 쳐다보는 루손이 있었다. 이런, 이 친구는 이 무시무시한 인간의 도시에서 나 외엔 기댈 데가 없었지. 레이저는 한숨을 내쉬고는 말했다.

"천천히 찾아보지. 아까 그 사람들, 배낭이나 뭐 다른 짐이 없었으니 이곳에 살고 있거나 아니면 어딘가에 묵고 있는 것일 거야. 찾을 수 있어. 그러니 일단 저녁이나 먹자, 루손. 잠자리도 알아보고."

"왜 그래? 조금 전의 그 인간, 네가 아는 인간인가?"

레이저는 힘없이 웃으며 말했다.

"알긴 알아……, 괜찮은 친구지. 나보다 나이가 100살이나 많다는 것 빼곤 말이야."

"뭐라고?"

〈3권에 계속〉

퓨처워커 2

1판 1쇄 펴냄 2011년 12월 8일
1판 12쇄 펴냄 2022년 12월 22일

지은이 | 이영도
발행인 | 박근섭
편집인 | 김준혁
펴낸곳 | 황금가지

출판등록 | 2009. 10. 8 (제2009-000273호)
주소 | 06027 서울 강남구 도산대로 1길 62 강남출판문화센터 5층
전화 | **영업부** 515-2000 **편집부** 3446-8774 **팩시밀리** 515-2007
홈페이지 | www.goldenbough.co.kr

도서 파본 등의 이유로 반송이 필요할 경우에는 구매처에서 교환하시고
출판사 교환이 필요할 경우에는 아래 주소로 반송 사유를 적어 도서와 함께 보내주세요.
06027 서울 강남구 도산대로 1길 62 강남출판문화센터 6층 민음인 마케팅부

© 이영도, 2011. Printed in Seoul, Korea

ISBN 978-89-6017-291-3 04810
ISBN 978-89-6017-289-0 (세트)

㈜민음인은 민음사 출판 그룹의 자회사입니다.
황금가지는 ㈜민음인의 픽션 전문 출간 브랜드입니다.

이영도

1972년생. 경남대학교 국어국문학과 졸업. 1998년 여름, 컴퓨터 통신 게시판에 연재했던
첫 장편 『드래곤 라자』가 출간되어 100만 부를 돌파함으로써 한국에 판타지 시대를 열었다.
『드래곤 라자』는 일본, 중국, 대만 등에서도 출간되어 베스트셀러가 되었다.
라디오 드라마, 만화, 온라인 게임, 모바일 게임 등으로 만들어졌을 뿐 아니라,
고등학교 문학 교과서에 수록되며 그 가치를 인정받았다.
이후 『퓨처워커』, 『폴라리스 랩소디』, 단편집 『오버 더 호라이즌』을 차례로 발표하였으며,
장대한 구상 위에 집필하여 2003년 내놓은 대작 『눈물을 마시는 새』는 한국적 소재를 자연스럽게 녹여낸 판타지
대하 소설로 이영도 붐을 새롭게 했다. 2005년에는 후속작 『피를 마시는 새』가 출간되었다.
2009년에는 『드래곤 라자』와 『퓨처워커』의 뒤를 잇는 『그림자 자국』이 출간되어
문화관광부 우수 교양 도서에 선정되었다.